赵楠 —— 著

浮槎

渤海三千里
泥沙几万重
似舟飘不定
如梗泛何从

少年看到童趣，青年看到情爱，中年看到风骨
而我看到了人生

敦煌文艺出版社

图书在版编目(CIP)数据

浮槎 / 赵楠著. -- 兰州 : 敦煌文艺出版社,
2022.10
ISBN 978-7-5468-2101-6

Ⅰ.①浮… Ⅱ.①赵… Ⅲ.①长篇小说 – 中国 – 当代
Ⅳ.①1247.5

中国版本图书馆 CIP 数据核字(2021)第 199427 号

浮槎

赵楠　著

责任编辑 : 张桐
封面设计 : 王倩

敦煌文艺出版社出版、发行

地址 : (730030)兰州市城关区读者大道 568 号

邮箱 : dunhuangwenyi1958@163.com

0931-2131372 (编辑部)

0931-8773112　0931-2131387 (发行部)

三河市金兆印刷装订有限公司印刷

开本 787 毫米 ×1092 毫米　1/16　印张 17.5　插页 2　字数 300 千

2023 年 1 月第 1 版　2023 年 1 月第 1 次印刷

ISBN 978-7-5468-2101-6

定价 : 69.80 元

序

我和赵楠认识快十年了,第一次见到他是在学生会的某个活动上,算是因公相逢。我还记得当时他穿着一件紫色的短T,留着浓密的八字胡,外形清简,眼神正直,有几分鲁迅的味道。自我介绍时,他问起我的籍贯,得知我是浙江绍兴人时,他霎时间流眄生辉,敬畏地站起来与我握手,一边感慨道:"真是钟灵毓秀的好地方,鲁迅先生的家乡,无人不知无人不晓。"我有点失措,想我是配不上那种荣光的,他的敬意是致予那些以文载道、为生民立说、以人文化成天下的伟丈夫的。料想他一定也是个怀有鸿鹄之志的人。

我们俩交谈不过匆匆数语,因兴趣相投,品味相谐,志同而道合,很快成莫逆之交。大学四年,我们携手登临嘉峪关城楼极目苍凉,卧刘峡一苇做秋水伊人之思,观祁连绵叠千里,挽弱水共饮一瓢,情深意笃,金石同坚。

赵楠涉猎广博,才华横溢,握雕龙之笔,具倚马之才。在小说创作、时文评论等范畴上有独到见解领悟,尤其是他日洒万言的高速创作外加字字珠玑的品质保证更加让我倾心折服。我最喜欢的还是他的游戏之作日记体小说《屌丝日志》。一如《传灯录》中的段段公案,流畅的字句间闪耀着许多绝妙格言。让岁月有痕,留下属于我们这些不见经传的凡草的青春印记。

十载神交,相知以心,便是如此。

或因学业累身,或因案牍劳形,相别将近五年竟未能再见。去年我曾力邀赵楠共游两浙烟水,同尝莼羹鲈鲙,后因无头官事锁身而罢。相期未果,真是徒增忧愁。

如今听闻他的小说付梓在即,我倍感欣幸,书中更有以我为原型的角色,仰承青睐,足显挚爱。我用平庸之才,写下这段序。殷切祝愿赵楠不忘初心,砥砺文字,陶铸品格,在自己热爱的文学事业上长久坚持、有所收获。另外也愿疫情早些结束,吾二人能早日晤见。一灯独对,不禁思绪飘然。

许正

2021 年 5 月 27 日夜

目 录

昔负千寻质，高临九仞峰。

真心凌晚桂，劲节掩寒松。

忽值风飙折，坐为波浪冲。

摧残空有恨，拥肿遂无庸。

渤海三千里，泥沙几万重。

似舟飘不定，如梗泛何从。

仙客终难托，良工岂易逢。

徒怀万乘器，谁为一先容。

——骆宾王《浮槎》

读骆宾王诗作有感，感慨灵魂如水、身如不系之舟，身向何方？回顾茫茫然。遂将我的所见、所闻、所想、所思、所虑逐一记录，撰成此书。书中所记何事何人，大抵虚构，悲喜千般、人情百态终如幻泡，接下来的故事带读者们慢慢思索。

王爱民　书

第一章　风雪一更

飞机在云海中穿行，我无心看风景。此时有些许倦怠，空姐分发晚餐，我只要了饮料。仰起脸看着阴沉沉的云层，浮想联翩，在过去的人生旅途中，或喜或悲，有时也无欲无求；或痛苦或快乐，有失去有得到，这已无可追悔。这种单调一望无际的生活，就像临到终点时下方的风景，沟壑纵横的黄土高原，犹如被刀削斧砍过一般。飞机完全停稳，解开安全带，我从行李架上取走了双肩包，然后挤在人满为患的摆渡车里，缓缓驶向到达大厅。西北的冬天还是比较冷，这种冷猝不及防，没有经过秋天的过渡就到了穿棉衣时候。

出租车上我看着外面飘着的雪花，两旁的行道树笔直挺立，和间隔不远的路灯交相辉映。这次回来的目的是看望朋友小庄，前不久我得知，他开车撞伤了一位老太太，年老多病的八旬老人，被他驾驶汽车右转弯时刮蹭倒地，在医院救治两天后，因为基础病太多、太重，最终不幸亡故。保险公司的三者险不够理赔，找我借钱处理，我知道自己这个好朋友出了麻烦，必须赶回去帮他，到了预订的酒店却无心睡眠。在风雪交加的2017年末的冬天，我来帮他善后。

和小庄认识十年了，认识小庄的那天也下着雪。我在2007年春天转入了小庄所在的英才中学，先是和三个"老烟枪"作了半年室友，后来他们受不了我不抽烟，不能加入他们的行列。为防我告密，揭发他们吸烟的不良行为，三人事前贿赂了宿管老王头，诬告我卫生习惯差、乱扔垃圾，以达成他们让我搬走的目的。我深感痛苦，2007年的12月下着雪，我用旧床单将衣物打包，提着行李箱准备搬家。为什么学校不管理学生抽烟呢，因为学校唯一经营文具、零食和香烟的小超市是教务处主任老婆开的，一手抓学校教育，一手抓家庭经济，做到了"两不误"。

搬行李那天下雪路滑，我在校园不慎滑倒，当时还不认识小庄，他好心扶我起来，问摔得怎么样。站在雪地里，路灯投下温暖的光，交谈后才知道小庄是我新入住宿舍的舍友，小庄很热情地替我铺床、收拾书本，还泡了一杯速溶奶茶。之后我们成了上下铺的好朋友。小庄那时候常说，一个人不可能永远守护另一个人，不管是亲情、友情还是爱情，举例说即使结婚了，总要去上班吧，人与人不能寸步不离，人天生是孤独的。

也许你们会问我过得怎么样，真心想听我聊，说起来我也嫌烦。但是就像天要下雪，不会以你意志而转移，雪就停了，糟糕的事情只能接受，我们能做的，就是别让它变得更糟糕。从什么时候讲起呢，就从2007年初说起吧，那时我正在县城中学读初二，在班里属于成绩后进的我处于随时被劝退的境遇，差生在中考前会被分流到职业学校，学习拉牛肉面、美容美发、电气焊之类的手艺活。我内心想读书、想考大学，也想待在暖和的办公室里喝茶、处理文件，但是我被教务处吴主任约谈，勒令转学，为的是不影响他们本就低得可怜的升学率。吴主任挺着肚腩，喝着普洱，抽着中华，毫不掩饰那些家长送给他的高档烟酒，发福的身材表明他至少一周三次在酒店包厢持续战斗，外面零星飘着雪，暖气不太热，而我头上渗出汗水，我知道自己惹上了麻烦。

第二章　人有一别

和煦的风吹来，门口的风铃响了。十四岁的小庄回到老家县里的超市，柜台前的招财猫在不断招手，他走进卖场最里面的办公室写作业。超市不算大，大概600平方米，生鲜果蔬、粮油米面、烟酒副食、日用百货一应俱全。虽不说日进斗金，但是保障家庭生活绰绰有余。这个家对于小庄来说没有多少值得留恋的。他的亲生父亲张录泉是名出租车司机，在小庄不到两岁时遇难了。

那是1994年的一个晚上，张录泉在跑夜车，上来两名青年说去十五公里外的桥头镇。张录泉不想跑那么远，半夜回来拉不到客人，白烧油不说还得花时间。但是老张还是答应了。那天晚上风大，是沙尘暴肆虐的春季，张录泉没承想这会是他最后一次出车，也不知道车上载的两人会是亡命之徒。小庄对于父亲全部的记忆也在1994年那个沙尘天戛然而止，张录泉的生命也定格在那一天。歹徒用包里携带的电缆线勒死了司机，之后他们把所有作案工具扔到路边，拿皮管从油箱导出来一升汽油，把现场烧得难以取证。也许是歹徒一时大意，也许是他们还有一丝人性未泯灭，二人没有彻底毁尸灭迹，而是在土质松软的地方拿石块、木棒刨了个土坑，把尸体埋了进去，随后驾车逃之夭夭。能够识别指纹的作案工具被烧了，出租车并没有安装定位器，县城除了繁华的新时代大厦，再找不到有摄像头的地方。警方做了努力，但毫无进展，张录泉被杀一案成为悬案。

小庄的母亲后来改嫁给了继父庄强，小庄随继父改姓为庄。张小泉是张录泉起的名字，老张文化水平不算高，就把自己名给了儿子，希望能护佑他平安长大。新组家庭日子并不和睦，半路夫妻毫无感情可言，庄强是个略有家资的个体户，那个年代靠倒卖假烟、假酒赚不少钱，在县里修了一栋独院的二层楼房。

小庄模糊记得1994年4月的那天晚上，虽然他才两岁多。家里人进进出出，有戴着绿色大盖帽的警察，有夹着皮包的政府人员，两岁的他在灵堂守夜，孩子太小了，不到一小时就趴倒在垫子上，吊唁的亲友无不抹泪、悲怆，为这个小孩和不到三十岁的年轻母亲感到悲伤。小庄的母亲是百货公司的营业员，年轻时肤白貌美，追求者无数。后来百货公司改制，再后来倒闭不复存在，小庄的舅舅花钱运作，把自己的妹妹调往商业局工作，希望外甥能在稳定的家庭里成长，又介绍了庄强给妹妹。

人终有一别，或生离或死别。继父虽然有钱但是脾气也不好，尽管因为自身原因无法生育，却始终对这个儿子爱不起来，小庄明显感受到这种态度，从小到大家长会都是妈妈去，继父只在花钱的时候出现。小庄生活在富裕的家庭，住着别人羡慕的独栋小楼，坐着那个年代昂贵的桑塔纳轿车，上初中时继父还给他买了彩屏的诺基亚手机，送他去市里最好（贵）的寄宿制学校英才中学。物质生活的富足并没有带给他快乐，小庄脑海里还是能回忆起开出租的父亲将孩提时候的他放在副驾驶上去兜风，小庄感觉那是他最美好的回忆。

风铃又响起来，有客人来了，其实小庄也更像个客人，他知道这个家会再一次分崩离析，送小庄去寄宿制学校原因，是不想让他目睹家里的矛盾。母亲对老庄的频繁出轨忍无可忍，那个挂着金链子、戴着手串、西服笔挺的成功商人，其实背地里总想着年轻、漂亮的女人，而母亲对此也开始麻木，除了上班外买起股票来。两个人都相信金钱比感情稳定，因为钱会升值也会贬值，但是不合适的感情只会一路跌停。英才中学有着优秀的老师和糟糕的学生，很多同学都是类似他这种家庭氛围的，有的父亲住酒店比回家多，有的父母离异，总之各路不幸的人聚集到一起。

周日下午，小庄坐上回市里的快客，妈妈把他送到汽车站就走了，临走给他口袋里塞了300元钱，告诉他想买什么就买什么。汽车沿着国道一路向东，路两旁的杨柳有了绿意，田间阡陌纵横，偶尔几辆拖拉机来来往往。

一小时后到了市里，小庄坐公交车回到学校。家里本来打算租一套房子让奶奶来陪他，但小庄想自己生活，闲来无聊的他在门口一家商店寄养了一只柴犬，每个月一半的生活费便成了狗粮。当然他不缺钱，准确地说这里的学生有一个共同点，就是有钱。柴犬两岁了，这是他花两年的压岁钱买的纯种柴犬，聪明的小柴给小庄带来快乐，他俩还喜欢在放学后玩丢飞盘的游戏，这是小庄为数不多的朋友之一。

第三章　潘西老师

视线切回到我这边……

窗外雪花飘落，地上泥泞一片，教务处办公室里的电暖气烧得通红，发出"吱吱吱"的声响左右摆头，吴主任掐灭了烟头开始循循善诱："陆言同学，以你的成绩来看中考是无望的，明年就中考了，你初二以来的几次考试成绩都不理想，连500分都没有，基本是无缘高中录取的。你看现在职业教育也不错，你去学习下电气焊什么的，将来也是个出路。"

我心里暗暗骂道，上周为了逼我转学职业中学，把我桌椅扔到了锅炉房的院子里。到年底，学校会想尽各种办法逼走差生，一方面保证自己的升学率，另一方面完成教育主管部门的职业教育发展规划的任务。

我："吴老师，我还是想努力一下，我也想考大学。"

办公室其他老师都笑出了声，吴主任喝了口茶："以你目前的成绩是不可能的，要不你转去私立学校吧。"我似乎没有选择余地了，老师选择无视我，绩优生们也只会在楼道公示栏公布成绩时意识到我这个人存在。不得不说学校教育环境的封闭性与成绩的唯一性导致了鄙视链，绩优生看不起差生，差生看不起"流氓","流氓"看不起打小报告的"狗腿子","狗腿子"又看不惯绩优生的清高。每当学校的所谓"流氓"们聚集在卫生间吸烟时,"狗腿子"会以迅雷不及掩耳之势报告给班主任或者校领导,领导们就冲过去抓抽烟的学生。后来抓熟络了,学生们会给领导们敬上一根"玉溪""芙蓉王"之类的好烟,就这样形成了彼此间的默契。

我对此类事件见怪不怪,只希望自己离这些伪君子远一些。当然我也有喜欢的老师,学校里总还是有些不善钻营、不懂溜须的老师,兢兢业业地干着本职工作,我的语文老师潘西就是这样一个人。他不是个文弱书生,身高一米八有余,身强体壮,也不近视,不戴眼镜。我想既然要离开这所学校,就离开得果断些。我在校园IC电话亭排队给我爸爸打电话,刚接通没说几句爸爸就挂了,他以为我又是要生活费或者是学校收钱了,就说中午会在冰箱上的花瓶底下压200块钱,我只能回家再告诉他了。距离寒假还有38天,我带走了书本和文具,打算下周一转学,能去的只有市里的英才中学。虽然我学习差、脑子笨,数学从来考不及格,但是我也有自己的梦想,想成为一名作家,最好是小说家。我的梦想说出口总会被绩优生嘲笑,笑我作文连30分都拿不到,当然我不会理他们。潘西老师能发现每个人的优点,他鼓励我写作,把他读大学时写作、文学方面的书籍送给我。他跟我说,作家不一定是科班出身、专业培养的,多去走走看看益处很多,学习不一定要在学校里,重点是坚持阅读的习惯。

我把东西打包收拾回家,看时间还早,就买了几斤水果到潘西老师住的职工公寓去了。公寓在学校西面,是一幢老旧的家属楼。

家属院大门进去是一条笔直的水泥地坪,中间有一颗巨大的槐树,以槐树为中心形成了一个小转盘,院子里共有两座家属楼,以槐树为轴对称分布。一条水泥道从大槐树开始向南绵延,继续向南可以走到学校,两侧绿化带种植着成丛的低矮灌木,风景还是不错的。最南端是学校礼堂,建筑风格颇为古朴,早些时候这里会办各种典礼,最主要的活动是给优秀毕业生颁发奖状、奖学金。

我从水泥块脱落的台阶走上去,敲响了三楼的潘西老师家的门,潘老师穿着睡衣开的门,他今天没课,下午就没有出门。我告诉他自己的来意,说自己要转学,被吴主任劝走了。潘老师的课是我唯一认真听的,他这人上课不怎么讲如何应试，而是讲文学，讲什么自由的思想、独立的精神，我压根听不懂。潘西送我一本他写的诗集，劣质的印刷质量表明是小作坊印的，但封面上以工整的楷体印着"潘西著"。他家客厅乱七八糟，方便面桶没有倒干净，桶里飘着几根烟头，阳台上的背心、牛仔裤搭得横七竖八，我想他不适合一个人住。老式的大头电脑运行着"红警"游戏，这就是青年老师的无聊时光。

潘西脾气温和但不代表不会爆发，他上学时练过跆拳道，制服不听话的学生就靠这本事。潘西有个原则，每天只打一次人，上课睡觉、吃零食、玩手机的都会被他象征性地揍一拳、踹一脚。记得是一个月前，潘西在讲余秋雨的《信客》，后排有个学生竟然带了一桶泡面，小伙子吃得满嘴流油，还发出"吧唧吧唧"的声响。潘西暴怒，小伙子连桌带人被踹了出去，动作流畅、自然，极具观赏性。泡面浓郁的汤汁泼洒到后头的黑板报上，那面团旗更鲜艳了。自那以后，潘西的威名响彻校园，校外拦路打劫的"二流子"见他都会绕着走。我心底还是对潘西充满敬意的，至少他不会歧视差学生，他只会收拾不听话的学生。不像我的英语老师，只要赞美她今天的裙子漂亮或者说她又瘦了，就会免受不写作业的惩罚。

晚上回家我告诉父母转学的事情，他们好像已对这类坏消息习以为常，也没多说什么，就开始联络熟人办理转学事宜。我没事干，就翻看潘西的诗歌，竟然不是我想象的那样无聊，而是充满天马行空的想象。

每次我闯了祸，母亲总会拿表哥来教育我，说他如何成功。对豹子情有独钟的表哥喜穿"彪马"牌的衣服，开着一辆捷豹汽车，仿佛那车标趴他胸口一样，能带来"高档"的虚荣感。我十分厌恶此人，他喜好自吹自擂，比如在我考不及格的时候，适时说出自己又成为大学奖学金获得者，我当然知道他的毕业论文是花钱买的。经过舅舅的努力，他年纪轻轻当上了经理，每天说是要监理工地，视察工程进度，实则是开着车泡妞去了。如果他是励志、成功的代表，那就相当于说监狱里的罪犯都是清白的。

我办理转学手续那天没人来送我，或许校门口那个卖土豆夹饼的老师傅会想起我，因为我每天都会在他那里买饼吃，班主任老师会无比开心，总算少了一个数学不及格的蠢材。我坐上了家里的车准备去新学校报到，也不知道接下来会发生什么。

第四章　甜品女孩

面向马路，有个挂着"周记甜品"招牌的店，售卖蛋糕、甜品、奶茶，店面不大，暖色系的装修风格看起来很温馨。这家甜品店毗邻英才中学，每天光临的学生络绎不绝，卖得最好的是慕斯蛋糕、提拉米苏还有烧仙草。店主家有个女儿叫周美伦，也在英才中学读书，寒假会在店里帮忙。小庄时常光临这里，更多时候是为了看戴着白色卫生帽的美伦，美伦和他是同班同学，美伦的家在甜品店后的小区里。美伦的母亲叫周晓，女儿随她姓。周晓在开这家甜品店之前没有固定工作，起先在夜场做招待。十七年前，她不到二十三岁，年轻、漂亮，有着优美的嗓音和不错的酒量。美伦的父亲杨越就是那一年认识周晓的，当时杨越仪表堂堂，出手阔绰，店里人都知道他做汽车销售生意，开着进口的奥迪汽车，每次消费都在500元左右，要知道那个年代，人们的平均月薪不过200块钱。熟悉后，阔绰的杨先生邀请周晓去高档餐厅，那会西餐正时兴，配着价格不菲的红酒，出手送出的是进口化妆品。不到半年，周晓接受了杨越的求婚，她觉得自己就像童话中的公主，婚姻的殿堂是如此神圣和美妙。周晓家庭条件不太好，中专没有读完就出来谋生。刚有美伦的时候，生活幸福美满，杨老板的汽车销售生意十分火爆，也是从那时起私家车开始在中国逐渐普及。

然而好景不长，幸福的生活过了没有几年，美伦两岁多时，杨老板的车行涉嫌走私进口车被查处。东窗事发前，杨越卷走公司公款，跑得无影无踪，留给妻女的就只有那套三居室的商品房和装了五六个定位器的抵押奥迪车。跑路后的杨越很快被警方抓获，杨越挪用公司公款触犯"挪用资金罪"，被判处两年有期徒刑。周晓并没有选择离婚再嫁，两年时间不长，她愿意等待这个曾经爱过的男人。周晓变卖了那套三居室，换了两居室，多出来的钱再加上银行贷款，买了英才中学附近的这个60多平方米的店面。

在那风雨飘摇的几年，周晓守着残缺的家，而杨越在狱中因表现较好，减了一次刑期，提前两个月出来了。快五岁的美伦上了幼儿园，遗传了父母的优良基因，美伦长得很可爱，纯纯的双眼皮。出狱后的杨越找不到工作，一个有挪用公款前科的经济犯很难获得别人的信任，他只能和老婆一起经营甜品店。那时候刚有甜品的概念，20世纪90年代中后期最流行的便是奶油蛋糕。也许是平凡的生活让其暴露出本来面目，杨越刚开始还能安稳生活，后头隔三岔五酗酒，过着饱食终日、游手好闲的日子。狱中的禁锢生活没有改变他花钱大手大脚的习惯，偶尔出去和损友打麻将，一晚上输掉几百块钱，美伦妈妈辛苦赚来的积蓄很快被挥霍一光，面临着门店贷款断供的危险。离婚似乎在所难免。有一天杨越开走了那辆抵押车，因为开出居住地过远，银行三番五次打电话，杨越转手把车卖了，坑了那个想买豪车过瘾的接盘侠，没有办理离婚手续就消失得无影无踪，自此人间蒸发。

很快美伦初三了，2007年的冬天小庄如愿以偿和美伦成了同桌，不爱吃甜食的小庄再不用每天去买小蛋糕了。这已是小庄来英才中学的第三个学年了，他养的宠物狗小柴也快五岁了。小庄心中计划着能在来年春天和美伦去春游，而我也在这一年的春季学期转入英才中学，只是和小庄认识倒是冬天事情了。迫于升学压力，我想发奋读书，实现上大学的梦想。我、小庄还有美伦成了同班同学。

在这所富家子弟云集的私立学校，成绩不是他们乐于比拼的东西，由于一天到晚穿着校服，他们的虚荣心只能体现在攀比鞋子、自行车上。学校每个月有个大周末，可以休息两天半，目的是方便寄宿的学生回家，于是邻近县区的家长都会开着好车来接孩子回家，车水马龙，十分热闹。奔驰、宝马什么的在这里只能算是普通水平，而我家那辆高尔夫根本上不了台面，怕是会被当成爷爷的买菜车。

我和小庄、美伦成为同班同学有段日子了，距离寒假还有13天。学生们准备着期末考试，老师们憧憬着寒假，校长期待春节时的拜年。临近2008年的新年，几千号人的学校里每个人的想法都不一样。而我作为借读生，面临的是转学后的第一次考试，成绩至关重要，毕竟也不能太差才能升入高中部。家里给我找了补习的数学老师，希望我的数学成绩能在五个月内勉强达到80分（120满分）。

周末我和小庄溜出去上网，我们在甜品店买了零食，打算通宵一晚。那会儿我们迷恋上《穿越火线》这款游戏，经常在网吧里鏖战。同时，我们也得跟文化、工商等部门的执法人员"鏖战"，当听到楼道里有人大喊查网吧的来了，我和小庄就从后门逃跑，那年我们没满十八岁，却有很多十八岁以后没有的快乐。熬了一夜的我们依然精神抖擞，这就是年轻的好处，可以透支生命的长度和身体的健康。快天亮时我俩会在网吧下面的摊点喝胡辣汤，吃饱后回宿舍去补半天觉，等到了下午再去打台球，这就是我和小庄在学校过周末的日常生活。

我："感觉今天的汤有点稠，是不是淀粉放多了。"

小庄："凑合喝吧，下午去打台球叫上美伦吧。"

我："我知道你想什么，但是人家对你是没兴趣的。"

小庄："但是我坚持在她家买了一年多奶茶，她妈妈对我印象挺好的。"

我："你看圣诞节，你送的苹果人家就没要嘛，我早就建议你别买那么low的礼物。你是不是家里超市开久了，觉得生鲜产品人就喜欢？"

我们喝完汤走回学校，今天天气回暖，早晨的太阳散发着温和的热量，小庄期待着下午和美伦的约会，我想不通的是，已经是同桌天天见了，为什么还如此迫不及待呢，可能这就是喜欢吧。我看他眯着眼睛很开心，脸上洋溢着幸福。

第五章　何以为家

我和小庄回宿舍补觉，他每次爬向上铺都会先踩我的被子，我为此抗议了很多次，这样会传染脚气。临近中午我们饿醒了一次，面对浓浓睡意，两人谁都没有下床的意思。直到下午三点，小庄给美伦家甜品店打电话，得知美伦去学钢琴了，晚上七点半才会回家。下午只有我和小庄去打台球了，我们经常去南大街甘露公园后面的一家台球厅，里面还有麻将室。麻友在这里搓得醉生梦死，偶尔包厢开着门，只见里面烟雾缭绕。经营台球厅的老板是个四川人，经常跑去对面茶餐厅帮麻友们点饭点菜，他从中发现了商机，打算把闲置库房改造好通风、排气，弄个厨房自己做简餐。

我们今天来打球，老板和老板娘正带着工人接燃气改水电，我们照例继续打球。我的水平比小庄好一些，每次说好三局两胜，分胜负就回，但小庄总会黏着我多打几局，最终也还是会输给我。台球厅采光不好，大多数时候需要开灯，四周的墙上贴着一溜海报，有奥沙利文、塞尔比、威廉姆斯，还有近年来声名鹊起的丁俊晖。我是左撇子，击球习惯用左手，右手架杆，但我也不是完全意义上的左撇子，属于左右皆可，吃桌餐时为避免和邻座胳膊打架，就用右手拿筷子。头顶的吊灯忽暗忽明，虽然我们不打斯诺克，但是小庄进不了球时会转为防守，尽可能给我制造障碍，我每次都会在大脑里预算角度、预演轨迹，一次次地去解开斯诺克，我发觉自己解斯诺克的能力要比解数学方程的能力强，因为障碍是看得见的，而方程的解则说不好。比如一元二次方程，会有无解的情况，我经常搞不懂"△"与根的关系。后来我才明白，世上没有最好的解决方案，最好的"解法"只是一种平衡。打到下午五点，我和小庄饿得饥肠辘辘，主要我右手架杆很累了。我们去附近吃晚饭，饿了一天感觉能吃下一头牛。这家店的卷子鸡很好吃，重点是面卷子入味，香味浓郁，吃饱后我们一人喝了两罐啤酒，这就是我俩周末的娱乐方式。

我前几天做梦，梦到我和小庄在拼命奔跑，但是没人追我们。吃饱喝足已然晚上七点多了，我们计划走回学校。晚上九点半，学校安保科的执勤老师会来查宿，我们得通过快速走路让身上的啤酒气味尽快散发掉，为此喝还了大量矿泉水。我们约莫走了半小时，走到"周记甜品"门口，意外的是门头没有亮光，卷帘门拉了下来，看样子是打烊了。

小庄："不到八点，怎么会关门呢？"

我不假思索："应该是累了吧，回去休息了。"其实我心中也有疑惑，店里一般九点半以后才会打烊，因为那个时间学生都回学校了，很少有人出门。

"陆言，我想去上卫生间，憋不到回宿舍了。"小庄没说完就朝店后的巷子走，那里有一个公共厕所。我没有理他，此时我的手机振动了一下，是条短信，堂哥陆堃发的，短信大概意思是他要去省城了，跟我告别。堂哥是我最佩服的人，我大伯、大婶都是生意人，经营过农家乐和旅馆。我本想陆堃会跟我那个不成器的表哥一样，变成无所事事的问题青年，但事实证明人家是个有为青年。堂哥从小成绩优异，有着过目不忘的记忆力，大学学习历史专业，后来在老家当历史老师。还没过门的嫂子也很漂亮，去年国庆节我们见过一次。但是我不知道堂哥为什么会突然离开老家，我也没有想太多。

回到宿舍我便看起了电子书，最近迷恋看小说《诛仙》，当读到碧瑶为张小凡挡剑时，小庄回来了。我看他眼神有一丝飘忽，我没有深想，但是他这个厕所上得着实有点久，距离我们分开大约过了半小时。本来这是个四人间宿舍，其中一个学生校外打架致人重伤进了少管所，这件事影响很大，引起的后果就是恶少们开始只在校内打架，不再让社会青年做帮凶。另一个学生在校内无证驾驶汽车撞到了校园里的路灯上，这几天被教务处勒令回家反思。

话说两头，我们把进度条往回拉一点……

傍晚7:42，美伦从钢琴老师家上课回来，路过甜品店发现已经关门了，就想妈妈应该回家了。走进单元门，刚走到二楼楼梯间，她听到三楼有东西被摔碎的声音。美伦急匆匆跑到三楼，有一个人影闪了进去。

"你怎么还会回来，这里不是你家了。"周晓面无表情，不代表内心情绪没有起伏，她的胸口随着呼吸而剧烈起伏，显然十来年独自抚养女儿的生活让她疲惫，也让她更加坚强。

"这是我家，我要回来看看美伦，我们还没有离婚。"那个人影原来是美伦消失已久的父亲。

"你欠的3万块赌债我替你还了，车被你开走了，这套房子是我买的。美伦长这么大你没有尽过父亲应尽的责任，加上你之前赌博输掉的钱，我们的感情已尽，在我心里你早就死了。"

美伦推开门，家里站着一个四十多岁的男人，虽然身材不像了，但看清面庞后，美伦知道这是她的亲生父亲。

"我想再搬回来，不喝酒了，也不赌博了。这些年我在外面也很苦，先是作大车司机，后头想办法承包了土地雇人做玉米制种，前一年押准了洋葱市场，一口气翻身赚了30万。我想回来，我无时无刻不想家。"

杨越继续说道："以前我也是逼不得已，我肯定知道走私车犯法，但想着上头老板关系够硬不会出事，没想到就东窗事发了。我那会儿就想一了百了，带着公款跑到外国去，没想到最后在机场被抓了。我原本只是想用钱给你们幸福。"杨越从口袋摸出一包七星香烟，点燃后一朵烟云飘在了精致的吊灯周围。

杨越继续说："刑期满了，走私和我关系不大，我就是个高级打工仔。出来后那帮朋友隔三岔五找我喝酒、打牌，其实我也知道，赌场是个无底洞。直到在地下钱庄欠了5万块钱，才知道自己是被这些朋友设计了，他们认为我藏了不少公款，借钱给我赌的和开盘口做赌场的其实是一伙人。没办法，我怕影响你和美伦，怕钱庄找你们麻烦，我只能说离婚了，在家里表现得像个废物和无赖。然后我就跑路了，东躲西藏省吃俭用过了十来年，我还是想回来。现在这都是我光明正大赚的钱。"

"但是我已经不想和你继续在一起了。"周晓这短短一句话萦绕在杨越耳际。

"好吧，那我走了，我在皇冠假日酒店，这是我名片，上面有我电话。"说着杨越从手包里掏出一个小礼盒，转身塞到美伦手里，美伦打开盒子看到耀眼的光，是一挂精致的项链。

美伦追着杨越下楼去，看到一辆越野车开出巷口，这时她依稀看到了小庄。小庄没有去上卫生间，而是去超市买了一盒费列罗巧克力，他气喘吁吁地跑到美伦面前："陆言说，巧克力比苹果好呢。"美伦呆呆地看着这个有些犯傻的同桌。手里有两个礼物，来自不同的人……她回头看到三楼灯亮着，手机响了，妈妈催她回去，小庄目送她消失在楼道口，小庄看美伦目送那辆黑色越野车出去，小庄不知道那里面的人是谁。

第六章　石川先生

石川先生离异了，一人独居在英才中学背后的小区。离婚后他把房子给了妻子，自己只想要儿子的抚养权，他不想让仅存的感情在财产纠纷中荡然无存。2007年的秋天他搬到了学校附近的小区，一个人照顾孩子。儿子马上要升入小学，这里距离小学、初中都近。除了工作日必须开车外，寒暑假他会步行到附近公园散步，从小区到润湖公园大约两公里路程，步行在25分钟左右。公园的西面是两组破旧平房，他们是棚户区改造的钉子户，坐地起价的原住民最终贪欲落空，旧民宅被放弃改造，但成了比邻公园的湖景房。从两组平房间的小路绕过去就能到公园，会比走大路节约10分钟路程。寒暑假他会早起去公园跑步，湖的周长是三公里，他需要20多分钟跑完，夏天时他能更快些。

搬家那天，石川感到孤独而绝望，孩子太小，自己教学任务繁重无法照料儿子，父母也老了，腿脚不是很好，琐事的无奈就像乌云压在石川心头。石川先生是没有爱情的婚姻，奉命于男大当婚的游戏规则，严谨的石川认为不结婚的人生是残缺的。三十七岁的石川结婚有些晚，没想到离婚却很早，前妻认为石川沉闷无趣。但这些掩盖不了石川无与伦比的才华，他是个优秀的数学老师，金州大学硕士研究生毕业，现为甘州市一中学科带头人，也是数学教研组主任。每天早上8:10，石川准时出现在校园门口，习惯性地在门口树池旁边迅速吸完一根烟，满足的表情表明了尼古丁带来的欢愉。石川的作息像钟摆一样规律，他不允许自己的生活有误差，如果能画出他的脑回路，恐怕是块精密的陀飞轮机械手表机芯。石川的业余生活沉浸在推理、算题、验算、论证的喜悦中，课外爱好是看阿加莎、东野圭吾的作品，休息时也在看些法治类节目。

　　他为无趣的生活感到麻木，甚至一度抑郁，只是石川为人内向，别人并没有发现。偶尔会失眠，刚开始以为自己是烟抽多了。搬家那天是国庆节假期，石川开着朋友的皮卡从前妻家里拉走了日用品、衣物，更重要的是他那一堆推理小说和自制教具。车停在院子里，开始发愁怎么把这么多东西搬到三楼。美伦回到小区院子看到了这个陌生的叔叔，看样子是搬家呢。美伦过去跟他打招呼。初三的美伦已经有过了一米六的身高，扎着头发，穿着水粉色衬衣和浅蓝色长裙，眼眸清澈得像山涧的溪流，仿佛能治愈你的不安。石川怔了一下，心里想这孩子的母亲一定是个漂亮的少妇。美伦帮石川搬了一点生活用品，聊天中得知石川叔叔是她的新邻居，石川也知道了美伦是单亲家庭，母亲在英才中学门口开一家甜品店。

　　多么可爱的姑娘，石川心里想到。离婚后父母提出把孩子接回老家上学，石川还没有考虑好，但是目前他的情况是不太可能照顾好小孩子的，自己实在太忙了。搬来后的石川拜访了美伦母亲，表示对美伦帮忙的感谢，将自己的风铃送给了美伦作为礼物，那个风铃是石川大学时的女友送给他的圣诞节礼物。

　　从秋天开始，他习惯性地到甜品店买拿铁咖啡。石川心里是喜欢那个甜品店老板的，女店主周晓腰间系着卡其色的围裙，戴着一次性的手套，几缕发丝露出耳畔，轻轻摇曳，一切是那么美好，这是石川一天中最开心的时候。当然他不会表现出来，进门习惯性点拿铁咖啡和全麦面包，每隔两周买一小瓶果酱。店员阿梅总私下对周晓说，这个先生好像喜欢您，因为他总会在出门时不经意地回眸。

石川带上甜品、咖啡开车前往工作的学校，今天高三年级模拟考试，他负责上午的数学监考，下午批改完分配的导数和函数题目就能回家了。晚上他做儿子喜欢的蒸鸡蛋，石川想，现在幼儿园还能托管，可是假期怎么办，今后上小学又怎么办呢？等到上初中才能去寄宿制学校，无尽的问题搅得他脑子疼。他想，如果有个体贴的老婆就好了，白天能带着小孩子，不用上那种朝九晚五的班，自由时间也会多点。不知道怎么的，他脑海里浮现出邻居周晓的样貌。虽然她比他大四岁，但身材保持得很好，皮肤丝毫没有松弛，感觉不到她的年龄呢。可能不同人基因不一样，周晓天生具有抗衰老的基因吧。每次模拟考后，高三学生会放半天难得的假，石川老师下午四点开车回家，他在楼道里遇到了美伦的妈妈，石川打招呼说："你好！"

"你好石老师，今天下班很早呢，我看预报说六点多会下雪，打算过去关店，下雪就没什么人光顾生意了呢。"周女士把发丝捋过耳畔，看着石川。

石川本想说："是啊，下雪了呢。"但开口说的却是："下雪天，不如一起吃火锅吧。"周晓愣了两秒，马上回过神来，心里想拒绝又找不到理由。今天美伦要去上钢琴课，回来应该七点半了，一般上钢琴课时都会给她零花钱吃晚饭的。周晓鬼使神差地答应了，这可能是她十年以来第一次接受除相亲以外的男性的邀请。石川一丝不苟的态度让她心生敬意，一个离异独居带四岁儿子的男人，好像就应该是邋遢的，无暇顾及自己形象。但是石川先生总是头发梳得整整齐齐，三七分的发型仿佛经过准确计算，黑色的皮鞋少见尘土，每天上班总是穿着便装提着上身西服，下班时穿着整齐的西服，右手的衬衣袖口往往是松开的，想必是书写板书手比较累吧。

约莫到了17:30，石川提前赴约，他也是第一次感觉到自由恋爱的气氛，这一刻他觉得这种感情是没有规律的，就像他会在照顾孩子时脑海中偶尔浮现起美伦妈妈的身影，而不是只顾打麻将找不到人的前妻。铜锅的热气蒸腾而上，石川取下眼镜来，他感觉起雾了，从手包里掏出眼镜盒把眼睛擦拭干净放回去。

石川津津乐道地讲起涮羊肉："肉讲究顺序和节奏，要从肥到瘦，从肉到素，最开始可以加纯肥的白嫩羊尾油，一锅肥汤才能开涮，后面涮瘦肉和菜会更鲜。"周晓莞尔一笑，继续听下去。

"涮的时候长木筷子夹着羊肉在滚开的汤里不能松开，一是管着自己的肉别漂到别人面前，不礼貌呢。二是掌握火候，时间长了就是煮肉，不是涮肉，筷子随时扒拉着，肉微卷，一变色，马上出锅，放入吃碟，用勺舀着麻酱蘸料洒在羊肉上吃。"石川说得有条不紊，仿佛他就是这家加盟店的老板。

"我是在北京上的大学，经常和朋友吃涮肉，这铜锅和火锅还是有区别的，铜锅的吃法更有仪式感，这家店羊肉也考究，是西口滩羊，肉质鲜嫩而且不膻。"石川如数家珍，介绍着不同部位羊肉的特点，他把调制好的蘸料递给了周晓。

石川温了小瓶黄酒，傍晚六点半北方的窗外已现出朦胧的夜色，来往的车灯照亮了马路。两人很自然地聊到孩子身上，彼此表达独自带小孩的艰辛，当然也有孩子给他们的欢乐。石川离婚时选择了孩子，他觉得孩子会陪他成熟、变老，房子只会在某时某刻被拆迁。应该七点了，店内电视机传来《新闻联播》的背景音乐，新闻主播按照惯例播报时间，算算还有三天就到公历新年了。

周晓回到家不久，女儿美伦回来了，她手里带着一个苹果，包着青色、粉色相间的包装纸，橘色的彩带扎成蝴蝶结。风铃响了，叮叮当当。"忘了，该关窗户了。"周晓关好了客厅的窗户，风铃下的吊穗停止了飘动，美伦背着Hello Kitty的书包进屋写作业。8:30，女儿会练一会儿钢琴。美伦妈妈盯着风铃出神，想石川先生真是个博学而有趣的人呢。

第七章　春游悦心

小庄后来告诉我，在他年少的岁月中，最值得留恋的是2008年的清明，那是一个少年最单纯的恋爱，犹如当年的康乐草原，风微寒，远处山的曲线舒缓而优美，一切是那么单纯而又美好。

要从那一年的春节后返校说起，那个在校内开车的问题学生回来上学了，他的名字听起来有点儿女性化，叫作白芷，他父母早年在陇中种植中草药，就以药入名，给他取名白芷。我后来读了冯唐的小说，才发现他跟黄芪是多么般配呢。白芷讨厌这个名字，但没有办法。白芷人如其名，皮肤白皙、剑眉星目、朱唇皓齿，比我大一岁的他身高有一米七八，标准的美男子。每次回宿舍楼，都会有女孩子找我帮忙，给白芷带晚餐，作为奖励我能拿一包薯片。白芷因为中考分数太低而留级一年，作为插班生在我隔壁班级读书，他也是我的舍友。上帝是公平的，给你美丽的外表，多半就会拿走聪明的头脑。当然也有例外，比如我和小庄智商和外表都是那样平平无奇，属于无人关注的类型，课堂里老师不会关注我们的存在，课堂外女孩子关注的是白芷。白芷在外婆家长大，后来外婆因病去世了，白芷就上了寄宿制学校。他的父母销售中草药赚了不少钱，提前给他买了一辆Polo汽车，作为考取高中的奖励，可惜白芷没考上。

白芷每天忙着跟不同姑娘约会，学校一周有三个晚上没有自习，白芷会出现在电影院、咖啡店、酒吧等约会场所。我经常会用自己愚蠢的脑袋猜想，他是怎么做到的，让他的那些女朋友们彼此相安无事。相比白芷的轻浮，小庄就很专情。他心里、眼里只有他的同桌美伦，小庄没事还会以买东西为由去美伦家店里帮忙，配送奶油和面粉、鸡蛋的厢式货车会在周六下午送货，他会准时出现帮忙搬货。而我的感情进展仅仅是读网络小说，自己的关注从碧瑶变成了陆雪琪，我在想萧鼎这个坑货为什么要"写死"女一号，而且还没办法圆后面的剧情。我照例要利用休息的半天时间，去课外老师那儿补习数学，经过我的不懈努力，我已经掌握了三角函数、平面几何的解法，还有一些诸如A管放水、B管注水的数学应用题，最近一次月考数学竟然得了92分，欣喜的我请小庄和白芷去吃了一顿烧烤。

在市里的青年西路有条步行街，不到500米，但是挤满了各色小吃、烧烤店、酒吧。我、小庄、白芷坐在一家酒菜馆吃饭，这里有正宗的红柳烤肉，而且能够保证他们的木签儿是干净的。我点了一箱纯生啤酒，我们出来时已经"贿赂"了执勤宿管，回去时保证不会被查。

"你好，能和你碰一杯啤酒吗？"看样子像是一个在读大学的女孩子，白芷疑惑地看着这个陌生的小姐姐。

"不要误会，我玩真心话大冒险输了，我选择大冒险，朋友让我跟你喝一杯啤酒。"白芷扭过头看侧后方确实还有俩女学生，桌下有一只橘猫。白芷挥手表示打招呼，拿起酒杯示意后一饮而尽。我对类似情形习以为常，经常会有人搭讪他，通过不同形式。结账要走时，我发现账单被买过了，老板说就是那个和我们玩游戏的女学生结的账，服务员顺手一张便签递给了白芷，我瞟了一眼就知道是手机号。

回去后我们商量着去看草原，这将是我们第一次一起出行，小庄充满期待，和美伦一起去草原，策马奔腾是不可能了，但是夕阳下牵着骏马散步，想想也很美好。哦，这一定是电影里的剧情。我为了这次春游踏青准备了不少东西，一双全新的运动鞋，"三叶草"的帽子。

我们一大早出发，小庄如愿约到了美伦，美伦妈妈在那边有个裕固族的朋友，已经提前联系好让照顾我们。我、小庄、白芷、美伦还有小柴坐着小庄家的PRADO越野车，白芷告诉我他十五岁的时候就会开手扶拖拉机，大一点自己骑着摩托车往返一百多公里，他天生对车着迷。小柴已经五岁多，长得很大了，毛茸茸的狗头探向窗外，车载音响里传来The Beatles的曲子，我听出一首来是《Let it be》，接着是The Doors的《Light my fire》，以我蹩脚的英语水平理解这个词组的意思：点火或者照亮什么的，是不是外国人打麻将点炮时候听的歌曲。

连日淫雨霏霏，这些年西北的气候变得愈加湿润起来，将往日尘埃冲洗干净，我们到达后看到山坡叠青泻绿，草原绵延至我视线的尽头，云舒云卷，光影浮动。太阳不大，时而藏在云层里。美伦着橘色运动衣显得青春、靓丽，我凝眸远望，长空寥廓一望无际，感觉眼睛有些隐隐作痛。时来的风吹过，草场如碧波泛起涟漪，一波波向前涌动，充满着绿色生机。远处能看到牧民牵着马，再远应该是牧民的帐篷。我躺在这里感受大自然的神奇，小庄情不自禁地靠近美伦，有只鸟雀受惊似的向远处飞去。小庄拿出飞盘用力扔出去，然而柴犬懒洋洋地躺在草地无暇顾及，有两只粉蝶飞舞，柴犬随即追着玩耍。白芷拿出相机拍照留念，我看浸染的绿色一望无边，犹如身临梦幻的童话，竟睡着了……

小庄回忆说那是美伦第一次跟他吐露心事，说起和学校无关的事情。"石川先生后头邀约了妈妈几次，妈妈内心矛盾，这些年来她一直把抚养我作为生命的全部，但是我感到这样对她是不公平的，这样她的人生也是不完整的。这也就是为什么爸爸那晚回来，而妈妈说不再想继续和他在一起了。你说成年人的喜欢很单纯么？"美伦问到小庄。

小庄有些紧张不安，解下手表来犹如盘佛珠般在手里摆弄，他想了想回道："应该是一样的吧，不喜欢为什么还会想见他呢，如果是讨厌，不应该是希望他永远从自己身边消失吗？"

小庄说得漫无目的："在这个学校上学的孩子，有父母离异的，也有像白芷那样在爷爷奶奶家长大的，也有像陆言那种渴望上大学的。更多的是缺失家庭关爱的孩子，父母没有时间、没有多余的精力和感情来爱他们，他们的父母可能都忙于创业或者升官发财。但是孩子也会像花草需要阳光、水源那样需要亲人的关怀，而不只是拥有更好的手机、更多的零花钱。"

"就像我，记得两岁时坐亲生父亲的出租车在乡野兜风，也许那个父亲是贫穷的，也一事无成，但那是我最早、最纯真的回忆。喜欢就像这种回忆吧，时时刻刻想起来都是甜美的，就像我去喝你家的烧仙草。"小庄认真地说着，美伦认真听着，流线型泻下的秀发是那么乌黑秀美，圆润的耳垂和深邃的眼眸，那眼睛不时会看着小庄的双眼，仿佛在一泓清澈溪水里捕捉着稍纵即逝的小鱼。小庄此时仿佛脑子开窍了一样，这是他三年来最接近美伦的一次。

晚上我、小庄、白芷在酒店三人间沉沉睡去，第二天醒来，我感觉自己是最无意义的旅行者，小庄是为了美伦，白芷是为了开越野车，我好像就是为了昨晚的手抓羊肉，为了跟朋友喝醉了酒。我醉酒还没有醒透，越野车就把我们带回去了。

第八章　老人与狗

从分床到分居再到互不相问、互不相干，小庄的妈妈和继父庄强还是离婚了，没有坚持到小庄中考结束。小庄没有表现出什么悲伤、难过的情绪，继父给予他们母子经济上的支持，小庄对生父的记忆已经很模糊了，只能偶尔去见见爷爷，以此捕捉和回忆父亲的感觉。爷爷得知小庄去上寄宿学校了，他就想去陪着小庄。2006年夏天，老头怕寂寞，就在市里开了个棋牌室，小庄把柴犬也放到了爷爷家。爷爷是小庄最亲近的人，小庄也是爷爷唯一的亲人。儿子死后，老头感觉世界崩塌，警方一筹莫展，老人家对墨绿色制服的警察并不抱希望。那个年代绿色象征着慢，比如绿皮火车和邮政局。爷爷六年前从县城的中医院退休，之后没有接受去私立医院坐诊的邀请，拒绝了高薪的报酬。作医生久了，看多了生老病死，老人对有多少钱也无所谓，老伴儿去世后他只想着小庄，小庄随母亲改嫁后，他也不方便经常过去看看。

直到小庄妈妈离婚了，爷爷想多一些时间和小庄在一起，就在市里开了间棋牌室，想陪小庄度过初中和高中，他仿佛又可以看到儿子一天天长大的情景。小庄觉得自己上学的时候爷爷会无聊，就把小柴放在爷爷那里，小柴承担起棋牌室的"安保工作"。聪明的小柴能简单听懂一些话语，比如让它叼着10元钱到隔壁小卖部买烟，聪明的小柴会得到香肠作为奖励，狗狗对跑腿工作非常向往，经常趴在门口注视老头们，盯着他们要不要买烟，以换取香肠。爷爷给小柴缝制了褐色的布兜跨在身上，爷爷累了的时候，就把买的菜放布兜里让小柴代运，正直少年的狗子精力充沛。爷爷拉着柴犬，柴犬驮着菜，一老一狗，温暖而又恬静。中午小庄会来看小柴，周三和周五学校餐厅有排骨和鸡块，每逢这两天小庄会带肉来奖励小柴。我一直觉得小庄正是因为有和蔼的爷爷和聪明的小柴，他才能够从家庭破裂、生父离世的悲痛中走出来，没有成为问题少年。

初三的考试频繁了许多，就连那些聚在一起抽烟的学生也在讨论如何配平化学方程式和宾语从句到底看哪个连接词。4月的一个周末，我们正在搬课桌、布置考场，准备下周一的"三模"考试。正当我们走出校门口买冰镇可乐时，小柴一路狂奔而来对着我和小庄狂吠，小庄感觉出了什么问题，跟随小柴一路疯跑，我们到了爷爷的棋牌室，门敞开着，今天似乎没有老头来打牌，爷爷爬在柜台上，小庄急忙打电话叫救护车，半小时后我和小庄就已经在医院走廊上站着了。爷爷有高血压，下午发作时周遭没人，还好小柴跑到学校来找小庄。

"我不打算住校了，我要跟爷爷一块住。"小庄头上渗出汗水，感到害怕，他知道爷爷有病的，"如果我走读的话，就能督促爷爷按时吃降压药，爷爷家也有血压仪。"

"那我帮你搬吧，明天我们就交申请。"我在一旁安慰小庄，我知道爷爷对于他的意义。从那以后宿舍就只剩我和白芷，小庄偶尔会来我上铺午休，枕着一本书在光床板上就能睡着。心中忧虑的小庄打算让他妈妈也过来，爷爷不能一个人待着。但是目前妈妈的工作调动不开，只好雇了一个阿姨负责做饭和照料爷爷。

我的成绩有所进步，升入英才的高中部不成问题了。我想，要是能再多考20分的话，我就能去二中读书了。我每天会早起半小时，看会儿英语单词和老师圈的重点词组，背一会英语作文模板；晚上会把近期考试做错的习题抄录下来，分析它们的不同解法；看小说似乎锻炼了我的写作能力，有一次作文竟然拿了满分，语文老师当堂朗读我的作文，我感受到莫大幸福，这是第一次有人肯定我写的东西。时间一天天过去，我的成绩排名也在一步步提升，我暗暗努力奋斗，我想出身不能决定一个人未来，聪明或者愚笨也不能反映什么，努力的意义就是每天都有进步，哪怕只有1厘米的超越。面对考试的压力，那些善于闹腾的学生也开始静静思考未来，因为初中的三年马上要结束了。

　　距离中考越来越近，快到夏天的那个下午，大家听到了人防办的警报，大家集体起立默哀，哀悼汶川地震遇难者。我记得是计算机课，显示屏被切到了黑屏，那一天是5月12日。一段时间，市里所有的娱乐场所暂停营业，所有游戏厅暂停运营。学校里除了国旗再找不到红色的旗帜，原本定在5月中旬举行的运动会取消。我和小庄常去的那家台球厅关闭了，不知道那个四川老板家距离震中有多远，我也很担心他。生命有时如草芥，微不足道，我们努力生活有时敌不过天灾人祸，一瞬间会让你失去所有。这世上有很多不幸，最大的不幸就是亲人罹难。小庄那几天心情很低落，他想起十四年前遇害的开出租车的父亲，他想那里会有很多父母失去孩子、青年失去爱人、孩子失去家庭。我们能承受生命给予我们的重量，比如求学的困难、工作的艰辛、生活的不易，有时我们不能承受生命之轻，这种来自灵魂和肉体撕扯的痛苦，比如无疾而终的爱情、分道扬镳的友情、分崩离析的亲情，这都是我们无法承受的。

　　晚上，月亮明亮，小庄叠了五十二只纸鹤，他打电话叫醒我说有事呢。我走出房门、溜出楼门、翻出大门，简称"三重门"，和小庄汇合，他说想把这些纸鹤放水渠里去，我们俩骑着自行车来到西郊的西沟渠，小庄把纸鹤一个个放进水里，目送它们向西流去。

　　"说人去世了，天上会有星星闪过。"小庄是个多愁善感的人，可能这次的灾情让他体会到，能完整的和在乎的人度过一生就是最大幸福，我也被他感染。回去时夜深了，我溜回宿舍已经一点，我看天上月明星稀，明天会是个好天气呢。

　　日子到了6月份，因为高考占用教室作考场，我们放假一周，我要去数学老师那里补课，他给我讲解近年的高频考题，我的脑子仿佛也在这学期突然开窍，我的数理成绩比过去好了不少，我回想起去年被吴主任赶走的情景，生怕我的成绩会影响他的考核指标，准确说在他们眼里后进学生就是绩效工资的天敌，毕竟绩效收入影响着生活质量。

"爷爷我回来了。"学校放假了，小庄从外面买回来两份红烧排骨，他吃一盒给小柴一盒，小柴救了爷爷，它已经不仅是宠物，更是家庭的一员了。爷爷在躺椅里看报纸，没有老头打牌时爷爷会关了棋牌室的门，回到租住的房子看报和新闻，小柴在一旁的垫子上慵懒地睡着了。

第九章　风铃物语

1

高考之后是6月上旬，学校进行了最后一次模拟考试，学生们更关注NBA的总冠军是湖人还是凯尔特人，按照目前2:0的情况来看，湖人很有可能夺冠，球迷们对比赛的结果进行预测，不少人兴致勃勃地赌自己支持的球队赢。那个年代的比赛还流行阵地战，而不是后来的三分球大战了。

6月16日下午，最后一次模拟考试结束，寥廓的天空没多少云彩，晴朗得就像开心的小孩。我去卫生间小解，里面的"烟民"抱怨得乐此不疲，听意思是前面投注支持湖人的家伙很可能输得血本无归，没想到绿衫军的防守这么强悍，那三个老男人太可怕了。

"输了也无所谓，我这200块钱全是为科比投的，我坚信能翻盘的。"一个学生扔掉了烟头，狠狠地踩灭。

"赢下天王山战役的球队80%以上都会拿下系列赛，还是要相信历史的规律。"另一个短发男生回答道。我从烟雾缭绕的男厕出来，准备回宿舍。白芷在翻看着近期的试卷，作为留级的插班生，今年的考试对他简单了许多，他也有了空暇的时间去认识不同女孩，我想如果没那么多姑娘的话，他的成绩可能会更好一些，他是个十分专注和沉着的人。白芷看了一小时学习笔记，打开电脑看起电影，徐峥的《爱情呼叫转移》，我大概知道剧情，这是去年的电影了，我开起玩笑："你每个月都在过着电影里的花心之旅，不如你自己写个自传叫《心花路放》吧，我想你这辈子就算结婚也不会有七年之痒，因为你比正常男人过得丰富多了。"

白芷回头扔给我一个信封，我看了名字感觉有点熟悉但是想不起来是谁的，正在疑惑时白芷说道："是上次那个给我们结账的女学生，天呢，她以为我是高三学生，可能是我长得太高了，我就是好奇发了条短信。"

"看来你喜欢比你大几岁的女性呢。"

"没有，好奇，我只是觉得她有亲切感。"白芷回答得若有其事。

我没有回答，想起莎士比亚的十四行诗：

"俊俏的浪子，为什么把你那份

"美的遗产在你自己身上耗尽？

"造化的馈赠非赐予，她只出赁。"

我知道美好的花朵都会开透，有的人不想看花的凋零，就没有去播种，尽管他们没有种下爱的种子，但仍然会装模作样地去浇水、施肥，希望开出娇艳的花朵来，有时会错走进他人的领地，垂涎不属于自己的尤物。莎士比亚还写过："对天生的尤物我们要求蕃盛，以便美的玫瑰永远不会枯死。"

我也种植过种子，在卑微的土壤里，我期望能用充满魔力和美丽的语言去形容她，也许这一天离我会很近，也会很远。

2

屋里传来《天空之城》的钢琴声，美伦依然在练琴，马上到暑假了，学生会放假回家，这一个月会是甜品的淡季，不过购买鲜榨果汁的客人会比以往更多，这是一年最热的一季。中考成绩还可以电话查分，算着日子还有三天呢。弹罢一曲，美伦起身伸懒腰，他看到窗外有人影，好像是爸爸，他偶尔会过来站在院子里看一会，没见他上来过，如果找美伦妈妈应该去甜品店，我站起来打开窗户，杨越坐在车顶向美伦挥手："你弹得真好听呢，能让爸爸再听一会吗？"

美伦坐下来找了自己前些天打好的谱子，略显生疏地弹起孙燕姿的《遇见》，还好这曲子节奏不快。结束了，他听到汽车引擎发动的声音，之前停车的地方留下了一束向日葵花，花望着天上的太阳，天上的太阳也温暖着它，美伦下楼把花取上来插在了梅子酒的瓶子里，妈妈偶尔会喝梅子酒，她就会把好看的瓶子收集起来。

风铃叮叮当当响了，美伦想，也许孩子的生活和大人不是完全相融的，即使是家人也有各自独立的空间，每个人都有喜怒哀乐，有爱恨情仇，有如意也有不如意呢。自己对爸爸的记忆很少了，石川先生作为邻居反而经常见。

美伦打开手机QQ，手机屏幕显示2G信号满格，但是速度还是很慢，看到小庄的留言：

"我们还会做同桌吧，我很努力考试了。"

美伦呆呆看了会儿屏幕没有回复，其实她跟小庄成绩差不多的，很可能还会在英才读高中部，但美伦还是想去重点中学，美好的前途谁不渴望呢。

3

打电话查成绩那天，我、小庄、白芷、美伦四人在一起，我们四人猜拳，输的人第一个查分，赢的人把对成绩的憧憬保留到最后。第一个查成绩是我，我小心翼翼地输入准考证号，按下免提键，提示我得了632分，我欣喜若狂，按照往年分数这足以去二中读书，我偏好历史和语文，那里更适合我。接着是小庄与美伦，美伦比小庄多一些，大致一样，如果情况好能和我一起读二中，如果二中分数线上涨就只能读英才。白芷完成了预期，成绩绰绰有余够上英才中学，他抱头苦恼，要在这地方要待七年了。

我开玩笑道："说不定你高中还得补习呢。"

"你就想咒我。"白芷显然对成绩满意，并没有在意我的玩笑。

查完分数，各自愿望都实现了，当然有一个问题，我有很大概率以后与他们三人不在一个学校，虽然我在这里只待了七个月而已，但仍旧很不舍，不过未来的事情交给时间吧。我们四人去一家桌游室去打桌游，后面一起去看电影。四人的聚会方式刚好，小庄是热衷于美伦的，白芷和我是同住的室友。路上我们一起唱着《凤凰花开的路口》，当然我们还是在同一个地方，时间总是会赋予每一个阶段意义，当我们经历它、完成它时就充满了仪式感。

有时白芷会介绍他认识的女孩给我，在他光环的映照下，仿佛我也有了更大的魅力。我络绎不绝地讲起村上春树的小说，跟他们说日本人的爱情和生活，我也很向往去日本看看樱花，富士山象征着日本的自然，京都代表历史，而银座意味着现代。换我以前的学校，我讲这些会被老师认为不务正业，会没收我的小说，我跟那群呆子们谈文学时，他们却只关心这玩意考试考不。我享受着白芷的光环，仿佛也开始受到女孩青睐，我也找到自己与众不同的地方了，我看过很多小说，懂得那些纸上的情长与愁短。我问过白芷他为什么要和我住一起呢，毕竟我们不是同班同学。他说道："陆言，你刚来时在学校报纸上投过一篇现代诗，播音站还朗诵了，我觉得你挺有趣的。"

第十章　点线相连

中考完的假期很长，孩子们这四十多天的暑里也很快乐，小庄和爷爷在店里下象棋，美伦和妈妈去了苏州逛园林，白芷回了金州帮父母看城里的药店。而我在家里认真地想今后的事情，包括未来的人生。这期间我参加了潘西老师的婚礼，很荣幸我做了他助手，婚车前点礼花和鞭炮，看着婚礼上潘西客套地跟熟悉的、陌生的宾客道谢，身边的伴郎如饮水般一杯杯喝酒，穿着洁白婚纱的新娘笑靥如花，钻戒闪着耀眼的光芒，一挂精致的项链绕过脖颈在雪白的胸前熠熠生辉。每一对男女似乎在婚礼这一天都是快乐的，当然不幸的婚姻就像买便宜而劣质的汽车，只有付款的刹那能感到优惠的快感，往后就是无穷无尽的折磨，频繁修车和故障会让驾驶的乐趣荡然无存。生活也是如此，争吵、猜忌、出轨就像汽车的故障，你不知道什么时候会发生问题，当你在平坦的大路上疾驰时，车子可能会突然抛锚，只能求助于拖车，这时，你会发现拖车真好，自己还能把故障车辆拖走。终于明白颜值高、性能强大的轿跑是我们玩不起的高配，便宜的车子也不是实惠的选择，我们需要的是一辆老实、稳重的拖车，可以负重前行。

婚礼上吴主任见到我就像看到脱手的跌停股票般释然，装模作样地问我中考成绩如何，听到我的考试分数，他先是一怔，继而违心而又虚伪地说道："看来还是在我们这儿打的基础好，你才有好底子考出优异的成绩。"我连连说是，盛情称赞吴春秋主任教导有方，在他带领下学校取得了全市第十一名的好成绩（市里总共十四所初中）。吴主任是很势利的人，如果你父母是某单位局长或者身价百万的富商，他就会给家长递烟、倒茶，但如果你父母是普通百姓，他就连握手都能表演出领导接见使臣的笑容，仿佛穷人的孩子能够接受义务教育完全是他的功劳。每年的先进评优吴主任总是第一个，过年他会把家长馈赠的烟酒小心翼翼地趁汇报工作之机转赠给领导，学校也像官场，巴结好领导才是生存之道，哪怕每次吴主任都完不成学校制定的升学目标，谢顶的谢校长也会如关爱晚辈一样拍拍他的肩膀："年轻人好好干，有事多跟我汇报。"

酒席上的雪碧喝得我一直打嗝，当宾客们开始打包剩菜时，我跟潘西打招呼说要走了，临走我给他一份礼物，是一款篮球鞋，这是我用压岁钱买的，潘西收到很是兴奋。从婚礼回来我在家补午觉，请假半天的我，晚上还要去勤工俭学的酒店打工，下午五点时我得穿着鲜艳的迎宾服，身挎彩带去迎宾、候客，欢迎脑满肥肠的老爷们来此吃喝消费，酒店斜对面是国土资源局，每周三是这群酒友的小周末，吃饱喝足后第二天会有工程公司的会计来买单，一来二去会计都和我成了好朋友，王会计每次结账时都要看着账单发呆，这群人酒量真好，人均一斤呢！我告诉王会计："让我喝茅台，肯定也喝不醉啊。"

下午六点之后我不用再作门童，客人基本到店了，我就去员工更衣室换上酒红色制服开始了跑堂、传菜的工作。我会在后厨等待起菜，打荷工装盘时总会捞两片肉吃，再把蒜苗、洋葱下面的肉片往上翻一下，以示菜品的丰盛。后厨有四个师傅，分别是两位做川菜和陇菜的主厨，一位做凉菜的师傅，还有一位面点师。其余的都是打荷工，负责切丝、切片和摆盘工作，打荷工的学徒一般是不能掌勺的，只有在承接几十桌酒席时，他们才能负责做一些简单菜肴。盛夏本来就很热，后厨温度更高，我看掌勺师傅不时用搭在脖子上的毛巾擦脸。每天晚上收工时间得看酒徒们喝到几点，最惨一次是夜里三点，主厨晚上九点准时下班，后面的菜品由值班的打荷师傅去做。一天晚上，我看着墙上钟表20:30了，主厨开始清洗锅灶准备下班。帮厨在做职工餐，就是把剩下的配菜放一起瞎炒，比如土豆、包菜、西红柿、茄子都能一锅烩了，切凉菜的牛师傅下午给我们表演盲切洋葱伤了指头，被经理责骂一通闷闷不乐在后厨抽烟。

这时有个包厢里传出《北国之春》的歌声：

亭亭白桦，悠悠碧空，微微南来风；

木兰花开山冈上，北国的春天。

啊，北国的春天已来临，城里不知季节变换。

那个包厢是带电视和音响的，总有老男人纵情高歌。伴着歌声，我们聚在一起吃职工餐，电视上播着晚间新闻。新闻里介绍着北京奥运会开幕式的准备情况，我想存钱去北京看看，奥运门票应该买不到了，去鸟巢外面看看也行呢。

"茄子和土豆一起炒能理解，这是地三鲜，可为什么要放包菜、西红柿呢？天呐，这是什么神仙组合！"一个女服务员抱怨道。

"我觉得比昨天的青椒炒红椒好吃。"打荷工的扒拉着碗里的米饭，吃饱后去保温桶接了一杯茶水。这是打工青年一天最自由的时候，这个点可以看电视、玩手机，平常手机是要交吧台杨主管保存的。

"小陆，你收拾完碗筷就回家吧，今天不用等了。"龙经理交代我，"明天早上记得早点来挂彩带和灯笼，还要贴'寿'字，记得把那'百年好合'换成'寿比南山'。还有小王，明天早上起来就去把定做的300个寿桃取回来。"龙经理吩咐明天的工作。

回家后我翻着看小说，是堂哥给我的《挪威的森林》，我差不多读完了，我想直子是个好女孩，之前我对好女孩的定义是《茶花女》里的玛格丽特，我最向往的爱情是蔡志恒描写的"轻舞飞扬"的那种状态，看了没几页我睡着了。

早起我蹬着自行车赶去酒店，后勤的老头搬来了梯子和灯笼，办寿宴的东家将要贴的字和画带来了，我按照要求布置了大厅，服务员在打扫卫生，大理石瓷砖抹得一尘不染，映出人影儿。酒店的音响播放着音乐，正墙上挂了南极仙翁，左右伴着两只工艺品白鹤，女服务员分不清上下联就让我去贴，我看了一眼写着：

梅开北海，福如东海大，鹤算千年寿；

曲奏南薰，寿比南天高，松龄万古春。

我根据对仗和平仄分出了上下联，中考后没事我就读《古文观止》，我相信自己没有分错。一直忙到了中午，厅内高朋满座、亲友如云，我穿梭在人群和桌椅间传菜。酒席都有标准套餐，一般是八凉八热、四荤四素、两道汤品和一道甜点、一道主食。"八凉"有白斩鸡、酱牛肉、卤肘子、干炸鲫鱼、凉拌苦瓜、素什锦、凉拌苦菊、拌三丝，"八热"有甲鱼焖锅、清蒸鳟鱼、红烧排骨、白灼虾、四喜丸子、香菇油菜、海米芹菜、烧茄子，甜点除了寿桃还有玉米烙，汤品是西湖牛肉羹和青菜钵，主食为甘州风味臊面。干了半天活儿我饥肠辘辘，看着菜肴不免吞口水，但转念一想能赚钱去北京看看鸟巢也是值得的。男司仪身着礼服主持宴席，老寿星端坐高堂接受儿孙的敬酒，耄耋老人鹤发童颜，重孙辈的孩子给老人磕头祝寿。人的一生就是从起点到终点，中间会有不同节点将人生路引向不同方向，有时会偏离既定的人生轨迹，也会有波峰和波谷，甚至会和其他支线交错，但最终都会归于一、止于静。

　　一个暑假我满打满算打了36天工，抛去打碎两个骨碟、一只海碗，总计发了793元工资，我问老板能不能给我800元凑个整，龙经理说不行，接着说道："企业的精髓就是要抓绩效考核，考核就要体现在薪酬上。"我又听他扯了一顿不知从哪学的烂谷子，他最后从柜台取下两瓶脉动给我说道："这样就好了小伙子，俩脉动进价送给你，合计刚好800元哦。"

　　我兴奋地拿着工资回家，路上奖励了自己一个奶油冰激凌，花去3元。我又取出攒的300多元压岁钱，坐着公交车去西台县火车站，在窗口咨询了去北京的票价，我看着硕大电子屏，这笔钱勉强够来回路费，但北京的酒店我肯定是住不起啊，而且还得准备每天50元的伙食费，想了好久，只好承认北京看奥运会的愿望实现不了，我就在站前广场等着回县城的公交车。

第十一章　清风徐来

1

　　风吹散愁索，我、小庄、白芷还有美伦相聚在英才中学的礼堂前合影。这个秋天，我考入了市第二高级中学，如愿以偿。他们三人继续在英才中学读高中，两所学校相距八站路，半小时公交车车程。白芷帮我收拾完宿舍，给我送行，他说明年春天他就能考驾照了，就能光明正大地自己开车了。

二中是全市最好的文科类高中，仿古的门头配备着具有现代感的电动门，白芷在保卫科登记，说是我表哥，来送弟弟上学，保安接过白芷发的中华烟半信半疑。二中教学楼的命名很有特色，体现了浓郁的文化氛围。比如学术大厅叫雨果堂，主楼叫胡适楼，实验楼叫可桢楼，还有去年新起的教学楼叫苏楼，西面楼体用瓷砖拼出巨幅的苏东坡像，校园中心有一座花岗岩雕成的孔子像，就连住宿楼也起了儒雅的名字，"望岳""散花"分别取自杜甫和李白的名篇，"望岳"是男生公寓，寓意卓然独立、兼济天下的豪情壮志。《登锦城散花楼》是李白年少早期作品，但已显示卓越天资，有雏凤之姿。餐厅名为东坡堂，苏轼被贬至黄州做团练副使，乐观豁达的苏轼建立雪堂，发明了东坡肉，苏东坡当时官小薪微、日子清苦，却能苦中作乐、乐天豁达，餐厅寓意如此希望学生能安心读书、朴素自立。自习室叫阅微楼，取"阅历浅薄、待于学习"的妙意，同时也是对清朝博学才子纪晓岚的敬仰。二中的现任校长北京师范大学中文系毕业，学识渊博、博览群书，这些名字都是他三年前开始履职校长时提议修改的，之前老校长是学数学的，命名简单，1号楼、2号楼、3号楼，走进学校仿佛进入某个住宅小区。由于二中以走读生为主，所以住宿楼只有男寝和女寝两座。二中占地面积很大，教职工、学生合计有4000多人。校园往北有一泽差不多十亩的湖，水源自湿地而来，湖畔筑有一亭，亭向南而立，名曰"南风"，亭有四柱，前后皆有联，文源《滕王阁序》。向南对曰："物华天宝，龙光射牛斗之墟；人杰地灵，徐孺下陈蕃之榻。"向北联曰："老当益壮，宁移白首之心；穷且益坚，不坠青云之志。"亭内立一碑，碑书：

　　　　滕王高阁临江渚，佩玉鸣鸾罢歌舞。

　　　　画栋朝飞南浦云，珠帘暮卷西山雨。

　　　　闲云潭影日悠悠，物换星移几度秋。

　　　　阁中帝子今何在？槛外长江空自流。

且有意将尾联的"空"省去未篆，取意王勃一字千金的典故，希望学子发奋读书，将来激扬文字，指点江山，也可笔墨之下，一字千金。我收拾好宿舍在校园散步，欣赏学校风景。

2

雨果堂人头攒动，新生一起聆听入学教育，校长先作了致辞，大体就是鞭策大家努力的话语，要大家爱校如家、努力奋斗，最后讲了"今日以二中为荣，明日二中以你为傲"的校训，这是我上过的学校里校训最直接和实在的。接下来几位教研主任讲了讲高中的学习理念和方法，重点学校的学生习惯果真不一样，大多数人拿着笔记本认真记录。之后，放了一部宣传片，主要内容是这些年考取名牌大学的学生的采访集锦和学校荣誉展示。冗长的会议持续了两个半小时，年龄大的校领导在台上备受煎熬，想必前列腺已经不能忍受这般的会议了，偶尔有人起身去卫生间。高中的生活比初中忙碌些，也很少有英才中学那样发生聚众打架、校园飙车的事件，每个年级都有会考的任务，新生要会考的是最简单的信息技术，也就是计算机课程，我翻着课本啧啧称奇，书中知识还停留在美国20世纪70年代的水平。我的舍友是个淳朴自律的农家少年，他没见过电脑，更不会上网，每天抱着计算机课本和笔记嗡嗡背诵，听他说什么"控制面板""显卡""计算机高速公路网络"我头都疼了，我说你去网吧泡几个通宵，你啥都明白了。

这位舍友叫段林，是来自凉州的移民，在区郊移民村居住，父母种了两个蔬菜大棚，养了三头奶牛。他老家毗邻腾格里沙漠，条件艰苦，饮水困难，不少人都搬走了，是真正"骑骆驼"的地方。我跟他说去网吧包夜，他愤然对我说道："校规第八条第二款，禁止中学生出入网吧、娱乐场所。"

我很无奈地从柜子里提出电脑包："你拿我笔记本学习吧，照着电脑学，比你看书明白得多。"段林连连道谢，他后来送我一包家里种的茄子、西红柿，说不能白用我的电脑，我也就收下了。段林学习十分刻苦用工，下午有25分钟课间活动，男生聚在操场打篮球，女孩子去学校门口逛精品店，他是为数不多在这个时间还在学习的学生。段林除了信息技术考80分外，其他课程都在90以上，稳居班里前五名。而我虽然勉强上了二中分数线，成绩还是靠后些，不光是什么数列听不懂，地理的洋流分布、三圈环流也让我头疼，还好历史和语文难度没有发生质变。最坑的就是英语，英语课本变厚了不说，还没了以往课本上那些可爱的图片，密密麻麻的单词挤在一起，每次老师让预习课文，我只会在最简单的单词上标注汉语。学校住宿生少，大家都是两人间，因此我和段林享受着博士生的住宿待遇。段林不怎么回家，他精打细算说打车加县际班车需要25块钱，这够他吃四餐中饭，每次坐车还容易晕车，回家只能睡觉，所以他把休息时间拿来学习。他刻苦、努力，有着坚忍不拔的品质，犹如战争时向敌人碉堡发起冲锋的突击队，不炸毁碉堡不罢休，因此班里人给他起了个外号，叫"突击队"。周末我一般习惯睡懒觉，前一天我会和小庄打游戏到深夜，我回宿舍"突击队"已经酣然入睡，但早上八点我还没睡醒时，"突击队"打开随身听的外放，做第八套广播体操，尤其是第八节跳跃运动，水泥地坪腾腾作响，我受不了他，起身说："你这样会吵到别人。"

"突击队"："下面是空房间没人住的，不影响呢。"

我："我难道不是人吗?"

"突击队"："早睡早起、锻炼身体，是我爸教我的。"

我突然感觉他说得很有道理，没办法反驳，只能把晚上打游戏改成下午休息半天，去包午场。我娴熟的枪法被市里各网吧的青少年熟知，从《反恐精英》到《穿越火线》，我的AWP使得出神入化，网友送我外号"中原一点红"，意思是我在DustⅡ场景地图作匪方，站在斜坡打开二倍镜，对面没有人能跳出我的镜头，最多一次我在运输船拿了八十一个"人头"，网吧里人声鼎沸，欢呼不已。也总有人给我下战书"挑枪"，赌注多是100块现金或者一条香烟，每周我都能收集几条玉溪、大云烟或者芙蓉王。我存下来拆散按根售卖给卫生间聚集的烟民，二中的学生家境大都一般，不像英才中学那样动辄苏烟、芙蓉王抽起，3块钱的金海洋、7块钱的红塔山是他们的"常供口粮"，我偶尔拆散一包小苏烟过去，他们都会把我视为大哥，我被称为学校的"地下烟贩子"。本来做得好好的小生意，被"狗腿子"告发给班主任，说我在校园里卖烟赚钱，心里暗骂我又不是走私假烟的。

我们的班主任是个三十三岁的女孩子，说女孩子是因为她还没结婚，我经常听她打电话说"宝宝"怎么了，我纳闷她还未婚怎么会有宝宝，后来知道"宝宝"是她的自称，就像很多年后软妹子自称的"小仙女"一样，学生叫她"宝老师"。我站在办公室抠着裤缝："老师你今天裙子不错，很适合你。"

"少说废话，你给我解释一下最近的情况。""宝老师"没听我拍马屁。

"老师你又白了，上周末我见你相亲去了，在蜀味火锅。"我的后半句让

"宝老师"提神了，"实话男的挺帅的，没觉得像金城武吗？"我说完按着胸口，体会到说违心的假话是多么心痛。

"宝老师"不知道是因为我夸赞她皮肤白而高兴，还是因为她处于恋爱期，脑子变笨了，竟然只说"下不为例"就让我回去了。其实"宝老师"皮肤发黄还很粗糙，她每次过来检查晚自习都有浓浓的香味，搞不清楚到底打了多少粉，而所谓的金城武男朋友，我承认我说瞎话，应该是像洪金宝。"狗腿子"告密后，我把买卖散烟改为"线上经营"，我不再露面去卫生间售卖，而是在QQ空间拍图网售，下单的客人给我发短信说好数量、品牌，我统一在周五最后一节晚自习供货，星期五晚上九点我都在孔子像附近等他们过来一手交钱一手交货，后来有学生没钱买烟就提出拿辅导资料、课堂笔记、篮球杂志等做交换，我也欣然同意，这情景就像《肖申克的救赎》，烟成了一般等价物。

3

我把这事讲给小庄和白芷听时他们都夸我是个天才，小小年纪就能用智力换取报酬。日复一日、年复一年，我们到了高中二年级，一个班五十多人都是你的同学，但是你的朋友可能就几个，虽然在二中读书已是第二个年头，我在这里朋友不多，"突击队"勉强是一个，他人虽然耿直、犯傻，但是很朴实、勤奋，常常给我辅导作业，因为"突击队"的辅导，我终于摆脱了倒十的名次。而其他同学，我只能称他们是同学，有告密的"狗腿子"，也有背后捅刀子的伪君子。记得是高一春学期的期中考试，由于考完要开家长会，大家很拼命，我跟一个学生商量好，我告诉他历史选择题答案，他提供英语完形填空和阅读理解答案。我们一拍即合，结果当我涂完答题卡，这个家伙竟然拿橡皮在涂改答案，我又迅速检查试卷，竟然发现阅读题前三个都是错的，一般英语阅读第一篇是送分题，基础差不多的都能做对。经他陷害，我英语比平常少考12分，而他因为历史选择题满分反超我七个名次，我十分气愤，便把这事告诉白芷和小庄，他们为我打抱不平。一天晚上，我们三人合伙在他回家路上，放倒这个伪君子揍了一顿，前提是我们戴了口罩和墨镜，他吓得以为得罪了社会人，掏出钱夹子取出200元现金，说大哥行个方便，这钱拿去喝酒吧。还好伪君子高二学理科去了，我不再与他见面。

2009年秋天我们四人升入高二，还是一起合影留念。小庄和美伦显得更亲密一些，白芷竟然安分学习了一年，做了班长兼学习委员，原因是四十九个人的文科班有三十一个女生，她们齐刷刷地看脸投票让白芷一人身兼二职，我暗自叹气，真是看脸的社会呢。

第十二章　花又重开

From fairest creatures we desire increase, that thereby beauty's rose might never die.对天生的尤物我们要求蕃盛，以便美的玫瑰永远不会枯死。梁宗岱如是翻译了莎士比亚十四行诗的第一篇。花有生长周期，来年花季又会蕃盛、娇艳，而人的青春只有一次。高二后学习忙碌很多，我与美伦、白芷、小庄见面也少了，他们会给我发邮件讲述近况，美伦跟我聊起石川老师和爸爸杨越的故事，说母亲打算开始新的感情，仿佛花朵有雨露滋润，更显年轻、靓丽。

E-Mail 01

陆言：

你好，见字如面。小庄木讷些，和他聊父母的事情，他也不懂，只会傻呵呵地笑，周末会和我去公园带小柴散步，小柴快六岁了，精力没有过去那么好，有时需要小庄抱着他。说说正事，石川老师对母亲自去年开始了追求，时不时在甜品店摆放着鲜艳的玫瑰，父亲更多是来听我弹钢琴，寒来暑往几未中断。有一次妈妈看着一封信欢心不已，是石川老师放在门缝的一封情书，写得很好我转给你：

> 分针追逐时针赋一曲白头吟
> 我仿佛看到女子老去的春容
> 夕阳浸染了壁橱镜框的掠影
> 你青丝的卷发却现霜雪朦胧
> 曾经蕃盛的紫荆树落英无情
> 像那时看你渐远的情影匆匆

我不禁为朱颜易老愤懑难平

芳菲尽谢去草木知春来岁红

念念不忘的回音响起仍未明

你俊秀的脸颊在我脑海沉沉

没什么抵挡得了时光去下手

彳亍的脚步想必不情愿回首

　　妈妈年轻时喜欢看书，也爱诗歌，读一些雪莱、济慈、雨果的诗作，石川知道母亲爱好，看她茶几上经常放一本莎士比亚的《十四行诗》，石川老师就写了一首送给母亲。妈妈有时会做晚饭邀请石川老师来家里做客，石川老师也会给我辅导数学，他真的是个天才，多么复杂的习题在他笔下，寥寥几步就讲通了。他的证明严谨、细致，然而方法却简单、易懂。

　　爸爸开了一家汽车租赁公司，端午节带着我去隔壁县的湿地公园看赛龙舟，爸爸的公司赞助了一支龙舟队，我看他在船头击鼓、加油，仿佛一个少年般快乐、洒脱。法律上他们还是夫妻，生活上实已形同陌路，父亲更在乎的是我。我这些天看了东野圭吾的《秘密》，小说写母女遇到车祸事故，女儿幸运生还，妈妈遇难去世，然而神奇的是妈妈的灵魂和精神附体到女儿身体里，父亲照顾女儿，却面对的是妻子的灵魂。我想爸爸也很矛盾，他把对妈妈欠缺的爱和对我错失的养育都付诸我，不同于英才其他学生的家长，不是用钱来弥补，他会带我去科技馆、海洋馆，陪我去听音乐会，暑假带我去上海听外国钢琴家的演奏会，他还重金买了一台斯坦威钢琴送我。说起外表，爸爸要比石川老师英俊许多，我也没见他有其他女性朋友。我对父母哪一方都不想割舍，也不想失去失而复得的父爱，我知道当年爸爸跑路是为了保护我们不受地下钱庄骚扰，但我知道石川老师儒雅的性格和博学的知识更符合妈妈理想的配偶预期。今天写到这里，祝你学习进步，考取好的大学。代小庄向你问好。

　　我读完邮件，点了一根烟深吸入肺，繁忙的学习和缺少朋友的生活让我吸烟解忧。我就简单给美伦回了几句话：

　　爱你所爱，不问花开。想你所想，何必踯躅。只愿深情，长陪左右。

　　但行好事，幸福在侧。世界很美好，生活很艰难，这都阻挡不了你对幸福的坚定向往！

　　回过邮件，我关了笔记本电脑，又开始看小说《茶花女》，这是我第三遍读了，每次的感觉都不同。晚上我和小庄、白芷相约去党校打台球，过去的四川老板因为亲人在地震中遇难，精神备受打击，他转让了台球厅，带着妻子和一岁多的女儿打算全国旅游，赚来的钱买了一辆房车，大概是因为他感到生命的意义在于即时的幸福，不是漫长地延迟我们对生活的向往。打球时小庄告诉我第一次牵到美伦的手，是冷冰冰的，跟他想象的不一样，白芷打趣说他自己从来没注意过温度。

打过台球我们三人去旁边的烧烤店吃夜宵，这家名为"AAAA烧烤"的烤肉店是我们最青睐的地方，我们习惯称呼它为"王炸烤肉"，烤串馨香入味，外酥里嫩，口齿生香，配上鲜啤真是人生享受。学校所在城市位于河西走廊中段，芦苇丛广袤而缥缈，市内多有木塔，诗云："半城烟沙半城塔。"差不多有些醉了，我们一行三人结伴漫步。

E-Mail 02

陆言：

你好，展信快乐。上次你的回复对我很有启迪，我抛下了对大人感情的负担，认真享受家庭欢乐的氛围，换一种想法，我将会拥有两个爸爸的亲情，又何尝不好呢。石川老师上个月送了妈妈一幅苏绣，十分漂亮，图有翠柳，柳枝上有两只黄莺，妈妈竟然感动得流泪，她说十来年第一次收到这么精致的礼物。妈妈跟我谈过要跟石川老师结婚的想法，我没有反对也没有赞同。我把这事告诉了爸爸，爸爸说每个人都有选择自己喜欢和不喜欢的权利，爸爸只想陪你长大。

我看完邮件，仍然只是简单回了一句："祝愿阿姨幸福，还有祝你和小庄快乐。"国庆节高二学生能放假三天，我和小庄、白芷、美伦商量去看胡杨林，地方不远可以一日来回，我们四人报了旅行社的一日游。假期第一天早上，我们在国际酒店等待大巴，拼团的散客到齐后，大巴车一路向西开去，大概两小时到达目的地潮湖林场。胡杨林金黄耀眼、红柳红妍秋醉、芦荻白花寒吹、沙滩柔绵、阳光迷人，值秋高气爽之时，长空万里、天高云淡、景色宜人、游人如织。我们带了羊腿、三明治、土豆、豆皮、香肠、孜然粉、辣椒面和食盐、香醋，在烧烤营地租了一个炉子，添煤生火、切片串肉。芦荻茂盛，有"蒹葭苍苍"的意境。这是我们四人第二次集体出游，因为旅行社不能带宠物，小柴只能在爷爷家看店，小柴也不太爱闹腾，精力不如从前了。我们四人在胡杨林合影留念，希望友情如胡杨那样，有着旺盛的生命力，能够在艰苦的环境蓬勃生长。其间，美伦说起石川老师向妈妈求婚了，她妈妈考虑接受了，婚期待定，计划大概在来年春天。

花有重开日，人无再少年。

相逢拌酪酊，何必备芳鲜。

宋朝陈著的《续侄溥赏酴醾劝酒二首·其一》所咏正合此情此景，我们四人以水代酒。

第十三章　拯救抑郁

文理分科后，"宝老师"还是我的班主任，同时是我的历史老师，2009年的12月初迎来了这个冬季的第一场雪。时间飞快，"宝老师"三十四岁了，但是心里抵触那个"洪金宝"男朋友，她心里向往的当然是金城武那种类型，看着自己日渐发福的身材，柜子里堆满腰围不合的新裤子，她恨不得能闪婚，设想的结婚速度应该比二战时法国人投降还快。与"宝老师"的忧愁相比，班里的同学们更发愁考试，高二有数理化生四门会考，求证函数的奇偶性就让人欲哭无泪，还有什么函数的值域、反比例函数。化学、生物相对靠记忆力能够解决一部分困难，但是物理犹如天书，不及格是常事。

一次月考结束后，我忙里偷闲看看杂志，听到后排的学生在哈哈大笑，原来是一个学生物理只考了13分，周围学生嘲笑他太傻，结果笑他的学生中有一个居然只考了2分，震惊了年级组。据说阅卷老师看到这张试卷深吸一口气，迅速浏览一遍发现没有一个对的，阅卷老师心里发慌就像心脏病突发那种状态，急忙跑出办公室抽一根烟，压了压惊。又回到阅卷组认真审查，终于被他发现了一丝希望，有一个物理公式是正确的，虽然它和该题目没有任何关系，他满意地标了2分，总算避免了0分试卷，否则这将是他一生的耻辱，他还从来没教过考0分的学生。有蠢材也有天才，年级组流传着一个理综294的大神的传奇，之所以称奇，不是在于他考得高，而是因为背后的故事。相传大神和学霸隔排就座考试，大神对一道选择题犹豫不决，他认为是C，后来和学霸眼神加手势交流后听取对方意见选了A。成绩公布后，大神原本的选项是正确的，正是因为这一道题6分的错失，让他无缘满分，但是这个传奇故事让人心生佩服，因为我们为了考满分必须竭尽全力，对于大神来说则是卷面只有100分，不够他们发挥而已。

大神名叫陈钰，就住我隔壁宿舍。中考只差12分就满分的他被二中免学费挖来，配以单间宿舍，并给他失业在家的母亲安排了在食堂帮厨的工作。每学期学费、杂费、书本费、晚自习费、补课费全免，另外给予每月500元的生活补助，这笔钱足够一个高中生的正常开支。陈钰是家里的独子，母亲早些年因为企业改制下岗在家，推三轮车卖过凉皮、酸辣粉，父亲是个乡镇公务员，因为患有慢性病，已从单位病退，退休金微薄的陈父做着力所能及的工作，在城区的公园作绿化工，负责浇水、修剪草坪。陈钰这个人经常闷闷不乐，他唯一的快乐就是突破自己，刷新答完一张试卷的速度和准确率，我有时会邀请他打游戏或者玩乒乓球，据说乒乓球手、脑、眼高度配合，能锻炼和提高自己脑力、判断力。打球理论水平过硬的陈钰，在实战中却是打不过我的，经常被我扣杀得满屋子捡球。和我一起去网吧上网，学霸陈钰在玩空当接龙和最难级别的蜘蛛纸牌，他还在网上下围棋和象棋，我虽然看不懂，但是他经常赢，和陈钰做朋友，感觉就像进了老干部娱乐中心，喜欢打牌、下棋、喝茶。

月考后陈钰294分的传奇故事响彻校园，但是不知道出了什么问题，陈钰心情低落，我好几次问他，他也不说话，有时不吃晚饭，神情有些呆滞，听他同班同学说，他偶尔还会上课睡着，这种事在以前是不可能发生的。有一天我晚上跑去校外买了麻辣烫，拿到他单间宿舍与他边吃边谈心，我虽然讨厌清高、虚伪的伪君子，但是对于努力、上进的少年是比较尊重的。陈钰跟我谈起心事，原来是他爸爸做工时从树上摔了下来，虽然不严重，但是需要在医院静养半个月。家里每个月只有不到3500元收入，他感到困惑、慌张，觉得就算自己能考上大学，家里也很难拿出学费来。

我起初没太当回事，觉得他就是心情低落而已，这种情绪每个人都在所难免，没想到他的生活压力这么大。"你爸看病需要多少钱？"

"抛开医保统筹的，心脏病有一部分药是自费的，每年大概需要4000到5000元，这次住院花了2000元，妈妈每年还得自己交养老金，按年龄还得交四五年呢。"我听着心里有些难受，虽然我家境比白芷差一些，但是相对而言，我从没为了钱发过愁。我回宿舍掏出这个学期作"地下烟贩子"赚的2000块钱放在信封，拿去递给陈钰说让叔叔好好养病，陈钰起先怎么说都不收，我说算我借你的，高三毕业你打工还我就是。

后来我以为事情过去了，但是陈钰的精神状态一天天更差了，有时我半夜起夜上卫生间，会看到他房子还亮着灯。直到有一次我感觉不对劲，他房间门开着、灯也开着，但是床上没有人，我心里有一丝不安，叫上同宿舍的"突击队"在望岳楼找陈钰，我们拿着手电筒在二楼的杂物间发现了陈钰，他昏迷不醒，我看手边扔着药瓶，有几片白色药片，我也认不得。我感觉事情紧急，我比段林个儿高一些，立马背起陈钰往外跑，我对段林说："你快去宿管办公室要个车！"段林立马往一楼跑，我拿出手机先给班主任老师打电话，居然一直占线。

这会儿校医院只有值班的药房大夫，陈钰的情况学校是没办法治疗的。我看执勤老师还在一遍遍地给主任、组长、分管领导汇报情况，心想形式主义会害死人，我背着陈钰跑向锅炉房借三轮车，让"突击队"回宿舍拿一床被子，另外把我的银行卡取来。我计算120救护车按照正常情况最快12分钟能到，还得算上报警、出车等等的耽搁，我立马骑着三轮车驮着昏迷的陈钰往医院赶去，段林给陈钰盖了一层棉被，12月底已经很冷了，我没有手套、帽子，只能拼命地蹬着踏板往医院驶去，最后只用了7分钟时间就跑到了市医院急救中心，我立马缴费和办手续。忙完这一切我累瘫在医院过道，"突击队"去楼下买了烤饼和我一起吃了。休息了一会儿后，我给班主任打电话，"宝老师"为自己煲电话粥懊悔不已，一小时后陈钰妈妈和班主任赶来了，不知道又过了多久，我在医院过道的长椅上醒了一次，主治医生出来了："如果再晚送半小时，就会有生命危险，否则洗胃也救不了他。"陈钰妈妈向我鞠躬致谢。

之后发生的事情让我意想不到，但我经过反复思考明白了陈钰为什么会自杀。陈钰康复后，过了一周，他妈妈一直没提给我还医药费的事情，反而跑到教务处和校长办公室索要赔偿，说是校方管理失误。学校也没有办法只好花钱息事宁人，校领导对花钱平息家长怒火没有意见，只是更想了解陈钰自杀的背后原因。

事情抽丝剥茧，真相浮出水面，学校心理咨询处的老师每天坚持和陈钰沟通，加上医院的判断，陈钰患有抑郁和焦虑症，之前他有自己就诊关于失眠的门诊记录。陈钰的母亲对此不认可，认为是学校关怀不够、关心不足，说这么聪明的孩子让你们说成神经病了。校方和医院一筹莫展。有一次我和陈钰通了很久电话，了解了具体情况，以下为我整理的和陈钰的通话内容：

"母亲失业后郁郁不安，父亲生病的重创让她感到力不从心，她卖凉皮的那时间，因为交不起小吃城的摊位租金，只好在小区门口的人行道上经营，却被城管几次三番没收三轮车。而且城管每次过来吃凉粉和凉皮都不给钱。因为没钱，她恨不得一分钱掰成两分花，我的补助除了吃饭和买文具、书本，能存下的都给家里了。我精神压力很大，感到无助和艰难。有时睡不着，想这些事情，我默默流泪，感谢你救我一命，我会努力活着，欠你的医药费和上次的钱算一起，我会还你的。"

我深感难受，我知道他这样要强的人募集捐款会伤害他，但是他现在急需钱，他也需要治疗，以便尽快恢复睡眠和精神状态。我通过卖散烟积攒了不少人脉，我在QQ空间发起来"关爱同学、拯救不开心"的倡议活动，号召大家低调地捐款帮助陈钰。"突击队"第一个捐款，听到这事的小庄、美伦、白芷都给了我不少钱。我知道陈钰不论碍于情面还是自尊心都不会要这笔钱，就找校长说了募捐的事情，最后把善款按月加到陈钰每个月的生活补助里。校方此后更加注重人文关怀和心理疏导，在胡适楼的空教室布置了一间心理疏导室，聘请专业人员为同学们提供心理咨询。

第十四章　跨入2010

陈钰的事情平息了，忙碌的学习生活让大家逐渐淡忘了此事，经过住院治疗后的陈钰早已正常上学。到了2009年的最后一天，我、小庄、白芷、美伦相约跨年，零点到来那刻，我们在城郊的小路上点燃了几组烟花，彩色的烟花"嗖"的一声蹿上天空，绽放出美丽的花朵，此时全城鞭炮齐鸣，湿地公园那边烟花绽放，宛如白昼。我们对着夜空许愿，每个人把自己愿望写了纸条放在一个个玻璃瓶里，放在水渠中让它漂走。我写的是考取北京师范大学的中文专业，我瞄了一眼小庄，他写的是十年后和美伦结婚，白芷很兴奋地喊道："我一定要靠自己买辆汽车！"美伦默默没有许愿。

这天是星期四，放完烟花那刻，时间来到了2010年的元旦。学校元旦放假一天，我们四人打算去KTV通宵唱歌，我打电话叫来"突击队"和陈钰一起玩。白芷带了他的女朋友A，白芷的女朋友按单双号"排班"，女朋友A是每周的二四六，女朋友B是一三五，今晚是周四是双日，所以是A出场，为了安抚B白芷在前一天和她一块吃了鸡公煲作为约会。星期天白芷要和我还有小庄打台球和Dota，所以那天他休息不谈恋爱。为了防止我们三人开黑打团时女朋友电话骚扰，他会选择关机。

"突击队"说这是他第一次喝啤酒，很不适应："陆言，这东西喝着像我奶奶熬的中药。"

我看了眼茶几上的精酿啤酒："30块钱一罐的啤酒被你说得如此劣质，你还是和美伦喝果汁吧。"

不知道白芷的女朋友A叫什么名字，反正白芷称呼谁都是Honey，姑且叫她"小蜜蜂"吧。"小蜜蜂"属于能歌善舞的类型，舞蹈专业，今年冬天就准备艺考了。她身材曼妙，皮肤白皙，双腿修长，声音还很好听，唱了一曲金海心的《那么骄傲》，这是一部2000年的偶像剧《都是天使惹的祸》的主题曲。"突击队"比较怀旧、乡村一点，没想到他唱的是《走进新时代》，我感觉走进了老干部活动中心。我比较喜欢看日本动漫，会些简单的日语，我拿日语唱了《青鸟》，"小蜜蜂"很惊讶我还会日语。唱罢《青鸟》，又唱了《海贼王》的主题曲《Believe》，我还用日语说了动漫开头的经典台词：

"受け継がれる意志、時代のうねり、人の梦……これらはとめることのできないものだ。（世代继承的意志时代的变迁，人的梦，这些都是挡不住的）

"人々が自由の答えを求める限り、それらは決して止まることはない！（只要人们继续追求自由的答案，这一切都将永不停止）"

白芷拍了拍我的肩膀："我更羡慕你渊博的知识和优秀的语言天赋。"

每个人都玩得很开心，陈钰状态比之前好一点，但是他不会唱歌，我说你总听过曲子吧，陈钰勉为其难地唱了首《北国之春》。"小蜜蜂"发现这里还有日语版，我又唱了一次千昌夫的《北国の春》，那天为了满足"小蜜蜂"的好奇心，我陆续唱了不少日文歌曲，我一度怀疑这家KTV是日本人开的，里面还有《蜡笔小新》里的一首热门歌曲《北埼玉ブルース》，是臼井仪人、前田耕一郎填词，荒川敏行谱曲。我边唱边挥动百威啤酒，熟悉的歌声让我仿佛看到日本男人工作结束后，课长带领下属去居酒屋或者练歌房放松的情景。我用不标准的日语发音唱着这首布鲁斯。

"そぼ降（ふ）る雨（あめ）に　濡（ぬ）れている（静谧的雨淋湿了身体）

"お前（まえ）の背中（せなか）が　淋（さび）しげ（你的后背透着孤独）

"思（おも）わず　抱（だ）いてしまったよ（让我情不自禁把你搂入怀中）

"ああ　北崎玉（きたさいたま）ブルースよ（啊……北崎玉布鲁斯）

"饮（の）めない酒（さけ）に　酔（よ）っている（不去喝酒已经喝醉）"

白芷给"突击队"和陈钰讲怎么玩骰子，这方面我也是行家。我跟白芷比大小，谁的大谁喝一罐酒。我们各自在骰盅里放入三枚骰子，同时摇起，白芷装模作样跟我说他能听声辨点，"啪"地打开我看是三个一点。我笑而不语继续摇动，然后迅速放下，放下的刹那抖动手腕然后在茶几上平滑几下，我打开骰盅，两个骰子叠在一起，最上面是一点，另外一个也是一点，我说这个加起来两点，包厢里所有人震惊得合不拢嘴，陈钰说他要计算这种情况出现的概率，还要做受力分析进行解释，白芷愿赌服输干了一罐百威。

"突击队"很少包夜，到子夜两点就在沙发上睡着了。陈钰和"小蜜蜂"组队，我和白芷组队，四人一起打双扣，美伦和小庄竟然一直在合唱，而且歌曲不带重样的。跨年活动持续到了早上六点，除了我和白芷还在摇骰子一决高低外，其他人早已东倒西歪睡着了，服务生告诉我们包厢时间到了，我们七人去吃牛肉面，头锅的面条劲道、顺滑，牛骨汤醇香、味厚。愉快的跨年活动结束了，大家各自散去回家休息。

第十五章　年少轻狂

1

元旦之后学生们认真准备期末考试，这场考试能否考好意义重大，否则会在被亲戚追问成绩怎么样时倍感尴尬。美伦妈妈和石川老师的婚礼定于情人节举办，这一切发生得那么自然，中年人没有轰轰烈烈的爱情，更加渴望相濡以沫的感情。如果说年轻时的杨越是柔情万种、多金帅气的理想男友，石川老师则是稳重踏实、本本分分的好丈夫。

元月的第二周会考成绩公布了，我除了物理是B其他科目都是A，取得了不错的成绩。班里没有学生不及格，这也意味着我们再也不用学习理科知识了。寒假到了，"突击队"趁着中午的晴天，把棉被、床单拿到天台晾晒，他又勤勤恳恳地打扫了半天卫生，宿舍的窗户玻璃干干净净，仿佛透明一般。这个人除了有些死脑筋外，再没什么缺点，充满了农家少年的淳朴。下午四点我约他去打篮球，这会的天气不热不冷，我在T恤上套着3号球衣，换上运动裤和篮球鞋。"突击队"没那么多装备，在秋衣外套件毛背心，脚踩土布鞋和我奔向球场。除了没来得及回家的住校生，学校里空空荡荡，我们和几个低年级学生组队进行3V3半场循环赛。"突击队"打球人如其名，突破犀利，变向迅捷，他比我壮实一些，经常一人突入内线，当然半场篮球没有三秒违例的规则，冲进去也就一个人防守。变向、起步、上篮一气呵成，有时会把篮球分给在外线游荡的我，我中远距离有着五成命中率，另一个人就负责挡拆。球场边，科比和詹姆斯的球迷互怼得热火朝天，一方骂对面"打铁匠"，对面骂他们"六步螃蟹"。今天手感不错，还在三分线外上演了一次"骑马射箭"。北方冬天日夜温差大，白天如果天气晴朗，穿T恤也不会感觉冷。打了一会儿有人离开，我们休息了会儿，我发现高一时那个给我"假答案"的"伪君子"抱着篮球来了，当然他不知道一年前是我打的他，还乐呵呵跑来加入我们一起打球。

我对此人深恶痛绝，"伪君子"高一时经常在老师查自习时突然吼一声"安静，好好学习"，老师会亲切地抚摸他的头，表达对自己"马仔"的厚爱。下课后又会以我不能感知的速度跑到办公室，汇报班里谁在看杂志、玩手机、传纸条。虽然我不确定当时我卖散烟的事是谁告密的，但是我估计那个"狗腿子"大概率就是他。"伪君子"姓杨名伟，我们叫他"伟哥"以示侮辱。"伟哥"的告发对象不仅限于男生，连哪个女生偷偷给男生送了饮料、带了盒饭都会被他记录在案，拿着小本本干着"地下党"工作，然后偷偷汇报给班主任说有人早恋。"伟哥"的行为人神共愤、天怒人怨，很多人想打他而没有打成，原因就是他爸是教育局局长，连学校老师也会给他几分面子。

他爹杨宜伟在教育局副职干了十来年，处心积虑扳倒一把手上位。杨局长履职不到两年就换了宝马5系，当然车他自己不开送给了小姨子。杨局长还是一副廉洁自律的样子，穿着多少年如一日的衬衫、夹克，骑着老式飞鸽牌自行车，右边的脚踏板掉了都没去修。下班从来按时回家，不去参加酒席宴请，除了游泳没有别的爱好。外人一眼看去绝对是清正廉洁的好官。杨伟继承了父亲两副面孔的优秀基因，是我们学校学生会主席，也是老师和教导主任的最爱，"优秀班干部""三好学生""优秀团干部"轮番颁给他，"伟哥"的作文《我的局长爸爸》获得全市中学生作文比赛二等奖。一等奖得主的爹是市长，一等奖作文题目叫《我深爱着这个城市》。

平时看他"伟哥"不爽的学生很多，只是逮不到收拾他的机会而已，见"伟哥"来打篮球了，不少受他"照顾"的学生纷纷表示要和他同场竞技。"伟哥"在半场里经常被撞得人仰马翻，大个头专门挑他盖帽，有一次他连人带球被盖出场外。

"你们他妈的文明些，我可是学生会主席！"杨伟骂道。

"去你的，现在学生放假了，你的爪牙都不在了，看谁帮你。天堂有路你不走，偏偏放假来打球。"其实不是杨伟想放假来打球，他糟糕的人缘连早饭吃牛肉面，都没人愿意和他同桌，实在无聊就想来学校打球。杨伟感觉势头不对转身想跑，大个头拿篮球朝他狠狠砸去，杨伟一个趔趄差点摔倒，学生们欢呼雀跃。这件事成为后来一场校园群架的导火索……

2

杨伟球场吃瘪后怀恨在心，毕竟是一群人欺负他，不能给所有人穿小鞋，但必须得报复那个大个头。高中的寒假很短，农历正月初十，除了高一学生休息外，大家就都到校上课了。杨伟认得用篮球砸他的大个头，那个男生名叫刘平，身材高大又有着充满磁性的嗓音，是学校出名的播音员。每天早上8:10吃过早饭学生们会在操场跑步、做操，播音站负责朗诵诗歌、播放广播操音乐，杨伟提前使坏，把播音站的电脑主机换了。学校的电脑都是同一个品牌、同一个型号，主机箱单从外观是看不出区别的。他还把两台电脑的桌面背景、图标、软件设置得一模一样，就是开机了短时间也发现不了问题。百密一疏，杨伟遗忘了一点，主机箱背后是有条码的，学生会的电脑条码尾号是001–006，播音站是007–010。播音员照例打开电脑和播放器自动播放，却发现喇叭里响起《康康舞曲》，学生们听到旋律都感到纳闷，难道早操改跳交际舞了？大个头感觉情况不对，也不知道该怎么办。几秒思考后他发现硬盘存储空间不对，主机绝对有问题，他爬到桌后看编码，发现这台001的主机箱是学生会主席杨伟的，大个头心生怒火，打开喇叭和麦克风："杨伟你个王八蛋，偷换播音室的主机！"

然后就是刺耳的"滋啦"声，显然播音室的麦被打翻了。大个头刘平叫上播音室的几个朋友，怒气冲冲地跑到学生会办公室算账，在此之前他提前把主机箱条码拍照留作证据。

刘平进了办公室，二话不说上去就给杨伟一拳头，然后拉起杨伟领子把他摔在大理石地面上。虽然杨伟早有准备，但没想到这么快就被发现。两边学生打得不可开交，事情迅速通过手机短信和QQ空间在学生中间传播，不到一小时，几乎学校所有人都知道这件事了，对杨伟心有不满的学生集合起来冲到办公室要捉拿杨伟，其间他们和团委老师、学校的保安发生冲突。此时的杨伟已经被大个头揍成"猪头"，播音站的学生和学生会的干部撕扯在一起，学生会办公室挂着学生会成员的照片，凡是杨伟的照片都被人撕下来丢进了便池，这是二中十年以来最大规模的学生群体性事件。事后学校严肃处理了涉事学生，对于杨伟进行了大会点名批评，同时给予警告，打架的刘平被予以警告同时停课反思三天，其他参与人员做出检讨。

后来我把这事讲给小庄、白芷听，他们开玩笑说这才是年少轻狂应有的样子。

第十六章　梦中婚礼

2010年2月，美伦妈妈和石川老师的婚礼即将举行。周记甜品店装饰一新，摆上了百合花，窗口玻璃贴了"喜"字。石川老师所在的学校去年扩建家属区，石川老师半年前以成本价购买了一套三居室作为新房。美伦休息时帮妈妈分装喜糖，小庄负责帮忙采购婚礼用品，白芷字如其人写一手漂亮的行楷，负责填制喜帖。婚期将近，周晓仿佛又回到了年轻时候。

杨越痛快地签了离婚协议，并给了前妻30万，作为十二年来自己所作所为的补偿。他只想要女儿的抚养权，夫妻二人在此方面意见不合，经法院庭前调解，杨越的经济能力更好，且美伦自己愿意跟父亲生活，周晓每月支付600元生活费直至美伦大学毕业，具有一周二至三次的探视权。美伦之后随父姓，在户籍地派出所更改了姓名：杨美伦，入了父亲户籍。

也许分道扬镳的夫妻还有最后的情谊，杨越从自己车行和汽车租赁公司调配了八辆奥迪A6作为车队，并通过关系找了一辆保时捷911作为头车，希望通过风光的婚礼让前妻开始新的生活，自己将和女儿共度后半生。婚礼在情人节那天如期举行，白芷苦苦恳求美伦终于当上了婚车司机，十八岁的他刚刚取得驾照。白芷第一次驾驶跑车倍感兴奋，在经济相对落后的地方，这样的车队引人注目，红色保时捷醒目拉风，车头用粉色玫瑰环绕成心形。路边市民纷纷驻足拍照、录像，大家第一次看到如此昂贵的跑车作为婚车使用。我作为小庄、美伦的好朋友，也贡献了一份智慧，作为摄像师在后头的奥迪车上全程摄像。车队绕鼓楼一圈后向西北方向驶去，一路沿新城区的宽阔大道飞驰，开至湿地附近后折返酒店。

四十一组礼花以左奇右偶的数量排布，四十一代表周晓四十一周岁。每组礼花均是十三发，我们设想是每组礼花间隔五秒燃放，精于数学和化学的大神陈钰经过反复推算和电脑建模演练，制作了长度恰好的捻子，将所有礼花按照左右左右的顺序依次连发，将物理电学的串联、并联知识发挥到极致，而且自己用汽车的点烟器发明了个电子打火机，这个打火机交给美伦去点燃。功夫不负有心人，大神的操作震惊全场，每组烟花的燃放误差不过两秒，大神看了看西北偏西的风向，又看了看酒店的座向，叹口气："我没有考虑到风阻对捻子燃烧的影响。"

我泪流满面地回答："你早生七十年，'两弹一星'元勋就是你。"

我看着礼花在天空绽放，就仿佛在欣赏2008年鸟巢上空的烟花一样，我感慨知识真是能改变世界。皇冠假日酒店宴会厅金碧辉煌，琉璃酒杯映射着水晶吊灯的光芒，大理石地面倒映人影，优雅的服务生忙忙碌碌，我感慨之前打工的那家酒店简直就是大排档。证婚人是石川老师学校的校长，司仪是石川老师的朋友，是一位电视台的主持人。宾客不多，大约十桌客人，两人都是再婚组家，不想太过张扬。我知道美伦妈妈老家是浙江宁波的，宴席以杭帮菜为主，我认识的有西湖醋鱼、干炸响铃、红烧栗子肉、龙井虾仁、油焖春笋、狮子头。看着桌上的水晶瓶装五粮液和拆散的南京九五至尊香烟默默流泪，感慨真是有钱呢。婚礼开始前，宴会厅乐池有一架钢琴，美伦着礼服弹奏了曲子，我听了一下是伍佰的《泪桥》，前奏罢了，传来美伦生父杨越的磁性嗓音，他演唱了这首歌曲：

> 无心过问你的心里我的吻
>
> 厌倦我的亏欠
>
> 代替你所爱的人
>
> 这个时候
>
> 我心落花一样飘落下来
>
> 顿时我的视线
>
> 失去了色彩
>
> 知道你也一样不善于表白
>
> 想想你的相爱编织的谎言懒怠
>
> 甜美镜头
>
> 竟也落花一样飘落下来
>
> 从此我的生命
>
> 变成了尘埃
>
> 寂寞的人
>
> 总是习惯寂寞的安稳
>
> 至少我们直线曾经交叉过
>
> 就像站在烈日骄阳大桥上
>
> 眼泪狂奔滴落在我的脸庞

歌罢，宾客们看到杨越身影，他拿起桌上的醒酒器，把里面的红酒一饮而尽，扬长而去，随后司仪主持了婚礼所有流程，美伦弹奏了《梦中的婚礼》。周晓眼中噙着泪水，美伦也知道父亲是真正爱过妈妈的。

或许这就是成年人的感情。

第十七章　春暖花开

二中每年会在万物复苏大地回春的时候举办一场大型诗朗诵会，时间在3月中下旬，以此纪念诗人海子。朗诵会每年都以"春暖花开"为主题，取自海子的著名诗篇《面朝大海，春暖花开》。活动由学校宣传部、团委主办，学生会、播音站、艺术中心承办。今年王校长鼓励原创，在朗诵经典名家篇目的基础上，号召学生自己创作诗歌，题材不限，文字长度适合不少于三分钟的朗诵。今年市委宣传部和教育局比较重视，打算在电视台全程直播，是打算在海子诞辰举办诗朗诵。

我看了学校公告栏和校报的通知，跃跃欲试。春季学期压力相对小些，学校的重心在高三学生。我最近也一直读诗，当代的海子、北岛、食指，外国的雪莱、拜伦、济慈、泰戈尔、普希金，现当代的闻一多、朱自清、丁玲、席慕蓉。我粗浮地读了一些文艺理论，知道文学创作模仿是一种起源，我就翻了翻海子作品，发现了他有几个频繁使用的意象，于是我自己就写了一首：

画梦为马

我以诗人的名义，梦为不竭的动力

如同那些远方的歌者

他们是中国的儿子

闪耀着的光辉

犹如跳动着的烛火

照耀着苍茫的大地

冲破黎明的黑暗

拨开晴空下的阴霾

我嗅到了屈子香草的芬芳

嵇康断了的琴弦，还在萦绕着高傲的风骨

子美手中的长剑和太白的酒杯

皓月长照人，人亦非故人

　　所有的孤独者

　　同行在道路上

　　我想有一把火，以梦的名义

　　尽情的燃烧与奔放着的豪情

　　就像一杯酒，浇灌我的肠胃

　　我以诗人的名义，梦是我欢快的马儿

　　驰骋在神圣的国度

　　飞过麦田与土地

　　看到过去的泪水，尘埃般的记忆

　　我还是想扬起鞭子

　　快，快，快

　　追寻永恒的真理

　　梦不到的梦中

　　我深深的渴望

　　以诗人的名义，以孩子的纯真

　　在纯洁的画布上

　　绘一匹马儿

　　以我的名义，以诗的名义

写完这首我意犹未尽，又写了一篇：

为了忘却的思念

　　当我收点好行囊，离开

　　秋夜里闪耀着的星星，做伴

　　金灿灿的麦子

　　静静的河流

　　寂寞了这一片山水、时间

　　前行的每一步，都会是身后的脚印

　　又仿佛把过去的季节读了一遍

逝去的春夏，我怀疑

和你有关，思念摸不到，就像

飞离视线的蝴蝶，扑簌着逃开

假如我是位诗人

读她的人还没有来

为了忘却的思念

抑或是影子

投映入我的脑海

　　写好后我给校报的邮箱发了邮件，第二天课间休息时，我到文印店打印好自己的作品送给了负责此次活动的团委老师。我没有抱太大希望，觉得只是一次尝试。没想到三天后学校宣传部通知我，我有史以来写的第一首诗将作为本次诗歌朗诵会的入选篇目，找我过去听取个人意见，谈一下男女分部和语调问题，我受宠若惊，十分开心。

　　为期一个月的准备工作紧锣密鼓地展开，学生们利用周日休息和课外活动时间认真排练，而我的作品有幸作为纪念海子原创特别篇目由学校艺术团朗诵，而我写的另一首诗发表在了校报上。一时之间我大出风头，本来成绩居于中游的我不被人重视，老师时常记不清我的名字，总把我和隔壁班的路岩搞混，经常无辜代人挨骂。我没有白芷的帅气，也没有大神陈钰的高智商，但是我终于靠着坚持自己梦想、坚持写作取得了一点点成绩。以前一直批评我在每周例行作文习作课上写现代诗的语文老师转变态度，一想到说不定自己能培养出知名诗人呢，开始鼓励我写诗。

　　"春暖花开"大型诗歌朗诵会3月24日晚在市大剧院举办，除学校外还有文学联合会和作家协会的部分成员参与。我作为特邀嘉宾端坐贵宾席，我看到摇臂摄像机、移动轨道摄像机忙碌工作，执行导演在后台掐着表等待19:30的到来。

　　开场是海子的抒情名篇《面朝大海，春暖花开》，后面朗诵了其他诗人作品，排名不分先后：

席慕蓉，《一棵开花的树》

余光中，《寻李白》

闻一多，《红烛》

北岛，《回答》

纳博科夫，《致自由》《湖泊》《你是天空一朵温柔的云》

里尔克，《献给奥尔普斯的十四行诗》（节选）

阿赫马托娃，《爱情》《心底对太阳的记忆》

曼杰什坦姆，《不，我与任何时代、任何人都格格不入》

中国和外国诗人作品中间有一段过渡时间，大家向诗人海子致以一分钟的默哀。然后是四篇原创作品在过渡时间里朗诵表演。

这注定是难忘的一天，我更加坚信中国的文学根在西北，这里淳朴的民风更能涵养文化的花朵，我把这个观点跟学校的一名浙江籍的语文老师聊起："江浙古往今来多出才子，为什么到新世纪反而没什么特别出名作家呢？我们熟知的是贾平凹、路遥、莫言、王小波、陈忠实，他们都不是南方人，相对而言陕西更多一点。浙江我仅仅知道余华。"那个浙江籍老师跟我说："因为知识都转换成了财富。"我听完深表同意。

全程直播的诗朗诵是二中建校五十三周年以来最大的校园文化活动，王校长为推动这次盛会不遗余力，而我的作品有幸抛头露面。第二天潘西老师给我打电话说道，就知道他的诗集启发了我的灵感，还有那个赶我走的吴主任，逢人便说陆言同学是在他教导下成长、成材的。

这个春天就愉快过去了，我想明年的春天我就可以期待大学了。

第十八章　白芷苏薇

高中的日子乏善可陈，就是一场接一场考试，一轮接一轮复习。高二的春季学期教学进度已然完成，我们的任务就是为高考做准备，提前进入了第一轮复习。所谓第一轮复习就是将教材再梳理一遍，第二轮复习是结合考试大纲和高考指导教材串讲，第三轮复习是五至七场模拟考试，第四轮复习是纠错和补漏，这只有两周时间。基本国内高中都是在整个高三的一半时间内完成这年教学任务，其余时间全力备考，以工厂化的模式培养标准人才。我把看小说的时间用来看《英语周报》，不得已进行自学，这是因为我有一个糟糕的英语老师。

我的英语老师已然是五旬的中年男人，等候退休的他教学激情已被消磨得干干净净，每次上课就是对答案，他也懒得给我们解释，英语口语水平已然退化到"ABCDE"，口头禅是"这个题为什么选A呢，因为答案是这样写的"。除了教授新课程就很少动嘴。我买了语法书、单词书和报纸自学，上面有细致的讲解，对于语言和文学有一定天赋的我，英语水平在班里男生中是相对较好的，高中的我已经可以看懂《经济学人》，可以借助释义看懂英文转译的《包法利夫人》，我买了狄更斯的英文原著，确实很难读懂。

5月的一个晚上，结束自习的我在宿舍听音乐，这台宏碁笔记本伴随了我四年。我打开邮箱想看看有没有老朋友的邮件，我看到了白芷发的邮件。

陆言：

距上回见面已经过了一个月了，我在英才中学待了六年了，想想真可怕呢。比起你，我成绩差很多，家里让我学理科今后去做医生，我看了自己糟糕的成绩，心想以我的能力做医生必然是误人性命，所以我选择了文科。马上到高三了，我感到压力。我更羡慕你有渊博的知识，而不是毫无意义的皮囊。我从小喜欢汽车也喜欢开车，我跟我爸说想做出租车司机，他把我打了一顿，骂我没出息。我不懂为什么，出租车司机服务了乘客，给老百姓带来方便有什么不好呢？人总会变老，不可避免地发福。我也知道再过十来年自己会和满大街的大叔一样，不会再有女孩喜欢我，我也不像美伦的父亲能成为成功的商人。我感到困惑，感到光阴虚度，但又无可奈何。我们去草原旅游前，一起在喝酒，那个给我纸条的姑娘一直联系我。差不多两年了，当初她是预科班的学生，今年大二。其实对于我而言，父爱、母爱很模糊，他们除了和雇佣的工人种植草药、经营金州的药店外很少关注我，我的回忆更多是关于外婆的。外婆去世也比较早，我孤单一人待在英才学校。外婆那会儿爱做我喜欢吃的凉粉和麻腐包子，记得到季节的时候，会采摘榆钱，九成榆钱儿搅和一成玉米面，上屉锅里蒸，味道很香。说的可能有些多，我不善写作，不会组织语言呢。说到那个大二的姐姐了，她比我大不到三岁，我更多找她打电话聊天，是想咨询学习和高考的事情，无奈她是学弱，咨询的结果就是一问三不知，学弱名叫苏薇，在省城读中医学院。陆言，你相信一见钟情吗？我只相信见色起意，我感谢父母给我俊美的外表，但是也有无尽的苦恼。没有人关注我娴熟的车技，没有人了解我知道系统、全面的汽车知识，我是F1方程式锦标赛的车迷，我懂很多汽车、赛车的原理，我的梦想是像韩寒那样作一个车手，可能现在大多数人只知道韩寒是青年作家。我渴望驾驶汽车风驰电掣的感觉，我长这么大最开心的时候就是美伦妈妈结婚时，我驾驶保时捷婚车的时候。唠叨很多了，兄弟，周末出来坐坐，爸妈从金州带回来百合、三炮台，我给你们一人一份。

读过邮件，我不知道该回复什么，可能每个人都有每个人的烦恼，我点开下一封，是小庄写给我的。

陆言：

兄弟你好，我还记得那个冬天下雪，路很滑，你带着行李摔倒在校园里，我看到你就感觉你会是我一辈子的朋友。后来我们成为舍友、朋友、兄弟。美伦说希望我们能上一个大学，按照目前成绩算，她考入普通211没有问题，而我则在普通本科线徘徊。你不在英才读书后，白芷也不在宿舍住了，他说朋友离开了，留在宿舍干什么。所以，从高一开始白芷就跟我住一起了。爷爷棋牌室生意惨淡，爷爷也没打算靠棋牌室赚钱，他就想陪着我。他老跟我讲爸爸读书时候事情。小柴七岁多了，狗龄有点大了，小柴应该叫老柴了，它不是很活泼了，不像我们读初一那会儿那么调皮，我还是喜欢带着它散步，小柴走不动了，我就把他抱到怀里。我和白芷在一个书房学习，小柴在旁边打瞌睡。小柴在我心中始终是英雄，没有小柴，爷爷很可能在咱们初三那年就去世了。美伦在她爸爸那里也不错，我觉得杨先生真是一个好男人，一人扛起所有问题，遇到委屈也不会辩解。今天说到这里，我要去背单词了。

邮件看完，我回想起和他们去草原、胡杨林的情景，想起在美伦妈妈婚礼上的情景，我感慨人生乐在相知心。我给小庄打电话嘱咐他好好学习。我给白芷回复了简单的几句话：

人生是你的，爱你所爱的，做你想做的，实现你想实现的，管那么多干吗。你既然觉得人生实苦，为什么不给他加上蜂蜜呢？

我有点困了，想起堂哥陆塑，他在金州筹备开酒吧，我想不通一个历史老师为何去最后经商了呢。家里人没跟我说堂哥家的事情。我看了会书睡着了。

第十九章　一场赌局

2010年的暑假短得可以忽略不计，我在家里休息了不到二十天就回学校补课了。现在想想我读书年代的中学还是负责，不会把教学负担转移给家庭，没有把教学任务"外包"给社会辅导机构，也没有让社会上三教九流、水平参差不齐的"草包"摇身一变成为辅导老师。7月出头我就带着补习费来学校报到，在"宝老师"那里交过钱后就打算去阅微楼自习。

还没到自习室，就听隔壁球场有嘈杂声，我过去一看，原来是"伪君子"杨伟在给学弟吹牛，说自己当年气吞万里如虎的故事。自从群架事件后，他的学生会主席被罢免了，但是官瘾没有随着职务的消失而消失，逢人吹牛成了杨伟的嗜好，他今天吹嘘的是高一时能两个半小时喝下十五瓶啤酒，我听完苦笑不已，给你两桶纯净水也喝不下去。旁边的学弟、学妹被他吹得一愣一愣。也许是冤家路窄，当时一起受到处分的播音站的刘平刚打完球回来，看着杨伟就像《天龙八部》结局里的慕容复，疯疯癫癫地在孩子堆里做"皇帝梦"。刘平驻足听了一下原来是吹牛喝酒，刘平打算恶搞一下杨伟，便上去挑衅：

"哟，杨主席海量呢，我们赌一下，你如果能两个半小时喝完十五瓶，这个暑假补课费2500元全部给你。你赢了的话，酒钱我结账，你还能赢2500元。"杨伟听后有所心动，他不作学生会主席后变成班里的团委书记，遭遇了"仕途滑铁卢"。原来他手下的那些爪牙看他不得势了，就没人孝敬他饮料、香烟，也没人愿意陪他前呼后拥地吃夜市、逛路边摊。以前过节总有班长、学习委员送些100到200元不等的红包，现在每周只有50块钱零花钱吃早饭，日子捉襟见肘，女朋友也经常提出分手。此时旁边的小迷妹和粉丝纷纷起哄让学长上去应战，表示愿意押注杨伟赢，这会儿的杨伟不想赌也得赌。我看有好戏就驻足看了会儿，最后杨伟与刘平相约下午七点在独味烧烤店一决雌雄，杨伟加了个条件，刘平必须相同时间喝掉一瓶牛栏山，且双方只能上卫生间不能吐酒，吐酒一方为输，作为赌注杨伟也押了2500元。旁边学生把这件事写成日志发布在人人网，并且"艾特"了很多同学，到下午晚饭时已经有1000人阅览，大家在人人网开盘口下赌。为了保证公平、公开，刘平和杨伟找我作第三方监督，负责监酒，我折回宿舍拿了皮包、计算器、笔记本电脑开始工作，我在人人网发布状态，下注截止时间是晚下午六点半，由于我数学不好，就叫了"突击队"给我做会计。

刘平和杨伟是宿敌这件事年级组人人皆知，大家意见不一，有人认为喝一斤白酒肯定会先吐，也有人认为杨伟会先撑死。大神陈钰在列方程计算酒精浓度，保证两个选手不会酒精中毒，经过他计算中毒可能性是没有的，为了保障赛事安全，我叫白芷把Polo开过来做救护车。截至18:30，双方的支持情况基本持平，支持刘平赢的人稍多一些。为了保证下注的学生能随时了解情况，我们组织了新闻报道组，负责拍照片、录像，及时更新到人人网上。

这场"补习费"杯2010赛季青岛经典VS牛栏山二锅头的比赛准时在独味烧烤店开幕，为了保证公平、公开，两个人只能要一盘泡椒娃娃菜、二十串烤素菜、一盘炒宽粉和一盘炒米线下酒，葵花子和花生米管够。事前我作为赛事组委会主任和监事包圆了烧烤店，每个进店观看比赛的学生须交纳20块钱的门票，作为包场烧烤店的费用。"突击队"拿着笔记本核对下注的学生和金额，我宣读了比赛纪律和规则，掐着手表宣布："比赛开始！"

刚开始的一小时，杨伟发挥神勇，已经喝下七瓶啤酒，按照进度看他应该能够完成。反观刘平前三十分钟没有喝酒，趁热吃完炒米线才慢慢用小盅品酒，下赌刘平赢的学生暗暗着急，这家伙怎么还品酒呢，20块钱的牛栏山被刘平喝出五粮液感觉。杨伟没怎么吃东西，只吃了几串土豆片垫肚子。我们赛前均有人负责监督，防止他们吃解酒药或者喝酸奶作弊，也不允许他们吃晚饭。比赛进行到100分钟时局势发生了微妙变化，杨伟在组委会成员监督下已经小解三次，而此时的刘平用啤酒杯代替了小盅开始喝酒，他桌子上的热菜已经吃得差不多。换上啤酒杯的刘平进度明显加快，此时牛栏山已经下去六成，不过杨伟已经喝下十一瓶啤酒，感觉胜利在望。120分钟时局势呈现出胶着状态，喝了七两的刘平看起来有点头晕，开始休息，将瓶中剩余的二锅头倒进小瓷碗便休息了。喝下第十三瓶的杨伟此时也在休息，看来双方都到了瓶颈期。此时人人网上学生评论如潮，学霸们在换算酒精比，篮球迷纷纷表示要打加时赛，两个人要加整红酒。足球迷认为对杨伟不公平，他总计去了卫生间四次，差不多耗时5分钟，应该算伤停补时。最后组委会同意给杨伟5分钟的"伤停补时"，同时根据酒精计算，认定如剩余1两白酒，则胜过1瓶啤酒以此避免平局，规定了牛栏山和青岛经典按1:6.17的体积换算比例，大神从实验室带来了量杯作为工具。

时间到了146分钟，杨伟看刘平的余酒不足二两，自己如果不开最后一瓶啤酒按照规矩会输，无奈打开最后一瓶。刘平状态也到了极限，有几次感觉要反胃，被他用酸爽的娃娃菜压下去。148分钟时候，刘平已经快到规定时间，而杨伟打算用伤停补时拖垮刘平，于是他开始拿小杯子慢慢喝，给刘平施加压力，因为如果杨伟一口气喝一瓶肯定立马会吐，但是他还剩7分钟，还能慢慢喝完。到达赛点，刘平已经休息了很久，看着碗中的酒长出一口气，经过28分钟的休息，此时他的脸色由红转白，他把最后的烤平菇淋了些香醋全部吃完，接着把碗里近二两牛栏山一饮而尽。比赛结果是刘平胜出，人人网上欢呼如潮，有酒家认为刘平最后平菇淋醋是为了压制恶心，堪称神来之笔。

杨伟看着第十五瓶啤酒发呆，自己的时间差战略失算了，从此杨伟的外号不再是"伟哥"，学生们叫他"杨十五郎"。烧烤店内欢呼声此起彼伏，仿佛见证了美国的"超级碗"一样。半小时后"突击队"表示已经计算好了赌金分配，我拿着皮包给下注学生发钱。杨伟愿赌服输给了刘平2500元，并结了110元的酒钱。我拿出提前收好的门票收入支付了烧烤和包场的费用。结余的收入我请帮忙的几个同学吃了碗牛肉面，真是快乐的一天呢。

第二十章　缘起六月

寒来暑往又是一学年，时间到了2011年的5月下旬，离高考还有半个月，学校最后一次模拟考试已经结束，按照我近几轮模拟考的分数有望超越本省一本线。这是我过去从来没有想象过的，2007的雪天我还被原来初中的教务主任"赶出"校门，以保全他们低得可怜的升学率。

考试结束后各科老师开始集中攻克高频错题和知识点，我将所有的文综试卷梳理一遍，对照课本、地图、历史年表、哲学辞典又学习了一遍。阅微楼晚上灯火通明，有的学生甚至过了零点还在学习。年级组每天晚上会给学生免费发一袋牛奶和一盒泡面，给住宿学生配备了蚊帐和电风扇，望岳楼和散花楼大厅放着保温桶，有雪梨榨的果汁和绿豆汤，避免学生在炎热夏季中暑。高考前一周，小区周围加强了交通管制，货车、卡车必须绕道行驶，禁止鸣笛，附近一公里内的工地晚上禁止施工。学校周围的酒店早早被预订一空，各县区的家长都赶来陪考。高考在6月7日、8日两天，记得那会儿好像还有什么英语口语、徒手画在9日考，只有一小部分报考特定专业的学生须要加考。

我看了准考证，自己被分到了实验中学的一号楼考试，我提前一天确认寻找考场。记得那天考场还没有封闭，是星期一下午，天气很热。我看了标有自己座位号的那张课桌破旧不堪，桌面坑坑洼洼，我知道高考是不能携带垫板的，我联系到考务组主任要求更换课桌，经过他实地认定和层层汇报，批准给我换了一张崭新课桌，我和考务组主任、监督人员在申请单上签字确认。第二天就要高考了，我自己徒步测量了一下，自己从宿舍到考点要用13分钟，加上吃早饭10分钟，我打算预留26分钟时间，那么我7:20出门自然万无一失。我晚上跑去南大街的集贸市场买了一条七分裤，我看考场规定身上不能携带金属物件，就买了条带松紧的裤子。晚上我在宿舍看《海贼王》，这两天只有我一个人住宿舍，"突击队"因为被分配到一中考场，距离太远，就在那附近登记了酒店，希望中午能充分休息有个好的状态。晚上我又和小庄、美伦、白芷在QQ视频上互相加油。

6月7日这天，我早早起来，手包里装好身份证、准考证出发，文具则在考场分发。钥匙我放在了宿舍门框上，比起初中时，我已经长高了五公分，我抬手就能把钥匙放上门框，都不用踮脚尖。我走出校门买了半笼包子、一盒牛奶边吃边去考场。和预估时间差不多，我在8:10到了实验中学门口，家长和考生密密麻麻挤在一起，学校周边有中国电信、中国移动、中石油、国家电网、中国烟草等中字头企业设的爱心助考点，免费提供凉茶、包子、豆浆。这些企业的助考点搭着帐篷、摆放躺椅供家长休息。校门口对面的马路上排着一溜儿出租车，贴着"雷锋车队、助力高考"的字样。

时间到了，大家排队在校门口安检入场，中间有女生取下发卡用皮筋代替，有一个男生表示自己腿骨折过打入了两根钢钉，并将诊断证明拿给安检员看，随后被放行通过。9:00开考后，校园大门紧闭，考务人员带着电子狗在周边排查可疑信号。上午的语文难度适中，题目和蔼和亲，作文题目也比较常规，是一道材料型作文，我吃透主题、敲定立意先写了作文，因为有很多学生会把精力浪费在价值十分的自然文阅读理解中而没有时间写完作文。那种文章往往晦涩难懂、专业性极强，做题的关键是需要按关键词句推断，而不是真的看着注释去理解原文。我在距离考试结束前15分钟结束了答题，然后填涂了答题卡。中午我没有回宿舍睡觉，而是在爱心助考点的躺椅上休息，他们还有5元钱的爱心午餐，我看这么便宜居然还有排骨、鸡块、火腿，就在助考点吃了午饭。

下午的数学是我弱项，平常我的成绩在90至100分之间徘徊。我迅速浏览了试卷，判断了题型分布。数学的难易程度是有明显区分的，一般前九道选择题、前两道填空题以及前三道大题都是比较简单的，大题中我擅长三角函数与立体几何。最后一道大题会糅合很多知识点，我只选择做前两问，最后一问难度高、环环相扣，很难满分。我按照先易后难的顺序答完了前面的题目，然后最后一题我发现只会第一问，我选择不浪费时间，将后面两问的有关公式写了上去，简单写了已知步骤，我知道不计算但是有公式和一部分步骤，是会踩点给分的，这样就事半功倍。我集中时间研究了第十道选择题，其余的题目我打算碰运气，选择了一样答案，据说选项C是正确概率最高的选项。不擅长数学的我，在考试结束铃声响起前3分钟才填涂完毕答题卡，总算有惊无险。不会做的填空题是计算角度的，我判断首先不是正切和余切，然后瞎写了arccos π/2。考完数学，我感觉筋疲力尽，脑袋被抽空，我打车回了宿舍，在望岳楼大厅喝了两杯雪梨汁上去睡觉。到了晚上八点我醒来了，在手机上看新闻，首先看了高考专题，我的作文立意是准确的。然后我看了NBA新闻，小牛胜了热火。肚子发饿的我到食堂要了一份宫保鸡丁盖饭，吃过后一个人在学校的南风亭乘凉，晚风轻拂、杨柳依依、水波潋滟，我点一根玉溪烟靠在亭子里休息。我听到远处有点声音，好像是女孩子在哭，我寻着声音过去，看到一个穿着二中校服的姑娘蹲在树池边抹眼泪，一根烟让我脑子有点飘，很少搭讪的我上去安慰她："是考试不如意吗？"女孩哭得梨花带雨、眼睛微红，皮肤说不上白皙却也细腻，眼型短而宽，所以眼珠跟眼白露出了得多些，头发自然微卷，发尾带点栗色。当她站起来时我用余光看了看我俩的身高差，结合正切三角函数心算，对方应该有一米六五高。

女孩说："下午回来我看百度贴吧，很多学生分析作文要写诚信。"

我回想了那个材料和题目：

2010年9月12日，北京一家体育彩票专卖店的业主为某彩民垫资购买了一张1024元的复式足球彩票，第二天他得知这张彩票中了533万元大奖，在第一时间给购买者打电话，并把中奖彩票交给买主。他成为又一位彩票销售"最诚信"。

有人据此在互联网上设计了一项调查："假如你垫资代买的中了500万元大奖的彩票在你手里，你会怎么做？"调查引来16万人次的点击，结果显示，有29.9%的人选择"通过协商协议两家对半分"，有28.1%的人选择"把500万元留给自己"，有22.1%的人选择"把500万元给对方"，还有19.9%的人没做选择。

要求选好角度，确定立意，明确文体，自拟标题；不要脱离材料内容及含意的范围作文，不要套作，不得抄袭。

我把烟头扔了："写诚信是没问题，很明显的主题啊，材料都说了'诚信业主'。"

"但是我写了人性。"女孩子委屈地说。

"你从荀子的角度去想，是很独特的角度嘛。"我继续说道，"清朝龚自珍都说呢，不拘一格降人才。怕啥，你写得很有新意啊，我也写人性呢。"其实我说了瞎话，我不敢在高考试卷上搞创作，踏踏实实写诚信起码能得42分。

女孩子心里好受多了："总算遇到知音了，你看书也很多呢，我叫叶欣珺。"

"温婉如玉，好名字，不过首尾都是仄声。"我简单知道点格律入门知识。

"你说的对呢，不过大家把珺读一声，我也习惯了。你怎么知道这么多呢？你是不是去年投稿参加诗朗诵的陆言？我好像在报纸上见过你照片。"叶欣珺回答我。

我心想现在居然还有具有20世纪80年代审美观的女孩子，能记住诗人的名字，虽然我还不是诗人。我还是很开心："嗯，我是陆言。"

"挺好的名字，莫言也是单名一个言字。"我当然知道莫言不是他本名，但我就这样认识了一个女孩子，我们在人人网上加了好友，互留了手机号。分开后我想真是奇妙的晚上，当时我怕这姑娘因为高考不顺寻了短见，这种新闻每年都有呢。回去后我继续看《海贼王》，我看到白胡子率舰队打上马林梵多，路飞此时从推进城赶来从天而降营救哥哥艾斯，我看得泪流满面。

第二天上午的文科综合是我强项，我预感这次历史政治选择题我可以拿满分。下午英语难度有些大，我从第二篇阅读就开始感到吃力，于是罢手转攻作文，按照套路写了中规中矩的作文，开头用了定语从句。6月8日17:30，短暂的铃声代表我的中学生涯画上了句号。

成绩差不多在半个月后公布，我、小庄、美伦相约去看茶卡盐湖，通过旅行庆祝毕业季。这次白芷已经是合法司机了，他开着小庄家的Prado一路在高速上疾驰，小柴又一次随我们出征青海，小柴的狗生还真是丰富多彩，去过草原、茶卡盐湖，做过保镖、担任过快递员。为期三天的旅行很美好，我们领略了天空之镜的美丽，就是回来时遇到了麻烦，白芷驾车撞死了当地人的一只羊，我们被敲诈让赔5000元，人家非说大羊生小羊、小羊再生羊。小庄气愤不已，准备下车干架。我拉了小庄一把说："别冲动，这是在外地，我们打不过人家的，我有办法。"

我说完下了车，拿出手机假装打电话："我订的两百公斤切糕到了吗？哦，兄弟到西宁了啊，那你过来正好，我开车拉回金州去，我在那啥……"后面我叽里咕噜瞎一顿扯。那个当地人过来和我握手："兄弟都是自己人，这只羊你们拿去好啦！"

我装模作样掏出三张钞票塞给了他："兄弟后会有期！"我赶忙上车叫白芷开走，让他小心点，把车撞了都行别再撞羊了。

第二十一章　木铎声声

录取工作差不多在8月初开始，2011年开始高考不用估分了，成绩公布后在网上填报志愿。英语发挥有失水准只得了101分，好在数学和文科综合成绩理想，语文成绩那一年分数普遍较低，我只考了104分。我总分523分超过一本线13分，北京师大的梦想是绝对破灭了，我差着至少60分，距离其他中文专业具备优势的学校如南京大学、陕西师大也相去甚远，想来想去只能去金州了，堂哥那会就是在金州师范大学读历史专业，只要过线都能录取，我在平行志愿填了天津师范大学以防万一。

小庄想做警察，最好是刑警，愿望是能除暴安良。我们相约金州，他选择了金州政法大学。白芷成绩平平，最后由于金州师大部分专业缺口较大，补录了旅游管理，和我成了校友。美伦则跑很远，到了渤海大学学习英语，小庄深表担忧，我安慰他那个学校女生比例很高，何况还是英语专业，绝对没男生脑子缺氧报考英语专业。我们四人在8月中旬相聚，一起干杯庆祝人生要开启下一段旅程了，我喝晕了朗诵苏轼的《南乡子》：

东武望余杭。云海天涯两渺茫。何日功成名遂了，还乡。醉笑陪公三万场。不用诉离觞。痛饮从来别有肠。今夜送归灯火冷，河塘。堕泪羊公却姓杨。

"突击队"去了金州大学学习历史专业，好像是什么博物馆方向。大神陈钰考取了北京航空航天大学，学习飞行器设计与工程专业，我深表感动，将来有一天，说不定坐的飞机就是他设计的。我记得8月下旬的天气很晴朗，就像我的心情一样明快。我到金州找了堂哥，他在金州和朋友经营酒吧，我暑假就打算在他那里过。

酒钢号在清晨时分抵达金州东站，旅客川流不息，站前广场人头攒动。我望着巨大的"金州"二字心生失落，本来我是想去北京的，之前我还在北师大看过那个木铎雕塑，心生敬仰。不过由于分数有限，我报考了北师大的"弟弟"金州师大，虽然咱们想"攀亲戚"，北京那边对我们似乎不太感冒，只是校园有一块碑。有时候人的感情也附带着社会属性，患难容易享福难，就如历史上名噪一时的西南联大，也只是特定年代的产物。

堂哥开着车带我钓鱼、爬山，在黄河风情线痛饮啤酒，那个年代的金州，青岛、雪花还未完全占领市场，本土的黄河啤酒还有不错的市场份额。我住在堂哥租住的居民楼，堂哥陆堃白天要进货，晚上得看酒吧，2011年时外卖业务还未进入西北，他就晚上骑着电三轮送啤酒和烧烤。

一个凉爽的夜晚，我和陆堃在酒吧聊天："哥，你怎么不在学校当老师呢，我爸妈常拿你教育我呢。"

陆堃："你看过《围城》就会讨厌学校这个圈子，何况我把县长儿子打了，又和教育局局长搞臭了，老家没我的生存空间了。"

我喝了杯冰啤酒感到怅然若失，堂哥是2000年考入师大的，那会儿的优秀毕业生能在普通本科任教，堂哥家里没有关系，待业一段时间后才考上老师。我看堂哥的眼神流露出疲惫，二十八岁的他有着不一样的韧性。

"莹姐呢，你们还好么？"我问了关于堂嫂的事情，那会儿他们都快订婚了。

"她去西安了。"我看哥哥没心情聊天，就和他一杯杯地喝啤酒，我给他发了根玉溪烟，他说不抽烟，还把我骂了一顿，说我不学好。我没事就在堂哥房子打Dota，我下了录屏软件，到城关区的赛科电脑城购买了麦克风、耳机，准备做视频解说。我一手飘逸、犀利的影魔在优酷网上点击量超过2000次，后来网友留言说要看教学视频，我就录了影魔、女王、水人、卡尔几个英雄的教学视频。尤其我的卡尔切技能很快，人称"钢琴师"，飓风吹起、陨石落地，收割"人头"一波流。游戏打得我脖子、腰椎疼，堂哥无奈送我去附近一个老中医诊所做针灸。我针灸完出来吃饭，手机收到一条短信：

"陆言，谢谢你安慰我，写人性果然偏题了，我语文只得了91分，差点不及格，金州大学滑档，我被调剂到金州师大英语专业了。叶欣珺。"我这才回想起两个多月前的情景，我在二中南风亭抽烟时遇到的女孩，我还差不多记得她的样子。我回复信息：

"9月3日报道，上午十一点敦艺见面。"敦艺是金州师大音乐学院附近一带广场的简称，那里距离家属区更近。我算着日子等待开学，白芷先到了，他说打算和我在外面租房住，继续做舍友。白芷怕遇到什么不洗脚、打呼噜、乱扔垃圾、随地吐痰的舍友，他是个很爱干净甚至有洁癖的男生。我早上打车跑到金州站接白芷，我们二人在东站附近的马子禄吃牛肉面，我请他吃了肉蛋双飞的套餐。

"要我说牛肉面还得去甘州路那个马子禄吃，这个分店就是忽悠外地人的。"白芷一边吃一边抱怨。

"行了吧，总比外省游客吃隆化帮的牛肉拉面强吧，牛肉面都被他们盗版得不成样子，我到外面看那么多人吃拉面就想笑呢，可不是放萝卜、牛肉的就是牛肉面。"我们吃完拉着箱子先回了堂哥家落脚。白芷家在金州有两套房子，一套在宁和区、一套在城关区，白芷是真正的有钱人，他家在老家平西还有一套房子，家里在城关、西源、和顺、七里桥四个区都有连锁药店，他爹在青水还有一个制药公司。白芷经常开玩笑跟我说，他炫富都是晒房产证玩。白芷能考上大学，家里人十分开心，白经理大宴亲朋好友，飞天茅台就用了十多件。

"明天陪我看车去，老爹给了我一张40万的卡，让我买个车开，以前的Polo太小了。你也别坐公交车了，学校里面就走路，出门就开车，我感觉科教城那边不错，就租住在那里吧。"我默默流泪，有个富二代朋友真好，我把打算买自行车的银行卡捏出了汗。

8月底的周末，我和白芷去金州各4S店看车，他是大众的粉丝，说什么宝马是"泡妞车"，奔驰是"土大款"，开奥迪容易被认作领导的司机，想来想去还是买CC，也算是个入门级轿跑。我们跑去一汽大众的店里看车，被工作人员当小孩子赶出来了，本身我们就是小孩子。白芷掏出两包软中华扔给了店员："给你个辛苦钱，给我介绍一下，我要买个CC。"

店员此时看到了白芷手上戴的欧米茄，发现是个有钱人，马上态度转变、笑脸相迎。店员冒着冷汗，心想如果他带个百达翡丽进来，店里目前还没有比手表贵的车。白芷看了一圈发现没合适的，在图册选中了款进口CC，卡里钱估计不够，又打电话让他爹给打了20万。我听白芷和他父亲对话，他要车就像我跟妈妈要个玩具一样。

白芷看着车的图册介绍，就像看情人，自言自语道："6挡双离合，3.6L发动机，马力有300，最大扭矩350，不错，够劲儿！欧VI标准也环保。"我也不懂这些，反正我知道进口车关税都很高，店员让我们多等等，说会有点儿慢。白芷拿出银行卡，店员立马拿来pos机："先生，你是全款还是按揭，按揭我们有优惠，可以先交定金，提车才付钱。如果愿意多支付200元，挂牌、审新车、跑车管所这些我们就代办了。"

"全款付，给我拿购车合同来，该送的都送了。"白芷仿佛在给手下安排工作。白芷看了没有问题就签了合同，要求必须一个月内提车，否则就去买沃尔沃。

我们出门准备回房子，店长出来吩咐员工："小张开你车把俩帅哥送一下。"我当然知道帅哥说的是白芷，我是跟着白芷沾光。

店员把我们送到科教城，之前我在玛雅房屋看了一套两居室，租金大概八九百元。我们提前打电话跟房东说要看房，房东见我妈是俩小孩子，以为是恶作剧。

白芷霸气开腔："押一付三，一个月900，我要求明天拎包入住，今天去把卫生打扫了。"白芷说罢从普拉达手包中取出3600元现金，"我现在要看房子。"房东立马换了态度，带我们看房，认真介绍着房子的朝向、通风、采光，表示水电暖俱全，大公司物业，安全、卫生没得说。

"给我物业电话。"白芷问房东要了电话，我看白芷用的是苹果4，我也知道他会在几个月后换新发布的4S。"恒友物业公司吗？我要租一个车位。对的，3号楼一单元301,四年期限。"我听富二代继续安排工作，"来我说的这个房间，签一下车位合同，把pos机带上，我刷卡。"就这样，我大学四年跟着白芷过上了有车有房的生活。9月3日早上是报道那天，我在敦艺等叶欣珺。

第二十二章　美玉无瑕

金州市宁和东路967号，师大坐落于此，正门古朴大气。校园小部分建筑是中苏关系友好时所修建，有着浓浓的苏联风格。校园大致呈东西走向，西苑路贯穿东西两门，教学楼依主干道南北而立，西门附近商铺鳞次栉比，外语学院往东再无校舍，均是家属楼。与其他高校不同的是，师大校园充满生活气息，东头的教职工和居民经常会在敦艺散步，幼儿学步、孩子遛狗、情侣散步都是常见情形，学校的部分球馆对外开放，宁和区的居民也可以进校打球。

阳光正好、暖风和煦、绿树成荫、芳草萋萋、学子如织，一号楼广场电子屏播放着宣传片，充气拱门和横幅随处可见，电信、移动、联通三家公司业务员忙得不可开交，我看着电信公司巨大的广告牌写着"跨入3G时代"，从那以后标志着智能机全面在西北普及。白芷说借车给我撩妹用，我就把他的POLO开到培黎广场附近停车，然后骑着自行车在校园和公寓办理手续。看着离和叶欣珺约的时间还早，我就赶去天和公寓收拾宿舍，公寓小广场人满为患，家长排队交纳住宿押金，我一个人很无助又不想排队，我拉住一个卖被褥的学长：

"师兄，给你100块报酬替我交押金好吗，我一个人报名，没有时间呢。"那个学长穿着廉价的白短袖，满脸高兴，马上帮我排队去了，留了手机号说办好联系我。我拿了随身物品到11号楼701，房间差劲得超乎想象，卫生间的立管炸裂，哗啦啦流水不止。我看了储物柜的锁子全部坏了，上铺一块床板裂开，桌子仿佛被仇人蹂躏过一般，面目全非，凳子少一条腿儿，窗纱破着碗口大的洞，估计燕子都能飞进来。我摇头叹气，从宿管那里领了钥匙就走了。我骑着山地车在校园穿行，大概八分钟到了敦艺。我看着音乐学院的楼宇，台阶绵长，中间矗立的学院带着日本奈良建筑风格，其实那是个大剧场，器乐、声乐教学的校舍在它后面。我拾级而上，登高望远，看后头有山，山有水塔。我在大厅里乘凉，看里面有个"Cherry Coffee"的招牌，我进去点了杯卡布奇诺，咖啡厅中有人素描、有人看书。我给叶欣珺打电话，说办完手续这里见面。

我在看随身携带的小说《查令十字街84号》入了迷，我想现实中或许没有美妙至此的缘分，古往今来不管是东方作家还是西方作家，他们把对爱情的向往写入文学作品去演绎，所以未曾见面不代表不曾交织，这样的感情还是深藏心底。

"陆言，你好。"后来我明白多少人的认识都是从"你好"两个字开始的，多么温暖的词儿，我们不都是希望大家好才成为朋友的嘛。欣珺着一身雪纺裙，裙摆为淡粉色，上身乳白色，戴着赫本风盆帽，脚型瘦长踩着一双水蓝色凉鞋，我看得有点眼晕，眉眼透几分俊俏气儿，我想起徐志摩那句"像一朵水莲花不胜凉风的娇羞"的诗来。

"诗人你好呢。"欣珺莞尔一笑，仿佛春风吹绿了柳枝、抹红了桃花。我看她画了淡妆，提着一个巴宝莉的包包。我放下手边海莲·汉芙的书，抬起头凝视她，我此时想到的就是曹雪芹《枉凝眉》中的"阆苑仙葩"。

"差点认不出来了呢。"后半句好漂亮被我噎回去了，怕对方觉得我肤浅。反观自己穿着海贼王人字拖，阿迪达斯的短袖好久没洗，logo仿佛是CCTV6电影频道标识，还好出门前白芷逼着我喷了淡香水，他说约会必须喷香水，这是常识，我看他洗漱台上扔着爱马仕的瓶子。

"你也看这本书呢。"欣珺目光移到了我的书上。

"不懂呢，瞎看看。"其实我确实是瞎看，我第一次看这么写的小说。为了表示自己见多识广、学识渊博，我得继续编："其实要说新奇和有特点，韩少功的《马桥词典》绝对有意思。"我迅速发掘肚子里的存货。

"我最后学了英语，我想自己作文都能偏题不合适学中文呢。"欣珺把话题说回学校。

"你可以读英文原著了，像我们读莎士比亚的十四行诗或许不能体会原有韵味。"我们在咖啡厅聊了一小时，从莎士比亚到易卜生，从川端康成到东野圭吾，中间还探讨了《经济学人》中的一些文章。我得知她还未搬行李，就提出帮忙，我高考后考了驾照，好兄弟白芷提前把Polo借给我用，由于学校不让私家车进入，我把汽车停到了培黎广场附近，还好距离很近，我们走到广场。

"谢谢你，陆言。"我被欣珺的谢谢说蒙了："就是搬点行李，我们是高中校友还是老乡呢。"

"不是，6月7号那天我心灰意冷，本来不打算考后面的科目了，感谢你安慰我，后来我知道你说了假话，不过也是美好的谎言呢。"

"原来如此呢。"我心里自言自语，有时人一念成佛，一念成魔。一个美好的善念无意间帮助别人呢。

第二十三章 秋阳杲杲

1

新生入学是一年中校园里最具生机的时候，离别总是在6月，相逢一定在金秋。各个学院先后在学生活动中心举办入学典礼，军训也紧随其后，为期半个月。白芷和我看着劣质的军训服发呆，布料粗糙，胶鞋泡水里气味刺鼻，迷彩绿水洗后掉色严重，犹如小孩子的尿布片。白芷和我当晚找到一个劳保店，买了款式一样的迷彩服。

军训以团、营、排、班编制队伍，我和白芷属于一个排。三个专业一个排编制，旅游、中文、历史三个专业男生编入一营二排，每个排大概八到九个班级，教官是地方武警部队派来的新兵蛋子，稚气未脱的脸上充满了兴奋。白芷穿起迷彩服来英气逼人，一米八五的他在队伍里鹤立鸡群，方便起见，他的欧米茄没有戴，换了一块Garmin运动手表，出门也没有用香水，汽车由于不方便停放，我们俩买了一辆电瓶车作为代步工具。

前几天天气如领导所愿晴朗异常，似乎云彩也不愿意飘过来，西操场周边不少商贩推着三轮车贩卖矿泉水和冷饮，冰桶里的瓶装水供不应求，拾荒的老人每晚都能满载而归。白芷从来不买周边的杂牌矿泉水，除了依云只喝百岁山，我没那么讲究，最爱肥宅快乐水。军训没几天，透彻地下了半天大雨，我们得以放假半天，放假的后果就是第五天开始晚上加训。

晚上七点休息一小时吃饭，我和白芷坐在西边的观礼台抽烟，教官看到我们过来训斥："小小年纪不学好！"

白芷那双迷人的电眼抬头望了稚嫩教官一眼，微微一笑："应该比你大，我二十岁了。"说罢拆开一包苏烟，撕去包装熟练地敲几下软盒的顶部，一支软金砂露了出来，抽出一根发给教官，教官端详了下，平日自己可是只买得起白沙烟抽，白芷又掏出一个Zippo给他点燃。

"你这火机是进口的吧，我看不像假的。"教官迷上了那只橙色的Zippo。

"有眼力！"白芷拔出机体给他看，底部的PA是美国宾夕法尼亚州德福县简称，上有made in U.S.A的字样。白芷随后装回打火机，打火后迅速甩动，火苗势头不弱："怎么样，这火机很漂亮吧。"

"以后抽烟到东边的平房后头，上面领导看到不好呢。"教官说完走了。军训日子乏善可陈，唯一有趣的就是每个排把自己队伍中手脚协调差劲儿的学生挑出来，表示放弃，简单的正步走都会手脚同步，下一步的分列式对他们就是灾难，这群小脑不发达、动作有延迟的学生被称为"飞虎队"，每天晚上校领导视察训练情况时，他们就在观礼台吃冰镇西瓜，满脸幸福。白芷是我们营的明星学员，晚上八点会有联谊活动，帅气迷人的白芷是无数女生的偶像，白芷总会清唱表演，唱起张信哲的情歌来，下面的迷妹欢呼喝彩，纷纷拿笔记本过来要签名。白芷的行楷很漂亮，女孩子们有的要求签手背上，三天舍不得洗手。我以为白芷只能驾驭有刘海的长发，夏天太热他换了圆寸，尽显阳刚之美。军训最后一天圆满结束，我骑电瓶车带着白芷回科教城，天桥下面连串的啤酒摊，年轻男女相聚一起喝酒乘凉，烧烤炉白烟袅袅，羊肉串香味逼人。

军训汇报演练后就再没事了，我们排被授予先进集体，主要功劳应该在白芷，他举旗走在排首、器宇轩昂、步调稳健、英气勃发，而其他排习惯用漂亮女生做排头兵，我们反其道而行，大放异彩。

2

新生入学季有各种迎新活动，篮球赛、排球赛、网球赛，各种各样，白芷自然是参加富人运动，去打网球了，他拥有优秀的体力和爆发力，作为业余选手中的精英，他总能打出几发ACE球，娴熟的技术经常吊着学长满场跑，时常打出具有威胁的扣杀球，让对手望球兴叹。几场球下来，让校学生会干部懊悔不已，本来是想让校学生会主席耍威风拿冠军，心想大学生普遍不怎么会打网球，谁知道碰到个大神，刚刚上任的校会主席李伯旸十分不满，被白芷直落三盘横扫出局，最后一盘还是白芷给了面子，没有大比分获胜。

　　"主席，喝水。"校会的马仔赶快送上一瓶脉动。

　　"喝个屁，丢人死了，没接住几个球，全场让对面扣杀了两位数。"李伯旸心生不满，把水瓶子丢出场外，脉动以完美的抛物线飞出场外，正好砸到了路过的前任校会主席。两任领导对视一眼，"老领导"率先发飙："就知道你小子过河拆桥，刚上任就知道打人了！"李伯旸想起往日伺候"老领导"的日子，开会拉凳子、吃饭取筷子、讲话写稿子、唱歌暖场子，想起自己的马仔生涯屈辱不已："学长，没防住啊，你麻溜儿去赶公交车吧，你不是去实习吗？晚上我欢送欢送你。"

　　话说两头，我报名参加了迎新杯乒乓球赛，乒乓球是国球，拥有广泛的群众基础，乒乓球拍就比网球拍便宜很多，大多数学生都买得起，但上手简单提升难。总之我一路打得很艰辛，还好我能左右开弓，左撇子发挥了巨大优势，我常常到赛点时换左手握拍，攻击对方右边区域和中路，打得对面猝不及防。不过还是被一个叫郭小飞的人淘汰了，他横板直拉很娴熟，我对弧圈球并不擅长，输得心服口服。晚上我推着电瓶车去找白芷，看他给校会干部签名，还和小迷妹合影。白芷把自己球衣脱下来签名送给女粉丝，换上短袖短和我回房子。

　　"你不知道我今天多神勇，扣得那老家伙都哭了，好像是什么主席。"白芷说道。

　　"别担心，听我哥哥说了，金州师大不缺学生会主席，教学楼的砖头掉下来都能砸一个学生会主席，大西北嘛，官僚作风重，学生不好好学习尽瞅着官当。我们班竞争班长，一个山东来的给上头学长送了两条玉溪烟呢。"我没当回事，继续说道，"你还是别太张扬，你有钱不如人家现管呢，小心给你穿小鞋。"

　　"不管了，来开黑上11平台，今天我打一号位，你还是影魔。"我们两人开始了电竞时光。

3

开学第一堂专业课是现代文学，我看了文学史和作品选编，六七成的作品我看过，不出意外第一节讲鲁迅。我看班里学生七七八八，没多少人上课。教授现代文学史的老师感觉弱不禁风，先找我们随机发言谈谈对鲁迅的认识，我正在看电子书《白夜行》，突然被叫起来，脑子一片空白，旁边的女生悄悄说："谈鲁迅。"

我听成批鲁迅，脑子一转弯就回答："我认为鲁迅小说写得不如沈从文。"这不是我胡说，后来在现代小说作家的评选上沈从文确实位居榜首，后头睡觉的学生被我一语惊醒。

"你继续谈谈，很有新意。"老师这么回答我。

我后头结合《边城》与《彷徨》来说明，我认为文学是语言的艺术，沈从文明显更胜一筹。

"你说说他的文学地位或者评价。"老师连续向我发问。

我避开鲁迅只说了其弟周作人："抛开历史不谈，周作人有他的苦衷。周作人对北京高校的保护有一定贡献，当时北大校长蒋梦麟委任他留守北大，保管校产及图书。不能因为他有日本老婆就否定他，虽然他做了伪政权的教育部长，他发表过一些错误论调，我们要跳出历史去看历史人物，如果真是那么不堪，是个汉奸的话，蒋梦麟、胡适为什么还帮他说话，为什么周作人不跑去日本呢？"班里人沉默了，中学教科书是没有周作人作品的，当时周作人的散文出版并不多。

我继续说："文学家有国界，但文学是全人类的，文学不能因为地域、政体、体制而受到局限，我们要有更博大的胸怀去接受不同国家的作家，这也就是为什么如今我们的阅读和学习逐渐突破了过去的俄国作品的唯一性，接受了欧美作家作品。"

这是我大学第一次课堂发言，说出了和大家不一样的见解，在我看来读书要有独立的认知和人格，否则就是读死书。

第二十四章　所思远道

山高水长是阻断感情的沟壑，古人说"家书抵万金"，也说"云中谁寄锦书来"，便是说纸短情长、情深义重，也表现了相见之难、相思之苦。小庄的苦恋和异地之难我不能想象，他忙于侦查学课业和训练，没办法经常见到美伦，电话和视频仿佛不能解相思之苦，总感觉空落落的，他便把学校的见闻、自己的想法、个人经历等这些所思所恋整理成素材，再恳求我以此为基础写出文采斐然的书信来，让他以寄相思。我在电脑前一封封看着邮件，都是些故事片段，我所熟悉的小庄是个不善言辞和不会表达感情的人，悲怆的人生经历让他沉着、冷峻，有时他会在电话里聊些事情。我读完第三篇邮件，打算执笔为小庄代写书信。

书信 1

美伦：

展信快乐！记得8月底在中川机场送别时的情景，你爸爸驾车从甘州一路开到金州中川机场，说顺便把我送去金州上学，有幸和你同行。行李包很大，但仿佛包裹不尽对家乡的眷恋。还有老家的小柴，它已经八岁多了，还和爷爷一起看着甘州市场对面的棋牌室，爷爷看我坐车要走，很难过也舍不得。爷爷当了一辈子医生，见多了生离死别，本以为会看淡人生的别离，当我离家上大学时，爷爷有些难过，那一刻却变得那么脆弱、那么忧愁。小柴显得有点老态，毕竟它已度过狗生的三分之二了，它和爷爷一样都到了暮年。爷爷还是习惯每周给狗洗澡、刷毛，打扮得漂漂亮亮。去金州的高速上，你送给我一挂风铃，说是石川老师送的。我想来想去，打算回赠你一挂玉佩，玉佩雕刻精致，希望能伴你左右，我打算发快递给你邮过去，当时我在敦煌买了两串，另一串是观世音菩萨。开学了，我发现学校还没有二中大呢，站在大门口就能看到尽头。我还记得第一次见你的情景，那是2005年秋天，我在甜品店门口看到一个女孩，扎着粉色蝴蝶结，我进去买奶茶，你笑容像四月的桃花。虽然那会儿春寒还未散尽，但是我心仿佛艳阳沐浴。我看到你的校服挂在椅背，知道我们是校友。后来有幸和你一个班读书，成为同学。

　　家长说和学校同学、舍友搞好关系，希望你也是，都说女生的关系更复杂呢。我不像白芷那样会讨女孩子欢心，不知道怎么说一些让你开心的话。我也不如陆言，会写诗填词、舞文弄墨。怎么说呢，我学习这个专业，还是想做名警察，现在社会发达了，摄像头、GPS都有了。如今网络发达，我想再有杀害我父亲那样的歹徒必然会落网。我心里有个愿望，就是能找到杀人凶手。我算了时间，我毕业那年这案子已经过了刑事诉讼期，我也查了法律法规，除非有特殊情况否则不会再追凶了，当年公安局经手此案的警察，有的老迈昏聩退休在家，有的患病去世。我心里不愿意它成为永远的悬案，这可能就是我胸中燃烧的火焰，支持我走下去。我还在快递包裹里寄了些照片、明信片，和玉佩一起还有百合。望你喜欢。

小庄

2011年9月21日

　　我写好后发E-Mail给小庄，小庄很开心，打电话称赞我寥寥几百字，把他心里的想法写尽了。我会心一笑，继续看《白夜行》。还不到晚上八点，华灯初上，想想不能辜负夜景，发短信问欣珺要不要去逛逛。至于白芷，他跑去找女友"小蜜蜂"了，女孩晚上形体课结束要让白芷去接，当然是希望那辆进口CC停到师大的侧门去接她，白芷抱怨这两公里还不够热车的。"小蜜蜂"名叫林菲，和白芷是在英才中学相识，那会白芷有俩女友，林菲是女友A，女友B由于在高三补习无法再续前缘，白芷也承受不了有两个女朋友的烦恼。

　　欣珺回我信息："去超市买点东西吧。"我骑着自行车去公寓找她，其实如果我住宿舍，和欣珺倒是邻居，她住宿是在带着阳台的18号楼。相对于白芷这种开进口汽车的富二代，大多数学生觉得有辆山地车能往返新旧学区间就非常幸福了，无奈天和公寓管理差劲，上千块钱的山地车说丢就丢，笔记本电脑经常不翼而飞。

　　晚风清爽，轻轻吹拂脸颊，我骑着自行车赶到18号楼，手机给对方响铃表示到了。欣珺着黑色竹节棉长袖T恤，V领宽松而闲适，衬托出洁白的脖颈，一串银质项链流光溢彩，一条水洗色牛仔裤，方便走路换了Vans板鞋。

　　我载着她驶出南门，离这里最近的是宝石花路的华联超市。晚风吹拂她的长发，我闻到淡淡的橘子香。大约十分钟到了超市，我在人行道锁车。华联超市就在桃海步行街门口，桃海并不是海，只是金州交大对面的一条步行街，步行街密布酒吧、KTV。最要命的是交大部分学生公寓坐落于此，名为桃海公寓，隔音效果极差而环境嘈杂，晚上醉汉打架、唱歌，白天下面的手机城的大喇叭播广告，让人生不如死。

欣珺没什么要买的，见什么都看看，拿起来又放下，我为了缓解尴尬看着喜欢的就往推车里扔。

"这个保温饭盒不错，青花瓷挺漂亮的。"欣珺驻足，杏眼有神，明眸炯炯。

"是不错，你不喜欢餐厅的环境，拿这带饭回来也不错呢。"我随手拿下来，超市21:00打烊，看店员开始整理货柜和蔬菜，我们结账离开。带她回公寓后，我从外衣口袋掏出一盒香水："送给你，应该更适合你呢，这是淡淡花果香。"我之前从网上买了瓶古驰香水。我买时也在纠结是不是有些贵了，自己家境虽然不差，但并不如白芷那么有钱，回头想了想，少花点钱在游戏上也是节约的办法。我没容得她拒绝，塞她怀里便骑上自行车就跑了，这是白芷教我的办法，不收就硬给，他说香水、鲜花、口红就这三个利器屡试不爽呢。

眼瞅着国庆节到了，小庄早早订机票要去辽宁锦州找美伦，我本计划与白芷旅游去，但是班里通知要组织班级活动，好像是去爬什么山，我名字没记清楚，我想不通金州的山有什么看的呢。

第二十五章　闲情偶寄

1

时在金秋，值逢国庆，小庄赶往中川机场，15:50小庄办理登机手续、换了登机牌，排在蜿蜒而绵长的队伍里等过安检，随身行李不多，仅换洗衣服两件、洗漱用具一套、15000毫安的移动电源和一个平板电脑就是所有行李。

"先生，您的矿泉水请打开喝一口。"着黑色安检服的工作人员温馨提示。小庄取出钥匙、手机、平板电脑、移动电源统统放到塑料篮内，又喝了一口水，配合安检员的工作，转身、抬起胳膊。

"感谢你的配合。"小庄随即通过了安检，"厦门航空的MF8210航班将于16:50起飞，请乘客前往16号登机口。"小庄计算距离登机还有35分钟，便到航站楼内的安泊尔吃晚饭，到大连是来不及吃饭的，第二天还得赶着火车去锦州，在火车上还得花费5小时左右。中川机场的安泊尔牛肉面是著名小吃，来往金州中转的旅客都会获赠一张牛肉面套餐票，品尝金州特色。小庄匆匆吃罢，赶往登机口。

飞机在跑道滑行，短暂的失重感后直上云霄，座椅前方的小屏幕提示着行程和飞机的运行轨迹。巨大机翼拨开层云，黄土高原的地貌偶尔显现，小庄拉了遮阳帘准备补会儿午睡，中午赶来机场太累了，当时中川机场是全国距离市区最远的机场，没有之一，那个年代还没有城际列车可通中川。

"先生，派发晚餐。"曼妙可人的空姐微笑撩人，一份锡箔纸包装的飞机简餐端放在托盘内。

"不用了，我想要些汽水，雪碧吧。"

"好的，很荣幸为您服务。"空姐随即倒一杯汽水，空姐穿着当时厦航第五代乘务制服，紫色的西式套装也是最经典款式，其后2005年由祥云图案改良的紫色旗袍是当时针对两岸包机专门设计的。蓝紫色与明黄色条纹间隔的丝巾与空姐洁白脖颈交相辉映，套裙裁剪完美、比例协调，尽显年轻女性的婀娜身姿。

飞机差不多准点到达周水子国际机场，从摆渡车下来后小庄赶向出口，换乘大巴前往预定的快捷酒店，休息一晚，明天中午的T131次列车是相对最快的一趟，差不多明天就能和美伦一起吃晚饭了呢，早闻渤海大学风景冠绝东三省，是锦州地界最漂亮的地方。

美伦，我马上就到了呢……小庄在酒店柔软的床榻酣然入眠。

2

花开两朵，各表一枝。视线转回金州的国庆节，文史学院团委打算让班级自由组合举办秋游，地点当然是免费的景区，比如相对距离城区较近的五泉山、白塔山，还有能自助烧烤的徐家山、官滩沟。为了增加趣味性和随机性，班级两两抽签组合成一队，地点随机抽取，所需车费、门票、饮食自理，每个人预算在200元。学院大多数学子家境普通甚至贫困，一部分学生就不打算出门游玩，哪怕是在金州本地。在之前的班会中，我鬼使神差成了学习委员，被班长黄胖子派去抽签。

10B313室是文史学院学生会的办公室，我拼命往人群里挤，人群却把我推出门外，出发之前班长希望我手气好点，最好抽到美女最多的新闻班。人群散尽，我总算抽到了便签："2011级新闻班，地点：官滩沟。"接着一个学生给我一张表登记信息，我留下手机号。"给你这个电话，新闻班的徐阳岫，他是班长，你们做好沟通、协调，不能出安全事故。"这个学生打着官腔给我安排工作。

我编辑了条短信发给他："2011级中文三班陆言，合作愉快，20:00在南门的葡原咖啡，具体商议明天秋游事宜。"一小时后对方回了个"好"字。黄胖子靠给学院组织部分管主席送香烟当上了班长，大权独揽野心勃勃，特点是啥都不干，一心追求来自天津的女团支书，大搞校园恋情，所有的班级工作统统甩给我，经常拍我肩膀说："年轻人，压压担子。"我抱着为同学服务心态，不跟他计较。

夜色渐浓，路灯发出温柔的光，公寓南门口小吃摊鳞次栉比，我在约好的咖啡店等待徐阳岫，我想别跟黄胖子一样是个坑货，这次活动全让我组织。时间到了，门被推开，我见一中等身材男生，留着些胡须，白色打底短袖外罩一件黑红格相间的衬衣，一副黑框眼镜，眼神忧郁，面显沧桑。他拿起手机打电话，几秒后我的电话响铃，我们对视一眼，报以微笑。我看他笑起来的样子很熟悉，随口一句："吴秀波？"

"不是，我叫徐阳岫，吴秀波和我没关系呢。"我们二人开门见山，敲定了明天具体的细节，我提前联系堂哥帮我找了一辆45座的大巴，包车费用是800元，徐阳岫负责宣传、组织、收费，我负责外联、租车、购票、采购。

临走徐觉得和我投缘，随即提笔赠诗于我，诗曰：

逆旅闲情客，心存一脉宽。

松偏飘绛雨，峰巍戴云冠。

素濑怀春绿，青山映日寒。

还将岁晏至，驻景更痴看。

我读罢十分喜欢，随即回和一首，诗曰：

曾游醉卧杨柳里，谁解愁心饮一杯。

独依阑干望会稽，为君且赋千盅醉。

此去四年，我在师大多了一诗文互和的挚友。

官滩沟气候湿润，景区距离金州商学院较近。特色在于山上的农家乐，躺在树下的长椅上，沏一壶泉水泡出的三炮台，聆听鸟儿的叫声，看着迷人的山色，要上几盘当地新鲜的松花、蕨菜、木耳、蘑菇、苜蓿、百合，再小酌白酒二两，甚是快哉。我和徐君共饮他老家带来的绍兴老酒，实为快事。其他学生们忙着拍照、烧烤，我和徐君探讨了一天诗词格律，深感相见恨晚。

第二十六章　时短情长

1

2011年10月2日的T131次列车，小庄靠在车厢连接处吸烟，看着减缓速度的列车，他知道马上到了。17:02分左右，"T131次列车即将驶入锦州站，在本站下车的旅客请带好行李，本站停靠6分钟。"列车广播传来语音提示，小庄带上随身行李准备下车。美伦早在出站口等候小庄，小庄在人群中穿梭，看到30米外在出站口等待的美伦，天气爽朗，偶有云彩飘过，渐西的太阳将人影吊在身后。

"美伦——"小庄的嗓音仿佛穿透了空气，挥手向美伦执意。两人见面倍感珍惜，距离上一次见面过去一个多月了。两人在站前广场携手漫步，好像并没有目的地，和喜欢的人走一天马路也是最浪漫的事情。

"饿了吧，我们去人民街吧，距离车站近，这会有些堵车呢，不太累的话我们走过去吧。"美伦对锦州相对熟悉一些，虽然待了也就40天而已。人民街位于古塔区，是锦州有名的美食街，饭店集中，口味多样，价格亲民，是最热闹的地方。差不多走了35分钟，两个人有些累了，寻一家炭火烤肉店进去，这家店装修简单、不失风格，不到六点的光景已经有不少人就餐。

"带你吃一下东北这边的烤肉，别有风味呢。"美伦介绍店里的特色。"这里的烤冷面很不错，猪排很好吃，我们再点个肉类拼盘和一份鱿鱼炒饭就差不多了呢。"美伦翻着单子点菜。

"这边挺不错呢，还是无烟烧烤。"小庄盯着桌子上方的排烟筒看。

随着"滋滋"的声音，小庄开始烤肉，他还是按照西北的口味调制了孜然粉和辣椒粉的自助干碟。小庄要了一扎杯鲜啤和美伦的果汁碰杯，庆祝难得的重逢。

"明天我们在校园看看，其实渤大就是最美的风景呢，后天到笔架山看看，大后天去奉国寺，有空的话去大连看看渔人码头和海洋公园。"美伦一口气安排了五天的行程。

"都听你的，你去哪我去哪。"小庄吃得满嘴流油，"这猪排真不错呃，我看网上攻略就推荐这家烤肉店呢。"晚上逛了锦州古塔的夜市，华灯初上，清风微凉，随着夜幕降临，游人如织热闹非凡，小吃摊鳞次栉比，充满了烟火气。

10月4日，两人来到笔架山。笔架山是道教名山，山有三峰，两低一高，因形如笔架而得名。山上悬崖峭壁、奇秀异景，有真人观、吕祖亭、五母宫、三清阁等众多道教庙宇，其中以三清阁最为精美。著名景点笔架山天桥，由潮汐冲积而成，天下一绝。美伦拉着小庄赶着退潮前通过"天桥"，希望能携手共度美好人生。此后小庄度过了愉快的小"蜜月"，在北普陀山体验了高空滑索，在大连渔人码头租了一艘游艇，与美伦二人共享碧波青山，在老虎滩海洋公园看了海豚表演，真是难忘的国庆长假呢。

10月7号，两人依依不舍地离别，美伦送小庄到机场，再赶着坐中午的火车回锦州。大连周水子国际机场，小庄乘坐厦门航空MF8209返回金州中川机场。这次他没感到疲惫，只有满心欢喜，短暂的相聚充满了美好回忆。

2

话分两头，地点金州宁和区科教城。

"陆言，来接一下我。"白芷打来电话把我叫醒，我看看手表，不到早上七点，就听到白芷在那边唠叨："带个女的出门就是麻烦，林菲在王府井买东西耽搁久了，没赶上飞机，临时买了个无座回来，把我害死了，小马扎坐到半夜才找列车长换了硬卧，T175次列车，你看看时间，估计7:50到，车钥匙给你了。"

我立马翻身洗漱、穿衣、刮胡子，收拾妥当拿起车钥匙出门，这是我第一次开他的CC。点火、挂挡、给油，车子"嗖"一下蹿出去，没开过这么大排量的车，真是快呢，我心有余悸。从北滨河路一路疾驰，这个点马上就到早高峰，再慢一点就会被堵死，金州外号"西北拉斯韦加斯"，不是说这里能赌博，而是金州堵车太汹涌。金州地势西部和南部高，东北低，黄河自西南流向东北，横穿全境，切穿山岭，形成峡谷与盆地相间的串珠形的河谷地形。但换句话说就是城市发展空间受阻、交通差劲，老百姓称呼为"堵城拉斯韦加斯"。

　　CC一路疾驰在滨河路，我看一辆103路公交车十分嚣张，时而插队、时而变道、时而急刹车，我打算教训他。我看超车环境具备，打着左转向灯、按着喇叭给了一脚底板油，强劲的CC迅速蹿出去，然后迅速变回本车道，吓得后面公交车打喇叭，我心想按个屁，你在前面欺负我时怎么不说。经过西津东路、银安路、火车站西路，我提前十分钟到达，把车子停好，买了两份肯德基在出站口等白芷。

　　"白芷——"我看到他挺拔的身影，一声大喊。白芷似乎一身疲惫，左手拉着行李箱、右手拉着"小蜜蜂"。我接过箱子，想他也无心吃早饭，就赶着开车回科教城。

　　"给我根烟，中南海牌烟抽不惯，火车上还只能买到这牌子。"白芷掏出火机问我要烟，我从身上掏出一盒玉溪扔到后排。我从后视镜上看"小蜜蜂"呼呼入睡，白芷只抽了两口就把烟扔了，怕熏到她。"小蜜蜂"被送回了北校区公寓，我们二人回了科教城，路上白芷跟我讲去北戴河和北京的痛苦，"这个女孩子的好奇心太强了，走得腿快断了，我的工行信用卡已经被刷爆了，你先倒手取1万元给我用用，下个月我生日会有不少钱，再给你。"我二话没说扔给他一张卡，这里面积攒着我高中三年买卖散烟和别人电竞比赛赚的2万块钱，这笔私房钱没人知道。

　　我们英才初中四人组进入大学后的第一个国庆节便如此过去，我从官滩沟回来和欣珺去看了一场电影，仅仅而已，那天她用了我送的香水。

第二十七章　电竞大赛

师大七成的社团在纳新后就算是完成了它们全年的工作，然后杳无音信。我看着台球社、诗歌协会、魔术协会的报名表发呆，国庆节过去了也没人通知我参加社团活动。百无聊赖的我在校园闲逛，主干道旁的一张海报吸引了我："金州师大电竞社Dota秋季联赛火热报名。"我阅读了活动细则，发现需要五个人组队参赛，小庄肯定没时间，目前只有我和白芷。

中午回去我把这事情跟白芷说了一下，他欣然同意组队参赛，我们在百度贴吧招募队友，要求是11平台天梯1500分以上，限定辅助位。一小时后三个人私信我表示愿意组队，晚上我们约在西门飞越网咖见面。

开了一排五人连坐的机子，一个戴眼镜瘦子跟我握手自我介绍："我叫元博，他们俩是我打游戏认识的校友，高个儿那个叫汪晨，那一个胖子叫王彪，我们三人都是计算机专业的。"另外两个人跟我打招呼，白芷掏出三盒芙蓉王作为见面礼物。

废话不说，我们先开了一局匹配，按照定位，我还是中单二号位，白芷一号C位，汪晨四号位万金油，王彪三号位打上单，元博负责五号酱油辅助位。面对平均分1700分的天梯组队匹配，难度可想而知，辅助多次被抓爆，我的卡尔四处带节奏保证幽鬼发育，赢得比较勉强。之后我们又磨合了几盘，增加默契。直到晚上十点我们第一次队内集训结束，我给电竞社的邮箱发了报名表，起一个战队名，叫"820"战队，表达对刚刚退役的职业选手820（本名邹倚天）的敬仰之情。

一周后电竞协会公布了赛程表，总共有三十二支战队报名参加，联赛由计算机科学与工程学院团委主办，电竞协会承办，师大信息中心负责技术支持，每个战队缴纳300元报名费。联赛由移动公司赞助，全名叫"金州师范大学动感地带杯Dota联赛"，今年已经是S3赛季。2009年由中国电信赞助，取名"天翼杯"，2010年由康桥国际购物中心赞助，取名"康桥杯"。这项赛事受到越来越多电竞爱好者的喜欢，今年也是规模最大的一次，一等奖团体奖金高达10000元，二等奖、三等奖分别为5000元、3000元。作为对赞助商的支持，每个战队参赛时都得身穿移动公司制作的"动感地带"logo的短袖。整个赛季分四轮，即32进16、16进8、8进4，战队随机抽签，三局两胜制。四强赛仍还是三局两胜，两组的胜出者夺取冠亚军，两组的败者夺取季军。

我们五人在网吧认真训练了一周，以我为队长，担任指挥。为了扬长避短、发挥全面，我得做好中路擅长英雄被禁用，转打一号位的准备，我练习了两天大娜迦和水人，白芷练习了中单火女与帕克，三至五号位也加紧训练，甚至不常出战的圣骑士、沉默术士也加入了辅助位的备选名单。

10月中旬第一轮淘汰赛开始，我们五人迎战第一支队伍。在队长模式中我和对面队长轮流禁用英雄，最后我方祭出了影魔、幻刺、钢背兽、小牛、lion的传统阵容，对面想出奇制胜拿了一套推进阵容：蜘蛛、骨法、先知、小Y，为了保证后期仅仅选了一个发育和成型缓慢的敌法师。第一局没有悬念，对面的沙雕阵容被我们杀崩盘了，尤其蜘蛛带线的策略干脆行不通，小蜘蛛被我影魔三段"影压"屡屡带走，几个脆皮法师被幻刺追着满地图跑。唯独敌法刷得可以，靠着前期推塔优势拿出狂战、分身、祭品的装备，我方小牛和刚被兽经常被放风筝，我果断出了吹风、跳刀，在他闪烁CD期间迅速带走，lion出了小人书加强推进，不过四十二分钟，天灾的水晶被我们推倒。第二局对面拿了传统阵容，选幽鬼为核心。为了克制对面，我换了卡尔，白芷用了幻影长矛手，王彪用了机动性强、前期带节奏的白牛，元博和汪晨选了双酱油，小Y+lion，并且我又出了一把羊刀，由于不是职业赛事，赛制里并没有限制羊刀数量。我先祭出相位、跳刀、蓝杖，卡尔迅速切入后"飓风"接"陨石"和接"冰墙"，CD过后一个"缴械"，前期两个酱油的"变羊"技能打得对面毫无办法，这次他们坚持的时间长一些，52分钟后被我们拿下。

我们五人一路兵来将挡、水来土掩杀到了四强赛，可能是文科学校男生相对较少，Dota爱好者相对也不多，整体竞技水平并不高。到了四强赛我们认真准备，毕竟能到这一轮的队伍都不会弱。

11月初天气已经有点凉，四强赛如期开幕。我们是一号队，抽到了二号"sky"战队。第一局我们险胜，第二局被对方蓝猫翻盘。到达局点，队伍里慎重考虑换我玩一号位，白芷上中单，打算出奇制胜。此前各队伍都会观看对手们前期的比赛或者录像，研究对手战术和水平技术，我的几个常用中单英雄估计已经被对方琢磨得差不多了。我祭出了冷门英雄水人，对方十分不解。中单换了灵巧、飘逸的帕克，五号位先知、四号位风行、三号位剑圣。其实这套阵容算是铤而走险，首先操作难度较高，其次水人成型太慢，但优点是能互相弥补缺陷、易于发挥合力。前期我们被对面的女王、船长抓得很惨，先知偷着带线常被杀死。元博摇头气馁，我安慰他出个推推和吹风，防止被对面的小黑远程输出，还能放他风筝。我好几次靠着技能"波浪形态"逃跑，每次都是切换力量逃生，十分被动。我没有选择传统的林肯路线，改走敏捷核心输出流，前期靠系带撑着，然后憋出虚灵刀，整个场面为之改观，我瞅准时机、算好比例切完敏捷，一道"虚无"加上波浪和技能瞬间秒杀对方C位，我们团队士气一振。白芷的帕克在前中期多次靠着跳刀和技能与对面在线上拉扯，为水人发育成型争取了宝贵时间。61分钟林肯、虚灵刀、分身、蝴蝶、飞鞋、对剑六神装到手，拿下肉山，取走复活盾，一路直拆高地、兵营。64分钟拿下局点获胜。另外两个队伍之间也决出了胜负，是"CK"战队横扫另一支队伍，直接3:0让对手出局，提前锁定了冠亚军争夺席位，而输的一方则和"sky"战队争夺季军。

后面的比赛打得很艰难，第一局被对方打败，面临失败危险。我们临时调整战略，我改打辅助lion，让白芷选船长带节奏，元博本身是五号酱油，临危受命改打C位，对方面对我们的临时调整大跌眼镜，觉得是疯了。元博曾说他最擅长火枪手，我想了很久要赌一波，先手禁了幽鬼，对面没想我会来这一手哪有第一个禁用C位大哥的，然后再禁白牛。对方已经猜出我们会选火枪，便立马拿出幻影刺客、火女、剑圣的暴力阵容，打算虐我们。我们这边汪晨选了骨法应对，王彪拿了刚被兽。事实证明要信任队友，哪怕他是个酱油。我全程做眼、gank，迅速拿出跳刀带起节奏，lion集爆发、控制于一身，一个五号酱油被我打出一号大哥的数据，37分钟我已经跳刀、红杖、推推，配合骨法的"虚无"，法系爆发伤害让对面不敢露头，元博的火枪也大放光彩，系带、假腿后拿出跳刀不断调整输出环境，拿了九个"人头"，成功扳回了一局。

天王山之战异常惨烈，最后一局的决胜赛选在11月中旬的周末举办，大学生活动中心准备好了电脑和服务器，电竞社团负责调试设备。当天晚上活动中心座无虚席，两百人的活动中心人满为患，爱好电竞的学生纷纷赶来观战，正前方的电子屏幕直播比赛。

双方都使用传统阵容打阵地战，前20分钟双方有来有往。这次回归正常战术，我用了拿手的影魔，白芷选了大娜迦，元博的蓝胖，汪晨的冰棍儿、王彪补了个小牛做控制。对面阵容也中规中矩，分别是小黑、火女、电棍、沙王、VS。比赛进行到25分钟，对面推至下路二塔，此时蓝胖被抓在泉水读秒，大娜迦还在野区刷野。冰棍在想办法刷个面纱，我和小牛赶去守二塔，对面五人来势汹汹、势不可当，我考虑对面控制太多先出了黑皇杖并带了一个诡计之雾，好的一点是王彪的小牛跳刀在手：

"陆言，干不干？"

"干！"我点头示意。

我算好破雾的距离，跑到对方阵容附近，只见小牛身影一闪跳进对方阵容开大，一片灿烂金光闪过，随后"沟壑"祭出，将对面阵容打乱，我直接黑皇杖接大招，奏响"魂之挽歌"，X和C炮带走VS，Z炮打残近身的沙王。在小牛跳大同时，远在中路的冰棍儿精准预判，甩出大招千里支援、直接命中，影魔点开疯脸暴力输出，不到十秒对方团灭。

场下观看的学生欢呼不已，吹起口哨，这场经典的2打5暴力团战足称经典时刻。后续对方谨慎很多，多为三人左右遭遇战，双方互有胜负，大娜迦成型实在太慢，58分钟时对方拆了下路兵营，虽然我们人头领先，但是兵线不占优势。我迅速判断大局，让蓝胖出刃甲、死灵书，这套刃甲死灵流曾在大赛中使用过。我换了飞鞋三路带线，大娜迦差不多成型打出了林肯、撒旦两个关键装备。

65分钟比赛进入胶着，对面不敢攻、我们不敢上，在高地附近放技能。而我趁着胶着，上下飞鞋带线把对面二塔全拆了，上路高地塔被打残血。对面有点焦急，电棍打算强冲高地，蓝胖再次表现抢眼，把打算冲高地的电棍推到了我方阵型，蓝胖开了刃甲承受伤害，电棍懊悔不已。我迅速跳出高地打开黑皇杖配合小牛收割对面法师，冰棍再一次精准大招让对面团灭。73分钟，我们把握机会，迅速取胜，白芷富贵险中求，卖了分身换了圣剑，带了复活盾杀上高地。大娜迦身插蝴蝶、手提圣剑、心怀林肯，加上冰眼、撒旦和复活盾，开启魔法盾的大娜迦直冲对面腹地，对方想集中火力，大娜迦此时开起大招把对面阵容全部石化，在这短暂的几秒时间，影魔、冰棍、牛头纷纷接出技能，高地上技能交相辉映、五彩斑斓，效果十分好看。对面又是一波团灭，逼着对面电棍、小黑、VS买活，但是于事无补。79分钟，我们拿下天王山之战！全场观众起立欢呼，双方队友起身握手。主持人将奖杯颁发给我们五人，白芷的迷妹们送来香槟，开瓶庆祝。

第二十八章　假面舞会

11月11日，作为新兴节日，光棍节这些年流行起来，受到大学生的追捧。我看着人人网上大家筹备各种各样的活动。下午没什么课，我就在房子里看书，村上春树的《寻羊冒险记》有些晦涩难懂，但是很有趣呢，想象力丰富。看了一小时有些困倦，我靠在沙发上睡着了。隐约听到门响，白芷回来了。

"陆言，起来别睡了，我女朋友她们舞蹈学院举办光棍节活动，在活动中心组织假面舞会呢，要不要去试试？你看我老早就买了面具，佐罗的我戴，美国队长的给你，还有几个传统的万圣节舞会用的半脸面具。"白芷扔给我一包面具让我挑选，我看来看去挑选了《海贼王》中乌索普在司法岛时所用的"狙击王"面具，戴上试试感觉不错，我觉得自己还需要个弹弓。

"这个长鼻子面具挺好玩的，哈哈。"白芷看着我笑起来。

"金州这天气都穿毛衫秋裤了，开什么舞会呢。"我翻着看天气预报，发现今天晚上气温只有3摄氏度，还有些西北风。

"就是娱乐呗，冬天也有女孩子穿裙子和打底裤呢，你不是认识个学英语的女孩吗，约出来呀！那有很多女生的化装舞会面具，那个威尼斯公主的就不错。"白芷边说边在卫生间洗漱打扮，"我买了几套西服，这次可以派上用场。"

"好吧，那就去呗，反正跟一群屌丝喝酒也没什么意义。问题我只在高中学过华尔兹，不知道今天配什么舞曲。"我百度上搜索不同舞蹈种类的介绍。

"简单的交际舞大家都会，还有伦巴、恰恰舞和华尔兹，主要都是舞蹈学院的女孩。"

"你先简单看看，我要去北校区了，Polo就你的了，没事开去吧。"

这会差不多下午三点，我打电话问欣珏有没有空参加舞会，对方欣然同意，第一次参加这样活动她显得很兴奋，就是没有合适的裙子。

"你在南门口等我，10分钟后我去接你，还是上次搬行李那辆Polo。"我导航了一下地图，算了下去趟国芳百货还来得及。国芳百货算是金州较为高档的购物广场，差不多40多分钟车程到达目的地，在艰难地把车停妥当后，我们进入国芳百盛。国芳的消费档次算是中上水平，商品琳琅满目，尤其涉及女装、女包、女鞋，充满着时尚气息，欣珺看着裙子价格标签有一点犹豫。

"没事呢，喜欢就试试。"我看她相中了一条学院风的灰色A字百褶裙，长度在膝上十公分左右，百褶裙是时尚的格纹元素，且A字版型的半裙能显得腰细、胯窄，这种裙子款式很适合年轻女生。简洁的百褶裙再搭配牛津鞋和过膝袜，上身选了一件黑白相间的针织衫，又选了一顶贝雷帽，11月的天气已经有些冷了，就又挑了一件呢子大衣。我看欣珺穿起来得体而怡人，想晚上的舞会她必然是焦点。我只给自己买了双英伦风的皮鞋，看着还有时间，就将手表送到浪琴专柜加了一节表带，最近感觉戴起来有些紧了。

出门我看短信提示，本次合计消费8952元，我自己的私房钱阵亡了四成，发动汽车后我暗暗提醒自己以后不能乱花钱了，想想虽然自己家也算小康，但毕竟不是白芷那样的富二代。老爹以前在甘州的电网公司上班，做了七八年副职。上个月被调往银安的供电公司做经理，官运亨通的他很高兴，给我的生活费也翻倍了，还给了我一张5000元额度的信用卡副卡，他负责还款。本来家里对我不抱希望，初三那年差点被赶去职业中学学习电气焊，后来我学习成绩好转，直接使家庭关系都缓和了，父母不吵架了，老爹升迁了，妈妈的美容院生意也更好了呢，看来我真是个福星。

欣珺显得有些不好意思："花了不少钱吧，我的那个衣服，我自己付钱就好了，你卡号多少我转给你。"

"不用了，我邀请你参加舞会，怎么会让你花钱，你选一个舞会面具吧。"

"那怎么能行，这又不是一顿饭钱的事。"

"这样，你请我吃一个月晚饭如何呢？"我以退为进，以此争取到了一个月的约会，欣珺中了陷阱，进退两难，唯有答应。

晚上八点，活动中心灯光、音效布置到位，舞会必须有舞伴才能进入，两人一张邀请函，这是舞蹈学院学生会发的，白芷女朋友"小蜜蜂"送了我和白芷一人一张。我才走到楼梯口就听到嘈杂声，有两对男女跟执勤学生干部发生口角。

"两人一张邀请函，我也有舞伴，为什么不让进？"一个男的厉色问到。

"同学你误会了，一对指的是一男一女，你们俩男的我怎么能放进去？还有那个学姐，两个女生一起来也是不合适的呢。"执勤学生干部跟两对同性组队的舞友解释道。

"真扫兴。"一个男的骂道。

"不过你们可以进场观看，虽然没舞伴，如果别人在休息时，你们可以邀请别人跳舞。"

"知道了呢。"俩女孩拉着手一同进入，其中一个是短发，看起来英气逼人。

舞会开始，主持人做了简短开场致辞后，舞会在肖邦降D大调圆舞曲中开幕，圆舞曲也就是华尔兹，大部分学生都会跳，一对对男女在舞池起舞，不太会的人就简单做一些动作应景，那俩同性组合商量一下，决定互换舞伴参与进来，要不然看着很无聊呢。岁至深秋，气候转寒，活动中心的地暖已经发挥作用，并不算冷。

跳伦巴的曲目比较多，分别放了《Fairy Tale》《Oyeme》和《Come as You Are》，伦巴西北人会的并不多，这几首主要以舞蹈学院学生表演为主。接下来是奥芬巴赫的《康康舞曲》，舞曲为2/4拍，速度快而情绪热烈，虽然很多人没有受过专业舞蹈训练，但是也能跳得有模有样。舞蹈作为艺术门类的一种，它也和文学一样有自己的节奏与规律，诗词讲究对仗工整、押韵上口，就如舞蹈讲究人的形体美和伴奏舞曲的节奏感，艺术一通百通，这是我自学《艺术学概论》总结的。

我一边伴着舞曲跳舞，一边跟欣玥探讨不同艺术门类，谈了美国好莱坞和八大电影公司的兴衰与变迁，又紧接着说了绘画中的留白和电影中的空镜头有异曲同工之妙。之后是《Chilly Cha Cha》，恰恰是群众基础较为广泛的一种舞蹈，我在人群中认出了白芷和"小蜜蜂"，因为他告诉我会戴那个佐罗面具。

接着是《Do You Tango》和《Assassin's Tango》，后者是电影《史密斯夫妇》中布拉德·皮特和安吉丽娜·朱莉在片中跳舞时的曲目。部分人对探戈不是很熟悉，我和欣玥休息了会儿。我看到戴着佐罗面具的白芷和"小蜜蜂"在跳探戈，此时的舞曲正是《Assassin's Tango》，探戈舞步较难把握，显著特点是"蟹行猫步"。当舞者需要前进时，舞步却作横后移动；当舞者需要后退时，舞步却作横向向前斜移。同时，探戈舞者的舞步常常随音乐节拍的变化而时快时慢，探戈也因此被称为"瞬间停顿的舞蹈"。欲进还退、快慢错落、动静有致的特点被白芷和林菲表现得淋漓尽致，白芷舞姿沉稳有力，挺拔的身姿和林菲相得益彰，身体如会跳舞的线段，看那动作结束时的位置、线条、速度以及不停变换的重心，俩人娴熟的配合让大家眼花缭乱，互相缠绕的肢体展现性感身姿之美，当然由于戴着面具看不到两人表情，我想此时的林菲肯定是幸福的。

舞会结束有个酒会，我跟欣珺说那个戴佐罗面具的是我舍友。三楼的活动中心准备了简单晚宴，三组十米长的桌子铺上洁白桌布，乳白色盘子中简单摆放些点心、水果、零食，一溜烟儿盘子周边是高脚杯，桌子上还有地方特产祁连冰白和敦煌莫高干红，当然还有一些果汁和汽水。大家此时都摘下面具，挽着舞伴的胳膊上三楼用餐，我看那俩同性组合又恢复了男男、女女的搭配，真是打不散呢。

白芷和林菲因为刚才的探戈万人瞩目，取下面具后白芷更是光芒万丈，剑眉星目、英气逼人，身形挺拔、卓立人群。林菲肤如羊脂玉细腻、白润。眉眼盈盈处，如桃红柳绿，醉卧杨柳，又如春风化雨，暖人心扉，众人感慨真是天造地设的一对呢。林菲舞裙裁剪得体、比例合适，凸显婀娜曲线，此时林菲刚刚跳罢舞，胸口随着呼吸而急促起伏，尽显曼妙身姿。舞会结束，我送欣珺回去，说好一个月的晚饭哦。

"你那面具很沙雕哦，就那个长鼻子。"欣珺开心得笑起来。

"你不懂，这是《海贼王》里的乌索普。"二人结伴而回。

第二十九章　烟雨行人

草际鸣蛩。惊落梧桐。正人间、天上愁浓。云阶月地，关锁千重。纵浮槎来，浮槎去，不相逢。

星桥鹊驾，经年才见，想离情、别恨难穷。牵牛织女，莫是离中。甚霎儿晴，霎儿雨，霎儿风。

——李清照《行香子》

在云阶月地的星空中，牛郎和织女被千重关锁阻隔，无由相会。只能一年一次短暂相会，其余时光则犹如浩渺星河中的浮槎，游来荡去，终不得相会聚首。浮槎指古代传说中来往于海上和天河之间的木筏。"天地者，万物之逆旅也。"李白这样写道。佛曰七苦：生、老、病、死、怨憎会、爱别离、求不得。不过十三字，然脱此诸苦须多少年？生老病死无法避免，自然规律。后三苦世间人谁能超脱，谁能看透呢？

若生老病死指的是肉体痛苦，后三者则为灵魂的纠缠。小庄生父遇害此为无可抗拒的意外，其与美伦遥隔千里是为爱别离。我执念北师大努力学习未曾考中，是为求不得，有时每个人都不得不与讨厌的人同居一屋或者一处共事，抬头不见低头见，此为怨憎会。学佛人必须要从着文字相开始，只有真正的明其理、识其义，才能离相，才能不立文字。后来我回想二十多年的人生都是在着文字相，距离开悟还很远，我又未达到六祖慧能大师说的"菩提本无树"之境，因此我还在苦苦挣扎。

2012年的元月中旬，学校课业已尽，考试将毕，学子们纷纷购票返程，小庄要等美伦回来一起坐车回甘州。白芷打算在金州待着，报名参加会计班，他爹打算让儿子学习财务和企业管理知识，将来接手家里的制药公司。放假前白芷安排给我一个工作，负责开车带"小蜜蜂"回金州，由于驾照未满实习期，白芷安排了老爹公司的司机来做副驾驶，那个司机正好有事去敦煌，一路向西，刚好顺路。我算着车上还空着，相约欣珺，搭顺风车一起回家。

距离2012年的除夕还有十五天，16日清晨我驾车分别到天和公寓和北校区公寓接上了欣珺和林菲，又来到城关区金州大学对面的黄楼，这是白芷家公司驻金州的办事处，我与司机老成汇合。一车四人满载回乡。如果当时初中赶我出去的教务处吴主任，知道我开着进口轿跑回家，必然会前倨后恭，当然那样的伪君子我也不想再联系。沿着中山路、青水北路到了连霍高速，其间要过乌鞘岭隧道，大概三十多公里。西北高速相比南方而言，车流量较少，老司机在旁边指导我如何迅速超越大车，我肩负着护送白芷女朋友的重任、不敢放松警惕，过了中午太阳刺眼，我戴上了墨镜。两个女孩子在后排交流着化妆品和衣品，相见恨晚。让男人崇拜男人很难，因为谁也不服谁，女性之间很容易成为好朋友，比如大家对一个包的看法一致就能成为闺蜜。

假面舞会之后，欣珺连着请我吃了两个月晚饭，以此答谢我买的裙子和大衣。其间我也无暇和郭小飞切磋乒乓球技艺，感觉胖了一些呢，出发前我把座椅往后调整了些。开到凉州高速服务区，我们休息了一阵，女孩子吃了盒泡面，老成带了两份葱花饼分我一半，我要了一罐红牛提神。

"小伙子后面我开吧，我看有点下雨的迹象，你是新手，不适合这样的天气。"老成看着手机的天气预报跟我说。

"行呢，那麻烦你了。"

"小白总交代的事情不能耽误，一是送他女朋友回去，二是说让你高速练练手呢。"老成接过我发的烟继续解释道。剩下的车程由成师傅驾驶，我在副驾上补觉。

话说两头，事分两处。

2012年1月16日，小庄等到了从大连飞至金州的美伦，两人买了第二天的T9205次列车车票，在没有动车的年代，这列特快从金州到甘州也就用时5小时而已，是当年最快的列车。列车的卫生环境也相对最好，小庄提前一周在桃海购票处排队半天，买回了两张珍贵的软座，虽然铁路系统推出了电话订票系统，但是效果很差。两人在7:20赶到东站，在二楼候车厅等候发车，南来北往、东奔西走的人们都选择在这个时间回家过年。T9205次列车经金州、凉州、金川、甘州、肃州，终点是嘉州贯穿河西走廊。17日的上午"11"点，小庄看着车外飘着小雪。

"昨天白芷打电话说，路上下雨夹雪，在高速入口堵了半小时呢。"小庄看着窗外雪花发呆。

"是呢，还是火车舒服些，只管躺着。"软座的列车席确实宽松舒适很多。

"还好他们没有出什么问题，凉州服务区出去是白芷家的司机驾驶的，陆言换副驾驶了。"

"这是上大学后，第一次回家，感觉真好，虽然不是第一次出门。"美伦捧着热气腾腾的奶茶。

"是啊，确实不是第一次出门了，我好想回家看看小柴和爷爷，小柴快九岁了，爷爷说它病了，不怎么吃东西。我记得刚抱回小柴，那时它两个多月，活泼好动，精力满满。"

"是呢，去康乐草原时，小柴还能追蝴蝶呢。"

"有生命的灵物都会老去，永恒的只有山水、日月了。爷爷没精力开棋牌室了，妈妈调到市里工作了。还是怀念那会读初中、高中日子，陆言、白芷还有你和我。"小庄靠在椅背回忆。

"是呢，你不是说陆言有女朋友了吗，就是以前他说高考那晚在二中南风亭遇到的姑娘。"

"真是巧遇，陆言那会儿是担心这个女生会因为高考不顺，想不开跳湖，就顺着有人哭的方向寻找。"

"陆言还是很努力呢，听说他经常写诗和散文去投稿。"

"没有编辑会选用他的稿子，也就自己人人网写着玩。"

"陆言的爸爸说是调动了吗，你说他们会不会搬家去金州或者银安呢？"

"不好说，不过至少寒假我们还能见见，陆言这次没回县里，在市里住。"小庄说完有些困了，此时车差不多快到金川了。

旅途总有起点和终点，如果我们不知道终点在哪里就是绝佳的旅程，我们总会和喜欢的人一路前行，烟雨同舟、风雨同路。

第三十章　春夏秋冬

1

2012年的寒假无所事事，我在甘州的新乐超市兼职赚零花钱，负责生鲜果蔬的区域，每天就是称重、打条码。春节前忙一些，超市进了不少年货，卸了几天货的我感觉生无可恋，发觉《劳动法》规定的加班工资只存在于理想状态。这中间二中同学组织聚会，大家攒足了势头出来炫富，借不到苹果4S、穿不上新鞋子的同学都以各种借口拒绝参加聚会。我见到了"突击队"和陈钰，学霸的大学就是不一样，他们自称每天自修到深夜，我则是和白芷在"11"平台打游戏到深夜，果真不能比呀。"突击队"学习的是考古方向，我深感敬佩，或许以后写盗墓题材小说火了呢，又会是一个天下霸唱。堂哥陆堃去年考了研究生，我想不通他三十岁了还在学习，他还经营着酒吧和咖啡店，两不耽误呢。

算着离开学还有一周时间，自己辛苦工作一个月拿了1850元工资，想想之前在国芳百盛买衣服刷掉的卡，深感痛心。我想快到情人节了，应该买些什么好呢？打电话咨询白芷，他告诉我有钱就买个Roseonly，绝对上档次。我查了官网价格确实很高，最后选了个甜心兔花球版的玫瑰公仔，1500块大洋就这样消失殆尽。

我知道最近开了一家名为"空中餐厅"的西餐店，装修考究、菜肴美味，重点最近在做情人节主题活动，浓浓的粉色少女气息，氛围感满满，我提前两天预定了一张桌子。情人节晚上我打电话约到欣珺吃饭，餐厅在国际大厦的九层，两侧都是落地玻璃。远眺四周，鼓楼、木塔都能尽收眼底。我们两人相对而坐，右侧是巨大的落地玻璃。晚上不到七点，约有七成桌子坐着客人，身着白衬衫和西装马甲的服务生推着餐车来来往往，夜色渐浓，水晶吊灯发出华丽的光芒。为了表现自己的优雅与博学，我没有用菜谱点菜，以显示自己经常出入这些场所。

汤品点了罗宋汤，然后是香煎鹅肝、培根芝士意面，一份七分熟的澳洲牛排，接着烟熏三文鱼和雀巢沙拉，然后点了一瓶威龙有机干红葡萄酒。我也不懂装懂让服务生取来醒酒器，先醒一会再喝。

"是不是有些浪费，太多了呢。"欣珺听着我在随口点菜。

"这是西餐，又不是东北菜，量很小的。"其实我是第三次吃西餐，刚刚掌握刀叉用法。我随手拿Roseonly的永生花，放置在铺着乳白桌布的餐桌上，考究的烛台插着三根白蜡，烛光映衬下欣珺的脸颊溢着迷人的红色。

"一直收你礼物不好意思呢，我也准备了一份礼物回赠你。"

"游戏皮肤你给我买过几套了。"

"不是的，是一款钱包。"欣珺从身后取出一只礼盒，印着Prada字样。

"这有些贵了吧。"

"我上学兼职做英语家教，也赚了一些零用钱。"

我刚拿着盒子端详，此时服务生过来："先生，您可以为对面美丽的小姐点一首曲子，我们今天有钢琴师现场演奏。"我骑虎难下，不好拒绝，只能从容淡定地说道："那就波兰女钢琴家、作曲家巴达捷夫斯卡的《少女的祈祷》。"还好平时读书多，不至于现场出丑，普通人只能想出《致爱丽丝》这种曲目，乍一听还以为是进了老妈的美容院呢。中国的美容美发行业对贝多芬是十分偏爱，不管场合是否合适，贝多芬总是第一个出场，因为那个耳聋励志的作曲家，曾出现在每个中小学生作文中，当这批人长大后就到处点播贝多芬的曲目。

我假装熟练地切分牛排，感觉今天的牛排不给面子，窘迫的我把餐盘划出了声响。欣珺看我不会切，右手拿过刀子，只见她从左侧向右侧切，切完了之后，右手拿的那把刀就放下来，然后把左手的叉子换到右手，用右手执叉子叉而食之。随后跟我解释："这是美式吃法。"

"不应该是切一块马上吃吗？"

"你那是英式吃法，比较常见。"我见她切好后把牛排分我一份，盘中叉在左、刀在右呈"八"字状态摆放。

"这是什么意思？"我有些不解。

"这是表示还没有吃完，歇一会的意思，服务生也不会收走盘子。"

"其实应该先该吃冷头盘的，你没有点，按照顺序先用罗宋汤，因为罗宋汤一般会有番茄酱，这汤算是开胃的。罗宋即Russian，源自早年上海的洋泾浜英语，我们点的这道其实算沪菜了，发源于乌克兰的罗宋汤偏酸口，当年俄罗斯人带着伏特加和西餐来到上海时，上海人把菜品改良过。目前国内这道汤品还是以沪菜风格为主，酸中带甜、甜中飘香、肥而不腻、鲜滑爽口。"欣珺犹如专家解释道。我听完舀一汤匙送入口中，确实如她所说。

我只能在一旁傻笑，连连称赞对方。

"学习英语会了解更多国外的风土人情，饮食便是文化中很重要的一环。"九点左右，我见湿地方向燃起了烟花，五彩斑斓的烟花升入空中，发出夺目的光彩和绚丽的景致。

2

冬去春来，春来夏至，夏尽秋迎，我们升入了大学二年级。2012年的9月16日，学校组织大庆，庆贺建校110周年。尽管把北京师大的那好几十年拉过来算入校史，我本人也觉得十分尴尬。但是国人心中年代久远就是历史沉淀的象征，历史就是文化的全部外延，就像湖南人民就有湖南大学这样的千年名校，吓得清华北大一旁哆嗦。湖南大学把岳麓书院认定为祖师爷，难怪李世民当皇帝后要把李耳认成老祖宗，干啥事都得出师有名。这次校庆的规模和标准比起100周年那次校庆就差了许多档，十年前的大庆真是群星闪耀、光彩夺目。教育部和省上领导不用说肯定前来，就连诺贝尔奖物理奖获得者李政道教授都莅临祝贺，当然民间相传版本是李政道当时想吃牛肉面就坐飞机赶来了，顺便参加校庆。

16日晚西操场灯火辉煌，学生密密麻麻坐满了操场。我不记得那晚有啥节目，只记得有几个土炮歌手，动不动就是让在场的朋友和他一起唱，反正一帮学生在下面哇哇呼喊。我后头就是旅游学院的学生方阵，白芷跑来拉着我说："你看有个女孩长得像Ella。"

"你阅女无数，还能有女的让你激动？"我没管后头的白芷，拿起手机录像。白芷拿杂志打我："拍你个大头鬼，走带你搭讪去，好好跟哥学。"我定睛一看，他说的那女孩和Ella确实有几分神似呢，人世间的缘分真是奇妙无比，会有人如此相像，那是白芷第一次吃瘪，过去搭讪要电话没成功。

校庆持续了近三小时，其间播放了全国各地的师大校友录制的祝福视频，我想当真是砥砺沧桑、百年老校，回想起新生入学时，校史如此描述："抗日战争爆发后，举校辗转西迁，两越秦岭，三渡黄河，扎根金州。"当然由于地处西北，经济条件较为落后，人才流失严重，也就是当时所说的"孔雀东南飞"状况。学校的发展也在2002年左右达到顶点，随后开始一步步衰落，到后来高考招生时除了省内是重点线录取，其他省份的录取状况早已泯然普通本科矣。

3

话说两头，视线转到2012年的学院机构改革。那年的秋季学期，学校二级单位的学院大规模调整，文史学院所有专业一拆为四，有的整合有的分离，多少年以来的第一大院从此成为历史。文史学院分家变成了文学院、历史文化学院、国际文化交流学院和传媒学院，新闻班被列入传媒学院。故事到这里，需要说起班长黄胖子。黄胖子原名黄谦，来自一个人口大省的落后县区，复读两年终于如愿大学梦想。其为人老成、笑容满面，我第一次见他觉得和蔼可亲，是个朴实的好男孩。虽然对他不务正业、不管班事较为厌恶，但是作为报答，他把第一学年的入党积极分子名额和优秀班干部指标都分给了我，表示对我辛勤工作的肯定。班里最重要的两个干部，班长忙着和团支书谈恋爱，导致很多事没人做。我经常在不同办公室跑得累死累活，不是报表就是拉人填会场、凑人数。

　　学院分得七零八落，文学院作为老班底，具备学生多、专业强、名师集中的优点，暂时在学校所有活动排名中还能居于首席。由于学生会干部被分得七零八落，他们需要招兵买马，光是下面的各部部长就少了四人，陷于半瘫痪状态。黄胖子瞅准了院会组织部的空缺，开始暗中活动。我记得当时他把评奖学金和优秀团员工作全权交于我处理，让我直接跟班主任汇报即可。

　　学院学生会组织部主要负责团课、团员活动、发展党员、调换专业、补考重修、学籍管理等重要工作。组织部放在古代就相当于吏部，自古以来就有高半头的说法。上任主席退居二线，听闻要去河州实习，黄胖子把准了机会，托人三番宴请，将相关重要学生干部邀请至花之林餐厅相聚。

　　城关区的花之林是装修极为考究的一家高端茶餐厅，十人的包厢座无虚席，按照右高左低、左右对称的原则将一众学生干部宴请到席、按位入座，首席自然是学生会一把手原主席，虽然退居二线但已功成名就，必须给予尊重。席间摆放着飞天茅台和软中华，菜品以陇菜为主，每人台前一杯参茶。服务员上了一道红烧中华鲟，菜名为：鱼跃龙门。黄胖子小心翼翼转动圆桌托盘，将鱼头指向老领导。"学长，祝你鱼跃龙门、前程似锦啊，鱼头酒头三尾四，学弟我先干为敬。"说罢，左右开弓，左一盅右一盅喝了两圈，没一会儿，约莫二两白酒入了肚子。

　　"老领导"起身端杯，他是南方人，习惯用高脚杯喝酒，就添了一两多白酒痛快饮下。酒过三巡，席间一些人有了醉态，桌上菜肴七零八落，眼看已经晚上九点半，黄谦给对面几个人发了短信说稍后还有安排，坐在主位的"老领导"率先发话，作了宴席桌上的总结讲话，大家干杯为尽。

　　差不多一小时后，黄谦陪留下的三人打麻将，随身带了5000块钱，打算就在今天输出去，这种特色考察方式在官场里并不算新鲜。三楼的雅间别致而精巧，小吊灯发出暧昧的光。黄谦故意状态不佳，连连输钱，另外三人也知其用意，故而笑纳。子夜一点，四人从桑拿房出来，在东北角的吸烟室吸烟。"小黄，你的意思我们明白了，你就尽管报名吧，只要别当场紧张结巴，剩下的事情由我操作。"黄胖子听完后，长吸一口烟后吐出个烟圈来，那仿佛不是烟圈，是通往美好前程的康庄大道。

　　世人都晓神仙好，惟有功名忘不了！

古今将相在何方？荒冢一堆草没了。

世人都晓神仙好，只有金银忘不了！

终朝只恨聚无多，及到多时眼闭了。

世人都晓神仙好，只有娇妻忘不了！

君生日日说恩情，君死又随人去了。

世人都晓神仙好，只有儿孙忘不了！

痴心父母古来多，孝顺儿孙谁见了？

——《红楼梦》曹雪芹

学校也如社会，一群十八九岁、二十岁出头的年轻人，刚刚完成基础教育，迈入象牙塔，发现塔内真如宋真宗所说有颜如玉、黄金屋，涉世未深的年轻人，有的沉迷其中，有的超然物外。钱权女色不是人人都能过关，有人会堕落、腐臭，有人会傲然独立，当然大多数人随波逐流，人生在世混得不过温饱二字。2012年的秋季学期我拒绝了黄胖子辞让班长的事情，他还列举了尧舜禅让的典故，我听得浑身难受，真自恋呢。大二学年我的重心是俩，一个是每天都想见到叶欣珺，另一个是和徐阳岫参加西塘剧社，和校园文学青年一起写剧、写相声、写小品、排练节目。共同针砭时弊，品论古今。同时我和徐阳岫也在为2013年秋天师大的文艺会演做准备，文艺会演两年一届，每个学生在大学生涯中可以经历两次校园盛事。

第三十一章　西塘剧社

2013年的春季学期，清明节没有回家的我和徐阳岫讨论剧本，我们二人产生了分歧，徐君执意直抒胸臆、抨击现实，我的意思是借古讽今，以民国时期为背景好一些。徐君带来一盒今年的龙井，我们二人品茗漫谈。我给徐阳岫添满茶水："你大二之后怎么不做班长了？"

"被底下人出卖了，那个煤老板的儿子去年夏天请班里人吃西瓜，一人一个大西瓜，拉拢了不少选票，最后向班主任告状说我贪污班费，就这样。"

"总得查有实据吧。"

"账务是归生活委员管理的，他是煤二代的铁杆粉丝，早被一千大洋收买了。购物小票和发票被他们动了手脚，班里的钱都在我的银行卡里，结果和发票金额不一致，短了3000多块钱。"

"你也不是缺那几千块的人，后来如何处理。"

"税务系统查了，票据是真的，反正现在只要花钱开票是很方便的。"

"总得和账面记录对上，比如什么用途和活动使用的。"

"你说的我也想到了，关键是账本说是宿舍吃火锅，掉红汤里，取出来全是牛油，啥也看不清楚。"

"有一手呢，你心太大了，财权旁落，难怪被人坑。"

"最后账本没了，查无实据，但是发票跟我卡里余额对不上，班主任是南京大学毕业没两年的研究生，和稀泥的好手，说不让我赔钱了，就把我免职了。"

"后来呢，你怎么样了。"

"后来我跟学生会主席干笔仗，讽刺他们写的宣传稿有错字，还用错了典故，大二没一个月就被扫地出门。"徐阳岫叹了口气，回忆起悲惨往事。

"你一个文化人非要往腐朽的官场凑，那是你智商玩得转的吗，你还是填词作诗、参悟哲学吧。"我随手点了根烟。

"都以为西北民风淳朴，没想到套路深。"

"别扯，坑你的可都是外省人，继续说剧本的事情。我们是做话剧，不是网剧。你设想的什么潜规则、校园黑幕拍不出来，舞台艺术和镜头毕竟不是一回事，要靠演员的表演张力和台词功底，我意思是写个民国背景的。"

"那我们折中一下，拍一个古装风格怎么样，写寒门学子苦读十年一朝高中，然后打压同僚、出卖好友、抛弃发妻、贪污公款、卖友求荣。"

"你这是英国的培根加中国的陈世美吗？这样学校团委是不可能通过的，要求很明确，让我们写正能量呢。我们二人几乎没有剧本功底，剧社那边意思是让我们写个小说投过去，那边的老师负责改编成话剧。"

"这样我们拿一正一反俩人物描写校园这个小社会，一个是勤奋努力、家境贫寒的农家少年，一个是投机取巧、偷奸耍滑的大学生。我们写农家少年一步步努力学习，却屡屡因为一些潜规则和人为因素没能获得奖学金，也没有拿到助学金，一边勤工俭学一边努力读书，最后靠真才实学考取研究生。另一个嘛，就塑造个酒囊饭袋、草包蠢驴，保研出去面试被刷了。"

"这样也好，算是弘扬正能量。我们得虚化人物跟地点呢，要不然会有人觉得我们在反讽他们，认为自己被我们写进故事了。"

"你如果写小说有此功力，倒是可以称为校园周树人。"徐君这样称赞我。

"我还是向往三毛那样的人，浪迹天涯写尽人生呢。"

"我们分工一下，你写个人物形象设定和剧情大纲，我负责人物对白和措辞，你构思能力比我好，而我语言功底胜你一筹。"

"也行，剧社彭老师也是这样要求的，先写个小说出来，毕竟小说是母本，剧本算是二度加工。"

"我们下午去找彭老师谈谈吧，他或许有更好思路，我想争取能演出呢。"徐君仿佛已经构思好了，表现得踌躇满志。

西塘剧社成立于1983年，今年正好是30周年社庆。成立之初不过七八个年轻人，一架手风琴、几只口琴，聚集在校园的西头的小池塘排练，故名西塘剧社。有时朗诵诗歌，有时交流写作，倒也不是完全的剧社，更像一个文学团体，不过话剧是主要元素。当年的年轻人如今已年近花甲，从不同单位退休，彭老师在外头读了硕士来师大任教，教了一辈子戏剧理论，倒也全身心投入。如今当年的小池塘早已干涸，七八年前校长做基础建设，挖淤泥、开河道、引活水，如今成为一片湖泽，虽不过三亩，却也有"半亩方塘一鉴开，天光云影共徘徊"的意境，如今成为月上柳梢头、人约黄昏后的好去处。西塘剧社名字保留下来，如今搬到了文科楼，占了两间办公室，一间放着三台电脑办公，另一间盛放道具、杂物，麻雀虽小五脏俱全，至于排练、对词则在舞蹈学院的练功房，目前剧社是归音乐学院和舞蹈学院两家团委管理。

下午四点，我骑着电瓶车带着徐阳岫打算拜访彭老师，我们先去华联超市买了一个果篮，徐君装了四两新上的西湖龙井，这是他老家特产。考虑俩人都不能空手进去，我又回房子取了两条苏烟。备好礼品，我载着徐君一路驶去。因为不能在校园内骑电瓶车，我们就绕道宁和东路至十里店的附中巷，那边离东门较近。本来校内电瓶车可以行驶，上月一坑货酒驾摩托车撞倒了一个老头，虽不伤筋动骨，一把年纪的老人也在医院躺了半个月。酒驾撞人不说，且无驾照，安保处的人员过来检查，那人醉气熏天大喊我姑父是局长，你们奈我何。后来被曝光到《金州晚报》，经查此人姑父确实在政法系统工作，不过是一名副科级干部，连累姑父受了诫勉谈话，人称"姑父门"。自此校园只有自行车和幼儿平衡车可以入内，城门失火殃及池鱼，安保处加了规定禁止宠物进校园，防止恶犬伤人。

4月的西北气温回升，花红柳绿，春风融融，几只麻雀在人行道啄食学生扔下的薯片、方便面之类零食残渣。我们到了家属区的二号楼，拾级而上，敲门问候。

"哦，谁呀。"我听到门内传来"特勒、特勒"拖鞋走动的声响。

"我是剧社的陆言，有些问题请教老师您呢。"

"是陆言同学啊，好久不见了。"

彭老师热情地开了门，引我们沙发入座，我看他家里装修简单朴素，客厅正面墙上挂着他自己题写苏轼的《行香子·述怀》：

清夜无尘，月色如银。酒斟时、须满十分。浮名浮利，虚苦劳神。叹隙中驹，石中火，梦中身。

虽抱文章，开口谁亲。且陶陶、乐尽天真。几时归去，作个闲人。对一张琴，一壶酒，一溪云

彭老师见我手提两条香烟面露难色，"小孩子来就来，拿这么贵重礼物，你个娃娃读书哪来的钱哟。"

徐阳岫说："彭老师，他一天直播打游戏，一个月平台分成就6000多块钱呢。"

"比我退休金还多呢。"彭老师听罢若有所思，"香烟带回去，茶叶也不放了，那篮子水果放下即可。"我们也不好推辞，寒暄几句就奔入主题，就把我跟徐君商议的小说架构跟彭老师商量了。

"大体思路还好，就是剧情单薄，人物二元对立虽然能制造矛盾，但有些粗浮，形象不够立体，显得扁平化了呢。还有小说改话剧，要做好几点准备，先是要明白二者的区分，要把矛盾集中展示，不能像小说那样叙事，也要考虑到观众能不能接受，这就犹如一面看不见的墙，你们要明白，这相当于现场直播，没有回放，也不像写长篇小说，写得忘了然后还能插叙和回忆。"

我给彭老师添了些茶水。听他继续说道："我个人感觉还能加点，比如加个热心帮助那位农家少年的学生，也可以加一点情感元素。别把目光老聚焦到一些你们看似不公平的事情上来，胸襟更大些，虽然不能排除作家写小说有报

私仇的成分在，但大格局才会有好作品，把时代不小心散落在人们头上的灰尘慢慢掸干净，胜过你们一口气把丑陋的、卑鄙的事物展示出来强。"

我掏出一根香烟给老师点燃，他吸了几口弹弹烟灰，若有所思地跟我们说道："有时人的卑鄙无耻或者肮脏下流或许并非出于本心，歌德曾说过，一个人的缺点来自他的时代，他的优点和伟大却属于他自己。就像你们关注的奖学金、保送研究生这些事情，我年轻时候同学们也很关注能不能分配到好工作和分到福利房。再比我年长一些的知青们，有的人为了回城也不择手段，也有在扎根农村娶妻生子、默默无闻的。我上大学那会高考恢复没几年。再早一两年班上同学岁数差很多是普遍情况，做了父母还读书的也不是没有。"

雪白的烟灰弯下了头，仿佛在聆听："每个时代都有它的伟大，也有不幸和悲哀，所以说一代有一代文学，我们已经老了，文学必然是属于更年轻的孩子们的。"

我点头，茅塞顿开。

"每个人的局限和卑劣并不完全来自其个人，也许和家庭的背景、成长的环境有关系。就像现在为什么拿助学金的学生并不一定贫困，获得奖学金的学生成绩不一定优秀。保送研究生的同学，学识不见得比他本科同学渊博，身居高位的官员未必能有老百姓的知识和远见。我们每个人来到这世上，冥冥之中早有一个归宿，指引我们到哪里、去何方。有的人半路插队、投机取巧，有的人偷奸耍滑，只取捷径。你要相信世上没有白下的功夫，曹雪芹批阅十载，增删五次，终其一生才有旷古烁今的《红楼梦》，那些前半段人生奸诈狡猾的伪君子必然走不长久。这世上美貌可以整容、学历可以造假、草包能装成文化人，你可以道貌岸然，可以口蜜腹剑，但是记住，唯有人心不能造假！"

我若有所思，想起《白夜行》随口说："世上有两样东西不可直视，一是太阳，二是人心。"

"年轻人好好读书才是正道，陈寅恪没有一张文凭，却是真正的国学大师，沈从文小学学历做了教授，写了《边城》。那么多文坛巨擘、先哲先贤做出了榜样。我看你也有几分灵气，就别耗精力在那些劳什子上了，你之前发在校报写那首诗有点意思，我还裁下来贴笔记本里了。"我和徐阳岫受教一下午，如沐春风，彭老师热情留我们在家吃面条，凉拌了一份豆皮味道还不错，彭老师向来只吃素。

回去后，我和徐阳岫再次构想剧情和人物，打算写一个短篇小说投到剧社的审核老师那里，至于采用与否不重要，我们喜欢的是写作的过程　。

第三十二章　玲珑骰子

　　　　一尺深红胜曲尘，天生旧物不如新。

　　　　合欢桃核终堪恨，里许元来别有人。

　　　　井底点灯深烛伊，共郎长行莫围棋。

　　　　玲珑骰子安红豆，入骨相思知不知。

——温庭筠《新添声杨柳枝词》

近日来有些烦恼，我体验了"吟安一个字，捻断数茎须"的痛苦，彭老师建议中肯并具有参考价值，但我苦思不得其法。趴在电脑前发呆，满面愁容。"叮"的一声，我看手机屏幕亮了，是欣珺发来的微信。

"知道你最近构思小说比较烦恼，《悲惨世界》上映了。是汤姆·霍伯执导的，看看或许对你有帮助，电影快下映了，最近也没什么人看，正好没人打扰。"

我不觉精神一振，《悲惨世界》其实老早看过了，这部小说之前改编过音乐剧。我在手机上团了两张下午三点的电影票，约好欣珺去看电影，她学英语我看剧情，两不耽搁。周末本来是影院高峰期，但由于新出的这部电影常有大段对唱、独唱，受众偏少，导致不少院线一天只排一到两场。看影坛咨询说，周杰伦自编自导的《天台爱情》今年有望上映，估计对很多人的艺术味蕾也是个挑战，毕竟它是歌舞片，我在路上反思，好的文艺作品仍然需要识货的伯乐呢。

六年车龄的Polo显得老迈年高，一路上被暗金色的思域欺负，我记住车牌号，心想换上白芷的CC再教训你。我只能安分守己地排在车流后头，在堵车之城金州匀速前进。

"你在看电影介绍么？"我看欣珺在看手机，随口问到。

"没呢，小说看过了，阅读赏析课老师也带我们学过，是看看观众看完反响怎么样。"

"来看的都是读过原著的，文盲是不会凑热闹的。"

"很多观众说看不懂呢。"

"中国影迷啥时候能欣赏得了西方歌舞片了，冯小刚也就不压抑了，对吧。"

车子驶过金雁大桥，大桥南起南滨河路，北侧紧连国际会展中心，去年底才通车。今天还是我第一次开过来呢，欣赏黄河水奔流不息，向东流去，这条母亲河哺育了金州人民，素有母亲河之称。走金雁大桥节省了不少时间，不用在城区堵车的我们四十分钟左右到了华联的太平洋影城。

检票进场，发现除了欣珺和我，只有一个银白头发的老头，看样子至少有六十五岁，戴着金丝边眼镜，雪白的衬衣套件针织衫，一副老学者打扮。我搞不懂什么歌剧、音乐剧、轻歌剧、小歌剧，欣珺趁着电影开场给我孜孜不倦介绍西方剧种，对戏剧毫无涉猎的我只听说过莎士比亚和易卜生。

"《演艺船》是把欧洲歌剧与美国音乐喜剧传统相结合的小歌剧风格的音乐剧，《波吉与贝丝》是以歌剧手法创作的音乐剧。还有像桑德海姆的《小夜曲》……"欣珺如数家珍，仿佛那都是她写的。

戏剧知识的匮乏让我焦虑，只好迅速挖掘大脑存货，总算被我发现了一点涉及的知识："你懂好多，我就知道《雨中曲》，讲述了好莱坞演员唐与合唱队女孩凯西之间的爱情故事。"

还好熟悉的电影管理局的背景音乐响起，我看到了电审进字［2013］006号的字样，看来这是今年第六部引入国内的片子。157分钟的电影倒没感觉漫长，虽然看过小说三遍了，也熟知剧情发展和人物形象，但是我还是被电影深深吸引，除了对大幅的唱词感觉困扰外，再没什么影响。

"珂赛特挺有原著感觉的，我小时候看书就觉得该是这样的形象，就仿佛从书里走出来一样呢。"一百多座的影厅只有三人，我也没刻意压低声音。

"你还挺会审美的。"

"对呢，你比她美。"

"吃薯片撑着脑子了？"

我拧开瓶盖："喝点雪碧压压。"

"让你喝矿泉水不听，糖分多对胰腺不好，以后三天一瓶饮料，晚上直播打游戏不能超过十一点。"

"好吧好吧，看电影。"

从影院出来在华联楼上找寻吃的，差不多六点光景，人头攒动热闹异常，看着不同档口和店里开心的男女，仿佛一周的疲惫都会在美食中消散。

"盛爱家烤肉，这里也开了么，来，来尝一下。"我脑子里还在想吃火锅的事情就被拉到烤肉店。对烤串并不擅长的我，只喜欢假装熟练的撒盐跟抹调料，以此冒充熟练的烤肉师傅。欣珺喜欢自己动手的，做陶艺虽然不成型，扎风筝尽管飞不起来，英语学院组织排演英语短剧，非要做道具服，害我买了一架缝纫机供其练手。最后结果还是跑去城关区的制衣店租了衣服，倒赔进去几百块的布料钱。每次我都要为她的爱好伤筋动骨，劳神伤财，也许这就是我的快乐。回去路上华灯初上，夜色下的黄河别有韵味，看不到白天时分的浑浊与暗黄，想想很多事情和人还是看不清楚好，给你一种朦胧美呢。

回到科教城房子，躺在沙发玩手机，白芷过来看茶几扔着两张烤肉代金券，打趣说道："你不会打算买个烧烤炉子吧，供你女朋友培养烤肉爱好。"

"缝纫机还没有处理呢，先等等。"

"我们可以和宝石花路南头的小马烤肉竞争了呢，他们做清真，我们做大众口味。"

"小心你烤培根时，他们来打你。"

"哟哟，谁怕呢，我打游戏去了，你那小说构思咋样了，三天了主人公名字都想不出来。"

"你帮我想个农家少年名字，朴实又勤劳的风格。"

"张狗蛋？"

"你滚蛋，打游戏去吧。"我没心理白芷，打开电脑准备写小说。QQ邮箱有新邮件提示，我看是小庄发来的，我知道又得给他代写书信了，这是替他向美伦写的第六封书信。想想上次喝酒小庄跟我聊的内容，不免唏嘘，异地恋真是辛苦，点着一根烟，香烟入肺，情满心头，灵感到手，十指如飞开始代写锦书。

书信 6

美伦：

见字如面，非常想念。大二的时候我们相约去南方看水乡，你说中学时候走得匆忙，只去了周庄没来得及看同里。那会儿是端午节，我又多请了三天假和你相约苏州。古城的风貌保存完好，真是一座现代风格与传统古韵完美结合的城市。同里在吴江区，我们从相门新村一路坐公交车，好像坐了三十多站，车程很长，但感觉和你在一起的时光幸福而又短暂，我们跨三桥、游古街、乘摆渡船，看了退思园。品了毛尖，尝了太湖三白，你说银鱼炒蛋味道很好，白虾肉嫩味鲜，嗑着个大饱满的葵花籽，坐在水边的茶座真是惬意，我想愉快的时光总是短暂，后来去了盘门，也去了虎丘。你说想去观前街看看苏绣，游览繁华的苏州街道。第三天下雨了，我们被困在山塘街的一间咖啡店，你枕着胳膊看雨水敲打窗沿，我看着朦胧的雾气升起，雨水滴答滴答就像我夜里听着老怀表在读秒，无时无刻不想起你。学院的训练辛苦而漫长，时不时晚上拉练，穿着作训服沿着宁和东路跑步。

爷爷老了，今年七十三岁了，古人说七十三、八十四，阎王不请自己去，爷爷的身体每况愈下，还好撑过了2013年最寒冷的日子，除了高血压，爷爷心脏也不太好。爷爷没精力照顾小柴，妈妈把它抱走了。十一岁的小柴也快走到生命尽头，我查了柴犬寿命区间跨度较大，在十到十四岁之间，柴犬寿命跟主人照顾方式有很大关系。小柴今年春天得了老年痴呆，是的，我第一次知道狗也会得这种病。爷爷打电话跟我说，小柴记性变差了，常常对着饭盆发呆。有时竟然头卡在茶几里，明明能出来却在哀嚎，爷爷只能抱出来，爷爷说六年前它救我，现在我要送走狗狗咯。人世间万物啊，凡有灵气的都有寿数，蜉蝣朝生暮死，花草春荣秋败，四季轮转不停，世事纷纷扰扰。算起来亲生父亲去世马上二十年了，我都记不清他的样子了。对了，我改姓名事情打电话和你说了，张录泉是我生父，庄强是我养父。一个生我一个养我，都不能对不起，同学朋友都喊我小庄，我就改名叫张小庄，上个月回户籍地改妥当，上周在学校教务处和学生处更改了学籍信息。人不能忘本，不能背弃自己姓氏，有朝一日我总会抓到凶手，不管天涯海角，哪怕地老天荒，我都要让凶手付出代价。

我害怕有朝一日我们老了，也会这样记不清楚你，变得跟小柴一样得了老年痴呆，真有那天我希望痴呆的是你啊，不愿意你看着昏聩的我流泪。记得你因为和舍友闹别扭而在电话里和我哭泣，无非就是些你抹了她的油、她用了你的口红之类的小事。你说同住的一个女孩邋里邋遢不打扫卫生，你辛苦打扫、提水，他们三人反而乐得清闲。人总是这样，得寸进尺。听我的建议，你就外面住一阵儿，或者别搭理她们自然就好了，人善被人欺呢。

说的有些多了，希望你好，那么我也就好。

小庄

2013年4月8日

我写完信还是老规矩发到小庄邮箱，打电话聊了点琐事，约好忙完写小说事情好好喝一杯。

第三十三章　妙笔生花

蒙蒙夜色弥蒙大街小巷，随着天气转暖，啤酒摊生意兴隆，我要了一扎鲜啤，痛快饮下准备回房子创作，思考了三天正式动笔。铺开稿纸，先写了"柳一往""徐逸才""马筠峰"几个名字，有武侠小说感觉。大纲上列了些思路，小说名字暂定为"金城往事"，提笔开写。

金城往事

文/陆言

金城10月还是热气腾腾，北方虽没有桑拿天，但干热的空气仿佛吐着火舌，直往人毛孔里钻。柳一往风尘仆仆从车站回来，准备回金城师范学院。老家秋收农忙，柳一往请假赶着乡里收苞谷，胳膊晒得黝黑，玉米秆赶着一人高呢，扁平而宽大的苞谷叶子蛮是锋利，收了二三十天玉米左边脸颊被划了小口。掰玉米、背出田埂，一捆捆地撂上拖拉机，傍晚开着拖拉机赶回家里院子，还得手工剥苞谷皮，接着晾晒，完事又砍了几天玉米秆，因为假期到了就赶着回学校。大四秋季学期大家都比较轻松，柳一往就在农忙时给父母帮忙，妹子在县里读高一，学习要紧，耽搁不得。

柳一往回宿舍带了洗漱品、毛巾，揣了校园卡，赶着学校浴室没关门洗个澡，口袋里放着老爹给的800块钱，这是他一个月的伙食费，八张皱巴巴的百元大钞将直溜了，用一方手帕裹上塞到了被褥下面，临走还拿手拍了拍，口袋里就带了52块钱，50块钱拿来充值校园卡，差不多够三天伙食，另外2块钱要买澡堂门票。

傍晚六点多学校澡堂只有三两个学生来洗澡，水温刚好，真是舒服呢。柳一往拿肥皂擦出泡沫，搓澡巾来回拉扯，享受着洗热水澡的惬意。洗完澡到学校食堂要了份6元的快餐，一荤两素的搭配还能再加一回米饭，火车上舍不得花钱吃推车里的零食，硬忍着回来学校吃。吃饱肚子，又到窗口要了一碗免费的菜汤，囫囵吞下，打个饱嗝回宿舍。取出被褥下的800块钱原装回衬衣的内兜里，那是老妈给他缝的，说也买不起啥钱包，凑合装吧，他也只把整钱放在那里。

"柳哥回来了啊，家里收成咋样。"徐逸才是同住的舍友，江苏连云港人，家里做二级服装批发代理，一年少说四五十万收入，宿舍摆着一溜烟的名牌球鞋，柳一往除了有双星球鞋踢足球外，就两双土布鞋换着穿。

"凑合吧，这两年玉米不错，家里还种西红柿，拉到城里酱厂卖些钱。"

"我说你啊，就太老实。大二那会儿学校认定贫困生，那玩意电脑测评系统刚上线，说白了就是个傻瓜系统，你老老实实写家庭收入4万元当然没戏，好了吧，人家写5000块一年的就拿助学金了。"

"咱乡里人没钱，但也不能说假话，再说都啥年代了，就算咱大西北穷，可也找不到一个家庭年收入低于5000块的地方吧。那群瓜娃子，说假话不怕闪了舌头呢，一家三四口人一年5000块钱，喝西北风都喝不饱嘞。"柳一往老实巴交地回答道。

"你说说你，一步错步步错，你看励志奖学金评选前提是贫困生，然后才是课业成绩年级前三名，绩点达到4.2以上。你每年成绩不是第一就是第二，绩点早够了，你当时说个假话，一年多拿1万块钱不好吗。看看你天天吃快餐，加个卤大骨都舍不得。"徐逸才打开电脑，开始经营个人网店。徐逸才继承了父母优秀的商业头脑，主要在城隍庙收些文玩、手串、石头、瓶瓶罐罐，赶着往宿舍搬。上个月从海南顺丰空运了些滴血莲花，说是什么露兜树的果实，整天又是打磨又是抛光，完了还串线，一个个拍了照摆到网上卖，一个月赚个1万多块钱。

"我哪有你头脑啊，我要是像你那么会做生意，就不用那么刻苦读书咯。我就会读书和考试。"

"你可操点心，马上就保研评定了，你的成绩就算去不了北京上海，南京大学还是很有可能的。"

"我看那制度了，什么德育分、素扩分我又不高，也就是个平均状态。还有论文发表加分，我又没钱买版面费刊论文，就在咱师范的学报发过三篇，我看加分不多啊。"

"说你肉头，你真肉头，咱班长马筠峰，你看看人家。平时吊儿郎当，打球睡觉、喝酒泡妞，成绩顶多算是中上游，但是人家会来事有眼色啊。上下课给老师拿杯子、倒热水、擦黑板，管他懂不懂，下课就跑老师那里咨询问题，整天嗯嗯啊啊的，鬼知道他学了些啥。"

"人家也有优点么，经常获奖。什么这个比赛那个比赛的，奖状就一摞子呢。"柳一往平时就是个闷葫芦，也就舍友徐逸才和他聊得多呢。

"那破玩意你也信呢，人家女朋友可是学生会干部，要紧人物。发张三发李四的，发谁不是发。再说他那是啥奖，某某比赛先进个人，某某球赛风尚奖，某某大赛个人模范，我就没瞅见他得过优秀奖，更别说一等奖、二等奖了。你那金城市大学生征文大赛一等奖不比他的含金量高？"

"我记得马班长有个什么最美公寓一等奖呢……"

"你不说还好，说了就笑。他当上班长最爱干啥，就是查女生寝室呗，每次吼喊着干事们晚上九点多了跑女生宿舍楼。就你说那啥最美公寓，马大班长身先士卒，冲锋陷阵，帮着咱系里女生买墙纸、修凳子、通马桶、挂蚊帐、买绿植、补纱窗，还买了乳胶漆，戴着卫生帽给人家刷了一遍墙呢。"

柳一往疑惑地看着吸烟的徐逸才："有这事情啊，怪不得呢。那601寝的刘雯雯能看上他，原来是想找个钟点工啊。"

"那雯雯同学可不是你惦记的呢，人家据说马上要去十里洋场了。那个憨憨马大头估计四年了嘴都没亲上，就苦着累着干活了，取快递、修自行车、搬桶装水，楼管都以为他是劳务公司派来公寓的业务员呢。"

"不说了，我看看书。"

徐逸才无心学习又下了几单生意才心满意足。徐逸才不是学习的料，四年时间在课堂出现频率跟教务处查课的领导一样多，有几次连着上课，同学们都不适应。早先徐逸才混得不好，刚入大学给地方区里的电信公司领导送了一块和田玉，争取当了安平区电信公司学生总代理，结果公司扔给他两编织袋子国产手机要他贩卖，那会儿流行的是苹果、三星、黑莓这些品牌手机，与之相比国产机质量确实不行，不是发烫就是自动关机，学生把小米手机冬天放被窝暖脚用。干了这个营生，徐逸才起早贪黑卖手机，由于杂牌子手机质量太差，走校园里都要被人打。痛定思痛，徐逸才转而自己拉大旗、扯虎皮地干起买卖来，先是经营啤酒广场、烤肉摊子、洗车铺子，积攒了第一桶金后在公寓里盘了家六十来平的店面开美发店，一下子赚得盆满钵满，大三那年还去台湾自费交流了一学期，看了金马奖的颁奖现场，其间结识了同是交换生的萍萍学姐，两人恋爱得轰轰烈烈。往事如烟，也是一代校园风云人物。

徐逸才张嘴打瞌睡，看了看今天成交量，满意地睡去了。第二天早上，柳一往早早起来去图书馆看书准备考研了。与此同时，学院的团委办公室、院长办公室、教务办公室吵得热火朝天。几个学生拿着保研公示材料怒气冲冲找院长评理，院长紧张得手机斗地主都出错牌了，开局就把王炸扔了。

学生甲："院长你评理说说，我专业课成绩班里第二名，为啥综合下来就第六了，这就掉出保研范围了呢！"

学生乙附和："我也是呢，至少我能保送本校，这下啥机会都没有了。"

学生丁："那个马筠峰是咋回事，加分那么多，论文就十篇，那草包能抄袭写出十篇我都不信，都说他是马处长的侄子。"

院长赶忙丢下手机解释："同学们安静一下，要正确对待学院的制度，我们设置论文加分也是鼓励学生搞学术研究嘛。这个马处长是家里独生子，压根就没有侄子。"

院长办公室热火朝天，教务办公室鸡飞狗跳。有学生指出大三第二学期成绩有问题，为什么会出现几张满分试卷。众所周知，文科考试及格容易，但满分几乎是不可能的。与此同时团委办公室光景也好不到哪去，怒气冲冲的学生们把财神爷的画像贴到办公室门口，借此侮辱他们滥发助学金、奖学金。反正都大四了，绩点够毕业，年轻人胆子肥，挑头有人闹就一帮学生找去讨说法。

与此同时，马筠峰洋洋得意，打算吃饱喝足晚上到西河区泡泡澡，励志奖学金打卡了，心满意足的他打算今天去大餐一顿，然后到KTV叫俩商务喝喝花酒。听闻自己在保研名单之列，狐狸尾巴窜上天。国王娱乐会所灯火辉煌，装修高档，马筠峰左拥右抱搂着商务唱着张雨生的《我的未来不是梦》。

性感苗条的公主衣着暴露，短裙不能再短，人恨不得胸口贴马筠峰脸上：

"少爷再来一杯。"

"哈哈，喝了这一杯，还有三杯。"

"少爷你今天开一瓶香槟，有额外服务哦。"

"啥服务。"

"明知故问嘛。"

马筠峰想了想，四年了没在刘雯雯身上讨点便宜，不如今天开个荤算了。银行卡一拍："来整两瓶香槟，888元一支的给我满上。"

俩公主笑颜如花，按了铃让服务生加单子。快到凌晨，喝得醉醺醺的马筠峰搂着俩公主到了预订的酒店。先烧了壶热水泡茶醒酒，眼睛都迷糊了，还弄个锤子，然后洗澡换了睡衣出来……

30分钟后，门外传来急促敲门声："开门，查房。"

"这倒霉催的，遇到条子了！"马筠峰赶快爬起来，提着裤衩找裤子。20来秒后只听"滴"一声房门开了，三个大盖帽进来了，门口还有个便衣架着摄像机。马筠峰此时酒醒了七八分，知道这事情要进局子的，到时候不单单保研没戏，说不好还得处分乃至开除。俩女孩听闻声响穿起内衣，披上外套，拿枕头闷住了脸。

大盖帽："穿上衣服，给我蹲一排，小王进来拍照。"大盖帽应该是个队长，在指挥手下。

马筠峰脑子此时脑子高速运转，急中生智，迅速拿起钱包钥匙拉开窗户，从三楼客房跳到了下面一层的阳台，虽说只有三米过些，落地的瞬间还是脚酸了腿麻了，仿佛小腿不是自己的了，拖鞋也甩出去两米多远。他没敢多想，顺着旁边排水管往下滑溜。幸好是三楼，如果五楼以上就难了。

大盖帽拿出对讲机："02、02我是01，马上开车从西头给我堵。"

马筠峰从裤子里掏出袜子穿上、套上短袖拦了一辆出租车赶回学校宿舍，在车上才感觉自己的腿伤得挺严重，疼得流汗。第三天学院接到当地派出所的电话，随后传真机发来了公函。院长左手托着下巴抽烟，心想关键时刻总有人捅娄子，马处长交代了，马筠峰是其乡里族亲，关照一下，没想到关照得太猛害人害己，心想现在只能想办法别让他被开除就好。

马筠峰进去接受了批评教育，并在号子里住了一夜，由于腿伤比较严重，就被送到地区医院治疗，一周后拄着拐棍回了学校。学院宣布本次保研公示作废，重新研究决定，修订了保送制度办法，对论文、素质扩展和德育积分的加权得分、比例换算、合计上限进行了修改，更加注重专业课成绩和英语六级分数。

冬去春来，大四学生们到了毕业时候，柳一往以392分的好成绩过了南京大学的笔试线，随后也以优异表现通过面试，其博学睿智、踏实本分和严谨的学习态度让南京大学的教授很满意。

金城5月份，天气很好，风吹杨柳，正是好风光。

"兄弟，祝贺你。"　徐逸才从怀里拿出一个盒子。

"啥东西啊，兄弟。"

"送你个Iphone6S，去年10月份才出的，拿去用。到了南京给我打电话，这是个合约机，有两年话费，全送你了。"

"真不知道怎么谢谢你。"

"都是兄弟谢啥，你每次给我写广告写文案的，我不得给你发工资啊。"

"马筠峰后来怎么样了。"

"能咋样，腿瘸了好治，心瞎了没药。凑合能毕业吧，最近找工作呢。我打算毕业开个烤肉店，不行让他做个大堂经理啥的。"

"是挺惨，所以啊，老实人有福气呢。"

"踏踏实实的，你还是对着呢。他那个女朋友刘雯雯，马筠峰从号子出来住院了，假模假样提水果看了一两次。你可不知道，那刘雯雯老早认识个上海高富帅，跟着去上海了。"

"她不是保送到上海哪个学校了吗？"

"你个傻子，研究生出来不还得赚钱糊口啊，那男的家里可是住上海汤臣一品呢，据说老爹是个高管，老娘做生意的，就宝贝儿子一个独苗。"

"那也太快了吧。"

"快啥，人家都谈两三年了，马筠峰在雯雯宿舍修灯管，人家早出去双宿双飞了。那个舔狗，真是舔到最后一无所有。"

"走，请你吃烤肉、喝啤酒去。"

"你哪有钱，我请你。"

"今年家里多种了大棚，卖的可以呢。"

徐逸才哈哈大笑，勾着柳一往肩膀去吃烤肉，两人对酒畅谈，回忆大学生活。2016年又到了收苞谷的时候，柳一往今年看玉米地格外的美，苞谷真饱满呢。

写完已经是半夜，毫无睡意的我打开一罐啤酒，靠在椅子上看星星，今天的星星很漂亮呢。半夜我从梦中醒来，倚着床头发呆，我梦见"突击队"在高中时刻苦学习的样子，梦到杨伟和人喝酒输钱的事情。接着又迷迷糊糊睡着了，再醒时已是第二天上午十点，感慨人生如梦。

第三十四章　泛舟寻月

端午节马上到了，这也是大二春季学期最后一个小长假。小庄兴冲冲地打电话，说美伦要来金州一聚，话说自从过年一起涮火锅之后，还再未聚过呢。

"五月五日天晴明，杨花绕江啼晓莺。"值端午，遇夏日，会故友。6月金州还算不得酷热，换上短袖、短裤也就一月有余。白芷开着车带我和小庄去中川机场迎接美伦。我们在"国内到达"等待美伦，白芷玩着手游，小庄显得急不可耐，而我就调平座椅睡觉。

飞机晚点约20来分钟，我被白芷的烟味熏醒，看到小庄急匆匆地跑向出口，接过来美伦的旅行箱就是大大的拥抱，我戴上墨镜装瞎看不见。我们四人一路开回市区，我看着手机新闻，2015年9月底金州中川城际铁路有望开通呢，仔细想好事情都赶在毕业后了，公寓附近的臭水沟要建商业街也说是在2014年以后了呢。

一路向南开去，小庄和美伦一边叙旧一边商量去哪玩。白芷提了个建议："之前4月份我和陆言看宁和区桃园的桃花会了，这会也不是时候，差不多再有一个月挂果了呢。不如我们去看刘家峡水库吧，河州永靖县距离金州也近得很。我把公司奔驰商务开上，让叶欣珺也来吧，我约一下林菲。"

"我没有意见，怎么都行。"我随口答应，转身拿起手机给欣珺发微信。

"那就一起去吧，我们四个人还多了俩朋友呢。"小庄表示同意，美伦也没什么意见，"还能去那里吃美味的手抓羊肉。"小庄说罢咽了口唾沫。

白芷："成师傅，把公司的奔驰Sprinter开过来，我要用呢。就两天，11日开走，第二天中午我开回去，公司用车的话先拿我CC应付一下。这样啊，晚上八点前开我楼下。"

"好的，小白总。"我听到电话那头的回复。

11日早阳光正好，一行六人开始自驾游。这款MPV是进口车，十分宽敞。"这车有点肉啊，最快只能到160码的时速。"白芷抱怨。

"你悠着点，这车我记得是你爹2006年买的吧，中老年产品了，再说两吨重的车可以了，3.5L发动机带着也凑合。"我看着车很心疼，发动机呜呜地咆哮。

"CC跑得快，但是坐不下6个人呢，相信我技术，都考过B1照了，开个快客都没问题。"

差不多一个半小时，我们到了永靖，提前预订了当地的鸿瑞假日酒店，我看大众评分不错，就要了俩三人间，定完房子后白芷骂我一顿为什么不是三个标间，跟你俩沙雕斗地主么？

在酒店稍作休息，我们吃了中饭，两斤手抓羊肉、一斤黄焖羊肉、一盆羊肉面片，红烧了一条黄河大鲤鱼。凉拌了粉皮，一盘东乡土豆片，清炒了盘和政蚕豆。尤其这蚕豆也是河州的特产，香嫩味美、久久回香、黏而不腻，当地人称其"大豆"。

"如果不是要开车去水库，我真想喝扎啤酒。"白芷看着冰柜里的啤酒发呆。

"别急，晚上回来慢慢喝，不行我开。"我给白芷找台阶。

"算了，你的技术我不放心，我看导航有一段路不是很好走，还是我开，明天去太极岛你开就行了。"

白芷技术果然过关，三公里车程十分顺利。两吨的庞然大物被他驯服得服服帖帖。

"说好的危险路段呢？"

"忽悠你的，陆言。"安全到达，交了停车费，一行六人来到渡口买船票。

售票员："小伙子，要快艇还是普通轮渡。"

我抬头看票价，快艇180元/人，轮渡便宜很多，45元/人。快艇能坐八人，轮渡我看限载二十五人。我还在思考中，白芷从钱包数出十五张百元大钞递给了售票员："就我们六人包圆了，15分钟后出发，剩下的钱给我拿六瓶饮料。"

"帅哥，我们这有地方特产松鸣岩的啤特果饮料哦，冷藏后风味更好，一瓶5块钱。"售票员见到英俊潇洒的有钱人称呼都换了。

"那就六个啤特果。"

"结余的钱给我取盒烟。"

"好嘞，帅哥。"售票员满脸开心，递过香烟和饮料，热心指引我们穿上橙色救生服，打电话叫船工过来开船。我在背后感慨，真是长得帅走哪都吃香，关键是他还有钱，这谁能架得住啊。

刘家峡水库位于黄河上游，位于永靖县城东边不远，现如今新城在小川镇，老城在修水库时淹没了。河水穿过千岩壁立的深邃峡谷，水势犹如万马奔腾，景色十分壮观。黄河河水来到这里，转了一个90度急弯，然后穿过峡谷向西流去。我们的快艇把轮渡甩了好远，我不禁感慨金钱就是万能。渐行到一片开阔处，见两侧峻岭峭壁，但黄河水一半清澈、一半浑浊，导游给我们讲解，这是刘家峡的特色景观，曾有诗曰：

> 寒山苍翠转，云冠一何高。
>
> 滓陌衔幽径，飞鸿落羽毛。
>
> 松钟嘹壑碧，雪镜照花娇。
>
> 归罢霭烟起，风声作别箫。

我听导游念完，心里在纳闷不像古人写的，陆机倒写过"泰山一何高"的句子，我感觉自己学识浅薄，就咨询导游："姐姐，这是谁写的，哪个朝代的诗人？"

"一个金州师大学生投稿到我们《河州日报》的，笔名叫徐歪歪。"我知道这是徐阳岫的笔名之一，他经常拿用这个笔名写诗投稿，用笔名徐陌陌和人干笔仗。

看眼前景色有感，我也随手拿出小本写了一首诗：

> 刘峡清浊一线明，浩渺江波逐山岭。
>
> 天宇昭昭疑无境，水波滔滔轻舟行。
>
> 鸿雁比翼欲双飞，青春做伴不负卿。
>
> 抬瞻归雀飞沙屿，云蒸锦霞送朱明。

我写罢念给欣珺听，她捂着嘴笑："你这个比起徐阳岫来就是打油诗，不过最后两联倒有些真情实意，就是首联起句太通俗化了，平仄也不合适，改一下吧。"我听后略作思考重新修改：

> 一线浊清划阴阳，三分青水上太清。
>
> 黄水滔滔无穷尽，九河滚滚白沙汀。
>
> 花姊青春不与时，抬瞻归鹭无踪影。
>
> 启舷明朝返旧乡，却见锦霞送朱明。

　　船工说晚上观月色也是不错的呢，建议我们买个夜游套票，几个女孩子欣然答应。我们乘罢了快艇返回岸上随意游玩，约莫晚上六七点在一家茶座随意吃了晚饭，又坐画舫夜游水库。夜游完刘家峡水库，我饶有兴致又写了一篇简短游记，想是能否发表在校报上。

刘家峡游记

　　癸巳年，戊午月，己酉日，携友伴侣、驾船溯源而上，正山涧清风邀晚霞，又见东山月上露华容。桂棹叩舷、望月出山、水波潋滟、伊人在侧、人生快哉，不过如此。何事长幽泣，当向梦中圆。山川风月无尽限，更喜清酒三杯两盏，携友同游，何待东方既白，人生无处不青山。

　　第一天晚上我们三人在房子斗地主，白芷闷闷不乐喝着冰啤酒骂我订房子不跟他商量。女孩子们今天很开心，美景、美食都没有辜负，河州包子、夹沙牛肉、羊肉面片，西北风味让我们无比开心。第二天在太极岛水上公园划船，我们在接天莲叶中合影留念，希望都能幸福长久，友情地久天长。白芷返程无心开车，让我过瘾开一下MPV。回去我打算把写的诗给徐阳岫看看，连那篇游记一起发表。

第三十五章　金城记忆

1

　　金州位于中国大陆版图几何中心，因群山环抱、固若金汤，曾名金城。黄河穿城而过，一碗牛肉面是每个金州人一天的开始。6月13日端午节假期已经结束，因为美伦的到来，我和白芷跟老师请了假，出来陪小庄他们散心。

一大早麻雀在人行道啄食残渣，我们四人赶早去吃牛肉面。金州大街小巷的牛肉面馆随处可见，俨然已经变成金州文化的重要部分。端着大碗蹲在马路牙子大口吃面条的食客随处可见，一般面馆都不大，也就容纳三四十人，金州人习惯了在马路牙子边蹲着吃面，这是每个当地人都能消费得起的快乐。

　　"师傅四个面，一碗二柱子、一碗二细、一碗薄宽、一碗韭叶子，都别放香菜，辣椒多些、萝卜多些。"我挤在人群里向窗口师傅喊道，右手穿过密集的胳膊递过小票。

　　"就你们麻烦，四碗面，碗碗宽窄粗细不一样，打算看我表演拉面吗？"窗口的师傅显得不耐烦。大概等了五分钟，四碗面热腾腾地端到提前占好的方桌，面条黄亮，萝卜白净，辣油红艳，放一把蒜苗子真是香味扑鼻。

　　"白芷你的二柱子，小庄你的薄宽，美伦你的韭叶子。"我又添了半斤牛腱子肉，切片凉拌，浇了辣椒油，青椒切丝摆盘。四只茶叶蛋、一盘拌三丝、一盘泡椒娃娃菜，完整的牛肉面套餐便是如此。

　　"我就说交大旁的这家金强最好吃。"小庄大口吸溜面条，辣椒油糊在了嘴角。

　　"这家味道偏重了，我说还是舌尖尖或者东方宫味道好。"白芷有点吃不惯这家的口味。

　　"今天我们去哪玩？我明天早上要坐飞机回去了呢。"美伦细嚼慢咽。

　　"去五泉山吧。"白芷头也不抬一心吃面。

　　"也对，山顶可以俯瞰金州呢。"我觉得这提议不错。

　　五泉山海拔1600多米，占地26万平方米，因有"惠、甘露、掬月、摸子、蒙"五眼泉水而得名。吃罢面，我们一行从科教城出发前往五泉山公园。我们四人差不多50分钟到达目的地。进公园前挨个摸了一下霍去病雕塑，往来游客都会抚摸一下西汉著名将领霍去病雕塑，寓意平平安安，一年内不要生病。我个人觉得霍去病是个短命将军，似乎并不能给人带来平安健康的好运，他自己年纪轻轻就死了，司马迁也只记载了"卒"，也有传闻他是因漠北大战染疾而故。上山我们选择了踏踏实实爬上去，没有坐观光缆车。6月金城风光秀丽，景色宜人，沿路上湛清碧绿、花草芬芳，我们看了甘露泉，泉水倒不深。只记得通往顶上兰山公园有一段长廊，当时还处于未完工状态，长廊依托山势绵延而上，回身再看不免胆战，坡度还是有些陡。红柱绿栏是基本的构成元素，我抬头看廊内诗词和图画，一副写着曹雪芹的诗：

满纸荒唐言，一把辛酸泪。

都云作者痴，谁解其中味？

我读过两遍《红楼梦》，便一眼认出，后续还有几首。心想著书立说乃是寂寞事，守得清贫才能写出好东西呢。不知道爬了多久，随身带的矿泉水都已经喝完，我们才爬到兰山公园。园内有假山和瀑布，拾级而上便到整个兰山最高的位置，极目远眺，四野光景均收入眼底，见黄河滔滔，看高楼林立，车和行人必然是看不见的。我们邀了陌生游客帮忙拍照，这是我们四人又一次集体出游。从康乐草原到金塔胡杨林再到青海茶卡盐湖，人生乐在相知心，知心才有好朋友。

美伦腿酸脚疼走不动路了，我们返程就做了观光缆车，从百米高空俯视，我不觉回过身子还是有点发怵。下来后寻一处农家排档，因为五泉山一年四季游人如织，景区内餐饮生意也很好，夏天时候，常卖一些酿皮子、凉面、臊子面、浆水面，烹调简单，餐品爽口，没吃饱的小庄，凉面吃完又点了一份浆水面。

"你胃口不小呢。"白芷抽着饭后烟，享受活神仙快感。

"晚上去哪玩啊。"美伦心想不能浪费了假期。

"晚上除了喝酒便是喝酒，带你们感受百里黄河风情线吧。"白芷在金州待的时间最长，所以每次都是他提议去哪。黄河风情线以中山桥为中轴，以黄河两岸风光为依托，依山就水，风情线也被南来北往的客人称为"金州外滩"。晚上七八点夜幕降临，我们逛完正宁路小吃街，品了最正宗的牛奶鸡蛋醪糟和羊杂汤。吃罢饭漫无目的走着，寻了一家水上酒吧，其实就是一艘两层高的大轮渡，只是没有航行功能，改成了酒吧而已。

"干杯，庆祝金州相聚。"我们四人举着扎啤一饮而尽。

"美伦你好像酒量好多了呢。"我有点惊讶。

"东北女的老觉得自己能喝，喜欢拼酒，我也是慢慢练的。"

"要论喝酒呢，还是云南第一、西藏第二，咱们我看至少排第三，什么东北、山东大汉，我一人喝他俩。"白芷谈起自己丰富夜店生活。"刚入学，班里搞聚会。几个东北学生要喝酒，确实喝猛酒可以，啪啪三瓶吹下去就完事，我还是细水长流一晚上整他一件啤酒。"

"你身材为啥没喝走样呢，没什么变化。"美伦好奇地问白芷。

"我每周一三器械训练。二四心肺训练，周六游泳，周日打网球。"白芷介绍起自己的健身经验。

"我可以作证，否则他一天一包烟早把自己抽废了。"我剥着开心果。

"你就比我少两根好不好。"

"五十步笑百步，也能笑呢。"我转身又问服务员要了两副扑克，四人打了一晚上双扣。这次我和白芷兄弟档组合对战小庄美伦情侣档。最后跑分下来差不多，美伦牌技不遑多让。接着又去量贩唱到凌晨，白芷叫了司机代驾，四人结束了金州一日游。

2

星期五送走了美伦，我又和白芷包夜一晚，和元博他们打Dota，元博技术有所长进，可以熟练使用地卜师。第二天还睡熟的我被电话吵醒，我看是歪歪（徐阳岫）来电。

"怎么了，歪歪啥事。"

"舞蹈学院付老师叫我们过去商量剧本，那边已经改好了，说一起挑一下话剧演员，悄悄告诉你，都是舞蹈学院美女。"

"卧槽，不早说。"我赶快爬起刷牙、洗脸、穿衣，骑着自行车往敦艺赶路，到了支下自行车就往办公室跑。付老师一副艺术家打扮，中年男人长发蓬松，乱得很有型，我匮乏的语言难以形容。他叼着一个烟斗"吧嗒吧嗒"吸烟，右手边放着一杯咖啡。付老师见我们进来了，取下褐红色八角帽放置在桌案一旁。

"老师您不热吗?"我擦着满头大汗。

"陆同学我不热，我假发透气性挺好的，帽子取了就没事。"付老师如此回答，"上了岁数又遗传脱发，没办法呢。"

"老师，那个上海叫啥九院的，植发很靠谱。"

"别扯闲话，来说说这个剧。你们这个总体构思和剧情矛盾还是可以的，按你们的情节顶多可以排个三到四幕剧，但是每一幕剧情又偏少，找你们商量加点人物和剧情，把大学宿舍生活的快乐、矛盾也反映反映，这样人物更饱满，剧情也充实。"

"咚咚咚"传来敲门声。"请进。"付老师应声回答。我看是徐歪歪来了，歪歪先是给付老师添了咖啡，又发了烟，歪歪对这部剧很费心血，毕竟后期对白要靠他写。

"徐同学也来了啊，你诗歌写得挺不错，五言律诗和绝句有点意思，文学院黄怀玉老师常常和我说你是十年难得一见的人才。你咋学新闻了呢？我们这又不是复旦大学，新闻专业不是很出彩。"我听完心里叫苦，师大哪个专业能和复旦比，复旦大学哪个专业都甩我们几条街，付老师倒真会避重就轻呢。

"陆同学说你写语言对白，他写剧情人物，后期改剧的任务交给你了。语言上一定注意从文学母本到舞台剧的转换，要体现人物性格，也要表现出表演的张力。观众看不到话剧演员的脸，都得看台词功底，有时候动作幅度也需要设计得比较大，因为看不清楚嘛。"

说到这里付老师摘下眼镜滴眼药，过了两分钟继续说道："你看我这眼睛就不行，离开眼镜差不多是盲人。"

付老师又把剧情的概要说了一下，紧接着带我们去挑演员。我心里叫苦，如果早知道自己能过导演瘾，就多写几个女孩子了。徐歪歪果然所言非虚，满屋女孩子。她们都着修身的练功服，凸显曲线、双腿笔直，却也没有弱不禁风的感觉。丰腴也兼性感，柔美也带挺拔，自有一番仙姿玉色，当然论长相就比学校播音主持专业女生差一些，不过从来没见过那群播持女卸妆，还是眼前的纯天然女孩更靓丽。我不敢造次，手机的短信、微信、通话、人人网、微博乃至百度贴吧私信，经常被欣珺翻得底朝天。最近无奈买了个小巧玲珑的诺基亚装着副卡，作为私人手机使用。

徐歪歪虽然以文人君子自诩，却也不是柳下惠那样人物，打开微信加好友，兴冲冲回来跟我汇报，我看了看他好友列表，自己打开微信搜索"附近的人"转头跟歪歪说："不错呢，都是好女孩，摇不到搜不到的，你放心追，这次主要是你改话剧，我的任务完成了。"

"兄弟就你靠谱，完了改小说多写几个女的。"

"我不是写了俩商务吗？"

"你个辣鸡，会所的商务你让学校剧院怎么演？"

我们二人以及付老师和女孩们聊了一小时，大概确定人选，徐歪歪开开心心地回去改剧本，当然前提是我写的结局不能改。

第三十六章　文艺会演

1

大学过了一半，我顺利步入大三，白芷开学后忙着补考，大学英语Ⅳ、旅游管理基础、旅游法规教程三门课不及格，我替他去补考重修的计算机基础。我提前将二叉树、字符编码以及所有信息和计算机软硬件基础知识做了个文档放到平板里，看着试卷随手"查找"效率很高，一些需要推理和计算的题目我认真计算，我瞅着左面的大高个不停挠头发，生怕他挠秃噜了，我把选择题、填空题答案写个便条扔给他。补考没有时间限制，从9:00到18:00全天可以考试，老师会把所有科目试卷一次性发放，学生们称其为自助考试，考试顺序不受限制。我答完白芷的计算机试卷赶着出门，今天答应给欣珺写大学语文作业，她欠着大学语文老师的八篇课堂作文没写，因为多次拿英语作文交差被老师批评。

我赶到外语学院的自习室，差不多已经十一点，上午阳光温柔倾泻在教室，外语学院的楼相对陈旧，教室摆放着的还是二三十年前那种长条桌，一个条桌可以坐四人，桌下抽屉打着四个格子。与此风格相同的也就只有师大的一号楼，很少学生去那里上自习，苏联风格的楼宇外表虽然大气美观。但楼体年久失修，电路故障、水管爆裂、窗纱破损的问题很常见，因为年代实在久远，没有声控的过道灯，晚上只能寻着自习室光亮认路，狭长过道晚上有时传来女生高跟鞋"哐哐哐"声响，我偶尔进去参加社团活动，总觉得那里有种鬼片既视感。

爬上外语学院的三楼，看着微信提示的"312"找到了自习室，欣珺抱着一摞稿纸和笔记本电脑等我，桌上放着奶茶和千层饼。

"赶快干活，八篇作文，每篇不少于1500字。给你说下要求，写三篇新闻消息，两篇散文，一篇短篇小说，一篇读书心得，还有一个啥来着，老师还布置了写篇什么BA的评论文章。"

"NBA？"

"对，就一群人拍皮球的运动，看不懂。我不会写，学英语太久了，写作文老把定语、状语后置。太惨了，为什么要学这玩意，还好专业四级考过了。我约了舍友去西关什子买衣服，你看……"

"密码你生日，卡给你。"

"你最棒了，饭卡给拿着。中午奖励你去东苑餐厅吃点菜哦。哎呀，那个奶茶凉了，不过凑合喝喝，男孩子么夏天喝凉的身体好。"

"你不是之前不让我喝饮料吗？"

"奶茶不算饮料。我手机还有六小时的wifi拿去用吧，今天一定要写完。"欣珺留下饭卡就出门了。

我打开笔记本电脑，连上电源线开始工作。我心想为什么要学汉语言文学，为什么不是文学专业，凭啥要加汉语言？从现代汉语到古代汉语都是折磨，每次都是韩鹏教授上课，每学期都要安排我们到他家自营书店买其参与编辑的古汉语字典，我翻了很久字典，终于在扉页的不起眼处发现了"韩鹏校对"。一篇、两篇、三篇……直到晚上七点多，我仿佛听到了一号楼大屏幕在放《新闻联播》。终于写完了八篇作文，最后一篇NBA的文章我写了绿衫军与紫金军团的历史恩怨，嗯，不错，这样就交差了。"叮"，微信响了，欣珺的头像："我来收租子了，奖励你一双Vans板鞋，你再别穿阿迪达斯，那跟电影频道的logo相似度太高了，还以为你是CCTV的劳务工呢。"

我回了句："外语学院楼下见，作文在E盘小陆同学的文件夹。""小陆同学"是欣珺给我专设的，里面有我代笔的作业，给她闺蜜淘宝店写的文案，我还得根据外院要求写一些符合韵律的十四行诗，让欣珺翻译成英语去参加"莎翁杯"诗朗诵会，都是心酸的写手码字之旅。

欣珺玩得很开心，看着一堆购物袋，我也没心看银行短信，只能回房子加紧做Dota直播，现在Dota行情越来越不景气，我考虑改行直播Dota2。直播也是近年来新生和流行的事物，2013年1月，A站（ACFUN弹幕视频网站）推出了直播板块"生放送"，生放送最初基本是以LOL、Dota等热门游戏为主的直播和观众弹幕结合的播出形式，记得这就是直播的历史溯源，斗鱼的雏形便是从A站业务分离的。2013年的直播播主都是靠技术吃饭，而不是后来靠色相、噱头博取关注。我想这个平台挺好的，不用自己每次用魔兽的录像进行转码，还得剪辑和配解说、录音，给我节约了不少时间。

做完一场卡尔直播打算休息，看到白芷回来了，我问："少爷，出去风流了么？"

"林菲他们学院要参加学校的文艺会演，找我商量出个节目。"

"现在流行夫妻档了吗？"

"说搞个对唱。"

"《广岛之恋》？"我随口一说。

"唱那个的情侣都分手了，还是算了。"

文艺会演的盛况两年一次，今年会在国庆节前一天于金州大剧院举办。规模浩大，参与广泛，除了学校新闻中心实况在一号楼大屏幕直播外，省电视台也会同步在文化频道播放晚会。除了师大节目占五成外，也邀请金州大学、金州商学院、金州交通大学、金州政法学院等高校参与，民间曲艺协会和艺术团体也有报名。

9月30日晚六点，金州大剧院灯火辉煌，灯光、场务、后勤、道具、检录等部门人员忙忙碌碌，总导演站在中间拿着话筒遥控指挥，几个副导演各司其职。摇臂摄像机、轨道摄像机各就各位，地方新闻媒体的长枪短炮架在高处，穿着马甲的摄像师寻找最好位置架起镜头。后台人来人往却也有条不紊，各领队做好最后的衔接工作。我要了两张门票，一张给了欣珺一张给了小庄，我自己则作为节目创作人员被邀请在A区第五排就座，A区正中央前七排都是嘉宾席位。大会在盛大的开场舞中拉开序幕，接着是三男三女组合的主持人团队，我脑海里马上浮现出"中央电视台，中央电视台，这里为你直播春节联欢会"的情景。全场会演以歌舞类节目为主，语言类节目除了我们的话剧《金城往事》，还有俩小品和一个相声，魔术协会表演了近景魔术，我手举着老高，但演员就是没让我去配合，当然这个和Fechter's Finger Flicking Frolic Convention的表演没办法比，都是学校魔术爱好者们的表演，不要露馅穿帮就好。

节目进行到我们的话剧时格外引人关注，我发现剧本被删改很多，话剧的矛盾核心从保研纠纷变成了宿舍生活，为了让舞蹈学院美女们多上台，徐歪歪竟然加了一个女生宿舍的剧情，还有什么和柳一往宿舍搞联谊互动，而后产生真挚感情的内容，我看得心生不满，"柳一往"设定是吃便宜快餐的农家少年，怎么还安排上罗曼蒂克了，最后高潮的会所情节自然没了，改成了事后第三人转述。后面的节目我无心观看，打开人人网刷起来。后面有金州师大"祥云社"表演，一个瘦高个叫金大钟，另一个胖子叫那卓琼，瘦高个我认识，隔壁班的同学。我老把他当作韩国前总统，名字太像了。胖子是我学弟，记得是满族人，经常找我写相声。胖子逗哏，瘦子捧哏，胖子功力不错，"大贯口"十分利索，表演了《报菜名》《报站名》，说学逗唱样样精通，还有太平歌词《秦琼观阵》，瘦高个在旁边"哟""可不是""哎""好"地捧哏。我刚想全场就这个节目有意思，白芷出现了，耳边响起《因为爱情》的伴奏，白芷身着米色西装，内穿黑色T恤，发型换成了成熟稳重的背头，只听歌声温柔缓缓流泻：

B（白芷）：

给你一张过去的CD

听听那时我们的爱情

有时会突然忘了，我还在爱着你

L（林菲）：

再唱不出那样的歌曲

听到都会红着脸躲避

虽然会经常忘了，我依然爱着你

……

白芷声音颇有几分陈奕迅感觉，仿佛历经岁月的洗礼，能穿透人们灵魂，林菲当然不能跟处于神坛的王菲比，但嗓音也空灵、清澈，如清水冽冽、汩汩而流。一曲《因为爱情》把晚会气氛推向高潮，二人背后有十个女孩子伴舞，翩翩起舞如粉蝶、如白鹤。身材修长美好，虽看不清眉目面貌，但二人曼妙身形犹如跃动的文字和声音，能穿越灵魂、破碎时空而来。此时情景，我想起曹植的《洛神赋》："翩若惊鸿，婉若游龙。荣曜秋菊，华茂春松。髣髴兮若轻云之蔽月，飘飖兮若流风之回雪。远而望之，皎若太阳升朝霞。"心想这最能描述眼前的女孩子们了。白芷犹如群花中的骄阳，也如百草中的芳蕊，引人注目、光彩照人，我感觉所有镜头都给了白芷。

晚上十点会演结束，我作为幕后人员和所有演职人员一道合影，前排依官职大小列着市上和学校领导。晚上白芷开车带我、小庄、林菲、欣珺回学校，我看林菲满脸幸福，这就是因为爱情吧。

汇演结束后的国庆节我没有出去旅游，老妈把我叫回家参加表哥的二婚典礼，没错，就是我那个开捷豹、穿彪马的不成器的表哥，因为酗酒、打牌、赌钱，第一个表嫂和他离婚，带着三岁女儿回了安徽娘家。舅舅心急如焚，到处托人说媒，又给他介绍了个县里一中的老师，表哥多次嫌弃女的不是双眼皮，被舅舅臭骂了几顿后安稳了。也就舅舅有钱，家大业大，算是县城首富，到处开发楼盘。

宴席上表哥给我敬酒，我就虚情假意说着祝福，反正下个月要搬家了，爸爸跟我说银安往返甘州太远了，年初把甘州房子找妥下家，最近在金州雁滩买了一套房子，时下雁滩价格不算很贵。国庆节结束，爸爸就会安排搬家，主要也是为我考研考虑，说住金州参加考研辅导班方便，假期不用住学校，到新东方学英语也近多了。

第三十七章　断肠天涯

2013年底我们举家搬到金州，离开了生活二十年的家乡。然而就在小庄、白芷为我庆贺乔迁之喜后的两个月，我收到了关于小庄爷爷过世的噩耗。那是2014年的元宵节，同时也是情人节。小庄准备订好玫瑰约美伦吃晚饭，不承想一切来得那么突然，那天的情景小庄历历在目。阳光还好，家中花草茂盛，爷爷和往常一样带着快十二岁的小柴出门散步，可那天小柴怎么也不想出门，嗷嗷地哀叫，起来牛奶也不喝，还尿在家里地毯上。小庄妈妈没有责怪小柴，觉得它岁数太大了，狗也会老迈昏聩不能自理。不承想过去大概半小时，小柴突然撒腿跑了出去，小庄紧跟着狗跑，没想到这么大岁数的小柴还跑得如此快，仿佛用尽了余生的力气。一人一狗差不多20分钟跑到了润湖公园门口，小柴气喘吁吁，小庄的直觉告诉自己大事不好。小柴带着小庄来到公园的假山，发现爷爷倒在了假山下面的一个长椅边，右手还抓着长椅扶手，花白的头发粘上了杂草。小庄感觉天旋地转，双腿发软，待了几秒缓过神来朝着小柴喊："去家里叫妈妈，让妈妈赶过来。"狗仿佛有灵性，一路飞奔回家。

小庄翻着爷爷的衣兜，救心丸没有找到，发现爷爷把药捏在左手里，赶快取出一枚让爷爷吞下，小庄也不确定爷爷的状态是否还有吞咽的可能。他背起爷爷向公园外飞奔，拦了出租车疾驰向人民医院。抢救持续了三个多小时，小庄和妈妈没有心思吃一口饭，小柴独自在家里只喝了牛奶也不吃狗粮。下午两点，医生叫妈妈进去下了病危通知，让做好心理准备，妈妈"哇"的一声哭了，人软绵无力地靠在门口，小庄感觉眼前一黑瘫倒在地，腿脚仿佛不是自己的，双眼模糊，泪水直往下流，他拿起手机不知道怎么办，硬生生地拿手机锤自己胸口，痛恨自己为什么没跟爷爷一起出门。医生尽了全力，病人仍然于2014年2月14日下午14:14过世。

　　2月17日，遗体告别仪式在市殡仪馆举行。小庄爷爷张明德生前的同事、好友赶来吊唁，生前工作的县中医院的部分领导和卫健委领导赶来慰问，送上挽联、花圈。更有一些张明德生前救治过的病人听闻噩耗后，自发赶来送行，无不悲痛万分。灵堂上白菊围绕着遗像和冰棺，黑白遗像悬挂正中。小庄整整在殡仪馆跪了三天三夜，中间只吃了三碗泡面、一块干馍馍。还记得1994年的4月，两岁的小庄瘫倒在爸爸灵堂的蒲团上，那时他太小了，记忆几乎不剩什么。二十年后的今天，再一次生离死别，让小庄无法接受。他总觉得爷爷会看着自己毕业、工作、结婚乃至做太爷爷，但没承想美梦如幻影，如浮萍，总被风吹雨打，散得干干净净。我和白芷、美伦在18日赶去吊唁，白芷取下了身上所有奢侈品，包括喜欢的欧米茄，我们三人穿了黑色棉衣和黑皮鞋赶去灵堂。小庄神情呆滞、空洞，饿了三天的他萎靡不振，仿佛只有信念支撑其跪下去。我和白芷不知道怎么办，就远远看着他，上过香、叩了头我们就离开了，美伦陪着多说了几句保重之类也走了。2月中旬的西北还很寒冷，当天下午又下了一场鹅毛大雪，"燕山雪花大如席"，李白的诗形容西北的雪最为合适。天地一片银白，傍晚殡仪馆昏暗的灯光若隐若现，三天后就要下葬，爷爷只有一个儿子即小庄生父张录泉，而立之年就遭歹徒遇害。老人承受了白发人送黑发人悲痛的二十年后，也随着儿子去了，在另一个世界再续父子情缘。大雪纷飞，下得大地白茫茫一片，下得大地失去生机、丧失灵气，路上汽车稀稀拉拉，不见行人。我搬家到金州，甘州没有地方住，在市区登了一周的酒店和白芷暂住。我看到了傍晚雪还没有停，算着离下葬还有三天时间，生怕小庄再病倒，我叫上白芷裹了厚重棉衣，带着棉帽子，棉靴在雪地里深一脚、浅一脚地赶往殡仪馆，整整走了一个半小时，差不多走了五公里多的路程，正常情况下五公里年轻小伙子40来分钟就能跑到了。今天雪太大，出租车几乎停运，白芷这次是和我一起坐火车来，也没有交通工具。

我们二人没什么带的，就拿保温盒带了热汤面，生怕这一小时多路程让面凉了，又多拿一件棉衣把保温饭盒裹得严严实实。差不多零下18度的气温，我感觉好几年没见过这样的冬天了，仿佛科学家说的暖冬不存在一样。赶到殡仪馆，二人眉毛结霜了，我留着些胡须，也仿佛冻成了冰碴子。小庄还在那里跪着，白芷过去抱住他，说进里边房子坐会吧，离下殡还得三天啊。小庄看到我们又来了，这个坚强而沉默的西北男人抱着白芷痛哭流泪，我取出纸巾给他擦泪。我们二人架着小庄到了殡仪馆里屋的办公室，里面电暖气烧得通红。我紧忙把棉大衣里裹着的保温盒拿出来，我摸着有些凉，就问工作人员要了个搪瓷盆子，接满了开水热一下。殡仪馆是民政局下面条件最艰苦的单位，破旧的办公室肯定没有微波炉。办公室里摆的还是20世纪80年代那种方桌，东墙、西墙各有一组高低柜，放着文件、办公用品。小庄仿佛瘦了一圈，人毫无精神，小庄妈妈自生父死后对小庄也很一般，他相当于是孤儿，我和白芷的存在犹如他的亲生兄弟。

"缓暖和了，跟我们回酒店休息，丧事办完如果觉得这里不像家，住我家来，我爹在城关区又买了一套房子是我的名字。"白芷抽着烟，显然太冷了，烟草能温暖肺部。

"我也在金州呢，以后就待一起，有我的一份就有你的。"我拍着小庄肩膀。

小庄低下头没有说话，差不多一分钟后点点头，问我要了根烟抽。我们三人又花了一个半小时走回了酒店，已经晚上十一点半了，前台又要了一间大床房，小庄洗了热水澡，足足睡了十六个小时，我一度担心他是不是出事情了。第二天下午快五点了，小庄按了门铃说饿了，雪虽然早上就停了，不过路上结了厚厚的冰，我们找了一家面馆，饿了几天的小庄倒没有狼吞虎咽，而是匀速吃了两碗炒炮仗，啃了半斤卤排骨。吃罢饭我们总算找了一辆出租车，支付了2000块钱说要包三天，司机满心欢喜，一口气赚了一个月车行份子钱。回到爷爷的房间，小庄整理爷爷旧物，一件件衣服、一本本书，还有奶奶的遗像，都拿旧床单裹好打包放在纸箱子里。按照葬礼习俗，抬棺需要八个人。人丁不怎么兴旺的家庭就需要花钱雇人。目前显然是人手不够，我和白芷算上小庄是三人，小庄又叫了三个在甘州的大学同学，我打电话给"突击队"段林和大神陈钰赶来帮忙。

出殡那日下着小雪，小庄跟我说起爷爷的故事。爷爷籍贯是四川成都，1938年6月9日蒋介石炸了花园口，形成大片的黄泛区，史称花园口决堤事件。太爷爷也是那时候认识了从河南逃荒到成都的太奶奶。太爷爷家里还算殷实，就娶了太奶奶，先后生下两个儿子，爷爷是老大，老二后来不慎走丢。爷爷去世享年七十四岁，如他兄弟张明义在世也七十一岁了。1943年底抗战似乎快看到曙光。第二年开春太爷爷就被当壮丁抓走了，生死未卜，估计是战死了。爷爷明德一生坎坷，幼年丧父、中年丧子、老来丧妻，膝下唯有小庄一个亲人。爷爷张明德从小聪慧过人，念过几年私塾，其父亲被抓壮丁后，母亲一人撑起家业，那会太爷爷家里开着米行，也算是大户人家。爷爷读书多脑子好，学啥都快，新中国成立后就跟着上了新式学校，1962年时考入了广州医学院，也就是今天的中山大学医学院的前身。毕业后无心留在大城市工作，因为想着自己父亲可能死于非命，便立志到最困难地区行医救人，就一路向西北来到了这里，在县里中医院工作，退休前是县中医院的副院长。我听完这个漫长的故事，眼中不觉噙着泪水，这是一个多么坚强的老人。

小雪天气雪花徐徐落下，天气还是很冷，小庄翻着土，盖住了棺木。小庄此后很少回老家，妈妈对他而言只是符号，和继父庄强离婚后小庄妈妈一门心思扑在了炒股上，爷爷是小庄唯一亲人。爷爷下土后的一个月，小庄打电话说小柴也死了。那段时间小柴一直很悲伤，一只狗静静蹲在院子门口，仿佛还能看到爷爷挂着手杖回来，给它带香肠、狗粮还有牛奶。小柴死的那天是个下午，狗用牙咬着小庄裤脚，指引着小庄来到那家早就不营业的棋牌室，棋牌室已经变成了足浴店，小庄看着小柴发呆，没20分钟，小柴静静趴着，眼睛流下泪水，便在那个熟悉的棋牌室随爷爷走了。小庄抱着小柴，把它埋在了爷爷坟头西边30米的一棵树下，希望它能给爷爷继续做伴。

第三十八章　曲径通幽

1

记得是2014年的清明节后，小庄回学校了，我和白芷把阳台整理一下，放置了一张单人床留作小庄卧室，怕他因为亲人离世，一个人孤零零的难受，我们二人便照顾他生活。4月底的金州天气慢慢转暖，我们三人在客厅喝啤酒聊心事，人生知己难寻。雪白的烟灰萦绕着袅袅烟气，小庄情绪较之前平静许多。白芷在客厅置一张茶桌，桌下有桶纯净水，我们以烹茶为乐，聊天谈心。

小庄先开口："爷爷走了，小柴也跟着去了。我感觉自己像是无根的蓬草，雨打的浮萍，近来倒也放下哀思，人难免一死，难免一别，只是或早或晚。明年这会我们应该就快毕业了，我报了华图的公考班，打算做一名人民警察。"

白芷："支持你，你做什么我们都会帮助你。"

小庄："人有很多无法避免的伤痛，我很感谢生命中遇到的每一个人，不管是朋友、是同学，还是各种场合结交的熟人，或爱或恨、或悲或喜，凡此种种在时光里穿梭，有了这些人，生活才能称之为生活。说件很意外的事情，那串石川老师送给美伦，美伦又转手送给我的紫色风铃，我遇到了风铃的原主人。"

"是石川老师吗？"我对风铃有点印象。

"不是，是石川老师的初恋女友。"小庄向我们讲述了这串风铃的故事。

那是2013年的深秋，政法大学例行安全检查，团委和安保处的老师们组队，主要是看看有没有私接乱搭电线的问题。是个周五晚上，夜间飒飒秋风袭来，小庄躺在床上看书，进来一位高个子女老师，容貌和身材保养不错，看不出年龄。女老师在宿舍里看了插线板、插座、灯管，视线在窗口的风铃前停滞了，走近前用手抚摸着风铃下的流苏怔怔发呆，一时竟眼角噙着泪水，便拿包中纸巾擦干眼泪，眼眶倒是有些泛红，女老师转向小庄："你是石川什么人，他就算有儿子，最多也就初中吧。"

"你怎么知道这是石川老师的风铃。"小庄心中疑窦暗生。

"铃铛上有个川字儿，是我用刻字刀雕上去的。"

小庄自然知道上面有个川字，也听美伦说过风铃的来历，却只知道是石川送给美伦妈妈周晓的。

"这是我们谈恋爱后我送给他的第一个礼物，他说风吹进窗台就会想起我，想想真是荒唐可笑的誓言。"

"你们后来为什么没有在一起呢？"

女老师："那会毕业在即，我们是北师大的同学。我通过了本校的研究生面试，石川成绩不如我，他虽然博学严谨但是为人太过小心，大事小事都听父母的话，便硬生生被家里人拽回老家。"

"不可避免的分手。"

"倒没有分手，也断断续续联系直到我研究生毕业，我又到政法大学作了两年讲师，那会我们年龄都不小了，特别对于女孩子来说，我已经二十八岁了。石川人细心也体贴温暖，但大事悬而不决，丝毫没有男人的果断，背着我去家里相亲，没承想搞得未婚先孕，奉子成婚。"

小庄一直认为石川是个细心、有情的好男人，没承想还有这档子事情。小庄便将石川与美伦妈妈周晓的事情前前后后详细说了一遍，又说了美伦父亲杨越的故事。

"世界真小呢，你女朋友美伦过到石川户口下了？"

"没呢，她和亲生父亲一起住，她姓杨。"

女老师："杨先生不失为真男人，一个人默默受苦，还能果断离婚放下，哪怕年轻时犯过错，但勇于承担责任。"

小庄："后来你怎么样了？"

"能怎么样，结婚成家，前年刚评上副教授。"

"你爱他吗？"

"石川？"

"不是，现在的。"

"成年人哪来什么爱，看着人品不错、经济条件稳定也就差不多了，能有多爱，从认识到结婚就三个月，有啥感情呢。小伙子不说了，安保处的李科长打电话要我过去了。"小庄靠着床头继续发呆……

我听完了小庄的故事，陷入沉思。白芷倒先开口："一直以为是杨越抛妻弃女，没承想石川老师长得浓眉大眼，却是个脚踩两只船的负心汉，杨老板才是个真男人。"

我点着烟看着白芷不免苦笑："你好意思说人家，你说你耽误了多少女孩子？"

白芷："不不，我只是给对方带来快乐和美好回忆，我从不给人什么承诺，我知道自己做不到，招蜂引蝶也并不是花的错。"

我吃惊得合不拢嘴："你倒真是会说呢，花心被你说得如此正经。"喝罢了茶水，小庄要赶着去参加学院组织的集训，最近学习什么擒拿格斗，我看小庄体格倒健壮不少。

2014年乏善可陈，没什么可说的。唯独那年五一节雨后，徐阳岫的故事值得说说。

雨后复晴，草木茂盛，百结飘香，我没心思参加师大的丁香花开朗诵，徐阳岫约我去水塔山游玩。水塔山算不得山，这个名字也是我和徐歪歪起的，山在敦艺后头，说是个土包子更合适，也就二三十米高，山上有一水塔早已弃用，锈迹斑斑的铁栏杆仿佛诉说着光影的故事。我二人至坡下，杂草丛生，鲜有人迹。沿石路而上，断墉残户，门漆尽蚀，年久失修，阶石殆毁，见水塔矗然立山上，坍圮而裂，大有危房之境。山上无草色碧绿，也无花蝶吐芳，仿佛和生机勃勃校园隔绝而立，偶有野花独自绽放，寂寞开来无君欣赏。

我和徐歪歪拾级而上，拧开一瓶矿泉水喝起来。徐君告诉我，上月在此偶遇一女，可谓西北有佳人，茕然坐于石上，呈处子之娴静，似有淑女之德，玉貌妍容、乌发攘云、双眸含情、粉腮承露，捧书而歌，歌声穿云，空灵透彻，俯仰之瞬，情态绵绵，绵掌抚膝，不知所思，只闻仙音。

"你上去聊天了吗？"

"询问芳名，得知叫欧阳蔚然。"

"好名字，有仙女之韵，在此应该是吊嗓子，肯定是学习声乐的。"

"后来我打听到了，是音乐学院大四的一个女生。"

我接着问道："然后呢？"

"一日我游至黄河南岸，仿佛见此女岸边而行，踏浪寻声。"

"你与此女有缘，何不寻之？"

"我自不当班长后又连遭打击，被人污蔑挪用班费，后又因文笔上佳，遭学生会同僚排挤。当日一学生会主席过生日，下属贺喜，干事和部长纷纷写文祝贺，我纠其错字，指其典故用错，便遭到了一群狗腿子言语侮辱，人人网、空间、朋友圈对我口诛笔伐，心生颓意，自此放马南山，心归田野，倒乐得游山玩水。这两年来我走遍祖国大好河山，塞北看马，云南观云，钱塘潮起、泰山日出，黄山奇松。西起嘉峪关，东至山海关，祖国大好山河，我都不辞辛苦，跋山涉水，看尽人间景色，岂不人生快哉？"

我拍手赞同："说得好，人们老看着名利争抢正酣，为这保送研究生你争我夺，我们班的黄胖子，买版面刊登论文竟然有十篇之多，我偶尔翻阅，竟有《妇女之友》在列，不思文学倒入妇科。"

徐歪歪："那个女子后来我又见过，在公寓门口上了一辆保时捷，我便断了念想。"

我叹气道："仙女天上有，何必落凡间。染得尘世俗，不过一凡胎。不如就留下你在水塔前第一次见到的记忆，忘了她的名字，就叫她'塔神'吧"

徐歪歪："好，说得好。走吧陆言，我们去看看黄河。"

二人便起身下山告别水塔山，我们来到黄河南岸，大河滔滔似从天上来，奔腾万里。滚滚大河东流逝，谁见江畔有人观？

徐歪歪继续说道："我们比之黄河，不过如其中一尾鲤鱼。鲤鱼有跃龙门之时，我们只是野草，不过无根之木，还在苦苦寻找一个安身的家。"

徐阳岫悲从心起，点起一根利群牌香烟，这个江浙才子自来西北屡屡遭受打击，先仕途不顺、遭人陷害，后被学生会同僚言语侮辱，如今家道中落父亲位居闲职，母亲经营的茶楼生意惨淡，不再是那个意气风发的才子，更显几分凄凉来。

"今后打算怎么办？"

"我想学习西方哲学，继续读书。"

"加油，我支持你，小径曲折无人愿走，大家争抢着保送、面试，就连什么研究生支教团也抢得头破血流。人活着就得努力，学实实在在的知识，像你满腹诗书，天下谁人不识君啊！"

后徐君填词一首，词牌为《蝶恋花》：

试问寒梅花着未？小径风归，摇落天星碎。神女劫因东恨水，奇花不作潇湘泪。

一片离愁知几味？月白伤心，点点寒烟翠。谱尽阑珊偏独依，倩谁共挤千盅醉？

我读之和一首《长相思》：

几重水，几重山。风催雨寒衣衿乱，相思枫叶阑。

红花开，白花开。花期未满锦程耽，落英携君攒。

徐歪歪与我四年诗文互赠，高山流水伯牙和钟子期不过如此。

第三十九章　大四风云

距离2014年度全国研究生考试不足八个月，我日复一日在图书馆复习，每周有三天下午要赶去交大八教上考研辅导班。文都、学府、海天……考研辅导班的广告铺天盖地，最后我选择了文都考研，据说何凯文老师的英语课非常好，百闻不如一见，这个风趣的胖子确实讲得好，就是脸有些大，录制的视频切到白板时，脸就把三分之一的白板挡住了。

春去秋来，秋尽冬至，11月底我冒着小雪赶往交大，最近课程考点预测，英语主要是作文，政治是时政热点解读。月初现场报名，我最终确认了报考苏州大学的影视戏剧文学专业，自学了电影、影视、传播学、文艺学、电视剧等相关领域理论，一年来几乎读完了师大图书馆里所有涉及此方面的图书。其实电影的历史也就一百来年，有关研究和著作并不是很多，我从新浪潮了解到好莱坞，从中国第一代导演到第五代导演。知道了特吕弗、维托里奥·德·西卡、谢尔盖·爱森斯坦这些导演，之前我只了解王家卫、张艺谋，外国就知道斯皮尔伯格。一名好心的学长拷贝了珍贵资源给我，有《公民凯恩》《教父》《广岛之恋》，还了解了电影史上的里程碑作品《一个国家的诞生》，丰富的影视理论让我开辟了新的爱好，每个月写几篇电影评论，同学们都说卸载豆瓣关注陆言朋友圈就好。这一年和欣珺约会大多是去私人影咖看电影，岩井俊二的《情书》我们看了两遍，意大利新写实主义导演朱塞佩·托纳多雷的"时空三部曲"看了一遍，欣珺最喜欢《海上钢琴师》。

晚上我从新校区图书馆风尘仆仆骑着电瓶车赶回科教城，最近只有我和小庄住了,白芷去北京酒店实习,得到春季学期才能回来。我进房子看小庄拿着搪瓷缸子泡方便面,心中不禁疑惑,他怎么两块五解决晚饭。桌子上放着红塔山,我心中觉得小庄应该遇到经济困难了,又不好去问,就悄悄在小庄枕头下放了个信封,包了1000元现金。第二天我在图书馆收到小庄短信,简简单单一句话写着:"谢谢兄弟,我赚钱了还你。"我不明就里,小庄妈妈虽然和继父庄强离婚了,但是人家是商业局的科长,经济条件还是宽裕的,庄强每个月也给小庄1000元生活费直到大学毕业呢。但我心里也没多想便埋头看整理的考研笔记。随后几天小庄总是很晚回来,看他床头柜总放着白饼,冰箱里有老干妈和榨菜,我不爱吃这东西,肯定不是我买的。小庄这段时间有些孤僻,不怎么爱说话,尽管他本来就沉默内向,只有对美伦才表现得情意绵绵。我把校园卡放小庄衣服内兜,卡里面还有300块钱。我写了个便条:"小庄,我卡留给你,东苑餐厅去吃饭吧,别吃榨菜了,你天天训练那么苦的。"

直到12月中旬我实在忍不住了,外带了烧烤回来和小庄谈心,小庄正在房子里洗衣服。

"你遇到什么麻烦了?兄弟间照实说,我一定帮你。"

小庄沉默一会开了口:"我妈挪用公款炒股,本想待股票上涨赚钱把公款还进去,没承想股市大盘一泻千里,犹如呼伦贝尔大草原一片绿油油,上级部门年末审计发现了账务问题,妈妈被停职,轻则双开,严重得移交司法机关。"

我深吸一口气,感觉脑子发昏,转身打开茶炉烹了一壶金骏眉,茶香弥漫,接着从内兜掏出一盒沉香木,取出一支插入苏烟里,给小庄发了一根,霎时满屋飘香,沉香木的香气久久不散,这是一种比较奢侈的吸烟方式,我也就一年买四五回沉香木。

"职务犯罪一般判得不重,好好交代问题,争取缓刑也就不受牢狱之灾了。"

"一波未平,一波又起。本来继父每个月给我生活费,有时1000有时2000千,日常开销足够了。但是这两年实体经济越来越惨,电商经营得如火如荼,来超市买东西的都是不会网购的老头、老太太,营业额一泻千里。"

"确实互联网经济大为繁荣,实体店是难做。"

"继父没什么文化又不懂销售,早年靠贩卖假烟假酒赚的家底子,也被他喝酒、打牌、包小三挥霍得差不多了。转头卖了超市开茶餐厅,新手入行赔三年,目前还喘不过气来,生活费也不按时给了。"

"家里出这么大事情,怎么不跟我说!"

"白芷不收我那份房租,你也不让我掏水电暖钱,物业费、车位费都是你们交,我哪还好开口。"

"那你也不至于吃饭都成问题。"

"公考班花费太多,真是吸血不止。后头还有什么包过提高班、面试指导班,都是收钱,我近年来的积蓄花得差不多了。最近我晚上找了个兼职,在火锅店打工。"

"公考一直都很火热,这确实是一份大家都向往的工作,大家满脑子想着考公务员,催生得辅导班行情大热,情理之中。你有一份除暴安良的心,我相信你能考上。这样吧,你做我助手,每天剪辑我的直播视频,发布到优酷、爱奇艺上去,没事和我粉丝互动互动,每月收入我分你四成。"

小庄犹豫了,面对困境也没有更好的办法,火锅店打临工一个月不够饭钱,他沉默了好久点点头。我看时间还不晚,瞧小庄没吃饭,就叫他到桃海吃拌面。我给老板说加些肉臊子、俩卤鸡蛋,小庄捧着碗狼吞虎咽,加了两回面条。我拍拍小庄后背说慢点吃,起身端着空碗给他舀了碗面汤怕他噎着。

没承想小时候家境相对优越的小庄家庭遭遇突变,这个七八年前生活无忧、家境优渥的孩子,如今却面临食不果腹的困顿,我不免心里感到难受。吃过饭我们沿着宝石花路走回房子,小庄显然累了,大概20分钟后,阳台传来呼噜声,我打开电脑录制Dota2的视频,我得努力赚钱,兄弟要吃饭,女朋友要买衣服,哪个都是钱呢。

考研如期而至,记得研究生考试前一周气候反复无常,忽冷忽热、流感盛行。我患了严重感冒,不得已在市医院输液三天,然后拖着病态身体参加考试,早上我揣着茶叶蛋赶去交大考场,被监考老师的红外线检控设备感触到,无奈只好扔了鸡蛋。英语难度适中,从第三篇阅读就看不懂了,考研阅读重点在定位和判断,并不是真的让你去读懂全文,研究生入学英语考试跟四六级考试区别明显,简单说就好比一个是柴犬一个是土狗,四六级就是土狗类型的英语考试,并不能真正反映英语能力。英语考试大约进行了45分钟,只见考场大门被推开,俩公安民警和一个巡考老师进来,带走了后排的作弊的俩学生,显然是电子狗发现了异常信号。

下午政治考试少了两成学生,估计是英语太难让一部分人弃考了。第二天专业课考试,我在作答"敖德萨阶梯"这个名词解释,发现前排学生寥寥无几,本身戏剧影视算艺术学范畴,很多学生英语底子太差,36分左右国家线对他们来说犹如天堑。下午作答完最后一题"用电视剧发展理论分析《北平无战事》"后,我交卷离开,感觉筋疲力尽,浑身无力、小腿酸软,出门蹲在交大门口的马路牙子上缓了10分钟,实在走不动路的我打车回到科教城。

考研结束了,大四也几乎没有课业任务,我便天天在房子录直播赚零花钱。记得是在2015年春节后一周,我查到了考研成绩,336分,一门专业课成绩出奇地低,在焦虑和惶恐中等了差不多一个月,各校录取分数线陆续公布,我的成绩不够苏州大学校线。老爹打电话让我报考电网的校招,但我不想子承父业,一心向往文学的我参加了陇飞出版传媒集团的校园招聘。

陇飞是西北最大的出版传媒集团,一本《作者》支持原创作家写作,一本《文摘》面向广大读者,是西北乃至全国影响力较大的两份刊物。集团的业务包括出版、印刷、发行、新媒体等,还扩宽三产经营,涉及酒店、旅游、餐饮三个行业,是地方纳税大户。笔试在4月中旬举行,上午考公共知识,题目五花八门、包罗万象。下午是写作考试,命题写一篇评论文章,我也不懂照着新华社、人民日报风格就上了。一周后成绩公示,陇飞集团人力资源部通知我面试,围绕萨特的"他人即地狱"展开论述,我滔滔不绝说了10分钟,又把这几年发表的作品送给了面试官。在焦虑的三天等待后,人力资源部通知我通过了面试。未来一周前往金州二甲以上医院做入职体检,并告知拿发票在入职后可以报销体检费用,我心想陇飞集团真是西北传媒的龙头老大,从头到尾没收我一分钱考试费用,面试通过后还给了我400块钱作为误餐补助和交通费。

毕业前两三个月,学校发生了一件大事,因为保送研究生的问题,部分学生对制度和结果心生不满,通过人人网、天涯、百度、微博等平台发表不满,直接点名道姓批评相关老师和学生,嘲讽被保送的学生"目不识丁",指出保送过程中存在暗箱操作问题。但网上发泄不满情绪终究不是解决问题的途径,加之都是些捕风捉影的事情,最终在官方删帖、发表声明后,这件事情也就不了了之。这种新闻,在学校每年都有,大都虎头蛇尾、有始无终,学生们就是吃瓜群众,而且还吃不了一个完整西瓜。我不关注这些,知道也竞争不过那些人,我们的班长黄胖子和做团支书的女朋友双宿双飞一起保研,一个在山东大学一个在山西大学,而我研究生落榜却收到了录用通知,准备去陇飞集团报道,我的实习工作是校对。

第四十章　天台歌会

又到了毕业季,很多熟悉的朋友都已经不在学校,保送研究生的去了外地大学,找到工作的在实习,无所事事的在喝酒、打游戏。临近5月底,一场毕业歌会的活动在学生群体自发组织起来,相约在5月31日晚天和公寓八号楼天台举行毕业歌会。我和白芷报名参加,四年了没在宿舍住过,还是体验一下毕业的仪式感。

活动由金州师大艺术协会主办和号召,31日的下午学生们开始自发地准备活动,八号楼天台被打扫干净,物电学院的学生负责线路搭接和灯光效果,计算机学院的学生负责同步直播,创造性地将八号楼隔壁的一号女生宿舍楼西墙作为幕布。音乐学院学生负责准备乐器与道具,传媒学院学生负责主持与对外宣传。一场别开生面的毕业歌会在天和公寓盛大开幕,夜幕降临天和公寓八号楼天台灯火辉煌,一号女生宿舍楼西墙投放了现场直播画面,无数学生欢呼雀跃、观看盛事。体育学院学生负责在顶楼检录,做好安全保障。

开场曲目是筷子兄弟的《老男孩》,紧接着是歌伴舞《小苹果》,第三首是女声独唱《致青春》。节目安排得井然有序,表演罢的学生对着镜头鞠躬,表示对幕后工作人员和技术人员的感谢。到我上台已经是晚上九点,我演唱了张国荣的《风继续吹》:

> 过去多少快乐记忆
>
> 何妨与你一起去追
>
> 要将忧郁苦痛洗去
>
> 柔情蜜意我愿记取
>
> 要强忍离情泪
>
> 未许它向下垂
>
> 愁如锁
>
> 眉头聚

别离泪始终要下垂

一曲《风继续吹》把歌会推向高潮,很多学生流下难过和不舍的眼泪。四年呢,人生有多少个四年,青春值得留恋,时光又把我们辜负。白芷登台,镜头和聚光灯全部打给他,只听楼下女生欢呼声不绝于耳,白芷演唱了陈奕迅的《浮夸》:

那年十八母校舞会

站着如喽啰

那时候我含泪发誓各位

必须看到我

在世间平凡又普通的路太多

白芷标准的粤语发音迷倒无数女生,这首歌的歌词意境也非常适合毕业季,白芷唱罢潇洒转身,"男神"呼声如浪汹涌,底下女生大喊学长再唱一曲,白芷止步回头找,工作人员下载了《白玫瑰》的伴奏,深情款款,动人心弦。之后一个女孩子唱了的《情深深雨蒙蒙》:

情深深雨蒙蒙,世界只在你眼中

相逢不晚为何匆匆,山山水水几万重

一曲高歌千行泪,情在回肠荡气中

情深深,雨蒙蒙,天也无尽地无穷

高楼望断情有独钟,盼过春夏秋冬

盼来盼去盼不尽,天涯何处是归鸿

仿佛在诉说一段凄美的爱情回忆。天台歌会最后在李叔同的《送别》中收尾,所有学生一起合唱:

长亭外,古道边,芳草碧连天。晚风拂柳笛声残,夕阳山外山。天之涯,地之角,知交半零落。一壶浊酒尽余欢,今宵别梦寒。情千缕,酒一杯,声声离笛催。问君此去几时还,来时莫徘徊。

天之涯,地之角,知交半零落。一壶浊酒尽余欢。今宵别梦寒,天之涯,地之角,知交半零落。问君此去几时还,来时莫徘徊。问君此去几时还,来时莫徘徊。

人有归途有去处,学校岁月只是我们的一段人生经历,结下了一生最纯洁的同学情,学生以独特的方式庆祝毕业,这似乎并不是别离,而是新的开始。毕业生们导演了最具文艺气息的毕业晚会,而不是像之前那样喝酒砸瓶子。

分离总在6月,相逢总是在金秋,学生们在公寓楼下一包包地邮寄、托运私人

|133|

物品,跳蚤市场卖着陪伴自己四年的珍贵物件和书本。傍晚我又一个人走在校园的西苑路,晚风惊走了飞鸟,小孩放完风筝要回家,路边的老爷爷拉二胡累了,停下来喝水,一个吹着口琴的老人在散步,余音的折痕跨过夜色的静谧,或许这就是青春的声音。丁香花开罢了来年还会盛开,人生却再无少年。明年球场扣篮的少年将不是同一个人,那长椅里诉说情话的男女将要天各一方,离开学校的我们将吃不到食堂便宜的饭菜,那本绿色的学生证戳上最后一学鲜期红的印章,火车票不再半价,校园卡被收回消磁,学士服是租的,我们知道那顶学士帽扔起来时,我们并没有学到什么知识,但还是有着一张张开心的笑脸。

我在大学里朋友并不多,6月出头我开车送走了徐阳岫,歪歪考取了北京大学的哲学专业,北京大学哲学系被誉为"思想家的摇篮",是中国最早的哲学系,具有世界声誉的哲学家如梁漱溟、冯友兰、熊十力等曾在这里求学或执教。我开车送歪歪到了中川机场,祝他能成为下一个冯友兰。小庄如愿以偿成了一名政法系统的工作人员,考到了金州市公安局,不过他的岗位是政工员,并没直接做刑警。白芷毕业接了家里企业在金州的办事处,主要负责金州的几个药店,白总打算让儿子从最基层的直营门店学习。徐歪歪去了北京后,我感觉人空落落的,偶尔翻看他QQ空间,一遍遍读他写的诗词,颇有几分哲理,用词考究,合辙押韵,徐阳岫终于以自己实力打脸了那个污蔑自己的"班长事件",成为学校的一代传奇人物,他也选择了自己喜欢的专业继续求学,不同的人有不同的人生轨迹,有时选择比努力更重要。

公司人力资源部刘部长打电话给我,7月6日携带相关证件到陇飞集团人力资源部报道,并给我快递寄来了工作牌和一身西装作为工作服。为了方便工作,白芷一个月前就把城关区自己名下的豪宅装修好了,175平方米的三居室相当宽敞,还有俩卫生间。白芷家距离公司近些,我就中午在他那睡午觉,晚上坐公交车回雁滩的家。小庄的情况我和白芷都知道,没有要他房租,小庄心里过意不去每天就勤勤恳恳地打扫卫生,周末还买菜买肉做丰盛饭菜。8月份美伦考取了金州的事业编制,在城关区一所初中作英语老师,自此我们四人又再次聚首。欣珺暂时没有什么规划,先在新东方作英语老师,林菲找人合伙开了一家舞蹈培训机构,白芷阔气地租了400多平的房子投资给女朋友作为舞蹈教室。刘家峡水库的记忆仿佛还在脑海停留,过去两年多了,我们六人又一次聚首金州。"干杯!"六只杯子在火锅滚滚红汤上方聚在一起,人生的快乐就是和喜欢的人、在意的人一起涮火锅。

徐君在机场分别时送我一首词《八声甘州·荒原佳人》：

叹石阶香纸本难留，风过漫凉荒。睹孤园数里，除栏寂语，柏柳分行。本是花开节日，卉艳蕊英狂。太息无人管，任自青黄。

兰桌清烟何许？皆诗囊词袋，书屋胡藏。想佳人歇处，洛水与潇湘？绛唇滴、红芍惹妒。善睐流、海棠暗惊惶。应须记、吕翁受枕，一梦黄粱。

第四十一章　陇飞九天

7月的金州热气腾腾，让人无心出门。北方和南方的热各有千秋，南方的热笼罩着湿气，犹如桑拿房一般，这种热就如魔法攻击，附带了加湿属性。北方的热相对容易忍受，干燥和高温倒不让人绝望。伴随着热情似火的天气，我心情也十分愉悦，毕竟刚毕业就找到了工作，不用为求职而奔波，这也是幸运呢。

7月1日上午，我挤在人民医院排队做入职体检，体检中心的女大夫扔给我一本册子："里面有不同套餐，599、899、1299和1499元的，你看着选一个，我给你开单子去缴费。"女大夫啃着香梨看手机，头也不抬。我翻着看了看册子，里面有不同的体检项目，心想心脏彩超我是不需要的，想省点钱就问大夫："医生，能自选么，我就需要个血常规、尿检还有视力检测。"

"没有，就套餐。"

我看了半天，算着单位给的800元体检标准，拿着899元的套餐的单子去排队缴费。没有吃早饭的我饥肠辘辘，饿得头晕眼花，采血窗口人满为患，我在自助排号机边耐心等待。耗到下午一点，我从人民医院出来，寻了一家牛肉面馆充饥，金州的面馆一天到晚生意兴隆，在这里牛肉面并不仅仅是早餐，类似永和豆浆全天候营业。面馆里人头攒动，隔壁桌的大汉吸溜面条满头汗水，不停拿纸巾擦拭额头。吃罢饭我就坐着公交车回了雁滩的家，将洗好的工作服熨平整，衣柜里挂着欣玥送的新领带，又把皮鞋擦干净、打上鞋油。我一切准备妥当，为入职第一天做好了准备。正在打游戏的我接到堂哥陆堃的电话，约我去他咖啡店见面，我赶着公交车又跑到宁和区堂哥的"调频咖啡"。

"知道你找到工作了,哥哥很高兴。我都三十三岁了还一事无成。"

"哥,你在金州有两个店面,可是有钱人呢,你在老家当老师十年都换不来一间商铺。"

"给你准备了份礼物。"堂哥从吧台取出个精致盒子,我看写着"CARTIER",倒吸一口凉气。

陆玺:"这是个卡地亚蓝气球腕表,皮表带也适合年轻人,我托人从法国买的,折合人民币5万多,你拿去戴吧。上班不同于上学,你太寒酸了让人看不起,说多少次了,你的阿迪达斯别穿了,跟我店里的送货小工一样,完了哥带你买身衣服。"还没等我开口就给我戴上了,表带松紧刚好。

"哥,公司发工作服了,应该不能穿便装。"

"这样呢,看来陇飞集团就是大公司。2005年我毕业那会,人家那里上班的编辑就拿3700块钱工资呢,省内也就电网系统和404公司比人家高,给你工资发多少钱?"

"没说呢,签合同时就知道了,我托人问了下,说实习期到手4200,是转正工资的80%,实习期半年。"

"倒也比金州的平均工资高一点,这些年媒体行业不好做,特别是传统的纸媒,好的一点是陇飞集团还有三产和子公司。"

"哥,以后你有什么打算?"

"我想把老家父母的农家乐和旅馆卖了,在金州开一个宾馆。地方在考虑是去新区还是西固区,目前就这俩地方还便宜些。"

"新区算了,听传闻以后发展不起来呢。西固起码有厂区和高校,就是环境和卫生差些。"

晚上堂哥请我吃饭,二人在金牛街吃火锅,堂哥很高兴,开了一瓶水晶瓶的五粮液,好酒就是好酒,每人喝完半斤,丝毫没事。堂哥叫了滴滴把我送回家,自己回去照看生意了。

陇飞集团发端于新闻媒体行业,创立之初规模不大,靠着两本刊物发家,也就是《作者》和《文摘》,自始至终坚持着"文化西北,陇飞九天"的企业文化理念,沿着文化产业步伐稳步推进,之后又贴近百姓生活办了一份周刊,取名《金周刊》。后来随着企业逐渐做大做强,体量和规模也上升至新的台阶。陇飞集团开始着手布局三产,不断扩大规模,进军第三产业,盈利水平和经营能力稳步提升。同时集团对原有的新闻传媒领域的业务进行了分割，成立了陇飞传媒有限责任公司，主要负责杂志社和新媒体业务。

陇飞传媒的办公楼在一到三层，四层到十二层是集团的三产飞天酒店，其中四到五层是宴会厅和豪华包房，五到九层是客房，第十层为会议中心，最大的会议室可以容纳五百人开会，多媒体、网络远程、灯光音响一应俱全。十一到十二层是健身房、KTV、洗浴会所和一个空中旋转餐厅。上至顶楼旋转餐厅，食客可以一边品尝自助餐一边观看金州市景。集团下面还有个鑫达公司，是集团的全资子公司，负责所有主业以外经营业务，涉及餐饮、旅游、ktv、超市，还管着一个物流配送中心和一个上千平方米的仓库，仓库主要是赚取租金的，分租给了不少快递企业。

我来到二楼人力资源部敲开大门，主管刘主任在喝茶看报纸，瞧我来了报之以职业性微笑："小陆来报道了啊，不错，年轻人很守时，这会刚好8:20。我见他拿起座机迅速拨了几个数字："小朱，来我办公室一下，把劳动合同书带上，顺便电脑上申请流程让王总经理授权，需要签劳动合同。"

不多几分钟一个戴着眼镜斯斯文文的男人拿着两份合同进来，见他理着干练的毛寸，穿着整齐胸口别着工牌，我看上面写着："084朱宇平。"

朱宇平问到我的籍贯、身份证号、住址等基本信息，又拿着我的学位证、毕业证、英语四级证在相关网站查询确认，随后拿《授权委托书》找刘主任签字归置好，我翻着看劳动合同，条款很多，自己还不明白，正逐条理解。

刘主任看我比较谨慎，便作了解释："小伙子简单跟你说一下合同内容，初次固定期限合同四年，按照《劳动法》规定试用期不得超过六个月，试用期内你的应发工资是转正的80%。转正后套入公司工资管理体系的18-1，这是最低档。我介绍一下工资体系，工资从公司总经理到一般员工共分十八级，每级对应三档，未来一周带你学习企业制度，你会具体明白工资制度和奖惩规定。我先说重要的，集团公司考勤和员工管理非常严格，传媒公司和印刷厂那边考勤也有指纹打卡设备，等会小朱带你去录入指纹。《劳动合同》是经过地方人社部门备案的，四年内综合测评合格将与你签订无固定期限合同，期间如你违反国家法律法规或触犯刑法将会与你解除合同，且不予补偿。三年为周期，如违反行政法规，第一次批评教育、第二次停工反省、扣除绩效，第三次就可以卷铺盖走人了。后面还有一些企业管理制度和行为规范将有小朱带你学习，完事有个考试，尽管是开卷考试还是希望你能认真对待,目前你的人事关系在人力资源部,半年后正式定岗分配。部里除了我管事负责,副主任老吴最近休假了,小朱负责劳劳资社保方面工作。此外还有俩女同志负责一些日常事务性工作,我的职责就是干部考核管理和员工的违规惩戒处理,吴主任快退休了就做点扶贫工作,上班也是去农村驻点。"

"我懂了,刘主任,我会努力的。"

"小朱带他去集团的文化室参观一下,打一份花名册。我这有年会的全体职工合影,带这小子把人认清楚,最重要的是认清楚董事会的大佬们和王董。"

我有些疑惑问了朱宇平:"王董和王总经理不是一个人吗?"

"小伙子你可能对企业管理制度不懂,虽然我们集团还没有上市,但是作为股份制公司,董事会是最高决策层,王总经理是行政经营管理一把手,说通俗点,董事会是西方国家的议会,总经理就是选举任命的总统,王总经理是要对董事会负责的。当然平常王总就是我们最高长官,全权负责所有业务,大部分经营决策和具体事项通过全体会议、经理办公会以及各项专门委员会会议研究决定。"

朱宇平带我来公司文化室,这里主要是展示了陇飞集团近年来获得的各项荣誉,然后带我参观了公司的健身房、餐厅、地下车库、会议室、职工午休室、图书室,顺便掏出一把钥匙:"小陆,这是我的备用钥匙,你明天就来我办公室212,我带你学习有关制度,中午如果来不及回家可以向公司申请午休室。"

"我住雁滩。"

"倒也不远呢。你如果有汽车可以申请一个车位,这些都是免费的。完了我带你去办公室办个饭卡,我们这里一天10块钱可以吃三顿饭,集团公司有不错的误餐补助,这在金州来说是不错的补助标准。

朱宇平带我来到办公楼下的花坛,花坛中有一旗台,五星红旗飘扬正中,左面和右面印着"陇飞出版传媒"字样的绿色旗帜,Logo是敦煌飞天,我掏出身上的烟盒发现真一模一样的标志,不过旗帜从右上方到左下角有两条蜿蜒的金线,朱宇平介绍说:"那俩金线寓意黄河,我们公司的企业精神是文化西部,陇飞九天。"我见这八个字雕刻在旗台的后方,正前方是:"人一之我十之人十之我百之。"

我在文化室接受了朱宇平半小时的企业文化教育,他让我拿着软抄本随手记录,告诉我要把公司理念、文化、价值观这些记清楚,领导随口问你要能说上,就会对你评价更好。下班回家时朱宇平顺路把我捎回了雁滩,并给了我一本厚厚的企业文化手册。

晚上九点白芷叫我去他房子喝酒，我再三推辞，说明天要上班了，不能喝得醉醺醺，欣珺晚上请我吃涮肉表示祝贺，她盯着我的手表问我是不是发财了，我说这是款高仿表，不值钱呢。今天这块手表被刘主任和朱宇平盯着看了好几次，看来工作时还是低调为好，我打算还是带着浪琴上班吧，毕竟我一年的工资，还不够买这块手表呢。

第四十二章　堂哥陆堃

堂哥陆堃是我在金州最亲近的人，我也最佩服他。我经常回忆起他的峥嵘岁月，这些故事哥哥不止一次跟我说过：2004年大学毕业的他意气风发，在老家县城高中做历史老师。小时候我很崇拜他，堂哥学习好、人聪明，做事也努力，年纪轻轻就作了教研组主任。我本想他会平平稳稳做个老师安稳过日子，但因为县长的李公子骚扰他女朋友，堂哥就暴揍了他一顿。后面他还搜集证据、举报李公子爹贪污受贿。

"哥，这个故事你说第十八次了。"我叼着烟很不耐烦。

"你个兔崽子，我三十三岁了都不吸烟，你天天一包烟。"

"写作费脑子啊，抽烟有灵感。"

"你不知道我当时打李公子有多狠，揪住领子拉出酒店一拳头下去就把他门牙打飞了。"

"婶婶的农家院后来不是被他找社会流氓砸了吗。你报了案子，俗话说民不与官斗。他们一听流氓头子是李公子，根本没人搭理你。"

"那会儿社会风气很差，特别是官场，卖官鬻爵明码标价，暗箱操作习以为常，我就是看不惯他们。"

"得了吧哥，那个白局长现在都安全退休了。"

"那个王八羔子，借着老师调动工作收了多少黑钱，我那会打他打得还是不够狠。"

"你再狠就进局子了，要不是你那会有关键人证被上级部门保护起来，估计老家想弄死你的人不下一打儿。"

"不说不说了,我现在好歹也三四百万身家呢,比守着那个历史老师的工作强多了。父母早把老家的店面生意全部转让了,打算把家里老底子全部拿出来给我做生意,我三个月前又在银行贷了一百多万,目前新店正紧锣密鼓装修呢,估计再有50天就能开业了。我之前思考很久选址问题,还是在西固开个宾馆吧,针对工人和学生这个消费群体,名字我都想好了,叫海豚宾馆。"

"你一定是村上春树看多了。"我知道这个名字的来历。

"上班一周了有啥感觉?哥我也是在体制内干了三年的人,还想那会能接任校长呢。"堂哥想起自己光辉岁月哈哈大笑。

"没啥,就学习了一周制度,我就老老实实做笔记、学制度,和我一起来的有个大高个儿,2015年集团公司就招聘了俩人。那个大高个是学会计的,叫什么赵垚,一米八几大个头,人倒腼腆得很,我俩坐一办公室学习天天给我发烟抽。"

"跟同事搞好关系。当然你上班是为了赚钱,为了工作,有些同事你实在看不上眼就不用做朋友了,单位又不是社交场,有的人天天称兄道弟,喝得醉生梦死,出了麻烦了哪个都靠不住。你说那个同进单位的小伙子,按照古时候说你们这叫同年进士又下放一个地方做官,是难得的缘分呢。送你一句话:少不看水浒,老不看三国,做事稳妥一些。别跟我当年一样年轻气盛,事后想起不免懊悔。那会看见不平之事都想管一管,但如今我年龄逐渐大了,才慢慢发觉一个人的力量之于社会而言是多么渺小和无助。不平之事时时刻刻都在发生,而解决途径并不是靠自己一腔热血。总归还是要慢慢适应,可能我真的不合适那份工作,不适应过去的生活。如今我自由自在,忙活自己生意,'生活'二字不过吃喝。时过境迁,我每每还是会想起莹,想起曾经挚爱的人。原来当谋生的潮水撤去啊,那露出峥嵘的才是无法割舍的爱。但如今她却远在西安,也将开始新的生活,我们的人生不会再有交集。我比你大不了几岁,想告诉你的,就是一定要珍惜眼前的人。"

"哥,你经历就是太复杂了,我就很简单,我励志想做个作家,读初中时我说自己要当作家,那群好学生就笑话我,讥讽我作文30分不到的人还做什么作家。"

"别管他们,国内教育教出来傻子太多,天天抱着试卷看分数,人活着要有独立的思想和健全的人格,没有自己思想和灵魂,你就和动物园里的猴子一样,或许还不如猴子呢。"

"哥,祝你生意兴隆、开业大吉啊!"我端起啤酒杯和哥哥干杯。

"没问题，我做生意头脑还是很好的，我应该是金州最早发现线上+线下经营的个体户，最早开发APP积攒了客户。如今你再想挤入这个行当，成熟的平台瓜分得你利润干干净净，只够你喝风。兄弟记住，做啥事都要提前思考、敢于动手，别人都走好的路你去必然赚不到什么钱，你得敢于做开路人。"

"莹姐呢？"

"我亏欠他很多，这是我最难受的事情，他妈妈是李县长的地下情人，被我弄得地下情曝光，我未来老丈人才知道绿油油的帽子带了七八年。"

"听说那女人很势利，见钱眼开。"

"兄弟，我当时跟你一样想的，人总归会活得现实一些，不现实才怪呢，公主梦都是童话作家写出来骗人的，所以社会在发展变化嘛。"

"哥，你真会举例子。"

"你谈那个女朋友听你说几次了，人不错呢。看你小子一个月打游戏也能赚得风生水起，也行呢。男人嘛，不论干什么只要守规矩，把钱赚回来才是有本事呢。每个人有自己的追求，就会沿着目标走自己的路。人生的轨迹看似缥缈，其实早在冥冥中规划好了。人有什么样的境遇，碰到什么样的人，其实都是命中注定，你躲不开、绕不远，只能坦然接受。听你说起和欣琚相遇和认识的故事，一切的一切，总是因缘而起，又缘尽而灭。这就像那雨水激起的水泡，又像大风卷起的沙尘，看似漫无目的却又事出有缘。我们背后总有一股看不见的力量，这可能就是宿命吧。"

"哥你说远了，我们出去吃饭吧，你说得我饿了。"

"走带你吃个新开的刀削面。"

吃罢饭我坐公交车慢悠悠晃荡回雁滩的家，爸爸之前说上班了给我买个车开，家里虽然这几年经济情况好很多，但是不能像白芷那样买个进口轿跑，单位上班也要低调，听说知识分子都开沃尔沃，我便选中了的沃尔沃S60，欣琚对车有意见，说这个预算干吗不买宝马三系……女人真是不懂车，辉腾和宝马三系一起也会认为宝马是好车。买车这事我没有听欣琚的，我更看重沃尔沃的安全与性能。

一个多月后新车提到手，白芷陪我接车，二人一路沿着北滨河路疾驰。今天也是堂哥海豚宾馆开业的日子，我们二人一路驾车来到西固区，参加堂哥宾馆的开业典礼。海豚宾馆位于西固区天元经贸商厦的一到三层，大堂装饰一新、张灯结彩,堂哥的好朋友兼合伙人豆子、乐乐都赶来剪彩。

"海豚宾馆今日正式营业。"说罢陆堃、豆子、乐乐三个合伙人拿起金剪刀剪彩,门外礼炮齐鸣、鞭炮炸响,我激动地在下面流下泪水,我很佩服这个有才、有财的天堂哥。陆堃读书时就是天才,婶婶说他从小过目不忘、记忆力超群,而且非常聪明学什么都快。堂哥的经历对我很有启迪,只要是人才,不管在什么地方都会发光发彩。

第四十三章　人各有志

7月下旬,金州正是热的时令,白兰瓜摆满大街小巷,卖得火热。集团的刘主任通知我和赵垚去物流中心实习。陇飞集团的全资子公司鑫达公司涉猎广泛,业务触角延伸到社会生活的方方面面,恒通公司又负责鑫达公司旗下超市、书店、市场的物流配送工作,且在2014年就实现了半自动化流水线,智能托盘、5S定制管理、自动履带、电脑系统扫码入库,科学技术的创新和进步让恒通公司人员精简,只留了少量的叉车工和搬运工,分拣、转运、出入库、盘点都实现了智能化,甚至还有人工智能机器人负责库房巡逻工作。

我开着车去公司宿舍接赵垚,赵垚是金州商学院会计专业毕业,老家在嘉州,在金州没有自己的房子,按照集团公司规定,外地职工可以在结婚前申请职工公寓居住,如自己租房,每月发放500元钱住房补贴。500块在金州能租到的房子条件一般,且距离城关区很远。赵垚就住在公司宿舍,员工宿舍在集团大楼飞天酒店的五层西头,空出几套标间作为集团公寓周转房,两人一个标准间,采光良好、水热暖俱全、免费居住,酒店的洗衣房职工可以免费使用,唯一要求就是打扫干净卫生。

我摁了529的门铃,"叮咚"三声后只听拖鞋"特啦特啦"的声响,赵垚穿着宽松短裤和棉短袖出来了,我扔给他一套物流公司的工装短袖:"赶快换衣服,还有不到一小时了,再慢我们就堵路上了。"

"哦"了一声,赵垚睡眼惺忪地去换衣服,我则换好了牛仔蓝的工装,穿了一双运动鞋。赵垚换好衣服跟我下楼，我驾车往金州东头的物流园赶去，物流园是金州物流配送企业和仓库最集中的地方，恒通公司只是其中一家企业。驾车一路向东驶去，心想沃尔沃就是比Polo开起来爽快。

看到标志性的彩虹拱门，就来到了物流园的西门，也就是正门，恒通公司在物流园的速流东路1-3号，又开了不到两里路便到了。"恒通公司"四个大字引人注目，物流车间北墙上写着"恒通物流，使命必达"八个大字，我将车开到了南边的职工停车场，带着赵垚到恒通公司张小山经理前报到。

办公室大门虚掩着，我礼节性地"咚咚咚"三声敲门："张经理，我们是集团派来的实习生，刘主任之前跟您联系了。"

张小山："请进来。"

"张经理您好。"问好的同时我双手举起和张经理握手，我给赵垚使眼色让他发烟，张经理礼节性地和我握了手，接过赵垚的芙蓉王，我紧忙用Zippo给点燃。

"上周去集团开会，鑫达公司的一把手龚经理交代了，传达了上层王总和人事方面的意见，让新职工刚开始要来集团最苦、最累的岗位上磨炼性子，我们这活没有技术含量，一要出力气，二要会开车，有技术的活都让电脑系统和机器人干完了。你们二人有驾照没？"

"我驾照是B2。"我自己之前跟白芷一起考的B照，赵垚表示不会开车。

"安全起见，你们先在分拣和货运部门适应半个月，然后再尝试开轻型货车，你如果有B2驾照，那就至少有两三年驾龄了。物流园上班是早八点到晚上七点，当然我们是不定时工作制，货物少下午四点送完也能下班，一天管两顿饭，伙食虽然不如集团好，但是管俩大小伙子吃饱肚子不成问题。还有这里不是正常坐班制，中午就一小时休息时间，吃过饭可以到配送大楼的四层休息，那里安置着不少躺椅，近来天气很热，休息室也安置了空调。今天上午先让调度室王主任带你们参观学习，熟悉一下流程，下午安全科的周工带你学习一下安全规章和操作规范，就这么多有没有不懂的？"

"谢谢张经理，我听懂了。"赵垚在旁边点头，表示同意。

张经理拿出手机："王主任来我办公室一下，带俩大学生到各个车间和流水线走走看看，然后通知周工下午做好培训，安全是头等大事，马虎不得。"

不到三分钟，一个头顶如灯泡般闪亮的中年男人敲门进来。他戴着金丝边眼镜满脸微笑,头顶没有一根头发,仿佛还抹了油,熠熠生辉。看着他工牌:"008王占山。"

"张经理,您的吩咐我马上落实。"王主任一脸恭敬,点头哈腰随身掏出一盒中华烟,取出一根给张经理点上。

"还有,小陆看你抽烟是吧,在车间和流水线抽烟隐患巨大,容易出重大安全事故,憋得不行了可以去储运部休息室和卫生间吸烟,工人们没有办公室,只有个60平的工作室。那里有集团配备的防暑降温品,加多宝、酸奶、矿泉水、冰糖都有,完了下班一人再带五斤绿豆和一箱凉茶回去。最近气温肯定过了35摄氏度了,气象台稳定民心肯定预报不准。集团管理也比较人性化,从每年6月中旬到10月中旬大概会发100多天的补贴,我们是一线员工,补贴更高些一天80块钱,机关那里叫防暑降温费。我们是民营企业,没有太多有关方面力量掣肘,只要按时纳税、规范经营,当官的也不刁难。集团王董比较体恤职工,也没硬抠着气象台的气温数据来。好好工作注意安全,有事跟王主任汇报、沟通,考勤也是他负责,完了我负责写实习评定。"

随后我们二人跟着王主任参观了分拣线、大库、冷冻室和自动化履带,学习了智能托盘的识别原理。真是厉害,电脑系统会自动扫描托盘底部二维码,货物基础信息自动录入数据库。当然也有一部分货物需要人工操作,比如新鲜果蔬。我们参观了冷冻室,王主任用了吃奶劲转动阀门,随着"吱吱吱"沉闷的响声,冷气扑面而来犹如置身冰窟,白色烟雾霎时迎面袭来。

"这边是速冻库,库温在零下30摄氏度以下,主要用于速冻食品的储存。还有冷藏室那里放置果蔬和肉类,我们这库房可以自动调节气温与干湿环境,根据货物的信息和状态,将有关参数录入电脑,系统会根据信息判断提供怎么样的冷藏、冷冻环境,当然我们也不会把火腿、蔬菜、海鲜混着放,大致储藏条件一致的集中在一起,这些都是快消品,一般运来过夜就要拉走运送到金州大小市场和超市呢。"王主任如数家珍般地介绍着公司最先进的恒温库房。我们来流水线和分拣,又看了叉车师傅的精准操作,十米的货架叉车师傅轻松将货物运上去。

参观了库房到了饭点王主任带我们去餐厅吃饭,集团的饭卡是通用的。"炒面片、牛腱子肉、糖蒜、酸辣海笋、蘑菇炒肉。"王主任看着今天的饭菜咽下口水:"小伙子,可能菜不如集团食堂精致,味道还是不错的。"

我见赵垚用海碗舀面片子,面片子堆着像个小山头,葫芦瓜、青椒、牛肉,配菜也不少,骨碟拣了些凉菜,我饭量不如他就拿中碗盛面,吃饱喝足二人到休息室趴着睡觉。当天下午周工有事没来培训,他的助理小周扔给我们一人一本安全规范和技术手册,我一页页翻阅枯燥的术语和流程,重点看出哪些问题会被开除和罚款,全部在小本本记录下来。

下班我开车带着赵垚回宿舍:"怎么样,那些东西看会了没？"

赵垚:"没,我看中级会计的书呢,哪有时间学习。"

我:"和你一起住的胖子呢,就那个广告运营中心的,比咱们早上班三年。"

赵垚:"你说牛智鹏啊,白天见不到,晚上他就去搞社交,不论是三产公司的还是集团大楼里的,还有传媒公司那边的同事,都跟他称兄道弟,一到周末就喝酒、吃饭、洗脚、桑拿,赚那些钱还不够应酬。"

我:"人家也是爱交际。"

赵垚:"人家只跟领导搞交际,最次也是机关干部和新闻大厦里的编辑,人家里兜装中华烟,外兜装红塔山,碰到一般人就7块钱红塔山烟,看到领导就一脸笑容掏出中华烟。我们背后叫他'两面人'或者'红白王子'。"

我疑惑不解:"为啥叫红白王子？"

赵垚:"7块钱红塔山是白盒子,中华红盒子,所以叫红白王子。"

我继续说道:"人各有志,每个人对自己职业生涯规划不同而已。有的人处心积虑谋求个人职务升迁和进步,有的人对待职务进退不是那么上心,只是把工作作为谋生的手段,而不是生活的全部。不论是精于人事、投机钻营,还是选择做一个佛系青年,这都是每个人的选择。集团上上下下那么多人,有着不同的晋升通道和工资激励办法。他追求进步也无可厚非,我们大多数人都是平凡的上班族,能有好的前途自然谁都欢喜。不过太看重个人的进步又会失去人生的乐趣。工作是为了生活,而生活不仅仅只有工作。公司给我们提供了就业的平台,而人生的价值应该在更广阔的天地实现。职务的晋升和收入增长并不能体现一个人的价值与追求,你说对吧。"

赵垚:"论讲道理,还是你在行。人各有志,不用多说,走到我房子喝啤酒"。

第四十四章　春风化雨

半挂车、大卡车忙忙碌碌,我和赵垚满头汗水在车厢里搬货。从河西运来一车蔬菜、瓜果,今天这车卸完还有一车日用百货。高温炙烤着货箱,仿佛桑拿房一般,赵垚脱了短袖搬运货物。由于不是任何货物都能使用自动履带和电脑识别的,一部分货物还是需要人工肩扛手提。我们的任务就是把货物从车厢周转出来,按大小归置到电动周转车上,周而复始做着最简单劳动。我们穿着蓝色的工装短袖,胸膛湿了一片,黏糊糊的十分难受,我也索性脱了短袖。

一个班组组长路过货车看到我们:"干啥呢,衣服穿上,当这里是工地啊。"

"大哥,衣服都湿了,穿不了啊。"

"年轻人这点苦都吃不了,真没用。"说罢,班组长挺着啤酒肚,喝着冰镇可乐过去了。

"他娘的不想干了!"赵垚把工装短袖朝着车厢一甩。

"忍一忍,就一个月。再说下周你就跟我送货了,最远就是去凉州,到时我开车你坐着,多舒服。"

"走,卫生间抽烟去。"

火机"啪嗒"一下点着,两个人蹲在卫生间门口抽了一支烟,接着回去干活。晚上下班我换了自己的衣服等赵垚,十分钟了,还没他出来,就跑去更衣室找他。

"我的手表找不到了。"赵垚翻了裤兜、短袖、皮包。

"你好好想想,是不是扔宿舍了。"

"早上坐你车,我还拿着手机对了下表,调慢了半分钟呢。"

"我们不行找王主任说一下,你那块万国的喷火战机飞行员可5万多呢,要是卡西欧丢了也就忍了。"

我们二人跑去调度室找王占山,我还没来得及敲门赵垚就气冲冲推门而入,王主任和手下正在打双扣,小方桌上还扔着一沓沓的20元钱。王占山听到声音没有回头:"他妈的谁呀,给老子汇报工作不敲门。"

"我的手表在大楼更衣室里丢了,万国喷火战机。"

王占山回头才看到是赵垚穿着脏乎乎的工装进来了,没给好脸色:"看啥看,扑克牌收了,钱晚上再算。小伙子啥丢了,喷火龙? 小娃娃的玩具? "

"五万八的腕表。"我在旁边补充了一下。王占山一愣,看了旁边的班组长李大成脸色不对,就感觉有些问题。"那个你们俩来我办公室说。"一干手下收拾了方桌,倒了喝败的茶水,将烟头、瓜子皮、花生壳打扫干净。

我们二人来到调度室办公室,王占山随手拉住门:"这个5万块的表可是大价钱,你确定是在大楼更衣室丢的? "

"柜子完好无损,手牌靠上就开了,但手表确实不在柜子里。"

"你完了找找,年轻人马马虎虎的,说不定丢哪了。"王占山满不在乎,反正更衣室没有摄像头,备用的更衣柜钥匙只有每周的值勤组长有,这周是李大成值勤。

"我回去跟舅舅说去。"

"我管你妈的哥是谁!"王占山对待领导和下属的态度完全两个样子,特别是对待两个毫无背景的试用期员工,更是牛气冲天。

"我妈的二哥是财务总监姜天临。"

"我……"脏话被王占山缩了回去,他赶忙换了态度,翻脸比川剧大师变脸还快:"那啥姜总啊,我有眼不识泰山。那个今天得调查清清楚楚,把库房翻个底朝天也给你找到。小伙子回家吃饭吧,明天你们去分拣线实习就好,看着周转筐十分简单。"

王占山心里打起算盘,这个大高个是姜总外甥,那个瘦小伙陆言别又是哪个大老板的亲戚。王占山一路把我们送到了停车场,亲自关了车门不停挥手:"给姜总带个好啊。"我看着后视镜里王主任光头闪闪发光,心中不免苦笑。

王占山看车走远了,立马回到调度室,叫来值勤组长李大成:"说!是不是你偷的,赶快把手表还回来,明天我给你找个台阶下,就说找了师傅换电子锁,你把所有贵重物品收整齐了妥善保管,我的手表和蜜蜡串子都给你放塑料筐里,然后找些贵重物品,演戏要演像,明天好给姜总外甥交代清楚。你他娘的,平常餐厅偷着转十斤八斤牛羊肉,老子装个看不见,你还偷手表。"

"我以为是1000块的高仿呢。"

"你个孙子,就100块钱的电子表也不能拿,那人家是谁,姜总外甥,打个喷嚏就把咱俩扫地出门。行了赶快滚,把事情落实好,明天给那小伙子演戏演全乎了,别露馅。"李大成闷闷不乐地回去了,心里咒骂这个秃子,真是光长心眼不长头发,怪不得秃噜了,对张经理跟哈巴狗一样,对我们就跟骂孙子似的,还天天叫我们打牌,不就是想要钱嘛。

花开两朵,各表一枝。话说白芷接手了家里药企在金州的办事处,一人独享40平方米的超大办公室,里面还有个小套间,放置着单人床供其休息。白芷坐着老板椅,挺拔而修长的身体摊平在上面,就像一条带鱼平躺在老板椅上,足足有三米长的办公桌上放置着一台戴尔电脑、一个精致的火箭模型、一个地球仪,桌子右手边是文件筐,左手边是笔筒。身后是一排立地书柜,放置着大部头的书籍,什么企业管理、金融学乱七八糟两三百册,反正白芷就偶尔看看。白芷拿起座机给小庄拨电话:"小庄啊,晚上过来我这边呗,我们办事处做了个文化室,能打麻将,你叫上美伦我喊上陆言,咱们四个人自参加工作后就没聚会过。"

"行呢,我这就联系美伦。"

我随后也接到了白芷电话,我问管饭不,白芷霸气应答:"晚上咱们去吃黄河鲤鱼。"我带上欣珺,心想一个月工资没多少钱,一条大鲤鱼可得一两百呢。

差不多《新闻联播》结束,我和欣珺来到金州大学对面的黄楼,白芷家的办事处在这上面三层。果不其然白芷叫来了"小蜜蜂"林菲,三个女孩斗地主,三个男的也是斗地主。斗完地主,白芷请我们到和盛堂吃晚饭,黄河大鲤鱼、陇西腊肉、呱呱、甘州的牛肉焖拨鱼子、敦煌的驴肉,又置办了土暖锅,炖着丸子、排骨、豆腐、冬瓜。和盛堂是著名的陇菜连锁店,省内十四个地州市各色美食应有尽有,"吃遍西北尽在和盛堂"是他们的企业理念。我把今天同事丢手表和王占山阴阳人的事情跟白芷说了。

白芷哈哈大笑:"大企业有大企业的优势,也有它的僵化和不足。虽然我家的药企规模小,远远不及陇飞集团。但是我们更关心员工,公司不大职级并不森严,我爸也跟工人同吃同住,经常在车间干活呢。虽然他们叫我小白总,但是我每天还是兢兢业业去了解金州各个直营连锁药店的销售情况,认真分析市场销售,撰写调研报告。我自己还去其他连锁药店了解情况,我的下一步打算就是把金州的市场进一步整合,垄断是不可能的,政府也不允许。同时我也考虑建议引入生产线,制药同时生产医疗器械和医用耗材,这才是利润大头,现在医疗体制改革,药品利润几乎透明。"白芷不愧是自学成才,企业管理讲得头头是道。

美伦听得一愣一愣:"还是在企业上班自由有趣呢,我目前在学校里还不能代课,要先跟班实习一学期,我知道自己不喜欢做老师,但是我爸爸建议我先学习学习教学经验。欣珺姐姐,以后我们不如开个英语辅导班吧。"

"你说的也是个办法,公家学校工资低,年年喊着给老师涨工资,感觉都是官老爷们把梦话写到材料里了。哎,新东方工资是高,但是累啊。"欣珺说罢跟美伦聊起了化妆品和衣服,小庄一旁沉默不语啃着鱼头。

"你个家伙每次别光操心吃啊。"

"平常局里食堂吃不到这么好的饭菜,天天白菜粉条、土豆丝的,没有一点点油水。"

我看着小庄低头猛吃,也知道他舍不得给自己花钱,有钱都给美伦买香水、衣服、鞋子了,自己就攥着400块钱天天在局里吃大锅饭,好不容易有大鱼大肉的,小庄肯定不会放过机会。

"我写不来材料,把我分到了政工部,我上学时候就政治学得差劲,三千字的材料让我改了八遍,我做梦都梦到大力、贯彻、坚持、强化、落实、抓好这些词。"

"多吃点,那个丸子汤给你舀一碗。"美伦还是比较关心小庄,知道他现在过得很辛苦,小庄妈妈因为职务犯罪今年初被检察机关起诉了,好在金额不大也就20万元,加上问题交代得彻底,最终缓期一年执行,被限制在居住地不能自由行动,单位也被开除了公职。小庄每个月还得给妈妈1500元生活费,继父庄强的茶餐厅因为卫生不达标、食材过期、从业人员没有健康证被工商和食药监部门处罚,营业执照也被吊销了,庄强跑到内蒙古给认识的朋友跑大车,做起了货车司机。紧巴巴的小庄每个月就结余不多的工资,钱不够,下班后还找着洁雅公司做临时工,负责开着小货车送纯净水,没有电梯的老旧房子,一个人得扛着桶装水呼哧呼哧上五楼、六楼,送一桶水才赚1块钱。小庄在学院练过擒拿、学过格斗,体格比普通人强壮,双休日能赚个200多块钱,一个月虽然不能每个周末都休息,但是四五百收入还是有的,足够在单位吃食堂。我几次看不过去,悄悄给了小庄几张超市购物卡,上次在他卧室里喝酒时放下了几条烟,通过这些办法适当接济他生活。

六人吃过晚饭,我招呼朋友们去KTV唱歌,三个男的划拳、喝酒、玩骰子,女孩们轮流霸着麦克风。吃过饭叫了出租车送走了朋友,我叫小庄留下说有事,小庄人单纯,我说啥他就信啥。

我们二人去七里河区的大河洗浴洗澡,浴池人不算多,我裹着毛巾泡在水池里:"兄弟,你以后有啥打算。"

"妈妈明年就不限制自由了,我想接她来金州。"

"靠啥?你转正加上警衔工资能有5000块就不错了,金州房子租下来多少钱?不行就像白芷说的,你花个成本价把白芷金州那套毛坯房买了,白芷不可能赚你钱,5000多元一平方米够便宜。你要不够首付,我虽然积蓄不多,但借你个两三万还是拿得出来。"

"我没想过呢。"

"你记得那会初中我们跨入新年的愿望么,你想和美伦结婚。你那会是富二代,家里住别墅、开普拉多,经常请我吃烧烤,现在呢?你靠啥和美伦结婚,租房子?杨老板愿意女儿跟你受苦?"

小庄沉默不语低下了头,我承认小庄是个能吃苦的硬汉子,但是脑子不是很机灵。

"我知道你们局里政研论文写得好在厅里获奖的话,能给涨工资。还有你们系统也有新闻考核任务。你说稿费赚得好一个月也有一两千呢,这样吧,完了我教你怎么写,这东西天下文章一大抄,你怕啥。新华社、人民日报那也是人写的,我陆言有朝一日也会让大媒体、大报社求着我写专栏呢。"

"行,从小到大我听你的,白芷义气是够义气,但是我不能总占人家便宜,那三居室房子我看了结构也好呢,我考虑给他每平方米添个300块钱买下来。"

"小白总差你这四五万啊?"

"不是,我觉得朋友的感情是无价的,这房子拿出去卖至少单价在7000元呢,我大四开始就白吃白住,我还记得你请我吃臊子拌面,那是我这辈子吃过最香的一顿饭。我爷爷去世,你和白芷大雪天来看我,我一生都记得你们的友情"

"来,我给你搓搓背,完事回家睡觉。"我从浴池爬了出来,二人坦诚相待。

第四十五章　投石问路

1

恒通公司的实习变得轻松许多，得益于赵垚的舅舅姜总，我跟着赵垚沾光，不用再去车间里卸货，剩下的时间不是在分拣线看设备，就是在调度室操作电脑。最后一周派我去凉州区运送电子产品，给了最简单的福田微卡开，货箱长度不过三四米。大车司机的行当有句话叫"饿死不拉管，穷死不拉卷，累死不拉绿"，前俩说的是钢管、钢卷极其危险，易于滑动的一捆钢卷重三四吨，足以碾平驾驶室，而钢管如果遇到突发情况急刹车会直穿驾驶室，司机小命不保。"绿"说的是生鲜果蔬等绿色产品，保质期短，遇到突发情况，很容易变质过期，得不偿失。张经理交给我的是最简单的任务，开车去送电脑、手机等数码产品。赵垚是姜总外甥，自然不能跟我去高速公路冒险，汽车队派了经验丰富的顾师傅随车指导。顾师傅在副驾驶交代注意事项，叮嘱凉州也不远，别想着超车，但大车一定要迅速超过去。

老顾："你高速路开过多少公里。"

"四年大概跑了6000多公里吧，最长一次从金州开到嘉州，中间服务区休息了两回。"

"还是不错，按我说的做。G30连霍高速大车多，司机开车睡着冲下防护栏的情况也偶有发生，私家车又比较生猛最爱超车，别跟私家车置气，咱们司机出车送货就讲究平平安安，这个微卡也就比A级豪华车型大点，不算笨重也方便操作。看你换挡很熟练，脚下不慌不忙，人也谨慎，是个好司机。"

我从入口上了高速一路向西疾驰，老顾陪我聊天解闷，虽然路程短，但是还是要提防和注意，副驾驶的任务就是陪司机聊天。一路我并没有急于超车，吊在一百码的速度匀速行驶，不少流氓司机不打左转向灯迅速超车，还有长期占用超车道的司机，我都一一忍气吞声、不做计较，只超了三辆罐车和五辆重型卡车，因为跟在那些巨无霸后面实在太危险。

"小陆啊，谈对象了没，叔给你介绍个姑娘。"

"不用了，我有女朋友。"

"嘿，现在年轻人就是下手快，叔还是老了。"老顾点了一根烟递给我抽，"小伙子解解闷，一路上要过乌鞘岭隧道和大浪隧道，你视力怎么样。"

"好得很呢。"

"看你也是老司机，知道戴墨镜，出隧道有时强光很刺眼。"

差不多到凉州区时已经过去三小时，我们到甲方指定的库房卸完了货物，老顾带我吃凉州著名的"三套车"，"三套车"由凉州行面、腊肉（也有卤肘子肉）、茯茶组成，在西北闻名遐迩。老顾带我到了一个门头并不显眼的饭馆，长面粗细、宽窄随客，我也不懂吃法，就说按牛肉面二细来。面条入碗，配备好的卤汤，腊肉由新鲜猪肉或猪肚加入传统腊汁及炖肉调料，经特殊烹调工艺制成，肥而不腻、熟而不烂、唇齿留香、回味悠长，茯茶有桂圆、冰糖、核桃仁和红枣、枸杞加入其中，正好开胃、解腻，茶水色泽浓艳，味道可口。

吃罢行面抽了根烟，我和老顾在货车里睡了一会，赶着下午五点就回了金州，顺利完成了配送任务，几个领导对我交口称赞。恒通公司的实习任务结束差不多到了8月底，刘主任给我们二人安排了下一站岗位，赵垚去了鑫达公司实习。

而我下一个实习岗位去了陇飞传媒公司，当我到新闻出版大厦报道，正好遇到陇飞传媒旗下的《作者》杂志改名为《西北作家》。几个月前，分管文化传媒领域的杨总一直挠头发，之前"作者"名字太土气，"作家"已经是全国重点期刊不可与之争锋，就连"北方作家"也被注册了，无奈版图从北方缩小到西北，好歹还有西北五省撑场面。陇飞传媒有限责任公司，虽然名字跟集团一样但仍有所区分，一个是集团公司且是股份制的，一个是有限责任公司。我拿着人力资源部的公函到大厦311室报道，敲开了人事部的大门。

"请进。"进门后我看到一个短发的中年男人，戴着眼镜人有些偏胖，聚精会神地在看最新一期的《西北作家》杂志。

"你就是刘主任打电话说的陆言吧，我叫罗长英。之前笔试你的文章我们看了，结构清晰、语言流畅，优点在于立场站得稳、主题突出。咱们虽然是企业，但是做的也是意识形态领域的工作，省委宣传部是咱们上级单位。文化局、图书馆、新华书店之类虽然不是什么强势单位，但是和我们也有协作、交流。传媒公司最主要的任务是办好两本刊物，每本刊物都有对应的编辑部，目前打算是让你去《文摘》编辑部工作，目前《文摘》也在计划改名字，杨总动员上上下下干部职工发挥智慧、出谋划策，你也参与进来，说不定就选用了呢。《西北作家》是文学期刊，岗位要求较高，你暂时不能胜任，所以是让你去《文摘》的编辑部去做校对工作，顺便做好咱们的新媒体方面运营、管理，主要是有一个官方微博和新浪博客，博客你可以自己写，每天让程编辑过目一下就行，那个倒不重要。重点是和西北乃至全国作家取得联系，最近在筹备订阅号这方面事宜，新媒体中心在负责，他们会给编辑部留一个管理员账号，你也参与其中。工作量不算很大，都是基础工作，多多学习，尽快转换角色、适应岗位。"

罗主任随手扔给了我一只优盘："这只U盘是编辑部配备给你的，你只能用来处理稿件，128G足够使用，除了编辑部电脑，在其他计算机上严禁使用，平常接手的原创文稿不可通过微信、私人邮箱、QQ传输，其他文件、通知也不能随意处理、携带。U盘里有个名为123的Word文档，里面是编辑部的有关邮箱、账户信息，包括你新电脑的开机密码等信息，就这么多事情。"

罗主任拿起座机："老程来我办公室一下，你带着小陆去蔡总编和公司刘经理那里报道，咱们这里要实习三个月。"我跟着程编辑先后拜访了刘经理和蔡主编，大领导话都不多，简单交代几句就打发我走了，然后我又到办公室抱回了个人电脑和办公用品，一台联想台式机，给我换了把新的皮质靠背椅、笔筒、文件筐、笔架、订书机、回形针、胶水、起钉器等等办公用品全部配备到位。办公室的马德荃主任让我在《办公用品耗材领用表》签字确认，我趴在办公桌下连好了网线、电源线，调试了电脑系统，按照U盘里的文档提示安装、登录了传媒公司的"泛微"OA系统，我发现它是最好用一款OA，比浪潮的好用一些。程编辑在我办公桌放了一本《现代汉语词典》和《古汉语辞典》，给了几个数据库的登录密码。第一天编辑部实习，就在这些琐事中耗完了时间。

晚上回家我翻来覆去想新杂志的名字，文摘类杂志其实很泛滥了，一个独特的名字能引人注目，我翻了几期《文摘》杂志，倒偏向于生活百态、人生哲理方面的，倒也不算鸡汤文学，选中的篇目多少有些新思潮、新见解，我于是想了"浪潮文摘"四个字，爬起来发给了本次公司举办的"我为杂志起名字"活动的邮箱，留下了我的相关信息：陇飞出版传媒有限责任公司编辑部实习编辑陆言。想好了名字，心里美滋滋转身沉沉睡去。

2

话说两头,白芷建议父亲引进生产设备做医疗物资,白芷老爹白云飞问儿子引进什么生产线,白芷脑门一拍:"生产口罩。"

"N95或者N90技术标准都很高,而且此领域美国3M公司处于垄断地位,普通一次性医用口罩生产设备倒不是很花钱,但利润低呀。如果遇到突发事件,类似2003年的'非典',必然原材料、人工、运输各个环节的成本都会上涨,导致利润又十分局限,而且钱都让销售终端赚走了。咱们家的百草房连锁药店在省内不过五十家,比起德生堂之类的大型连锁店就是小虾米,我们的业务触角还延伸不到县城,也就金州多一些而已,所以从销售方面考虑,我们目前条件也不成熟"

"爸爸,咱们就先弄两三条线,产能也扣着咱们销售情况来,就产普通医用一次性口罩吧。再就防花粉的口罩也能行,乡里到传花粉时候肯定用得上,一般人买不起防雾霾口罩,防花粉的他们也愿意买呢。"

"行吧,听你的建议。这倒不是大项目,我先让研发部门人员去外地考察,然后召集管理们开会研究定下来,事后让采购部去江苏、上海看看,能不能采购到生产线。"

"下一步咱们还是要扩充连锁店呢,目前青水、平西那边都有了固定的药农种植中草药,生产和销售没有问题,但是我们要讲究供给侧改革,现在是买方市场,市场供给明显大于需求,药品也得考虑这个问题。2013年我建议的APP网上预约选货和线下配送就很成功,光一单配送费就赚5块钱呢。接下来我想把商业银行信用卡的积分商城模式引入,虽然药店都搞些积分送大米、卫生纸活动,但没什么吸引力啊,咱们直接累计积分返现金,只要客户不要求取现,这笔资金就是我们的现金流,拿去投资或者扩大生产,哪怕买银行理财,那也是利润。"

"你小子就是脑筋转得快,小白总看来不是白叫的。你也在大学安稳了几年,总算不泡妞了,林菲那姑娘看着不错,完事咱家给金州整一个舞蹈培训学校去。"

"爸,我梦想是有朝一日在纳斯达克敲钟呢。"

"有出息,看你初三留级留对了,跟着你那几个朋友还学了点东西,好着呢,老白家的家产到你手里还能兴旺一代。"白家父子有说有笑……

第四十六章　点石成金

《文摘》编辑部在新闻大厦一楼最西头,《西北作家》的编辑部则在东头,两编辑部东西相望,互为邻里。《金周刊》的编辑部与新媒体中心在二楼。我在编辑部拥有一个属于自己的独立空间,尽管是一个小小的格子间,但也让我心满意足。办公区虽然没有白芷的老板桌那样气派、宽敞,但也被我收拾得井井有条。玻璃墙的拐角放着一盆欣珺送我的绿萝,老爹送了我一个紫砂杯作为入职奖励,那是个定制杯子,杯身上写着"日行万言倚马可待"八个行楷字。我趴在电脑前编辑博客,大概写点欢迎来稿的话语。邮箱里有来自全国各地入流、不入流作家的邮件,也有一些大学生和文学爱好者的来信。有的言辞诚恳、老师前、老师后地称呼您,有的则感觉自己是诺贝尔文学得主一般,我小刊小报刊登他的作品,会让陇飞传媒蓬荜生辉,这种邮件我粗略看看,内容不入流的直接扔回收站。

"叮咚"一声,OA提示有新消息,总编蔡俊要我去他办公室,我诚惶诚恐,心想是不是砍了哪个关系户的稿件,被作者告到领导那去了。我揣上小苏烟,轻轻敲开主编室的门。

"小陆,请进。"蔡俊一脸喜悦,身高一米七出头的蔡俊在西北男人中算矮了,身形也消瘦点。瓜子脸长相清秀、眉目英气,年轻时人称"陇飞一支草"。喜欢穿米色衬衣和灰色西裤,春秋天再加一件黑色毛背心,打枣红色领带。他是新闻大厦里唯一可以不穿工作装的人,因为蔡俊是集团金笔杆,就任总编八年来,他锐意创新,进行了大刀阔斧的改革,救活了原本经营惨淡的《金周刊》。原来的《金周刊》侧重于时政和地方新闻,老百姓并不是很喜欢,经蔡俊谋划,将《金周刊》改版更加侧重百姓日常生活,以群众关心和喜闻乐见的新闻为主的刊物,销量有所回升。后来蔡俊又改革两个杂志,一本是针对文学原创的《作者》,即为现在的《西北作家》,另一本就是《文摘》,逐渐成为陇飞的核心刊物。后来蔡俊又激流勇进、锐意进取,于2011年发行了《作者》的海外版,一举打开了海外市场。其本人也才华横溢、学识渊博,被集团上下称为"金笔杆"。

"来来,小陆坐沙发干吗,来我对面坐。"一般领导办公桌对面都有一张办公椅,只有够级别的员工才能坐,一般人都是旁边的沙发,我坐到蔡俊对面正准备掏烟盒子，蔡俊从抽屉里取出一条拆开的南京九五，打开取出烟递给我："桌子有打火机，还有沉香木，我从海南托人买的正品，完了拿一盒去。"

"蔡总，今天有喜事吗？"我插了沉香木点燃南京九五。

"小伙子年轻有为啊，你前几天发的邮件，集团收到了，'浪潮文摘'的名字被杨总选中了，杨再宏副总经理非常高兴，觉得大气又有品位，有引领潮流的弄潮儿之意。上午集团发来表彰文件，一方面肯定了编辑部的工作，另一方面提出对你的表扬，这次活动也有1000元奖金，你明天可以迟来一小时去集团财务处领钱。"

我一时嘴合不拢，烟差点从嘴里滑出来。

"我看你这几天写的博客了，年轻人笔力还是有，就是缺点社会阅历，有点文绉绉的感觉，不过有基础就好。我这里有本《短篇小说选刊》，你拿去看看。小说是我们《西北作家》的核心栏目，也是广大读者最喜欢的文学体裁。我发现你经典作品读得很多，不过我们也得跟潮流，要注意国内文坛的走向，茅盾文学奖的作品你一定要看，能锻炼你的鉴赏品位。每年全国出版的长篇小说就有几万部，近年来流行的微小说更是如过江之鲫，但也泥沙俱下、鱼龙混杂，优秀的篇目不多。网络文学方兴未艾，大有改变小说领域格局之态势，势头很猛，其主场从最早的论坛到后来的文学网站，诸如'起点'这样的大站为大家所熟知，这对传统的纸媒形成了新的挑战。网络文学作品也在逐渐发展，读者们也不再满足于玄幻、穿越、都市、言情这些老生常谈的题材，网络文学作者也在提升自己水平，现在逐渐流行热门IP改编影视剧的路子，就为网络文学发展插上了腾飞的翅膀。到底读者喜欢什么样的作品，只有把握准了读者的口味与习惯，才能定位好发展的方向。所以我们目前也通过发展新媒体，走线上加线下的模式，也是希望能够在未来新格局中有一席之地。作为一名优秀编辑的前提是会鉴赏，欣赏的基础是你也要会写，至少通门路、懂结构、晓大义。好好努力，待会我去市上有个文化座谈会要开，你这几天重心就放在阅读中短篇小说上去。"

蔡俊说罢往我手里塞了两盒沉香木，我低头看其品质，起码几百块的价格有了。我从蔡俊办公室出来十分开心，发微信给欣珺说吃火锅，又叫了小庄和美伦、白芷和林菲。华灯初上、车辆匆匆，一行六人围绕圆桌而坐，热气腾腾的红锅，辣汤滚滚，我开始点菜：刀切羊肉、顶级肥牛、空运毛肚、鱼子虾滑、雪花牛小排、沙丁鱼、大青虾、阳澄湖大闸蟹、培根、贡菜、宽粉、菌类拼盘、蔬菜拼盘、豆类拼盘、一打德国黑啤、两瓶52度剑南春……欣珺听我点这么贵的菜品，在一旁拉我胳膊，对着我耳朵说悄悄话："你上班上傻了，还是喝醉了来的。这些菜品和酒水差不多2000块了。"

"没事，我最近中奖了。"

白芷打趣道："以后得叫你陆总了，我都很少吃大闸蟹。"

林菲："陆总就是阔气。"

"没呢，我给杂志社的刊物起的名字，被集团杨总选中了，明天去领钱呢。"

"你咋不早说，我看中了古驰香水还有迪奥口红。"欣珺翻着购物车跟我说。

"你放心往购物车里扔，我下个月稿费就来了，LV买不起，起码送你个蔻驰。"

"你最棒，再点个脑花补补脑子。"欣珺跟服务员说道。

"我吃猪脑花补脑子？不要，给我拿盒杏仁露就行。"

六个人其乐融融围着火锅刷肉吃，夏天吃火锅喝白酒就是通透，一会就热汗直流，服务员端了一盘冰镇西瓜，说是店里赠送的。

小庄啃着螃蟹："陆总，就是够意思，发财了从来不忘弟兄，高中那会你当烟贩子，赚钱了就请我吃烤肉。"

"你们这三酒肉朋友。"欣珺涮着毛肚。

"朋友朋友，有酒有肉才有朋友，我们又不是竹林七贤，魏晋名流才一天坐房子里闲谈呢，再说刘伶也是个酒徒。"我大脑里迅速挖掘知识，寻找反击点。

酒足饭饱，六人一路步行到中山桥，铁桥横跨黄河，波涛滚滚被笼罩在夜色里别有风味。白芷指着河面说："黄河滚滚，这片明月也曾照古人。"

"你喝点酒还有文化了呢。"林菲搂着白芷。

"跟着陆大主编天天熏陶文学，我也变诗人了。"

"小庄你别闷闷不乐的，心里别老搁着事情。"我拍了拍小庄。

"明年局里让我去派出所做民警了，我心里想做刑警，多学些刑侦的经验，我虽然不在甘州，但还是希望能破了父亲的悬案。"

"加油，什么都是一步步来的，我也只是从事最初级的校对书稿的工作。之前经常听你聊起案件的情况，当时的证据毁灭殆尽，发出的通缉令泥牛入海、杳无音信。因为年代久远，当时还使用一代身份证，如果凶手换了假身份，就会为今后的追捕工作造成困难。茫茫人海，不知道凶手在何方，甚至都不知道还是否在人世。但是这是你一生的心结，我作为朋友，除了能在心里支持你外，也提供不了太多帮助，我早已经把你视为一生的好朋友，你的事就是我的事，有什么需要我帮忙的，我一定竭尽全力。"

白芷拍了拍小庄肩膀："我也是。我脑子不如陆言，用钱的地方你就说，花多少物力、财力也要把杀人犯绳之以法。"转眼沿着黄河走了40分钟，酒醒了大家各自打车回去。欣珺在出租车上问我过年要不要回家，说她爸爸想见我。

第四十七章　抛砖引玉

实习期转瞬即逝，我从恒通公司出来后一直在《浪潮文摘》编辑部实习，最终集团对我实习考核评定为优秀，在陇飞传媒有限责任公司《西北作家》的编辑部报到就职，岗位是初级文字编辑。传媒公司编辑分很多种类，有文字编辑、策划编辑、美术编辑、视频编辑等，最累、最苦、最见功夫的就是文字编辑，最重要和核心的是策划编辑，有提纲挈领、规划发展的重责，目前由程玉生担任。一般网络编辑和视频编辑还要肩负采访任务，大多数时候是和其他部门同事协同配合开展工作。

陇飞传媒有限责任公司的业务版图一分为四，《西北作家》是以鼓励原创文学为主的刊物，为半月刊，全年共24期。《浪潮文摘》为月刊，属于文摘类杂志。《金周刊》贴近百姓生活，受众群体最广。除了以上三个编辑部，还有一个新媒体中心，这里主要是网编和视频剪辑人员。传媒公司还兼有广播业务，拥有一个电台，不过处于业务末端，毕竟除了驾驶员收听车载广播外，广播电台这一事物正在淡出人们视野。新闻大厦几乎囊括了除过影视剧制作和电视业务以外所有媒体形式，集团公司也在打算抽调人员建立影视中心，计划从网络剧入手，进军影视行业。毕竟现在是看脸时代、流量时代，传统媒体式微不可避免，三产企业的带动效应也逐渐乏力。

传媒公司的一把手是蔡俊，他除了任职总编外，还是陇飞传媒公司的总经理,集团的杨再宏副总则负责文化传媒领域工作。传媒公司旗下的几个业务部门负责人之间彼此有些小茅盾,姚天成是《西北作家》主编,段海生是《浪潮文摘》主编,年龄较大的冯学东是《金周刊》主编,而新媒体中心方兴艾则比较年轻,四人彼此谁都不服谁,觉得自己水平高出别人一大截,这四人传媒公司人送外号'四大天王'。特别是《金周刊》和新媒体中心,俩中层干部互相拆台,谁也不服谁。周刊的主编冯学东认为《金周刊》销量最好,群众认可度最高。五十四岁的他也老气横秋,没几年就退休了。新媒体中心的主任方兴艾认为新媒体发展蓬勃,没有新媒体中心和新闻中心(新闻中心和融媒体公司合署办公)的不断壮大成长,在流量为王的时代分了一杯羹,否则集团哪来的未来,方兴艾年过三十就坐了9级序列岗位的交椅,和老冯头平起平坐。

集团分行政职务和技术职务两条晋升通道:一方面是18级到1级的行政序列,大多数人止步于9级序列,能做到7级主管就很优秀了。6–5级的副主任、主任级别那就是集团中层干部,放到三产企业那也是一把手,就像恒通公司的张小山经理。4–3级是高层干部。再比如鑫达公司的龚春来经理就属于3级岗位序列,统领所有集团旗下三产和多元化企业,堪称土皇帝,一人管着上千人,尽管七八成人属于劳务外包和劳务派遣性质用工。决策议事委员会属于集团经营管理的决策机构,由一正四副五个老总构成,根据研究事项不同会临时扩大到相关3级岗位序列的经理。而作为陇飞传媒公司从业人员最多的编辑岗位,其晋升主要依靠自己努力,通过考取技术职称实现,同时企业也通过考核评优与业绩表现作为工资晋升的依据,当然作为编辑的业务岗位与其他一般管理岗位也是可以互相调动的,只要人尽其才,能够适应岗位即可。

被称为集团金笔杆的总编蔡俊是王董从南方大公司"挖墙脚"聘来的,人家就一步到位,做了三年副总编即就任总编,同时也是传媒公司的主要负责人。"别具一格降人才"是王董的口头禅,他也只管发掘人力资源和发挥人才的作用,其他事情都是一概不关心。

王中君总经理统揽全局、运筹帷幄。他是个四十岁出头的上海人,身材挺拔、皮肤白皙,眼窝比普通人深一些。据传,王总的无名指比食指长一点,属于天才型经理人,自他上任三年来,公司盈利水平年年创新高。他和蔡俊被誉为"陇飞双雄",一个笔墨善舞秀春风、一个广聚财源谋发展。王总上下班习惯穿西服,浅蓝色短袖衬衣扎进裤腰,爱马仕腰带、劳力士腕表是其标配行头,习惯性的梳理背头,给人以成熟、稳重的魅力形象。一米八三的他喜欢驾驶路虎揽胜,开车必戴帕森的蛤蟆镜。四个副总经理有各自分管领域,赵垚舅舅姜天临是财务总监,杨再宏负责传媒领域,徐丘明负责营销推广、广告运营、三产公司和多元化企业,主要涉及经济运行方面的工作,章玉妍是唯一的女领导,负责人事、企业管理、法律法规、行政办公,同时也是公司工会主席和陇飞学会理事长。

集团旗下部门、子公司、多元化企业很多,上至王中君总经理,下到最基层的恒通公司叉车师傅,不论是签订无固定期限合同的正式工,还是签署聘用制合同的聘用工,乃至外包的保洁、保安、厨师、绿化工、水电工、锅炉工,集团上上下下有近两千人。王中君管理着如此庞大企业,仍然井井有条,保持持续向好发展的态势。他生活也很规律,每周一三五要打羽毛球,二四六下班要去集团楼上游泳。星期天爱好喝酒,冬天铜锅涮肉、夏天烤肉,春秋季节手抓羊肉,底下人搞不懂,一个上海人怎么如此迷恋西北羊肉。王总也平易近人,集团年轻人轮流被他叫去陪练打球,年轻小伙子被他吊得满场跑。40分钟从游泳池出来,年轻人腿抽筋了,他还能抽完烟池子边做俯卧撑。吃肉、喝酒、锻炼身体是王总的业余爱好,集团部门领导和子公司经理大部分人都在苦练羽毛球和游泳技术。最近听闻王总又爱好下棋了,下属们不好直接打问,抛开小孩子玩的军棋、跳棋、五子棋、飞行棋,其余的棋类游戏都挨个学习。人力资源部刘主任有一次碰到我说:"不怕领导没爱好,就怕领导啥都不爱。"

以上这些企业机构和岗位分工是我在制度里自学的,临近猴年新年,集团公司要做年会。王总安排给章副总,章副总召开会议落实安排给了集团公司的办公室(后勤服务中心),办公室又转达集团会议精神、形成会议纪要,将工作以通知形式转发给传媒公司。陇飞出版传媒有限责任公司班子高度重视、召开专题会议研究部署,十来号干部,头头脑脑坐一起学习贯彻精神,坚决落实集团公司文件要求。公司办公室马德荃主任认真抓好落实,光笔记本上就写满了重点指示和领导要求,最终把我叫到办公室交代:"陆言啊,年轻人压压担子,还没三周就到猴年新年了,发挥你聪明才智,给咱们集团公司年会做个策划,先拿个方案,然后做个可行性报告,接着你写个文案,新闻中心会负责视频制作,你的任务是写个解说词。"

我连连点头拿着小本记录着,就这样王总在决策议事委员会上强调的重要文案设计工作,交给了我这个转正没几天的新手操刀,不知道王中君知道情况后怎么想。

我回到电脑前抽根烟开始提笔写了,开头如下:

律转春回,东风正劲。作别2015,我们跨入2016,迎来新的一年。我们的事业如大江大河、千山暮雪,每一个人都是攀登者、航海家。选一峰远山,沐山涧晨风,览长空晚霞。择一川大河,迎乘风破浪,观沧海辽阔。我们在辞旧迎新中感今怀昔,希冀未来,回顾过去一年岁月,展望美好蓝图。

首篇　律回岁晚冰霜少,春到人间草木知。

颔篇　更无柳絮因风起,唯有葵花向日倾。

颈篇　一年好景君须记,最是橙黄橘绿时。

尾篇　风物长宜放眼量,无尽风光在远山。

我搜罗了七言律诗自己又二度加工,写好了每个篇章开头,根据集团公司办公室提供的工作报告和王总讲话材料,进行了艺术加工与再造,最终完成了5000多字的文稿,预计配音拍摄视频需要16分钟。围绕陇飞集团公司的发展历史、经济运行、社会责任、报刊图书、三产发展、多元经营、企业文化等内容进行描写,洋洋洒洒几千字我花了三小时,写完后脖子酸痛,也错过了饭点,我自己外头吃了牛肉面到车里睡觉。

一周后集团公司办公室打电话说:"王中君总经理非常满意你这篇《最美风景在远山,只争朝夕谱华章》的文稿,说大气磅礴、大开大合,但又不失细腻和柔美,工作总结到位、提炼准确,压缩的好,改写的好。王总特意打破表彰奖励制度和规定,破格推荐你为2015年度先进个人,这也是集团公司的先例,从来没有实习转正员工获得公司年度先进个人,但王总爱才,加油干。"

后来据我听闻的情况,不知道是真事情,还是加工渲染,总之大家描绘得有声有色。传闻版本如下:王总拿到稿子浏览,发现显然出自一个年轻人之手,部分工作总结不够到位,定性描述也不太精准。好的是框架清晰、气势宏伟、行文厚重,画面感也满足符合拍片子的需求。

王总对集团人浮于事、层层转包的漂浮作风十分恼火,将一干大小主任、主管叫至总经理办公室集体批评责骂道:"一群废物,一年发工资怎么不嫌弃多?干起活了就知道往基层甩,小陆那稿子我看还行,让蔡俊再去润色,不行了你们这群家伙赶快写辞职报告,把岗位腾出来,两千多人的大集团,三条腿蛤蟆我找不到。两条腿的人遍地都是。"

大约春节前没几天,盛大的公司年会在集团飞天酒店宴会厅召开,因为职工太多,每年年会只邀请部分员工,轮流着来让所有职工能在三年内参加这场盛会。今年是历年规模最大一次,主会场在多媒体会议室,新闻中心负责给宴会大厅传输信号。1号罗马厅容纳500人,有50个圆桌,2号恺撒厅容纳了500多人,也是50个圆桌。不能现场参加的职工,集团公司通过APP观看同步直播盛况。

年会流程如下:一是王天成董事长做了新年致辞,简单总结了企业发展各项成绩和关键经营数据。二是王中君总经理做了《提振信心力争上游努力实现传媒发展新跨越》的报告,我的解说词被新闻中心同志编辑、配音到了16分钟名为《最美风景在远山,只争朝夕谱华章》的短视频。我的名字作为供稿人第一个出现在视频结束末尾,赵垚十分兴奋,称赞我文笔上佳,一出手就在年会露脸。三是表彰先进集体和先进个人,《西北作家》编辑部、恒通公司、家得福超市、财务处、中天物业公司受到先进集体嘉奖,陇飞国旅2015年经济增长最快、盈利水平最好,授予突出贡献奖,我和其余十来名职工受到先进个人的嘉奖。四是集团年度宴席,席上有十凉十热、一道主食、一道汤品,荤素搭配、海鲜山珍应有尽有,风味以川菜和陇菜为主。倒也不是俗气的大鱼大肉,味道可口、美味。这么大规模的宴席,王总不可能挨个桌子敬酒,就在大屏幕上"云喝酒",大家看着巨大的白色幕布和投影在上面举杯的王总,近千人干部、职工欢呼、鼓掌,感恩一年来的付出,展望美好的2016年。主会场红色地毯、棕色会议桌,庄重大气、引人注目。集团董事会王天成董事长和五个董事会成员们围绕着套间的小圆桌而坐,五个老总和三级序列的高级经理围绕椭圆会议桌而坐,董事们、老总、高级经理先后通过视频直播形式向现场职工拜年、祝福。

宴会井井有条,所有职工卸下一年疲惫尽情享受宴席,把酒言欢。领导祝福视频结束后,大屏幕上播放着之前排练好的新春歌舞晚会录制的视频,这种规模的年会在本省也算是盛况空前,也就几个国有大型企业可以争锋。宴席结束我跟一起参加工作的赵垚,私下约到大漠烤肉喝啤酒,叫了报到入职时认识的朱宇平。

第四十八章　民警小庄

2016年3月20日,张小庄面对着党旗庄严宣誓,成为一名预备党员。时令春分、阳光正好,小庄对着党旗握紧右拳宣誓。小庄佩戴了一颗星的肩章,他的梦想是能带条杠,如果此生能穿上"白衬衣"就是光宗耀祖,爷爷地下有知,也会含笑九泉。面对更衣镜看到自己威严、庄重的形象十分开心,大檐帽戴正向着自己敬礼,脸上挂着微笑。本想当了警察会除暴安良,但是他除了日常政务工作,大部分时间都是处理琐事,诸如女人打小三、超市逮扒手、男人醉酒家暴,甚至有虐待动物的都会报警,天天处理着鸡毛蒜皮的小事,但张小庄没有一丝懈怠,都会尽心尽力处理问题。

一个周五,分局没什么工作,小庄在办公室看着《西北作家》,心想陆言都考核优秀成为文字编辑了,自己也要加油努力。快下班了,单位的老杨过来:"小伙子,晚上外面吃个饭走。"

小庄憨态可掬,碰到饭局他是不推辞的,毕竟小伙子天天土豆、粉条、白菜,没点荤腥油水肚子也不适应。两人换了便装后,老杨推着老式的飞鸽大链盒自行车带着小庄来到农民巷一家菜馆,老杨把一张有些卷皮的裹塑菜单递给小庄:"小伙子,想吃啥随便点,我看你平常很少外面下馆子,生活紧张吧,是不是谈对象啊。"

小庄很少跟同事说自己的家事,面对这个如长辈一般的老同志,还是把这些年来的心酸遭遇一吐而尽,小庄想起爷爷和记忆模糊的爸爸,还有因为职务犯罪被限制自由的妈妈不免落泪。

"当初政审你确实有点麻烦,后来发现你上大学前,户口在金州的舅舅家,组织也在政审时充分考虑各方面意见,你妈妈的职务方面的经济犯罪倒不是很严重,如果触犯刑法你就不可能入职了。"

"舅舅对我很好,我生父遇害后,他帮妈妈调动工作,继父庄强也是舅舅介绍的。虽然继父人不靠谱但会赚钱,也有本事,让我过了几年富足的生活,虽然他现在混得差劲,内蒙古跑大车去了,以后我还是要给他养老。"

"我们工作人员了解过,你户口过到舅舅家里之前一直在爷爷身边长大,你爷爷是个受人敬仰的老医生、名中医,这样的爷爷带的孙子肯定没问题。你入党前我们也给你舅舅所在的单位发了函调材料,证明了你的有关情况。小伙子你有个好舅舅,倒不是因为他官做得大。他待你不错,据你所说后来大学学费和毕业时的生活费都是舅舅给你的,包括你妈妈那边出事,都是你舅舅在原则、规矩允许情况下,尽力办了办事情。"

"我除了爷爷就敬重舅舅,妈妈明年就能自由出入居住地了,我想把她接过来。"

"有孝心,有些子女看父母不顺或者出了问题,急于撇清关系,怕误了个人仕途。官多大是个头啊,我这个岁数了也不过是个副科干部,就像别人笑话我得了二十多年妇科病(副科病)。其实人一生有很多境遇,一时失意与不顺并不算什么。漫长、悠远的岁月,会如流水一般荡涤过往的尘埃,功名利禄或许在当时啊,看得很重。光阴荏苒也终就如一缕尘埃。就如作家张晓风写的那样'有人会记得那届状元披红游街的盛景吗?不!我们只记得秋夜的客船上那个失意的人。'人啊,一时的得失与成败并不算什么,而是能够遵从自己内心和想法去生活。小庄,你有着不幸的遭遇,但同时你也有善良的心,我相信你父亲的案子终会水落石出。

"杨叔你懂真多呢,我以前就觉得我同学陆言学识渊博呢。"

"工作赚钱为了糊口,阅读学习才能提升我们的人生境界啊。我们这工作说伟大也伟大,说平凡也平凡。大部分同志都是基层民警,也做不了破案如神的高手,但大多数人都在全心全意为人民服务。民警是为老百姓的,你心里惦记着你爸爸的事情,我能理解。近年也有提法,把过去积压已久大案、要案、悬案抓紧侦破了,二十年刑事诉讼期过去了,可不是犯罪分子逍遥法外的开始。我们只要有一口气在,就要抓住那些歹徒。天理,什么是天理?杀人偿命、欠债还钱,这就是天理。人民警察不去维护这杆天秤,谁去?你也别一直郁郁寡欢的,想学办案的经验,你好好干,今年把局里的基础事务方面的工作做好,完了我跟局长推荐,把你分刑警队去,你本来就是学习这个专业。办公室写写画画的活儿,交给文秘专业的人干去。"

一老一少对坐在方桌两侧,饮了七八瓶鲜啤,吃了三盘炒菜,杯盘狼藉,一把烤肉铁签子插满木桶。老杨结账出来推着自行车往家里走,到了分别的路口:"小庄啊,你还是和你朋友住一块吗?"

"是啊,我跟白芷一起住,陆言晚上要回家,中午在那里休息。"

"这就对咯，年轻人就得有几个朋友，一个好汉三个帮，一个篱笆三个桩呢。我走了，晚上有个领导交代的材料改巴改巴，喝点酒刚好有思路。"

"杨叔再见。"

小庄走了不到两公里，四瓶啤酒酒气挥发干净，打了辆出租车回到房子，白芷抱着书对着电脑正在学习视频课程。

"白总这是要干吗呢，努力学习啊，看的啥书，《情场杀手》还是《玉女心经》？"

"别闹，我算着今年7月份毕业满一年就可以报名在职研究生了，我先买了英语网课突击呢。少壮不努力，如今看不懂。现在就认识ok、yes、hello，我英语词汇量衰退到小学水平了。"白芷手边放着《星火英语》，一本语法书，一本全国在职研究生考试大纲，一本研究生英语单词书，一套往年真题。

"不错，看你这样子，你说的纳斯达克敲钟有希望，你就是下一个詹姆斯·伍德·约翰逊。"

"什么逊？我就小时候看过《鲁滨孙漂流记》。"

"强生公司创始人之一。"

"什么生？我知道强生婴儿润肤油。"白芷两连问。

"美国强生(英文名称Johnson&Johnson)，强生公司市场价值指标评比名列全球第20位，强生在全球60个国家建立了250多家分公司，拥有约11万5千余名员工，产品销售于一百七十五个国家和地区。"

"不懂，我的目标就是让白氏制药有限责任公司走出西北五省就好，目前我们的战略版图连中部城市都没有涉及，药企做大很难，你们看我有钱，其实我们的公司比起巨无霸来就是个小虾米，不做大做强，就得做好被大鱼吃小鱼的心理准备。"

"好好学习，加油，我要看《大宋提刑官了》。"

"我看你最近读《洗冤集录》，你没学过法医吧。"

"你不懂，现场、作案工具、尸体这是最重要的三条线索。"

"太难了，我的水平能看懂《白夜行》里的情节就万岁，那个今枝怎么死的我都不知道，后来我没事翻着看化学百科知识，才知道一种见水溶解的致命药剂，怪不得看小说今枝这个私家侦探回家，虽然发现卫生间不对劲，窗口开着原来是为了散味，没回神呢，就倒地而亡。"

"你快继续学习吧。"小庄回了房子，将纸袋子里的警服叠放整齐，看完一集

《大宋提刑官》后开始学习，最近他买了些世界疑案、悬案的案例分析集锦。

第四十九章　回乡笔记

1

除夕前三天，同事们大多请假回老家过年，大楼里人走得七七八八。晚上我在办公室写新春贺词，楼道里漆黑一片，唯独编辑部亮着灯。望着窗外车流与路灯，感慨时间过得真快，这就又到了春节呢。写好后我发把稿子发给姚主编审阅，随后便关机下班了。停车场空荡荡的，随后我坐在车里发呆，每天也只有这一点时间完全属于自己，我可以放空大脑，什么都不用想的休息一会儿。回家后跟父母说了过年要去欣珺家里事情，老爹给了我张两万的信用卡说看着买些礼品，第一次上门阔气些。

第二天早上，我跟姚主编请假半天，准备市里采购礼品，拿了一件飞天茅台和两条软中华，取了一个礼盒装的冬虫夏草，又备了箱百合，估摸着也够体面了。第二天下午公司通知弹性上班，我可以提前走，赶着初五回来准备年后工作就好。我开车接上欣珺，一大早赶回甘州，她是个不称职的副驾驶，上车后昏昏欲睡，我只能听着电台以防走神。差不多开了六七个小时，中间服务区休息了一会儿。欣珺家在鼓楼附近，地段是很好，就是交通堪忧。差不多到了下午四点多，我登门拜访叶府。

复式楼房宽敞大气，我瞅着天花板足足有六七米多高，踩着旋转楼梯上了二层，也没觉得空间逼仄。格局合理、装修精致，怪不得第一次见面欣珺用巴宝莉，真是有钱人。老叶是个经营茶行的老板，她妈妈是个家庭主妇，家里还雇用着一个保姆。电视机传来《新闻联播》的背景音乐，我与欣珺一家共进晚餐。席间发觉此家倒也不是一般暴发户，谈吐间也有文化，聊了一阵陆羽的《茶经》。

"小陆啊，听说你在陇飞做编辑。我没上过大学，就喜欢有文化的人。你们的杂志我也看呢，怎么没见你名字。"

"叔叔，那得是中级以上编辑才能出现在责编的位置，我目前还不够格呢。"

"原来如此啊。还不知道你家里人做什么工作。"

"我妈妈经营一家美容院，不过这两年生意不好转让了，打算去经营化妆品。"叶母面露难色，"我爸爸在电网公司，银安市那边做经理。"语毕，阿姨那边脸色阴云随即转晴，替我夹菜，倒满了杯中红酒。

"小陆，尝尝这赤霞珠，虽不是名酒，但也是地方特色。"

我赶紧把杯中酒一饮而尽，酒过三巡，聊起了买房事宜，老叶听闻我家里最近在金州买新房不久，资金不够充足，表示年轻人多奋斗，叔叔可以赞助一二十万的，叶母在旁边拉他胳膊说："吃点凉菜，三两红酒怎么喝高了。"其实桌子上并没有凉菜。

饭后我看二楼书房确实藏书不少，有本《阅微草堂笔记》，不过连包装的塑料封皮都没有拆开，闲聊了一会历史，发觉欣琚父母的历史知识大多源于清宫戏，我也就客随主便，谈了会影视剧创作理论，讲了中国电视剧发展历史，我说得头头是道。

晚上我被安排在客房休息，第二天用过午饭缓过了酒气，我一人开车返回金州，毕竟我不能待别人家过整个农历新年。我心中盘算着，金州房价好些地段早已破万，100多万的房款压力自然很大。想到这些不开心事情，自己也不知未来该怎么办。回家后跟父母汇报了上门情况，老爹就说别多在意，钱会慢慢赚的。

"不行找我哥借点。"我妈想起了老家开发房地产的舅舅。

"咱们跟人家就不是一个阶层，到金州后又不怎么和人家走动，怎么好张口。"老爹喝着紫砂壶里的铁观音。

"那怎么了，外甥应该管，我完了回趟老家跟他说说，他拿出三四十万的还不跟玩一样，再说咱们是借他的。说倒霉也倒霉，美容院越来越不景气，都是什么美图秀秀、美颜相机给害的，现在女孩子手机上修得跟天仙一样，谁还老跑美容院做护理。"这也是实情，各行各业的传统模式都被互联网行业挤兑得没有生存空间了。

"我也弄过什么APP和网络预约平台，花出去的软件运营费用，压根回不来本，化妆品也不好卖，网上哪个都便宜。管它假的真的，反正女人就图个虚荣。"

"你别再投资了，跟咱儿子同学家一样，超市不守着要开茶餐厅，老板变司机，你要实在没事干，我看看银安那边给你安排个工作，银安有色金属集团我还是有熟人的，你就过去弄个聘用合同，做做文档工作，少了少还能赚些，退休了还能有地方养老。"

"也行吧,做生意搞不好就得赔个一两百万,美容院转手出去家里还有些钱,不如咱们给儿子先贷款买个房子吧。"

"也好,早知道那会就不给他买沃尔沃了,那个车就出去30万,非要说知识分子、大学教授都开沃尔沃,那小子花钱方面跟你一样不靠谱,想起来就要买。"

"我哥那里周转些,家里钱拿出来一部分,我们就留个五六万应急就好,这样凑个80万还是可以,剩下钱让儿子贷款去吧。要买就买好些,省得被人家说三道四。便宜的地方也有,但金州这鬼地方的交通,离得远坐车不得累死,就城关区买算了,咬咬牙也能行。"

我听父母商量凑钱事情心里难过,心想最好也能赚点钱,今年转正后的收入提高了些,抛开一些不确定的稿费收入,一年到手工资加奖金有8万块钱,在金州勉强算个小康。过年就和白芷出去喝了一场酒,也没有心情参加同学聚会。

2

小庄过年也一个人回家了,想着今年四五月份妈妈的缓刑期就过了。小庄妈妈叫陈婷,第一任丈夫死于非命,不到三十岁的她肩负起家庭重担,好在自己哥哥帮忙安排了工作,又介绍了庄强认识,才不至于母子受苦受难。无奈老庄频繁出轨、包养小三,陈婷无心家庭,二度离婚一头扎进股市。无奈中国股市自美国次贷危机以后就疲软无力,跟着所谓证券公司内线人员买进卖出,一分钱不赚还给人家分析师交不少好处费,来来回回家底赔光,又一时糊涂走向职务犯罪,好端端一个科长因为挪用公款被双开了,差点影响儿子工作政审,好在小庄舅舅陈中科位高权重,出手拉了一把,要不然母子俩真得掉进冰窟窿里。

小庄:"妈,我看白芷家的那套毛坯房子不错,想凑点钱买下来,130平方米也够住了,到时候你也一起过来。"

陈婷:"儿子啊,现在二手房市场有价无市,我们这个小区当时不在新区规划范围内,拆迁补偿没有可能,拿出去卖30万打住了。你朋友是不错,不赚你一分钱,但80万的房子以后还要装修、买家电呢,怎么也到100多万,妈妈给你只能准备30万了。你舅舅那边我不好张口,他官做得大但是为官清廉,就是靠死工资,张嘴也能拿个十万八万,但我不好再麻烦他了。没你舅舅,妈妈这辈子早完了。"

小庄闷头出了家门,准备到超市买些年货,买了个大红灯笼、一副对联、三张年画、牛羊肉四斤、一只肘子、些许蔬菜水果,一个人大包、小包地提回家,准备年夜饭。母子二人围着餐桌而坐，妈妈端来两盘羊肉大葱馅饺子，俩高脚杯各倒了三两酒，炒了四个菜，也算过年。

"你继父后来在内蒙古又找个女人结婚了。"

"哦。"小庄低头应答，热腾腾的饺子一口一个，烫着他直吸溜嘴。

"小时候没觉得你能吃，不过你倒也不胖。"

"妈，不如咱年后把房子挂玛雅房屋上吧，有没有人买，我们这位置还行呢，虽然住了好多年，但是距离学校近，咱别低于35万了，好歹也100平方米呢。"

"妈妈又不懂，你看着弄吧。美伦没回来吗？"

"杨老板生意扩展到金州了，美伦在金州呢。"

"说起来，早些时候觉得杨越抛弃妻女，没想到人家还能翻过身，好好对待女儿。毕竟是亲生的，你爸如果还活着，该多好啊。"妈妈流下眼泪。

"妈别说了，我现在也是警察了，爸爸的案子可能破不了，但是我能守护更多家庭的安全与幸福"

除夕夜，我、小庄、白芷三个人各有烦心事，我为了和欣珺的未来发愁，小庄在想卖老家房子的事，白芷突击研究生英语准备在职硕士考试。

第五十章　云程发轫

林子大了什么鸟都有，尤其在文人这种圈子里演绎得更加淋漓尽致。前面提到的四大天王各有间隙、彼此不服，每个人手下又有一拨编辑和文员，各占山头。《金周刊》和新媒体属于新老对阵，印证了"芳林新叶催旧叶，流水前波让后波。"而《西北作家》和《浪潮文摘》也互相看不起，《西北作家》自视文学正宗、原创经典，不过在刊物销量上不如贴近老百姓生活的《浪潮文摘》。《浪潮文摘》内容包罗万象、囊括百态，是仅次于融媒体公司旗下网络产品的吸金神器，销量吊打《西北作家》。而《西北作家》编辑部认为《浪潮文摘》是吃剩饭的，把五花八门文章选摘成册，给他们起个外号叫"小儿科"。

姚天成年轻时候是个作家，曾经获得过全国短篇小说一等奖、三等奖，中篇小说摘得过地方飞天文学奖桂冠，出版长篇小说三部，散文、随笔、评论100余万字,作品散见于国内二十来家知名文学刊物。刚踏入不惑之年的姚天成,被集团上上下下看好能够接任蔡俊总编的职位,执掌传媒公司教鞭。而蔡俊盛传有希望升到集团做副总经理。毕竟杨再宏年龄也大了,不是科班出身的杨总对新闻传媒、文化宣传领域工作并不擅长。蔡俊其人就来头更大,只消一件事便可证明实力,长篇小说入围过茅盾文学奖,虽然沧海遗珠,未能获奖,却也笔力不凡,采气凛然、惊为天人。各行各业的干部体系都是金字塔型,尤其对于陇飞传媒来说更是如此,员工众多、人才济济,大部分人卡在7-9级序列止步不前,6级是一道分水岭,也是集团干部的一道难以逾越鸿沟。

今天蔡俊通知公司中层干部和主编们召开全体会议,说有要事研究。

蔡俊:"今天例会我有两个意思要讲:首先《西北作家》编辑部今年策划个专题活动,这也是集团老板们碰头后的意见,后来我和传媒公司的凌经理酝酿了一下,大概就是做一期征文活动,目前文学奖叫什么名字还在商议,有人觉得叫'陇飞文学奖',有人认为要找地方烟厂拉赞助,起名为'飞天梦杯',目前奖项名字暂时搁浅。奖金设置会很高,同时邀请国内一些知名作家、评论家过来造势,反正也不指望他们真的去做评选工作。文学圈子今年我评你,明年你选我,没有意义。叫他们来就是装点门面的,最终花落谁家决定权在我们集团,说白了就是陇飞传媒定的。活动只面向小说,由于我们杂志篇幅不适合中篇小说刊登,就限定短篇小说,篇幅不超过两万字,主题不限。杨总之前意见是把诗歌、散文也加上,被我否决了。写散文人多如牛毛,写得好的寥寥无几。诗歌怎么说更不行,也更不幸,写诗的比看诗的还多,一群人瞎写,觉得白话文分行就是诗歌了,杨总的意见被我顶回去了。"蔡俊讲得口渴,喝口茶水,随手点烟,坐最把头的年轻人从茶水柜取出烟灰缸摆蔡俊面前。

蔡俊:"第二个意思也是做个活动,主要是为集团进军影视行业做准备,目前考虑整个集团经济运行情况和发展目标,我们就定在网剧上,这也是新兴事物,做的人有,但不算很多。这方面交给方兴艾和段海生负责,《金周刊》就负责造势宣传,新媒体中心那边还会利用线上平台把这个宣传势头推出去。大概的思路我说说,就是征集剧本,不超过20集的篇幅,每集45分钟即可,尽量要考虑成本,上头意思是轻喜剧为主,这两年大火的《爱情公寓》是个思路,场景和拍摄难度尽可能低一些,我们用不起陈凯歌那样的大导演,什么都要跑实景取材,咱们王董事长也不是华谊的二王,集团目前财力远远达不到。确实这几年,咱们集团没吸纳过影视剧方面人才，这也不可能去招聘大学生，集团意思是挖两三个导演、编剧过来，按合同付费，平时挂着职务就行。人的事情集团解决，我们先落实好前期准备工作，大家这次要鼎力配合，再别闹矛盾。大家都是一个团体，说难听些，没有徐丘明副总高瞻远瞩，提出三产战略，我们这些穷酸文人出去买菜都得和小贩掰扯半天。这方面徐丘明副总很有眼光，十年前在传媒公司鼎盛时候，拿出资金修酒店、盖仓库、开连锁超市、办旅行社、搞物流、做餐饮娱乐，风风火火这十年才让陇飞这个大家庭过上了好日子，打听打听金州其他报社、媒体公司的工资，再看看我们的收入，就要学会感恩。"四个主编和一些参会人员低下头不说话。

姚天成："小说奖项数量和奖金方面集团有没有个大致意思。"

蔡俊："一等奖三名，二等奖六名，三等奖九名，奖金分别是10万、6万、2万，公示后无抄袭情况和异议话，均以转账支票形式兑现，入围奖就是能够免费参加陇飞国旅的海南三日游，入围奖是二十名，集团意思是让这帮子穷文人出去游一游，念我们好还能多写多宣传咱们，集团在三亚也有酒店和娱乐场所，让他们过去消费去，入围奖也不赔钱。"

冯学东："《金周刊》做点前期宣传倒没有问题，这个征集剧本，应该要有受众指向性，我们的读者是很多，但真正懂创作的估计很少。不如我们从这次小说征文中优中选优，拿出一些作品来，和作者商量改写一下，我们倒可以与获奖作者签署版权合同，取得小说的影视改编权。"

蔡俊："你这个思路不错，完了你们四个人再商量商量，三天后拿出个大概思路来，交给马德荃主任拟个方案，这得走公文流转报给集团，然后老板们通过了再执行。好了，散会。"

农历新年过去不到一个月，陇飞传媒正在谋划筹备一场文学盛事。这种活动轮不到我去策划，交给我任务就是利用公司的官方微博、博客、订阅号广泛宣传。除过宣传工作外，我还是负责一些简单校对工作和新媒体方面的宣传报道，工作量相对较少，年后姚主编让我写一篇《西北作家》的卷首语，杂志是半月刊，我按着姚主编意思写了一两千字，姚科长说差些火候，不过拿去给新媒科那边还能用，按字数付稿费。新媒科主要是运营《今日陇飞》这个新闻平台，目前电脑端、手机端、网页端三个平台均已上线，新闻中心和新媒科可谓佳偶天成、喜结良缘，前者负责采编和技术支持，后者就是文案和编审，两个部门关系不错。

活动宣传如火如荼，陇飞集团也在省电视台做了一期访谈节目，蔡俊与主持人互动、交流,宣传本次文学盛宴。本次活动由于奖金很高,还有影视改编的噱头吸引人,省内文化圈子认为陇飞传媒家大业大,不光有致力于文学原创的期刊,也有成熟、完备的媒体体系。如今又有进军影视剧行业的勃勃野心,陇飞大有后来居上成为地方文化标志的气势。

虽然室外气温零度左右比较寒冷,但甘肃文化频道《今日有约》的演播室内温暖如春,女主持人着西装套裙端坐圆桌左侧,秋水含睛、肤白细腻、杨柳细腰、绰约多姿,谈吐间氤氲文化涵养、吐芳纳蕊、妙语连珠。蔡俊一表人才、气质儒雅,侃侃而谈介绍了本次活动意义与过程。

蔡俊:"我们这次诚邀一些知名作家担纲评委,也邀请了一些年轻的新锐作家,我们倒是不限于纯文学,活动有一个目的——改编剧本。所以我们也邀请了青年作家、导演韩寒作为评委嘉宾,2014年上映的《后会无期》是部不错的电影。"

主持人谢甜:"蔡老师,预祝陇飞集团这次盛事取得圆满成功,这将会是陇原大地一场文化盛事。"随着熟悉的背景音乐响起,《今日有约》访谈节目结束,谢田送蔡俊到电视台会客室休息。

我在家里电视机前看完了蔡俊的节目,不由感慨这才是人才呢,时间还早我爬电脑前给其他单位代写材料,最近托朋友介绍了些兼职,公文材料、新闻消息按照每千字300元价格付费,学术论文只要在指定刊物发表就是8000元稿酬,不过难度太大,目前还没有发表过论文。最近有一个文学院研究生通过朋友找到我,希望写一个关于作家三毛作品的论文,我恰好对三毛作品十分熟悉,便应允下来,对方承诺如果过了毕业论文答辩,给予6000元稿酬。最近苦于房款压力,每周一三五在斗鱼直播打Dota2,二四六代笔写文章,虽不说代笔百发百中,倒也一个月能赚些零花钱,保障了抽烟、加油、吃饭还有和欣珺约会的花费。入职以来的结余工资、奖金和其他收入合计3万元整,我买了陇商银行的理财产品,一年期的收益还是比较客观,我想留自己卡里也就花没了。我计划是赶年底能够有五六万积蓄,就能把新房子贴壁纸、改水电的费用赚差不多。我没有白芷那样的家资和背景,也只能靠自己努力,这事情没有向任何人说过。自己也从来不在任何媒体、刊物挂名,这倒不是担心赚稿费违反劳动规章制度问题,但被人打小报告挨批评是肯定的,本身公司有繁重的新闻采编、写作任务,如果扣一个不积极工作帽子,虽不说问题太大,但终究不是好事呢。

第五十一章　醉里看剑

1

编号620799张小庄,自小庄成为警察后对自己身份认同感强烈,下班要换便装,便会把警服折叠好,整整齐齐放衣物柜里。每周都会认认真真洗干净蓝衬衣,准备周一时干干净净去上班。西北没有春天,棉袄脱了就是穿T恤的季节,气候忽冷忽热,让金州人民在年后一直处于穿秋裤、脱秋裤、再穿秋裤的无尽循环当中。好的一点是,近年来生态环境有所改善,沙尘暴爆发频率明显降低。3月的一天,小庄和美伦相约去金牛街闲逛,顺便怀念大学生活。二人经过师大的过街天桥时,小庄见一青年男子鬼鬼祟祟,尾随一个女孩意欲偷窃,姑娘显然是个大学生,插着耳机听音乐浑然不知。小庄决定要制止这场行窃,大学生丢东西还不得难受死,小庄迅速向上蹿了几级台阶,拍了拍女孩肩膀:"小小扒手。"

青年见事情败露恼羞成怒:"你谁啊!多管闲事。"不远处放风的胖子赶来帮忙,大有和小庄打斗之意,女学生哪见过这场面,吓得花容失色,迅速跑下天桥。此时周围占满了围观的学生。胖子抢先一步挥拳打向小庄右侧脸颊,小庄练习过擒拿格斗、自由搏击还有柔道,这种流氓打架招式自然被他一眼识破。看对方体型较重且挥拳时右身空虚,小庄几步助跑,然后一腿前摆,另一腿蹬地跳起,在空中完成漂亮的"二起脚",直取胖子胸膛,大约两百来斤的胖子被不足一百六十斤的小庄踹飞,飞起一脚加上助跑的力量很大,胖子被踹出两米多远,按着胸口叫娘。之前行窃的小偷看形势不对打算背后偷袭,小庄也不回头,根据听力判断对方速度和距离,对方差不多近身时,小庄也没有马上出手。随后小庄过肩摔将其扔到面前,一胖一瘦犹如两条死鱼在天桥上翻滚。周围学生爆发出热烈的欢呼声,美伦在旁边看得心神荡漾。小庄掏出警官证,喝令二人原定待着,拿块石头给二人画地为牢,两人害怕继续挨打,只好垂头丧气地站在圈内。小庄打电话叫了辖区民警,一个胖子和一个瘦高个就像《鹿鼎记》里的胖头陀、瘦头陀,二人因为行窃和袭警被当地派出所民警带走,怎么也得在号子里吃几天饭。

多少年以来,天和公寓天桥以及附近治安一直不好,丢东西、行窃偶有发生,天和公寓并不属于师大管理,当时中标的河南老板满脑子想着赚钱,修得这片公寓质量差到极点,先是18号楼发生楼体开裂事件,一时引起恐慌。后来院内四合院的通道不符合消防通道标准,被勒令整改,成为老百姓茶余饭后的笑谈。

小庄还记得我跟他说过,2012年天和公寓和学校组织安全检查暨警示大会,有关人员私闯学生公寓收缴违规电器,引起了声势浩大的抗议活动。本来师范学校女生人数居多,没承想却爆发了最为严重的群体事件。男生们将公寓四合院南面的过道砸得一片狼藉,从来不出图像的电视机被扔出窗户,各种生活用品被恼羞成怒的大学生抛出窗外,吓得楼下商户大白天提前关门,事前布置好的安全检查的会场被砸得一片狼藉,直至傍晚学生仍然不让步,安保处派来人员围堵公寓南门,警察封堵了公寓南门口。此事爆发以后,校方将所有男生迁出四合院,安排到靠马路的南面公寓,这也是学校近年来最严重的一次群体事件。

小庄处理完事情带美伦吃火锅,美伦表现一脸崇拜,谁不喜欢威武的英雄,虽然只是制服了两个小偷,但是一般人肯定打不过两个人啊。火锅热气腾腾,一盘盘涮菜、羊肉下锅,美伦眼神充满爱慕之情。吃过饭小庄没提这事,倒美伦打电话给我描述了小庄的英勇神武,我听完心生敬意。

2

时光如流水,静静流淌过漫长人生,转眼到了清明节,小庄回老家祭祖、扫墓。而我被分配了整理投稿的任务,最终这次活动由集团全力支持,命名为"陇飞文学奖"。陇飞这次活动由于设置奖金太高,引来全国各地作家投稿,一些南方作家打电话询问10万元奖金到底是不是真的,你们真的能够支付奖金吗?你们那边交通工具是不是骆驼?我就回了一句:"陇飞集团正在准备上市,我们难道付不起你十万的奖金吗?你认为西北人骑骆驼就跟云南人骑大象通勤的认知一样愚昧,按你意思是不是苏州人每天摇着摆渡船去上班?"我没有审核小说来稿的权力,只是根据题材不同大概做个分类,如乡土、青春、推理等等,还有一些四不像来稿,说小说也不像,说散文也不像,距离投稿截止时间还有一个月,我不可能等着最后才去分类,就每天看个十来篇。来稿中不乏优秀作品,读起来有滋有味、甘之如饴。当然大部分小说剧情乏善可陈、味同嚼蜡,连一个好故事都算不上。忙完已经晚上十点,我开车回家却没有睡意,妈妈年后跟爸爸去了银安,在银安有色金属公司找了个差事,一般周五晚上赶回金州。

回家后,一人无聊从冰箱里取出几罐啤酒,跑小区门口买了些花生、鸡爪、鸭脖上来自饮。爸爸之前调任银安,送给我一只毕加索钢笔,我放在盒子里珍藏舍不得使用,有时睡不着起来盯着钢笔看。我什么时候能开悟,就像江淹妙笔生花那样,当然江郎才尽说的也是他。喝了几罐啤酒再不能多饮,怕第二天酒精超标。我有点醉意朦胧,取出宣纸准备写字,我练过几年毛笔字,当然算不得书法,几分醉意我调好墨汁,提笔挥毫:

醉里挑灯看剑,梦回吹角连营。八百里分麾下炙,五十弦翻塞外声,沙场秋点兵。

马作的卢飞快,弓如霹雳弦惊。了却君王天下事,赢得生前身后名。可怜白发生!

写完后我沉沉睡去,我做了一个长长的梦,梦到我被邀请去西安参会,偌大会议室评论家、作家云集,也有媒体来采访、录像,为我专门开了作品研讨会。我梦到自己写小说获奖,名动古都,一时风头无两。

3

西北近些年来倒也湿润起来,本省版图地域狭长,东西两端距离跨度很远,可谓是一头看沙漠、一头看青山绿水。今天春雨如雾,金州难得见如此细腻的雨,倒也不似瓢泼大雨会激起地上尘土。"野马也,尘埃也,生物之以息相吹也。"倒也一片生机盎然,绿柳吐芽、草色渐渐、绿意萌发。

我差不多忙完了编辑部分配的工作任务,剩下就是四个主编和程玉生的任务,要大致海选,挑出150多篇小说来供评委阅读、品鉴、定级。大概会经过三轮淘汰,最终确定获奖名单。集团又加大马力、拨付资金,陇飞文学奖又推出了一名特等奖,限定不超过10万字的中篇小说,目的是寻找好的文学母本改写影视剧。同时奖金提高到25万。这奖金比起茅盾文学奖也不遑多让,而且是最多不过十万字的中篇小说,意味着一个字就值20多元,这个奖金堪称天价。就算当年处于畅销书领跑榜的高产作家,他们被买断时的版权税一字1块钱已经是很高。近年来千字千元已经是不错稿酬,集团这次开出天文数字的奖金可谓声势浩大、博人眼球,当然也要求作者收下25万元奖金后,版权和改编权全部收归集团所有,这也已经算很优厚作者。当年如萧鼎的热门小说,即被誉为玄幻小说鼻祖的《诛仙》买断时不过30万而已。

"陇飞文学奖"虽然地位和含金量上相去茅盾文学奖甚远,但是集团坚持重赏之下必有勇夫，这样的奖金肯定能够发掘到优秀作品。短篇小说篇幅在两万字左右，中篇小说一般不会突破10万字，本次活动对篇幅进行了限制，要求不超过10万字，主要也是考虑编辑部人手有限，篇幅太长审稿压力会太大。25万元奖金的特等奖新闻一经报道，引起轩然大波，当然也有负面评价，指责陇飞集团仗着三产钱多、财大气粗，文学不应该与金钱挂钩。

我无心关注外界舆论，邀请欣珺踏春赏花，驾车到宁和植物园。虽不说百花盛开，倒也风景怡人。游了两小时身乏体倦，寻一处茶座，点两杯三炮台、两盘干果休息。

"带你看看房子去。"

"你要买房子？"

"有这个打算，考虑上班距离，我打算买莱茵小镇。"

"你家刚换房子，拿不出多少钱吧，我上班到现在也没多少存款，也就不到两万积蓄，我全部拿给你，之前爸爸偷偷转给我3万块也给你用去，我妈肯定不能让知道。"

"舅舅借了我家60万，也没说还不还的话，想着十年八年还掉就好，家里还有二三十万积蓄，我个人也有积蓄，不过买了理财到一年后才能取，堂哥借了我5万。虽然全款付不清，但也留不下多少贷款。"

在茶座欣珺把所有积蓄转到我银行卡里，我加上堂哥借的钱差不多有十万，两人驾车跑了几个小区，碧桂园虽然便宜很多，但是修在了山上，真想不通怎么设计的，在荒山上修小区，难道是让业主休息时间种树嘛。最后还是选择距离家不远的小区，看了看莱茵小镇，相中了129平方米的两居室，金州房子公摊面积很大，还好这个户型是一个电梯，实际使用面积有109平方米，价格是11239元/平方米，每拔高一层，便涨单价100元，13层的房子我看中了七楼，买房有句话："多层楼房金三银四。高层楼房七上八下。"一般上班谋仕途的人都要七层，寓意更上一层楼能够提拔，做生意的喜欢八楼寓意发财。经过优惠和促销等各项活动，最终跟售楼小姐洽谈了：11123元/平方米，最后托白芷找了这边的售楼部主任，零头抹去，单价最后1.1万元整，并且车位以6万元价格拿下，省了至少4万元，我没选择要地下室，认为那只能放垃圾。临近五一搞活动，如果首付比例超过50%，还能优惠打个99折，零头抹去最后成交价是140万，我打电话叫了爸妈还有堂哥过来看房子，父母表示这是你住房，你说了算。虽然

130多平的房子,也有三居室,但是抛去公摊面积做的三居室,最小卧室犹如鸽笼。这个户型倒挺合适,客厅宽敞、南北通透,卫生间和厨房采光都不错,楼间距也较大,楼下是个小花园风景也好。客厅与阳台连一起面积也很大,我考虑在阳台放一书桌,留来写作、看书之用,因为我和欣珺都不爱养花,倒可以把这一点空间利用起来,一边墙上打个书柜,置办个小桌子,另一边墙上做个储物柜还能省地下室的费用。

我和欣珺两人签了购房合同,我交纳了3万元订金,并且按照规定最迟45天内交齐首付,因为我是半款优惠价格,必须得五成首付便是70万,我不想把家里钱全花到首付上,反正房子会升值,钱只能贬值,还不如拿钱去投资。距离公积金缴纳满一年还有两个多月时间,就跟售房中心经理约好,7月7日办好各项手续。70万已经超过了公积金贷款上限,我和欣珺没有结婚,不能同时使用配偶住房公积金申请贷款,还有25万需要商业贷款,我跟父母说这25万算我借你们的,我会慢慢还。他们倒也没有异议,毕竟没必要承担商业贷款的高额利息。也就意味着我负担45万的公积金贷款,首套住房利息是3.25%。签完购房合同,欣珺把签字栏拍照发给她妈,总算未来丈母娘松口气,不再对我有忧心,叶父表示事后的装修、房屋购置税、维修基金和其他一干费用由他承担,毕竟茶行生意做得大,传出去叶老板一毛不拔也不好听。

签完购房合同,我请白芷、小庄、美伦、林菲吃饭表示庆贺,毕竟买房子是人生一件大事,我算了按照我收入水平银行应该会分20年即480期,我拿房贷计算器计算了下,还款总额62万左右,月供2556元,倒也不是负担太重。物业费是1.89元/平方米也算是比较贵了。公司的公积金每月合计1558元,每年公积金可以一次性还款1.8万左右。新东方学校各地情况不一样,不是所有地方的学校老师都有公积金,欣珺那边只缴纳基本保险,工资每个月浮动很大取决于课时费和绩效工资,有时工资过万,有时只有3000块出头,一年到头不稳定。也许这就是生活,生下来就得干活,干活为了赚钱,赚钱为了生存。

第五十二章　怀觚握椠

"陇飞文学奖"引来大江南北作家的踊跃来稿,小说来稿如过江之鲫、数不胜数,集团公司本想本部地处西北、经济后进,当地也少有名动全国的作家,没想到收到中篇小说200余篇,短篇小说2000余篇,编辑部从各个子公司、二级单位紧急抽调文字人员进行初步筛选分类工作。为给活动营造势头,集团花血本邀请了国内知名作家担纲评委,青年作家和网络作家也有邀请,省内也邀请了近年来文坛上举足轻重的一干知名作家助阵。考虑到是小说评奖,写散文、诗歌的一概没邀请,本身这俩"难兄难弟"受到的关注程度也不如小说。集团从3月份就开始筹备邀请嘉宾,天南海北的作家们陆续到位,飞天酒店豪华套房全部对外停售,从国内急聘各大菜系主厨,为评委嘉宾操刀一日三餐。3月21日,集团机关服务中心主任和杨副总接到了最后一位浙江籍作家莅临金州,评委嘉宾全部如期抵达。经过编辑部前期海选,短篇小说选出了613篇,中篇小说由于篇幅略长则筛选出了71部。好在不是评选长篇小说奖项,评委们一天也能看个30余篇,品质下乘的浏览千字便做舍弃。为避免有沧海遗珠之憾,以免集团编辑不能慧眼识珠,又从海选淘汰的稿子中随机抽了100篇供评委把关。

整个评审活动在集团多功能会议厅举行,集团服务中心在每天10:00和16:00准备点心、水果、零食、饮料、咖啡,集团办公室主任亲自作服务员,给到金州的作家们发烟、沏茶、送水果,多功能会议厅烟雾缭绕,宛如人间仙境,貌似作家们没有不抽烟的,女作家受不了,就在隔壁小会议室审稿。大概一个月时间,完成了三轮筛选,入围奖和二、三等奖已经确定,一等奖及特等奖大家看法不一致,分歧尤其集中在特等奖上。南方作家比较欣赏一部历史题材的作品,以架空历史为基本思路,写了个东方"王子复仇记"的故事,倒也不是照猫画虎,确实也自有一番人家风味。北方作家对一部乡土作品比较看重,认为行文厚重,贴近现实。两派作家争论不休,迟迟敲定不下来。最后还是蔡俊担纲终审,综合各方面意见和后期改编影视剧的需求,敲定了南方作家推崇的小说。评审工作告一段落,集团董事会和所有高级经理出席,在罗马厅设宴招待评委嘉宾,感谢他们的辛勤工作,也感谢他们为西北文学繁荣、发展所做的努力。公示七天后,没有收到投诉和信访电话,保证了征文的原创性。集团公司筹备颁奖晚会,颁奖晚会敲定于5月4

日青年节举办,集团将空中餐厅临时改造,变成一个可以容纳200人集会的多功能厅,鲜花盆景、彩带横幅、宣传展板一应俱全,集团提前向民航管理部门和交通厅备案,租用四艘飞艇,在金州上空沿东南西北四个方向24小时飞行,打着巨幅广告"陇飞文学奖",十多架无人机跟进录像,向地面新闻中心传输信号,金州各大媒体争相报道,盛况空前。获奖作者事先表示均能前来参加颁奖晚会,集团对所有作者报销高铁二等座或飞机经济舱,住宿安排在飞天酒店,有着可口、丰富的自助餐菜品,集团也希望获奖选手能在金州有一段美好的回忆。5月3日晚集团在伊丽莎白厅招待获奖作者,评委、颁奖嘉宾以及各路媒体的记者朋友,董事会成员悉数到场。王中君总经理致辞欢迎,感谢他们为西北文学繁荣做出的贡献,也感谢其为这次文学盛事的辛勤付出。

5月4日19:00,晚会在"SenseofWonder"宏大背景音乐中拉开序幕,省内外50余家媒体到场,会场上两架无人机盘旋上空,轨道摄像机缓缓滑动,省广播电视台派来两名主持人助阵,之前和蔡俊做节目的谢田盛装出席,担任女主持人。5月4日是青年节,也是陇飞集团成立三十周年的大庆,五级以上序列的高级干部只邀请了部分人员参加,旋转餐厅在地面下的滚珠轴承作用下缓缓转动,金州夜景360度无死角展现在来宾眼前,黄河风情线灯火辉煌。同时集团(公司)也在"今日金州"APP同步直播颁奖晚会。

副省长上台致辞,发表了讲话,大致在宣传本土文化、人文、旅游等方面内容,然后是王天成董事长简单回顾了本次活动过程与评审概况。颁奖活动按照入围奖、三等奖、二等奖、一等奖、特等奖的顺序逐一颁奖,根据副总经理、总经理、董事会成员、王天成、副省长的顺序逐个担任颁奖嘉宾,副省长亲自为特等奖获得者颁发证书、纪念杯。包括入围奖在内的所有获奖人员均得到一本获奖证书、一座纪念杯、一支定制的镀金派克钢笔,入围奖作家获得了集团公司下属旅行社的三亚双飞五日游门票,可以畅游海南三亚。

特等奖桂冠花落于湖北武汉的一位名叫肖冉的青年网络作家,肖冉登台发表获奖感言:

"第一次来到金州,看到奔腾的黄河奔流不息,蕴含着金州这座城市的文化底蕴。品尝了久负盛名的牛肉面,与我家乡的热干面各有千秋。我长期在网络上写小说,很少有机会在国内文学刊物发表作品,我知道自己所走的是一条与传统写作模式不同的道路。网络文学历来被殿堂之上的评论家、作家嗤之以鼻,认为难以登堂入室。网络只是一个载体,诚然很多网络作家文学素养并不高,遣词造句能力有待提升,但是一代自有一代之文学。新文化运动发端至今过去了一百多年,一个世纪的光阴,社会生活发生了巨大变化。确实一些总裁文、玄幻文、都市文,不论内涵还是语言水平都欠佳。但是也有《鬼吹灯》这样具备深厚历史、文化底蕴的作品,网络文学发端一般认为是以蔡志恒的《第一次亲密接触》为起点,其后产生过《诛仙》这样的玄幻文开山鼻祖。我之所以选择架空历史去写作,是想表明网络文学作家也是有品味、有内涵、有学识的。我并不是天马行空乱写,写作期间研究了不同朝代历史,钻研过不同时期人们的生活、饮食、交通、文化,架空历史的前提是你熟悉历史,我希望借助贵集团这次文学盛宴,传递一个积极信号,网络文学和网络作家必然会大浪淘金出现精品和精英,会打破现有的出版格局,让每一个有才华的作家拥有足够大的平台,目前网文热门IP改编影视剧的模式已经流行起来,传统的出版业也将面临转型。我相信再渺小的个人,也有蓬勃的力量,也会有自己的价值!"

发言结束,爆发了热烈的掌声,一些年龄大的作家摇头晃脑,深表不满。

我待家里从"今日金州"APP上同步观看了颁奖晚会,肖冉的获奖感言鼓舞人心,我脑门一热也迅速申请了一个订阅号,相信自己也能成为大V。"心中容寰宇,笔下判乾坤"成为我的座右铭,为此我在昂贵的写作台上,用刻刀刻下这八个字。

最近我又接手了一个在银行工作的朋友的私活,要求是写一个演讲稿,要求不高、文字不多、付费不少,想想也是人傻钱多,是写关于"中国梦"的。我在网上浏览消化了些素材,提笔开写,完稿后发给了银行的朋友,对方表示满意,微信转给我800元,于是我心满意足地睡去。一般我所有代笔文档统一都放在U盘的加密文件夹里,我也只用网易邮箱给对方发稿件,避免微信、QQ传输文件留下痕迹,被同事发现。

"陇飞文学奖"落下帷幕,获得入围奖的二十名作家开开心心坐上飞机去了三亚旅游,我赚了不少代笔稿费,想给欣珺买部苹果6S被她拒绝了,说以后花钱地方太多,买个便宜手机就行了,我就给她买了Vivo。时光如流水,自从开始忙着代笔赚稿费也就和小庄、白芷联系不多了。

5月某天下着小雨,倒也不濡湿周身衣物,让人神清气爽,湿润肌肤。我跟欣珺漫无目的地漫步在金州街头,见雨水渐渐大了起来,打算寻一处屋檐避雨。看到一照相馆开着，门口坐着一对男女仿佛在商议拍婚纱照，女孩难掩流羞涩表情，眼神里洋溢着幸福。我看着二人的幸福模样，自己心中也有暖洋洋的感觉。不免感觉到爱情会让人感到幸福，这种幸福也会感染周围的人。

"我们进去看看吧。"

"什么年代了，你还去照相馆，那里不是拍婚纱照的吗。"

"现在不是流行私人定制的艺术照、写真集吗？我们进去也拍一套。"

"那很贵吧。"

"最贵的就是和你在一起的光阴，能留下它多少钱都值得。"

摄像师调好镜头，摆好了场景，相机会定格某一刻的时光，就像是我用瓢在潺潺的溪流舀一勺水。品位那定格的时光，就如甘甜的水让人回味无穷。

第五十三章　孤胆英雄

多少年后我站在铁桥上看着滚滚黄河，都会想起2016年6月份的那个艳阳天，以及那天的孤胆英雄张小庄。

记得是个周末，小庄约我去甘州路喝羊杂汤。我俩到那儿时，只见桥头停着几辆警车和一辆特警的车，铁桥附近围着不少群众，小庄走进人群，发现是一个歹徒持刀挟持了一个老头。听周围群众议论才明白，歹徒是去打劫一家烟酒店，老头是给儿子、儿媳妇看店的，还雇着一小伙子打工。歹徒进门后先是四处看看，不像正常顾客那样询问价格和烟酒规格，而是偷偷在瞄摄像头位置。老头感觉不对劲，就打算摁报警器，而此时歹徒正大踏步走向老头……

银晃晃的匕首亮出来时，歹徒早已戴上准备好的黑头套，只留着俩眼睛。原来这个人早已事前侦查了这家店，了解摄像头的死角。歹徒发现了规律，这家店只有老头和一个店员，打算是抢些现金，然后给外头放风的同伙摁了电话，准备骑摩托车过来接应。而此时报警器已发出"滴滴滴"的声响，估计没几分钟警察就会赶来。因为外面围观的群众越来越多，歹徒也看不到赶来接应的摩托车。恶向胆边生，歹徒心想是逃跑困难，就持刀劫持了老头。歹徒劫持老头刚出门，就被市民围堵住，但是没有人敢靠前救人。就这样僵持到警察赶来已经过去七八分钟，两方呈对峙、胶着的态势,就这样警方一边与歹徒周旋,一边观察老人身体状态。歹徒挟持老人慢慢走到了铁桥上。而此时特警已经到位,警方并调来两名狙击手在合适位置随时待命。

挺着啤酒肚的大盖帽站在防爆盾后面说着电视剧里的台词:"犯罪分子,你已经被包围了,放下武器、交出人质。"

"给我一辆轿车,加满油的,不能安装定位器。"歹徒脑子还是清楚的,知道会被跟踪。

"你的条件我可以先答应,汽车我这会就给你联系,保持冷静,不许伤害老人。""啤酒肚"拿出对讲机:"派一辆捷达过来。"

而我和小庄只是打算去吃东西,恰巧碰到了这一桩挟持案件。我拉着小庄衣角想是早点离开。小庄看着老人此时状态,想是坚持不了多久,狙击手执行命令虽能解救人质,但血腥场面又会给老人留下阴影。我看小庄找到了警局领导,向"啤酒肚"出示了证件。

小庄向"啤酒肚"说出了自己方案,"啤酒肚"有些犹豫:"张警官,你的方案不错,就是你太危险。"

"我也有个敬爱的爷爷,他去世差不多两年了。我亲生父亲也是被歹徒谋财害命的,我只想救下老人。""啤酒肚"点头,一挥手叫来俩民警协助小庄。

"啤酒肚"则继续谈判拖延时间,另一边小庄套上保险绳把自己挂在铁桥下面,用双手抓住铁栏杆底部移动,慢慢往事发位置靠,十米、五米、两米、一米。小庄屏住呼吸,此时抬头已经能看到歹徒的头套,他的右手紧握匕首时间久了,此时有些松动,歹徒左胳膊搂住老头脖子,看老人似乎已经上不来气。铁栏杆中间的防护栏是一溜波浪形的棱形铁管便于抓手,也方便踩踏和发力。小庄穿了一双软底运动鞋。此时先左手拉住防护栏发力,利用强有力的臂力把自己往上送,同时右脚作为着力点将力道压在右脚上,小腿微曲,左脚欲虚空往上一步,右脚蹬起左手上拉,左脚借助上升力道踩住中间那条棱形铁管,向上又跃出25厘米左右,因为人绑着绳子上,加上是右脚左脚前后发力,自然不能和平地起跳相比。

小庄待身体向上飞越瞬间,右手化掌为刀用尽全身气力劈向歹徒持匕首的右手腕,清脆的一声金属响动,刀子掉到地下,说时迟那时快,小庄左手搂住歹徒脖子作为握力点来避免自己迅速下坠,歹徒从刀落到被钳死脖子也就几秒钟时间,被钳死脖子的歹徒犹如断线的风筝重重砸向铁桥栏杆,小庄此时右手按住栏杆翻身跳入桥内，一拳挥向对方腹部，拳头犹如一发生猛的炮弹，击中黑头套肚子，歹徒瞬时跪地不起，口吐白沫。

从小庄绑好绳子下桥到制服歹徒不过一分钟，我感觉就像看了一部电影那样漫长。而此时群众爆发雷鸣般的掌声、叫好声，啤酒肚从防爆盾后面钻出来拍了拍小庄肩膀："我明天让办公室拟一份嘉奖令，全市系统通报表扬你，回去开会议一下，至少给你二等功。"

啤酒肚转身挥了胳膊："收队！"

我惊魂甫定，香烟都叼反了，拿火机点燃了过滤嘴拼命吸，发觉吃了一嘴烟丝才回过神。小庄拍拍肩膀："走陆言，请你吃炒羊杂，喝啤酒。"

"小庄，应该我请你，向你的英勇表现致敬。"

下午五点白芷、林菲、小庄、美伦、我还有欣珺来到郊区的一家农家乐，点了小庄喜欢的菜肴。

"为英雄干杯！"大家举起瓷碗里的白酒一饮而尽，美伦却流下眼泪。

"你上次见我制服小偷不是很高兴吗？"小庄不解道。

"你是傻子啊，偷手机的扒手能和持刀抢劫的歹徒一样吗。"

我这会回想起几个小时前的情景，不觉头皮发麻。一周后，张小庄荣立个人二等功消息传来，嘉奖令我们都看了一遍，十分羡慕。随后被解救的老头及其家属带了3万元现金来感谢小庄救命之恩，老头得知小庄买不起房子还借住在朋友家里时，老头表示愿意再给3万元让小庄凑首付。小庄坚决不收钱，老人感觉不解，小庄说了自己爷爷和父亲的故事，见义勇为是因为老头让他想起来自己爷爷。

"等等，你说你爷爷叫张明德？四川成都人？"

"是的，爷爷说他还有个弟弟叫张明义。"

"张明义是我姐夫，不过那是他之前的姓氏了，后来改为刘明义，我叫孙有旺，我姐夫去年就去世了，活了七十二岁，我姐夫明义说过，他大概六岁时候走丢，先是被人贩子拐到了凉州一带，小孩子啥都不知道就想往家跑，大概认个方向就一路乞讨，碰到牛车、马车就央求搭一程，兜兜转转也辨不清东南西北。那是1949年的夏天，应该是七八月份，就在金城战役前后，明义那会被一家无法生育的商户人家收养，带着他到了金州，明义只知道自己家在成都，但走丢时年龄太小，记不清家里位置。后来十几岁时养父带他回成都寻过亲，凭着记忆找到了老宅,但早已空无一人,看样子应该是搬家了。自此明义就跟养父生活在金州,再大点跟着养父学手艺、学木匠、学算账、学开车,经营了一家木器行,再后来就跟我姐姐结婚了。"

"二爷爷的后人呢?"

"我姐夫儿女双全,我俩外甥倒都出息,现在北京工作呢。说起来他们是你同支一脉的叔叔和姑姑,尽管不同姓。你叔有个儿子读大三,你姑姑有个女儿在读大二,算起来你是他们的大哥呢。真是冥冥之中自有天意,老头子我大难不死得感谢我姐夫在天之灵啊。姐夫临终前老念叨自己的哥哥明德,没承想他们离得不远,隔着几百公里,却最终也没能相见、相认。"

我和白芷听二人在聊过往云烟,仿佛在看一部家族兴盛、衰落又到繁盛的历史。"我回去就联系我那俩外甥,让他们国庆节赶回来认你,明年过年回乡祭祖,然后把俩兄弟葬一起。"

第五十四章　直上青云

白玉堂前春解舞,东风卷得均匀。蜂围蝶阵乱纷纷。几曾随逝水?岂必委芳尘?

万缕千丝终不改,任他随聚随分。韶华休笑本无根。好风凭借力,送我上青云。

——曹雪芹《临江仙·柳絮》

每个人都怀抱青云之志,不管他是不是千里马,都渴望遇到赏识自己的伯乐。俗话说朝廷有人好做官,即便柳絮,如遇浩荡东风也能直上青云。和我一起工作的赵垚得益于舅舅姜天临,在鑫达公司财务部结束实习后,转正分配至集团公司财务处,虽是集团的普通职工,但是属于权力中枢,做个"京官"地位自然比子公司职工要高。

集团家大业大,虽以传媒业务起家,如今涉足领域甚广。企业也正是做大做强才能抵御风险,集团也打算抓住房地产最后黄金时期,参与到房地产开发、建设中来,将企业的体量推到新的高度上。

赵垚发达后,也并没有忘记和我在恒通公司共患难的经历,经常请我喝酒,感谢我那会儿天天上下班接送他。"陇飞文学奖"赛事落幕后,我难得清闲下来。除了日常工作,我还经常投稿,半年多采稿20余篇,稿费成为一笔稳定收入。一日下班赵垚又邀请我去大漠烧烤喝酒,我赶忙回家放下汽车,打车来到烤肉店。

　　二人对桌而坐,赵垚点了一把烤肉、半把羊肚、半把脆骨、两串红柳烤肉、然后要了些热菜,开了一瓶茅台王子。

　　"赵总,你这就有些破费了,喝你三四百一瓶的酒,下次我请你啊。"

　　"客气啥,你接送我上班一个月,你也没问我要车钱。"

　　"都是同事,又同一年参加工作,车空着也是空着。"

　　"你帮我是情分,不帮我是本分。我也该还你人情,最近怎么样,感觉你小子风生水起的,杨副总采用了你起的'浪潮文摘'名字,王总对你的稿子大加赞扬,你实习转正就获得集团先进个人,真是前途无量。"

　　"运气好,运气好。你舅舅做财务总监,你为什么还住宿舍?"

　　"我舅是在单位附近有套空置房子,他中午过去睡觉。但为了避嫌嘛,以前是有个当官亲戚好提拔。现在呢,知道你有背景就觉得你是水货。我也是认真工作的员工呢,每次在楼道被人指指点点,说我是姜总外甥怎么怎么的,我就气不打一处来。"

　　"喝酒喝酒,别人说归说,不要太在意就是。你又不会因别人的评价而增一色或者少一分呢。"

　　"尝尝这炒虾尾,味道不错。对了,知道你买房子,还没恭喜你。"赵垚随身掏出一个红包,我连连推辞,我看那红包厚度少说1000元。

　　"拿着,明年装修好了我去喝酒。"

　　我不好推辞便收下来:"我也发愁,手里没钱装修。"

　　"其实单位的人都多多少少干些副业,有些产业还很大。有的人投资酒店和餐饮,没什么钱的人就贷款买个门面房,以租养贷,期待升值。我们不是公务员,经商办企业是允许的,只要别跟集团业务或者供应商有过密联系即可,只要别黑集团的钱,没人在乎你在哪发财。"

　　"好我的赵总啊,我要有钱投资做生意,还用发愁装修吗?"

　　"我给你介绍个活,集团选拔中层干部条件比较严苛,要求在省级(含)以上文学刊物发表作品,我们自己的《西北作家》不行,集团也严打那些造假抄袭的人。这是集团成立以来的用人初衷，传媒业务起家自然不能丢了笔杆。虽然我们三产家大业大，陇飞传媒目前对集团的营收贡献有限，但集团不会忘本，选用干部还是侧重考察专业能力的。你不如给他们代笔去写，在指定的杂志发表几篇，这样多好"

"我哪有那本事，省级文学杂志很多，基本上每个省的作协都会办一本，像《飞天》《芙蓉》《钟山》这些文学刊物，但我水平就自娱自乐还行，在那些刊物投稿，我功力还是欠缺很大的。

"所以陇飞集团的中高层干部，至少近十年提拔的都是笔杆子，一部分还是省级作协会员。"

"不说了，喝酒。"我和赵垚喝到晚上九点半，又到大河洗浴泡澡，把一身疲惫和压力释放干净。

到了2016年7月中旬，我工龄满一年，拿着公司介绍信到集团，办理公积金贷款事宜。集团大厅人头攒动、人声鼎沸、议论纷纷，我靠近了看是一篇公告，内容是集团筹备建立青年干部人才库。集团是通过竞争上岗形式对空缺的有关岗位人员进行补充。升官发财的事情自然人人关注，我看大厅里围着不少人，大家讨论着公告里的内容。随后我便来到集团办公室办理介绍信，然后拿着公积金贷款合同找王总签字。总经理办公室一般职工是需要提前半个工作日预约，我前面还排着其他部门、单位的同事请示工作、汇报成绩、办理业务。

王总靠在老板椅上吸烟，杯子里泡着大红袍，豪华的总裁桌大气又不失艺术感，左侧放着一个战斗机模型，右侧放着一个火箭模型和一个地球仪。总裁桌对面五六米远是三组黑色真皮沙发，后墙挂着一幅《沁园春·长沙》书法作品，沙发前是俩黄花梨的茶几。总经理办公室还套着一个房间，置办着单人床、书柜、电脑桌和按摩椅，一个小圆桌供其吃饭，一日三餐根据王总喜好厨师单独制作饭菜。

王总经理配有三个秘书。文字秘书负责文件传达与收发、材料撰写、文档整理工作，生活秘书负责日常生活起居、端茶送饭，重点要安排好王总的业余娱乐活动，比如去哪打高尔夫、去哪游泳、去哪打麻将，还要负责医疗保健，对接其私人医生与金州安康保健护理中心的按摩、护理、拔罐、刮痧等事项预约，总之就是大管家。另外还有一位机要秘书，除了兼职司机更重要的是给王总办理私事，俗称跑腿，机要秘书口风极严，一般高级序列经理也接触不到。

我在总经理办公室门口心跳加速，何秘书带领我进了王总办公室，快到饭点了,王总粗粗浏览一下,拿起毕加索签字笔签上名字。王总只是看了看名字:"陆言,就年初写年会文案那个?人没见过,原来是个瘦小伙。年轻人好好干,新闻大厦是集团的发祥地,几乎所有高级干部都是从那里提拔上来的,年轻人也不要骄傲自满,你那稿子我看了,总体还行,细节还要多注意,我也给蔡俊打电话,让他好好带带你。"

我刚想转身离开,王总又开口说:"哦,小陆,你上班一年了是吧,今年集团有个青年人才托举工程,就是搞一次考试,主要是为公费在职研究生选拔合适对象,集团出资送大概十名工龄四年以内的年轻人去读在职研究生,采取半脱产形式,目标院校就是金州大学。我们主要是培养复合型人才,以企业管理、新闻传媒方面专业为主,完了你找蔡俊看看方案,好好准备。年轻人多学习才是硬道理,别学着有些人,一天挖空心思地巴结人、讨好人,只要是人才,我不在意你桀骜不驯,庸才陪我打一年网球、羽毛球、高尔夫也不想搭理,我也就是找个球童娱乐而已,去吧好好准备考试。"

何秘书送我出门,我给何秘书点了根中华,说了声谢谢准备离开。

"小伙子,你前途不错,王总一般很少和人唠叨这么多。"

我连连点头,转身下楼到车位开了沃尔沃到建行和公积金中心办理手续,一般30天内贷款会到位,钱直接打到开发商账户。

第五十五章　陆言论道

办贷款手续足足跑了一整天,虽然奔波在公积金中心和银行很累,但心中还是洋溢着幸福。第二天一早给蔡俊提好开水、打扫卫生、泡好茶叶,把烟灰缸洗得干干净净,仿佛一面镜子能够照出人影儿。随后将他办公室桌上文件逐一整理,将没有处理的公文放在最上面。随后蔡俊来办公室了,便询问起公费在职研究生的事情,蔡俊打开电脑,胳膊肘着头在发呆,显然昨天喝醉了,这会在醒酒,桌边放着一瓶苹果醋。

"正想跟你说这事,按照集团的青年人才托举工程的方案,传媒公司有六个人符合要求,其他人要么年龄大了,要么不是全日制本科学历,我完了把文件和报名表发你OA，我个人建议你报考企业管理专业，你本身就是中文系出身，再学新闻传媒意义不大，自己买个《传播学教程》看去，再说你还复习过影视戏剧方面的研究生。我昨天浏览了方案，集团在2017年初组织过一次筛选考试，一般高校的在职同等学力入学考试在5月份和10月份，我们显然赶不上10月的这批。集团选拔考试分三门课，一是英语，参考全国研究生入学考试。二是专业课，企业管理方面主要涉及管理学、战略管理、经济学、人力资源管理四门课，你按照《方案》里的参考书目自己去买，考虑集团年轻人专业不尽相同，并没有设置会计学，如果有会计考试，我就不建议你考企业管理。三是策论，王总会亲自敲定三个涉及陇飞集团未来发展规划的主题，进行现场命题作文考试，我看字数是要求是5000字，不允许使用电脑、手机，全程要在答题纸上拟文，时间是三小时，也不给任何参考资料和提示。毕竟如果通过筛选考试，一个在职硕士四年下来集团得花费5万块钱左右，更重要的是半脱产学习，势必一些岗位职责会压在其他同事身上。倒是有网络课程，现在也流行网络教育，但是集团还是希望让选拔出的人才去金州大学半脱产学习，花钱买学位咱可不干，必须是认真学习知识。如果通过了筛选考试，集团会在入学考试前带薪放假一个月，全程供青年人去备考复习，还会每人报销3000元的英语网课费用。从往年情况看，是英语没有通过的居多，集团上一回培养公费研究生是四年前，那会推荐的十人考中了六人，还是证明了集团公司的战略眼光与培养措施。"

我听完蔡俊的介绍回到办公桌，浏览了集团的《方案》，随后从当当网买了指导用书，为此我暂时放弃给其他人代笔写材料、论文的工作，以便有充分时间备考。Dota2直播也从一周录制三次压缩到两次，现在直播平台兴起太快，特别是在2014年东莞扫黄事件触发所谓的"三级地震"后，网络直播突然从打游戏的技术流变成唱歌、跳舞、露肉的"颜值流"。真是让人想不到，干倒游戏直播的不是美食直播，而是小姐下海走互联网加色情的擦边球产业。

有时周末我会和白芷一起复习英语，蹭他购买的英语网课听，俩人拿着小本、中性笔，对着电脑学英语。由于我跟白芷都打算报考企业管理专业，二人经常坐而论道，探讨如何经营管理企业。白芷是站在销售终端角度考虑，要从终端建设入手，营造消费环境，结合省内外药品市场需求，加强有效供给，把老百姓买得起、用得好、口碑棒的药品引进来，达到适销对路的目的。白芷家的白氏制药有限责任公司也在2015年后逐步转型，从主做中成药转向中西结合的路子发展，虽然中药可以除根但是见效慢,快节奏生活的白领们更喜欢买"康泰克"而不是喝中成药。一种药品从研发到投产和临床应用进而面向大众是个很漫长过程,而且耗资巨大仿佛是个无底洞,因为你不知道什么时候能研发成功,目前白氏制药推出了治疗腹泻、晕车、解酒的药剂。选择先做这些,首先是科研难度不大,其次是资金投入相对有限,受众也较为广泛,目前也没有什么大品牌牢牢把控住绝对的市场份额,白氏制药也好打入市场。白氏制药打算在近期改名字,其后要引进医用口罩生产线。

"陆总,你给起个名字呗。"

"看风水起名字你得找山上的半仙啊。"

"别胡扯,我就是没文化也不干那蠢事。你好好给参谋一下,老爹意思'白'字还得留下来,还要突出药企和医疗物资生产的特点,我压根没这脑子。"

"我想想,'白云山'不行,已经被注册了,你看这样合适不。杜牧有诗:'远上寒山石径斜,白云生处有人家。'不如就叫'甘肃白云生医药科技有限责任公司',你爹叫白云飞,就一字之差。'白云生处有人家',也表明你们制造药剂、生产医疗器械物资是为了老百姓,为了每个中国家庭。"

"好,好,好!"白芷连说三个好,赶忙跟老爹打电话汇报,白总那边一听大喜,马上就找部下开会研究去了。

"要说脑子好使,还得说你聪明。你给讲讲怎么根据人员设置合适的生产运转模式"

"这涉及倒班方面知识,适合你家企业的便是四班三运转,即在企业不间断运行的生产装置中,把全部生产工人分为四个运行班组,按照编排好的顺序,依次轮流上班,进而保证生产岗位24小时有人值守,同时保障工人可以得到充分的休息。人员定额是在核定劳动效率定额的基础上,确定企业使用劳动力的标准,它是合理组织劳动的中心内容,也是提高劳动效率的重要措施。你家企业作为生产类企业,车间方面根据生产线的需求去配备即可。重点其实在销售环节,我感觉应该是按劳动效率定员。即根据工作量和商业职工的平均劳动效率来定员,其计算方法是:人员定额=单位时间内销售量(额)÷单位时间内劳动效率定额,完了你去查阅公式怎么代入,不同类型形式需要不同的定员方案。有根据销量定员的,也有根据车间机器的运转情况定员的,当然最普通的就是因事设岗、因岗设人,这属于一般的岗位管理,我不说你也会。"

白芷听得直点头，给我发了根烟："你继续说说，我们怎么才能打开省内河西地区的市场，目前家里的百草房在河东数量明显多于河西。"

"河西五市人口密度要比河东低很多，属于典型的地广人稀。药店位置选择上要偏向于人员密集的区域，你们可以集中资金优势拿下市区中心的门店，虽然贵但是人流量大，而且能来这里消费的人必然经济能力较好，你们今后打算生产的轮椅、助步器、血压仪都能卖，不要局限在卖感冒药上，眼光放长远，步子迈大，握紧拳头才能聚合力量呢。"

"听君一席话，胜读十年书。"

"有些饿了呢。"

白芷："说了这么多，都晚上七点了，你别回雁滩了，住我这里，吃饭回来咱们再聊聊企业管理的知识，和你聊天还是挺受用的。"二人楼下简单吃了快餐，取了两瓶啤酒上来继续谈论企业发展，我向白芷讲道，企业管理的核心是人力资源管理，家族企业发展前期虽然凝聚力强、劲头足，后期往往会产生很多问题，比如元老们居功自傲，老职工混吃混喝，为什么一些家族企业富不过三代，到孙子辈基本就完蛋了。就是缺乏人力资源规划的战略目光。我讲了一晚上人力资源管理的知识，白芷听得入迷，决定向父亲建议成立公司工会，并且完善决策议事制度和办法，以岗定员、明确分工，编制岗位说明书，清除个别倚老卖老的职工，为企业做大做强清除绊脚石。

第五十六章　棋差一招

集团青年人才干部库和青年人才托举工程两项政策一经发文公布，引起无数年轻人的热议，其中吸引力更大的就是青年干部库的选拔。追求进步、升职是每个人的梦想，有些人坦然应对、去留无意，而部分人就会把升迁看得比老命都重要。房子贷款手续办好，我就忙着准备集团的公费硕士选拔考试，直到8月的一个周末，赵垚打电话叫我去洗澡。为了节约时间，我很少参加集团年轻人的喝酒应酬，把所有时间都用来写作、看书、做直播，赵垚电话里再三邀请，我不好推脱就开车去宿舍接赵垚。

赵垚身材高大、体格健壮，经常胡子拉碴不修边幅，但内心是个细腻而温和的男性，与其外表反差极大。汽车点火、挂前进挡、踩油门，电子手刹自动松开，记录仪提示前方道路拥堵，已重新规划路线，汽车以四十码匀速前进，赵垚点了一烟递给我，然后自己又点着一根。

"着急找我什么事情，看你急匆匆的。"

"能有啥事，你难道是出家人吗？集团上下都在关注青年干部库的事情，牛智鹏最近就像热锅上的蚂蚁，对9级岗位虎视眈眈，广告运营中心下设运营部、广告部、外联部，虽然是内设机构，但是建制上类同你们传媒公司里的人力资源部，部门之下也有一些9级的股级岗位，虽然没有什么权力，也体验不了指挥下属的快感，但是以牛智鹏目前岗级，可以连升两级，倒也不突破这次干部库选拔工作的提拔上限。"

"和我有啥关系，我只想过平常人的生活，不太在意这些事呢。"

"行政岗位都有交流轮岗制度，初衷是打造复合型管理人才，初衷是好的。但是中国的事情你也知道，管理行政的干部能力不专业，反而在领导专业的学者、老师、医生、工程师，说白了就是'文盲'指挥专家。"此时汽车停到了大河洗浴的停车场，二人进入大厅取了手牌到更衣室。

浴池很大，加上是周末，人的确有些多，但不至于拥挤，浴池正前方是一个电子屏，播放着电影《美丽心灵》。热气自脚向上身涌动，骨头都感觉被泡得酥软，二人叫了师傅搓背，'扬州八面搓'的宣传画贴在大理石的立柱上。

"老样子，浴盐、牛奶和醋，现在敲背还是送的吧。"赵垚是常客，对这里消费套餐很熟悉。

"先生如果你选择269元套票，除您所说还加个泰式按摩和采耳，比较划算，门票费用也免呢。"搓澡师傅如此介绍。

"陆言，不如加个按摩试试看，老盯着看电脑，我感觉脖子不太合适，有些僵了呢。"

"随你。"我并没有意见，师傅的敲背技术不错，驰名全国的扬州搓背也是非物质文化遗产。接着在桑拿房蒸了半小时，淋浴区冲洗干净，坐浴区刷罢牙又刮了胡子，二人来到楼上的自助餐厅吃晚饭。

自助餐很丰盛，六道热菜、六道凉菜，按品种归置在铝制的保温盒内，我要了一道岐山臊子面，赵垚点了重庆小面，我不能喝酒只要了可乐。

"接着说，倒车那会没怎么注意你说。"

"大致情况就是，牛智鹏在到处活动关系。"赵垚饮着冰镇啤酒，十分享受。

"他关系哪有你硬。"

赵垚："我对这次活动没有兴趣，再说集团没有空缺岗位，很多人眼巴巴等着呢。我是见不惯他，一天跟个哈巴狗一样，正事不干，工作能推就推，忙着搞交际。常年混于酒局应酬，身材如充气的气球不断膨胀，慢慢演变成一个正方体。"

"第一次发现你很有写作天赋，把人比喻成正方体。"

"你不跟他一个楼办公，我是常常见他。见人问好恨不得头像鸵鸟一样插进地板砖里去，别人还在口袋摸烟盒子，他的打火机就点着了。"

"人家这是有眼色呗，哪个领导不喜欢被人伺候着，乾隆皇帝一方面需要纪晓岚、刘墉这样的人才，也需要和珅做他私人小金库。当然历史上的和珅也是文韬武略、学识渊博的人才，电视剧给人家演坏了。"

"如果只是这样也就算了，我也不在乎，牛智鹏最大爱好就是给领导打小报告，好多人着他道了。今天一起喝得醉生梦死、称兄道弟，完事就把你背后骂领导的话如实转达，还偷偷拿着录音笔呢。"

"哎，真是人渣一个。"

"一个出版社的青年人喝醉酒，背后偷骂了几句杨副总，说老不死的没文化，不重视出版社工作，出版社相对效益是不太好，年底奖金也不多，然后又骂了些难听的话。倒也没有什么大错，本身出版社确实日子不好过，哪个人喝醉了不骂人，都会一吐不快呢。偏偏牛智鹏给录音了，悄悄给集团纪律监督办公室发邮件，为这他还注册了个新邮箱。"

"后来那个出版社年轻人怎么样了？"

"录音资料被集团纪监办的欧阳达收到了，也转给了杨副总。我先解释一下，这人姓欧名阳达，不是复姓欧阳，很多时候到下面子公司巡查工作，下级热情地称呼欧阳处长。"

我哈哈大笑："是呢，这个笑话我听过。集团还有俩处长也有意思，营销管理中心的一把手叫付天辉，二把手叫郑斌。俩人对外业务都很多，经常要和上下游供应商老板吃饭、洽谈生意，外面人需要看名片，才能知道哪个是正处哪个是副处，后来他俩商量了下，一把手简称辉处，二把手简称斌处，以名字开头简称职级避免误会。"

赵垚笑得捶桌子，旁边一桌女人盯着我们看，赵垚打开第二罐啤酒："我继续说哈，被坑的小伙子我也不知道叫啥，好像是东北来的，东北哥被出版社领导叫去痛批一顿，骂他是个猪头，喝完酒胡扯什么，人多口杂的，这下可着道了吧。为了警示教育当事人，东北哥被下放到印刷厂干粗活，天天被难闻的气味熏吐吃不下去饭，整整瘦了10斤。东北哥通过集团的熟人调查，发现是牛智鹏干的好事，才知道牛智鹏最喜欢给人背后捅刀子，扫清自己晋升路上的对手和障碍。牛志鹏心眼也小，虽然满脸微笑、见人发烟，但是他也有忌讳。不能说他胖、不能说他短、不能说他笨，自尊心特别强。其实他很胖呢。如果遇到电梯停电，他上个三楼都会气喘吁吁，身体实在是太虚了。东北哥就是下场，对外开玩笑说牛志鹏天天偷吃六味地黄丸。"

"我倒知道牛志鹏有个外号叫'地黄丸'，以前的'红白王子'没人叫了。所以以后啊，喝酒吃饭不是挖心的好办法，要弄就弄来一起洗澡，赤条条地待澡堂子里，手机全锁柜子里，这样最保险了。"

自助餐吃差不多了，二人到三楼去做按摩，半小时后出来我骂赵垚："瞎摁，烤饼店的和面师傅嘛。"

赵垚："下次咱们试试中式按摩啥意思，是不是泰国按摩是参照大象的力度来的。"

"别整了，有那钱我们多敲背都好。那你说牛志鹏如此厉害，为什么还盯着股级岗位不放呢，他应该有过硬关系，经常打报告，最起码欧处长比较喜欢他，可以培养个小鹰犬。"

"但是他没有背景，属于校招进来的，本科是学市场营销的。集团楼上暗流涌动，哪个人背景都很硬，你看人家开个十来万汽车上下班，有的还坐公交车，但背后势力都很强硬，我也得客客气气上班，不敢得罪人。他差就差在没关系了，更重要的是工作上也太懒惰，经常推给人，要说优点也有，就是搞社交，吃得从正方体向圆球过渡。"

"怎么说，人啊得随缘、随性，《逍遥游》你肯定学过，至人无己，神人无功，圣人无名。"

"学过是学过，无啥无啥，反正我记不住。"

"没事，要看人的悟性，我写幅字送你。"大河洗澡出来距离睡觉还有点时间，

我打算给赵垚送幅字,他随我来到雁滩的家里,给他倒了一杯热茶醒酒,我铺开宣纸写下:

　　宠辱不惊,看庭前花开花落;

　　去留无意,望天上云卷云舒。

我摘抄了《菜根谭》的内容分享给赵垚,看时间已晚,二人都又在房子喝了不少酒,我就劝他在我家里住下,第二天二人打车上班,我感觉喝得太多,第二天开车的话必定是酒驾。

第五十七章　此心成金

1

8月下旬的某天,堂哥陆堃打电话给我约我一见,陆堃是我最佩服的人,其无与伦比的经商头脑和过目不忘的记忆力让人称赞不已,优秀的人到哪都如金子般闪耀,如今堂哥已是身家几百万的小老板,虽不敢说在金州是有钱人,但至少是个中产阶级。

我驾车来到西固的天元经贸商厦,堂哥买了大厦一层的俩门店,与之前酒店打通连成一体,中间做了圆形拱门,犹如江南园林一般,一边是酒吧,一边是咖啡厅,堂哥很有音乐天赋,没有驻场歌手的时候自己天天唱歌。

"兄弟,晚上叫个代驾吧,陪我喝些酒。"说不抽烟的陆堃点了根中华。

"怎么了,哥哥你有啥心事。"我看着堂哥吐了个烟圈,看样子也是老烟枪了。

"能有啥,哥都快三十四岁了,你大伯大婶也催我,莹那边不能耽搁人家,彼此两两相忘吧。"

"你也该考虑了,不过你是钻石王老五呢。"

"啥老五的,欠着银行一屁股贷款。"

"现在欠钱的才是爷爷。"

"我给你讲过吧,我认识个在这里做驻场的歌手,叫Lisa。"

"又是你泡夜店认识的?"我点了根烟。

"正规的,正规的,别乱想。我挺喜欢的,个子很高,皮肤很白,颜值不错。"

"你那叫喜欢？你那是馋人家身子，你下贱。"我用电视剧《朱元璋》里的台词回复哥哥陆堃。

"说认真的，我见过她爹了，还是个画家，你推荐我看的《艺术学概论》很管用啊，我提前做了做准备。"

"加油哦，大哥。"

"下次想开车出去玩，带你去个莫高窟。"

"我最近要复习呢，集团选拔公费研究生。"

"这是大事，你好好把握。"陆堃一挥手叫来大堂经理，要了一打百威啤酒和一盘干果、一个果盘、俩凉菜，"咱哥俩喝点，你喝醉了我让店里小伙代驾送你。你小子不错，刚上班就开了沃尔沃，我奋斗这么久才买了个马自达。"

"你就是富一代，没办法你就是天才。"我晚上和天才又喝大了，第二天自然没办法开车上班，打出租车心疼不已，起步价竟然10块钱了。陆堃那里啤酒应该是正牌的，一般百威假酒很多。今天早上头不疼嘴不干，我还是跟往常一样处理邮箱来稿。

2

花开两朵，各表一枝。时间到了2016年国庆节，小庄去中川机场接素未谋面的叔叔、姑姑，中川机场的城际列车频率很高，城际差不多开通有一年了，30分钟左右就可以到中川机场，自此金州人民去机场再不用辛苦找朋友开车接送或者花费打车钱了。小庄和孙友旺来到机场等人，约莫等了20分钟，见俩中年男女走出出口。

男的个子不高，但气度不凡，夹着一个公文包拉着行李箱，女的看样子是个生意人。还没等小庄开口，中年男人就抱住小庄，旁边的中年女人也流下眼泪，拿手巾擦拭脸颊。

"真想不到我还有个这么英勇的侄子，如果不是你出手相救我舅舅，可能就……"男人捂住了嘴继续说道："你叫张小庄是吧，我给你介绍一下，旁边这是你姑姑，叫刘丽英，在北京一家上市公司做高管。我叫刘力伟，也在北京上班。哪个单位就不方便说了。以后有啥事叔叔给你解决，虽然在北京厅局级干部官不算大，但是到了这边，还是能给你办些事情的。"

"叔叔，我们等会坐城际列车回市里吧。"

"不用了,我安排了这边办事处的小王来接机,这会应该快到了。"刘丽英拿出手机确认司机的位置。10分钟后,一个精干小伙身着黑色西装,小跑步赶来:"刘总抱歉,晚了10分钟,请见谅。"

"没事,看着把行李搬一下,给我在宁卧庄预定俩房间,晚上安排个合适地方吃饭。"刘总随手一挥打发小王去搬行李:"小王,东西搬好自己坐城际列车回公司去,我们人有些多,车不用你开了,小庄你会开车不?"小庄点点头,表示自己有驾照,平常也偶尔开车接送领导。

"小王,车钥匙给我侄子,你坐城际自己回去。"小王将车钥匙交给小庄,小庄看着玛莎拉蒂车标发呆。

小庄开过最贵的车就是奥迪,第一次驾驶这么昂贵的豪华轿车,开车是一名警察的必备技能,小庄一路驶向宁卧庄,他知道这个宾馆十分高档,是一座园林式建筑群,幽雅、恬静,是中外宾客下榻的绝好之处,并不是有钱就能预定到的。小庄一边开车一边听副驾驶上的叔叔刘力伟在接电话,似乎是地方官员想得到见面机会,连续四五个饭局都被刘力伟回绝,然后直接关机,在车里闭目养神。

"舅舅,你身体还好吧。"后座的刘丽英问到孙有旺。

"大难不死必有后福啊,我感觉最近身体好多了,血压也不高了。嘿,这小子真是我福星。"

刘丽英继续问道:"小庄,听舅舅说你现在还借住在朋友家里,你妈妈那边的事情我也听说了。这样吧,我给公司西北大区经理打个招呼,你象征性交三四万块钱,城关区他们开发的楼盘,你看上哪个就买哪个,不用管面积多大,这我说了算。你妈妈那边,我给安排个工作,年龄也大了,也不会安排什么辛苦工作。公司有个资料室,就去收集和归档资料就行。"

小庄驾驶着汽车,心中五味杂陈,眼泪不免流了下来,想起爷爷去世、继父破产、妈妈又因职务犯罪被限制自由,这些年来,他过得一年不如一年。想起自己周末兼职送桶装水,想起我和白芷接济他的情景,心中不免酸楚。苦日子总算过去了,好歹上天眷顾自己,爷爷在天之灵保佑,他见义勇为,没想到救了二爷爷的小舅子,感慨人生如戏。爷爷和其兄弟一生没有相见,如今后人又能相认、相聚,真可谓人生如戏,或许编剧写的剧本都没有这般传奇。

晚上金州饭店,豪华包厢中偌大圆桌没有坐几个人,分别是刘力伟和刘丽英兄妹俩,孙有旺一家四口人,张小庄和美伦。包厢茶水柜上摆放着四瓶茅台,小庄看包装,推断应该是有十年了,圆桌上放置着法国进口的波尔多AOC歪脖子干红葡萄酒。小庄心里不免感慨,自己三个月工资勉强够买这瓶红酒。

酒过三巡,小庄也很快融入了这个陌生而又熟悉的家庭,小庄其实心里一直想有个依托,也不愿意自己一人承受所有压力,经济压力或许还能靠省吃俭用、多做兼职解决,心里的压力和孤独感、寂寞感是他无法排解的。

姑姑刘丽英说道:"侄子,你也别坐公交车上班了,公司最近处理公车,都是开了不到八年的汽车,车况还不错,完了你就意思点钱,买去开吧。你也到成家结婚年龄,不能两袖清风地去老丈人家提亲,你也别不好意思,父亲弥留之际说,自己已经不可能找到哥哥张明德了,嘱托我们能找到他后人,一定要尽力帮助。后来舅舅跟我说了你父亲遇害的事情,我和你叔叔都很难受,没想到你年纪轻轻遇到这么多苦难。你生父遇害的事情让你叔叔介入一下,他打个电话非常管用。"说着她转身朝向刘力伟:"说你呢,你堂哥张录泉的案子能不能破了,啥年代了还这效率。"

刘力伟点着烟:"我刚才大概听小庄说了案件经过和一些情况,当时一方面受制于技术条件,另一方面证据都被烧得一干二净。目前只能确认当时作案的是两名三十到三十五岁男性,根据留存的鞋印判断体重在80公斤左右,这个案子已经过去了二十二年,刑事诉讼期过去倒不是问题,但是现在去查当年悬案,犹如大海捞针啊,这么多年过去,凶手面相和身材变化会非常大,如果对方换了假身份,破这案子简直比登天还难。有关方面我给打招呼了,上头最近也有指示和安排,集中力量破一批悬案、要案,尤其是杀人案,不管过去多少年都得抓住凶手。我跟这边公安的齐厅长曾经在党校是同学,政法委的钰才书记和我也有几面之缘,我会尽力给大哥沉冤昭雪的。"

孙有旺:"说些其他的吧,别说这些伤心事了。小庄,你工作也稳定,是个受人敬仰的警察,又立下个人二等功,你姑姑把房子和汽车给你解决了,是不是考虑结婚了啊。放心到时候差多少钱,就跟桌子上这些人开口,帮忙是没有问题的。你父亲和爷爷去世了,以后我们都是你亲人。"

饭局持续了两小时,然后又来到一家私人会所,小王开了一辆考斯特商务车来接刘总一行。车沿着大路走到尽头,又在小路上拐了几道弯子。只见曲径通幽处有灯火闪烁,小庄见并没有明显门头和招牌,院内矗一花岗岩上刻"同登彼岸",小庄不理解意思,发微信问我。我看过一些佛家的书,随手回复小庄:"同登彼岸有大乘佛教的意思,是说一个人的解脱不是真正的解脱,大家一起修行,共同脱离苦海,到达彼岸。"小庄回复微信表示感谢,山庄内怪石嶙峋、小桥流水,结合了北方园林的大气和南方园林的精致,真是让人感慨其会所修建的别具匠心。随后小庄紧跟着叔叔和姑姑来到一间不起眼的屋子。不大的房间置办着一张上好紫檀木做的茶几,椅子是樱桃木的。正墙挂着一幅仿作的《千里江山图》。房间内假山流水、雾气腾腾,应该用的是干冰。一个穿着唐装的老板过来问好,点了一壶参茶,开了两瓶洋酒,上了些小庄没见过的水果、干果,估计都是进口的。

饮了茶水,又喝了些红酒,小王亲自开着玛莎拉蒂将美伦和小庄送回家。

白芷瞅着楼下的玛莎拉蒂,眼珠子快掉下来了,发现下车的竟然是小庄,而且有专职司机负责开车门,白芷把自己扯了一耳光,表示没有喝醉呀,也不是做梦。

三分钟后,小庄带着些许醉意回到房子,白芷问:"杨老板请你吃饭了?"白芷以为楼下的是美伦爸爸的车。

"不是,给你说过的,我上次救的老头是我二爷爷的小舅子,我今天跟他们认亲了。"

白芷"啪啪啪"拍了三下手掌:"庄少,请受我一拜。"二人又打开一瓶红酒继续开心聊天,小庄讲述了这一整天的经历。

第五十八章　狐媚猿攀

100多公斤的体型仿佛皮球,肚子隆起好似怀胎六月的孕妇,戴着一副金边眼镜,头发用发胶固定好,大肚子、大脸盘、大耳朵、豆豆眼、蒜头鼻,还有做过整形的双眼皮,天庭饱满有龙凤之姿……牛智鹏正对着镜子沾沾自喜,国庆节虽然休息,但是他并没有闲下来,请客吃饭、拉帮结派、赠送礼品,这些工作就是要在国庆节才方便开展。前两次去人力资源部刘主任家里吃了闭门羹,这次牛智鹏改变策略,选择守株待兔,待在刘主任家的停车位前候着。牛智鹏看刘主任汽车刚停稳,他就急忙摁了奔驰汽车的翻标,后备厢自动打开,便赶快丢下一箱茅台和两条中华,刘主任降下车窗喊道:"小牛别整这事,赶快拿走!"

牛智鹏放下东西就转身跑了,刘主任心里想,幸好自己车位是监控死角,便抱着烟酒回到家。刘天来虽然只是五级序列的主任,但是作为人力资源部的一把手,其岗位重要、地位显赫,人称陇飞"吏部尚书",很多高级经理都有意和他频繁走动。刘天来抱着烟酒归置到自己书房的柜子里,他掂着手中一条中华烟,感觉重量不对,仔细一看香烟包装是打开的,取出一盒发现硬中华盒子里卷着十张百元大钞,此时刘天来头上沁出汗水,心里紧张不安。两条烟每个盒子里都卷着十张大钞,合计2万元整,算上这箱子茅台价值差不多3万多元。如此厚礼,他自然心里明白是冲着本次青年人才库来的。刘天来想起近年来集团落马的经理,不觉心惊胆战。2014年以来,四级序列经理被撸去两位,并被移交司法机关处理。他们分别是通过内部运作插手工程招标的楚天云经理,和侵吞公款、设立私人金库的岳峰经理。一下两个经理岗位空缺,让集团处长们蠢蠢欲动,此时陇飞集团虽然风平浪静,但内部早已暗流涌动。

目前集团大致分三派势力,人称"三国演义"。一是以蔡俊为首的传媒公司一派人称"东林党",他们主要特点是学历水平高,一些人笔杆过硬,经常在各大刊物发表论文和作品,满足了晋升的必要条件,他们主要赢在声望和才华,蔡俊和王总合称"陇飞双雄",其麾下又有一批青年才俊,不乏名校大学生,可谓后劲十足。二是以徐丘明副总为首的"儒商派",徐副总主要分管销售领域和三产企业,权势滔天,把控着集团的经济命门。他也喜好拉帮结派,不少处长是他的人,比如营销管理中心的付天辉和郑斌就是他忠实马仔,广告运营中心干部都效忠于徐副总。徐副总本身又有点雅好,喜欢收藏名人字画和文玩,下属投其所好,变着花样去送,他们自成一派。三是以王中君为统领的"元首派",作为陇飞集团的一把手,王中君拥有绝对权力,一方面是受到了董事会和王天成的极度信赖,另一方面是大部分下属的绝对效忠。王总极善"帝王权术",精于平衡之道。一方面拉拢姜天临为己所用,牢牢把控集团财权。另一方面又极其尊重快退休的杨副总经理,王中君常常以小弟自居对杨副总非常客气,对其如兄长一般敬重,同时也希望蔡俊能升任副总成为其左膀右臂。

而同样作为集团副总经理的章玉妍相对独立于集团权势圈子之外,她本身也无心权势斗争,平常迟到早退,心思都在读高中的儿子身上。章副总分管的领域就比较鸡肋,比如行政事务、法规制度、后勤办公和企业管理之类的"务虚"工作。平常章总主要是以工会主席身份处理工会方面事情,其他工作她也能推就推,知道一个女人斗不过这群虎豹豺狼,也不喜欢参加喝酒应酬。

集团的矛盾主要集中在徐副总和王总之间,徐丘明财大气粗、尾大不掉,手下干将众多,经常在会上怼王总,王总考虑自己上任时间不长,不好直接出手,就打算慢慢收拾这只老狐狸。双方你来我往、明争暗斗,徐丘明时不时和王中君对着干,经常在主要经济发展指标这类问题上意见不一,王总也常忍气吞声,姑且让着徐丘明。而王总也另有高招,打算架空徐丘明,王总绕过副总们,成立了一个新组织,人称"十八罗汉",都是一些高级经理和部分处长,借助下属实权给徐丘明拆台,王总心想,让你会上耍横,反正有的是办法让你思路和工作落实不下去。同时王中君又加大马力打击徐副总的死党,借助集团纪律巡查工作契机,一举拿下两名经理,让徐丘明损失惨重。当然在表面上二人如亲兄弟一般维护着领导班子团结、稳定,恨不得穿一条裤子。开完会各自回到办公室,彼此都在挖空心思想阴招。徐丘明向董事会控诉王总生活作风有问题,说经常出入高消费场所必定有鬼,结果查来查去王总所有的消费和集团没一毛钱关系,然后又雇佣私家侦探跟踪王中君,看他一个中年男人会不会跑去风花雪月场所,跟踪半年了一无所获。徐副总想半天,姜天临负责集团财务工作,而两人关系又不错,查人家私设金库、花费公款肯定没有效果。而且王总是好酒不好色的人,徐丘明的跟踪调查毫无效果,反而搞得徐丘明近一年失眠、抑郁了。反观王中君不动则已,一动则雷霆万钧,出手就拿掉了俩经理,目前这两个岗位空缺、虚位以待,一些人开始向王总靠近,希望能够得到推荐。集团只有五个老总有向董事会推荐四级、三级序列经理的权限,姜总谨小慎微,财务出身的他一丝不苟,而且也不爱参与拉帮结派。章副总说难听些一介女流,根本斗不过这群虎豹豺狼。她能作副总主要是关系太硬,她是董事会成员之一的女儿。杨再宏老迈年高马上退休,人倒心地善良,是个不错的老同志。目前就剩下王总和徐副总可谓是龙争虎斗不肯止、你来我往剑光寒。目前情况还是王中君更高明,死死压制徐丘明。

刘天来主任脑子里过了一遍电影,将集团复杂的人事关系和派系斗争想了半天,作为人力资源部一把手,他受章总管辖。且刘天来立场中立、不偏不倚,这种中立的态度能让他长期待在集团的"吏部"。如今如果贸然收下这点礼物,以后拿人手短又是麻烦。脑子里斗争了10分钟,立马下去车库开车出门,一路疾驰在滨河路上,还好自己行车记录仪录下了牛智鹏行贿全过程,能够证明不是自己主动索贿,在路上他又给纪监办的欧处长打电话,让他赶来公司。

集团三楼有个小型会议室，刘主任把烟酒全部摆在桌子上。欧处长端坐主席位，刘天来坐在右边，牛智鹏垂头丧气地站在沙发旁边，显然是被两位领导狠狠批评了一通。

"按照集团有关规定，行贿与受贿都要严肃处理，你作为新进职工，不思进取却钻研歪门邪道。这次青年干部人才库建设，我们纪律监督部门全过程参与，重点就是要把好廉洁关。刘主任之前电话中说了大概情况，我又看了调出来的行车记录仪视频，确实是你主动行贿，刘主任一小时之内就联系我处理了这件事情。我虽然人称'铁面包公'，但是在这件事情的处理上我只有四个字：下不为例。集团内关于你的流言蜚语很多，说好听点是和同事搞好关系，说难听些就是拉帮结派。一天操心干自己的工作，不要觉得广告运营中心的荀处长照着你、看好你，你就高枕无忧，把你的小心思收一下！关于你陷害同事的事情，我也听说过，那个小伙子现在还在印刷厂待着，如果你再目无法纪、拉帮结派、不干正事，我看你就去恒通公司卸货吧。"欧处表情严肃，说话掷地有声。

"刘主任，我们走吧，让他在这里反省。这会议室有监控，待在这里罚站你两小时，听见了没有！"欧阳达厉声呵斥道。

牛智鹏不敢回话，只能点头，心想真是送礼送到阎王殿了，栽了跟头。歪点子、坏心眼才下眉头，却上心头，他心想自己这次就算没有机会被提拔，也要放倒几个未来竞争对手，同住一屋的赵垚关系太硬动弹不得，不如就收拾收拾那个陆言算了。晋升的路上少一个对手便就多一分机会，自己辛辛苦苦经营关系，花不少钱搞社交，并不是真的喜欢吃喝玩乐，而是希望能够谋求更好的进步机会，兢兢业业工作也不知猴年马月才能轮到自己提拔。在这个人情社会，有个大腿抱才是正道。牛智鹏罚站了两小时，脑子里也思考了两小时，时间一到便抱着茅台、"中华"走了，心想送出去的礼、泼出去的水，哪能收回来，不如把这些东西送给销售处的付天辉处长，还能落个人情。以后真被欧处翻旧账，自己还能有个靠山为自己说几句话。

而我一切都不知道危险正在暗流涌动，偶尔还在接代写论文的兼职，网上直播游戏打得风生水起，有了3万多粉丝固定收看我直播打Dota2。

第五十九章　惊艳一枪

"蓝牙连接已成功"，随着温柔的语音提示，我打开手机播放歌曲，听着李宗盛的《给自己的歌》一路驾驶，下班回家已经晚上八点，自己热了中午从食堂带的菜，上楼前又买了俩花卷凑合吃晚饭。我盯着装修公司设计的图纸，心想自己的新家该如何装修，深陷甜蜜不可自拔。按照进度，赶着过年前可以把水电改好，地板和壁纸也能到位，年后把吊顶、木工、门窗和一些定制家具做好就基本成型，差不多明年端午节我就能入住新家了。

国庆节又和欣珺回了一趟甘州，叶父、叶母这次对我犹如亲生儿子一般，老叶临走偷偷给我一张卡，悄悄说里面有10万块钱，先拿着用去，知道我装修没钱呢，让我别跟欣珺她妈妈说，这是他自己存了三年的私房钱。有了10万元启动资金，我想自己再从银行贷个七八万，也就够用了。四季度工作忙了许多，很多工作要考虑收尾。今年由于全国经济不太景气，本来就下行压力很大的传统纸媒领域遭遇寒冬，还好"陇飞文学奖"成功举办，《西北作家》风头强劲，拉广告容易很多，破天荒地接到了宝马的广告，传媒公司也给电网、烟厂、石化等垄断企业做订制杂志，每两年《西北作家》会出一本短篇小说集，这次收到了某中烟的赞助，因为涉及《广告法》相关规定，不可能给香烟做广告，就介绍了他们的企业精神。除了日常工作，我还要参加所在党支部的党员学习。一天，正在处理案头工作的我看到OA消息，蔡俊叫我过去。

"小陆，坐下慢慢说，这次机关党委组织一批青年党员去湖南进行党性锻炼教育，给我们传媒公司分了三个指标，我决定让你去。你回头把报名表交给我们党支部的马书记，国庆节刚过气候也不错，再晚点去，天气有些冷了。过去还能看看湘江，你也是个读书人，去岳麓书院走走，别老扎在书本里学习。"我听完满心欢喜，知道长沙火宫殿久负盛名，这时节虽然不是吃小龙虾的好时候，但是能出去走走也不错。

蔡俊看我满心欢喜地出门，心中其实十分担忧，这次把我送出去，其实只是为了避免未来一段时间我受到集团斗争的波及，最近有人写匿名信给纪监办揭发传媒公司编辑接私活、写论文、赚稿费，倒也没有指名道姓。虽然不是上纲上线大事，但是目前集团形势复杂，还要细心应对，那些匿名信蔡俊打了招呼，全部让欧阳达放搪瓷盆子一把火烧了，集团一般是不处理匿名信的。蔡俊仔细看过笔迹，认为不是传媒公司出了内鬼，应该是"宫中起风了"，集团楼上有人作祟"吹妖风"。蔡俊有些疲惫，靠着椅子发呆，一根根抽着香烟。蔡俊想了半天，自己年轻时也给人写材料赚稿费，干兼职的肯定是年轻人，成家结婚缺钱不得已为之，再说老同志也没有精力去做这事。程玉生罹患胃癌，身体状况欠佳，今年在医院里就待了两个月。底下的编辑就姚天成能力过硬，编辑部青黄不接让蔡俊十分忧虑。眼下陆言太年轻，只能保护好，以免受内部斗争侵害。要想跟徐丘明对抗，自己光有一帮文人、大学生坐可镇不行，还得培养一些管理层面干部，极力争取在职研究生名额也是蔡俊的布局手段之一。传媒公司的领导班子又团结不足，文人为主的单位历来如此，自己虽然名声很大、威望极高，但也得小心游走于不同势力间，可谓戴着脚镣跳舞。近来蔡俊也有意和王中君频繁走动，打算结成同盟，共同"讨伐"徐丘明。至于传媒公司内部，只要和邱诚经理搞好关系即可。攘外必先安内，蔡俊先做到了内部稳固，杨副总快要退休了，自己距离副总只差一步之遥，那些匿名信表面是冲着陆言来的，其实很可能是上头有人授意来打击蔡俊，蔡俊自然也在着手反击。

10月中旬飞机缓缓降落在黄花国际机场，集团一行三十余名青年党员到达长沙，摆渡车把我们送到了位置，一些老烟枪憋得上蹿下跳，就是没有打火机，着急赶着出去，长沙办事处的大巴车把我们送到了预定的酒店，我和赵垚还是住在一个标间。

赵垚往电磁壶里倒了两瓶矿泉水，我从包里拿出一盒碧螺春，还有在附近小店购买的鸭脖、麻辣小龙虾、臭豆腐、花生米，俩人喝喝茶、吃小龙虾，也是快哉人生。

"陆言，喝几杯不？"

"算了，明天后天都是请的党校老师来上课，喝醉酒第二天状态不好，影响也不好呢。后天去韶山，我们可以在外面喝点，从韶山回到长沙后有一天自由活动时间，我们去火宫殿买些特产，找个地方再喝几杯。"

随后两天培训，让我如坐针毡，花白头发的老头坐在台上摇摇欲坠，真担心他会讲课劳累过度倒在讲台上，我看大家貌似在埋头记笔记，其实是在玩手机，我就安安心心听老教授讲湖南的人文历史和名人事迹，倒也有趣呢。在韶山参观了毛主席故居，我和赵垚在广场的铜像前合影。回到长沙，又和赵垚还有集团其他几个年轻人聚会喝酒,一盆盆小龙虾吃得满嘴是辣椒油,蒜蓉、麻辣、香辣各有不同,臭豆腐免费送,又点了些精致凉菜,喝了湖南省吉首市特产"酒鬼酒"。小龙虾的壳子满桌子都是,六个人喝了四瓶白酒,又准备开第五瓶,南方人酒量都很普通,我叫服务员加菜,女孩子看着四只空瓶子十分惊讶,问我们是哪里人,我说是陕西的,煤炭公司过来培训的。领导出来交代了,如果出去聚会喝酒,别报自己单位,随便瞎编一个即可。

人均至少七八两酒下去,倒丝毫没有上头的意思,我们沿着湘江散步,我想起伟大领袖毛泽东的词:

独立寒秋,湘江北去,橘子洲头。看万山红遍,层林尽染;漫江碧透,百舸争流。鹰击长空,鱼翔浅底,万类霜天竞自由。怅寥廓,问苍茫大地,谁主沉浮?

携来百侣曾游。忆往昔峥嵘岁月稠。恰同学少年,风华正茂;书生意气,挥斥方道。指点江山,激扬文字,粪土当年万户侯。曾记否,到中流击水,浪遏飞舟!

酒兴浓,诗兴更浓,我随口背诵这首著名的《沁园春.长沙》,酒上了头又继续吟诗,背诵了《三国演义》中的诗:

数年徒守困,空对旧山川。

龙岂池中物,乘雷欲上天。

我吟罢哈哈大笑,豪气直冲云霄,仿佛天河上也有与我回和的诗人,几人沿着湘江走了3公里,看天色太晚,就叫了网约车回酒店睡觉。第二天坐飞机返回金州,第三天正常上班,真是让人难忘的培训。

没承想回去上班仅一周,我就遭遇了入职以来最大的危机,我给人代写演讲稿和论文的事情不知道被谁捅到了纪监办,U盘里的加密文档被人破解,原始文档缀着我名字,我因此被欧处长叫去集团大楼,虽不给处分,但是给予了诚勉谈话,欧处语重心长地说道:"兼职这事全公司人都在干,属于大家都知道的秘密。好在你是写作赚稿费,算不了违纪,诚勉谈话对你有点重了,但是也得做出处理。不要放心上,不算很严重,蔡俊也说了,过一年给你抹干净就是。"回到传媒公司无心工作,蔡俊看我坐着发呆把我叫进办公室。

蔡俊扔我两盒中华:"平时你抽不上好烟,我这的东西你就随便拿。其实这个诚勉谈话是我跟欧处商量好的,我已经知道是谁在背后搞鬼,送你去湖南学习就是避风头。我目前可以肯定,是徐丘明手下那帮人干的,十有八九是付天辉授意牛智鹏,你的U盘以后别放办公室,我感觉编辑部也有内鬼。"蔡俊把U盘扔给我继续说道："表面上是处理你,实际上是打击我的声望,当然这种小风小浪,我动动小拇指就能搞定,我有个计谋,明修栈道,暗度陈仓。集团准备在河西五市开拓三产,另外为了准备文博会有关事宜,传媒公司打算在嘉州市设置一个联络处。我还会力挺你,我与姜总内外发力,把你和赵垚调到嘉州去,避开集团这池子浑水,本身我们也有一些扶贫工作任务在,去那边你可以做点扶贫工作,也是树立企业形象的好机会。别觉得是贬你下放了,每个人都要去不同地方历练,你放心,我知道你想啥,你明年房子装修好要准备结婚,我蔡俊一定风风光光让你回传媒公司上班。你的调动函估计一周内会下来,你还有三天年休假没用,回家休息散散心吧。公司大了就这样,各路牛鬼蛇神,魑魅魍魉都有。你还是太年轻,不会提防人。我和姜总有意培养你和赵垚,也希望你们能好好努力,不要辜负我们的期望。我和王中君年过不惑,黄金期没几年了。王总衣钵的传承是集团董事会决定,我的这个金笔杆还希望后继有人。来,这个送你了。"蔡俊从抽屉取出那支集团人人羡慕的镀金派克钢笔,王天成董事长授予蔡俊这支金笔时盛况空前,蔡俊当时也是意气风发。

"江山代有才人出,各领风骚数百年。"蔡俊起身走近我,拍拍肩膀把笔交给我,我小心翼翼放进盒子。回家后,我把自己工作调动的事情跟父母说了,公司会在嘉州安排住宿。

第六十章　雄关漫道

调动函

陇人字[2016]88号

陇飞传媒有限责任公司:

经集团人力办公会研究决定,你单位编辑部陆言同志调任陇飞集团股份有限公司驻嘉州市联络处任通讯员,决定自发文之日起生效,五个工作日内陆言前往联络处报到。

集团人力资源部

2016年10月27日

我收到调动函后心里还是有点不舍，毕竟在金州待了五年多，青春岁月在此度过，我以前也没有去过嘉州，只听闻那里是万里长城的西端。姚主编通知我交接手里工作，按照规定将所有公司的官方宣传账号与我个人手机终端解绑，授权给交接我工作的年轻人。下午4点多，姚主编过来说晚上一起吃饭，部门里为你送行。我流下感动泪水，编辑部并没有因为我在外面代笔赚取稿费而责怪我。蔡俊通融了一下，让我们提前下班，姚天成带着七八个同事分三辆出租车来到城郊一家农家乐，分两桌打了会儿麻将和双扣。

"小陆啊，我也挺舍不得你，本来还说明年《西北作家》的新年贺词让你来写，虽然把你派到好几百公里远的嘉州，但我们也会记着你的。"姚主编一边打双扣一边抽烟。

"我也想一直在这里干着，早知道就不写论文赚钱了，可我是真的缺钱呢。"

"重点不在你兼职赚钱，而是集团的内部斗争，这是冲着蔡俊去的，这也是弃车保帅。蔡俊在这里一天，我们就能跟徐丘明抗衡一天。目前集团三产家大业大，最赚钱的业务都节制于徐丘明，王总虽说心有不满，但也不会大动干戈，之前拿掉两个经理就是敲山震虎，希望徐副总收敛一些，毕竟他这个太爱财，这几年把集团风气搞得不像样子。"

"蔡总编也跟我说了这个意思，希望我去那边做好集团的扶贫工作，说这也是很重要任务。"

姚天成点点头："人不论在哪，做什么工作，对于个人而言都是成长的机会。有时个人的进退留转要看淡一些，嘉州那边扶贫任务不重，你去那里还有一项任务就是筹备文博会事宜。你的人生才刚刚启航，你是个有想法的年轻人。好好干，伟大领袖毛泽东说广阔天地、大有可为。"

此时菜已上桌，大家纷纷入座，姚天成端坐主席位，我破天荒地坐他右手边，这是主宾的位置。同事们挨个儿敬酒，我深感这一年多来在编辑部的日子是弥足珍贵，有赏识我的上级，也有对我好的同事。

编辑老黄敬完酒说道："知道你装修缺钱，我老婆在银行，想办法给你弄点低息贷款，谁年轻时都遇到困难，谁不缺钱。那群小人一天就盯着我们看，自己吃吃喝喝的就应该，看我们赚个仨瓜俩枣的就上纲上线。"我又添了点酒水感谢老黄的盛情。

程玉生已不能喝酒，虽然病情严重，还是赶来给我饯行。程玉生以茶代酒："好好写，别放弃你梦想。莫言、贾平凹他们年轻时，也不可能知道后头自己能写出名。现在社会谈梦想会被人耻笑，说是谈钱才是硬道理。你写的订阅号我没事也看呢，电影评论有点意思。发挥你特长继续写下去，现在传统媒体式微，你如果做好自媒体也挺好的，金鳞岂非池中物，别单单盯着单位看。那个牛智鹏天天挖空心思往上爬，就算他有个一官半职的，也迟早半路栽跟头，为人不正必然落马。"程玉生语重心长地交代我，他也是我最敬重的同事，工作兢兢业业、为人谦虚谨慎、学识渊博，但不幸罹患胃癌，他倒也很乐观，坚持治疗、坚持锻炼、坚持写作，每天还要打半小时乒乓球。

酒喝了四瓶，大家都已有点醉态，菜肴吃得七七八八，也到该散席的时候。姚天成叫来服务员把能吃的羊肉、排骨、鸡块几个菜打包送给我："别嫌弃，回去微波炉热热，还能吃呢，联络处那边就没有食堂了，集团会发一些伙食补助。我们编辑部也有点小心意，给你买了个电磁炉。"姚天成一挥手，让老黄从包厢后头取出一个纸箱子，我十分感动，收下了礼物。我知道编辑部不像其他三产公司有油水，能想办法截留点钱供其开支。今天这桌饭、一箱白酒和这个电磁炉，肯定是几个同事凑的钱，礼轻情意重，我抱着电磁炉出来，眼眶有些湿润。

随后几天，我与白芷、小庄他们天天喝酒，相处多年一朝分别确有不舍，友情会随着时间流淌而愈发珍贵。欣玥想辞职去嘉州市找个工作被我拒绝了，毕竟新东方的待遇不是哪都有的，毕竟每个月还有房贷要还。欣玥想了想，还是留在了金州。金州的夜色有些凉，黄河水静静流淌，仿佛在向路人诉说心事，街头的年轻人也穿上了长袖、长裤，标志着夏天正式结束。我和欣玥漫步在西关什字，看着繁华的夜市、灯火通明的店面、熙熙攘攘的人群，每个人都有他们的喜怒哀乐，只是我不能窥探他们的内心。二人坐在一个烧烤摊子前，吃着最普通的烤串。

"你第一次约会就带我吃烤串，今天还吃这个，你够抠门的。"

"我也是怀念当年的时光嘛，我们第一次约会不是在学校的Cherry咖啡吗？"

"想啥呢，那会儿哪是约会，我是听你说有车，找个搬运工而已。"

欣玥这人心里不放事情，有什么就说什么，从来不用让我猜，在一起几年了，我们之间很少有矛盾，除了我藏私房钱的浦发卡她他发现的那次，吵了一回。

我把工资卡交给她说道："密码是你生日，我网银密码是你宠物狗的生日，我去联络处工作,有伙食补助,自己也能赚点稿费,做游戏直播虽然没以前赚钱了,我还是能想办法,每个月这5000多工资都交给你了。"

"你浦发那张卡呢?"欣珺对我的私房钱念念不忘。

"那张卡早注销了,我最近也没有心思给人写论文和材料。"

"那就行,你支付宝、微信我都知道密码,你的钱跑不掉。"我点点头苦笑。

欣珺继续说道:"放心,我不会乱花钱的,存下的都用来装修,我给你买了个爱马仕腰带,明天就到货了。"

"美女,我是去扶贫不是炫富,一个扶贫干部用爱马仕,让老百姓怎么想。"

"你不是还有卡地亚吗,爱马仕不算奢侈,你那个才奢侈。"

"我说过很多次了,那是我从天津洋器行买的假货,800块钱,最近都不走针了。"

"骗谁呢,戴假表还从网上买转表器啊。"我只好点头,承认那是从法国买的。欣珺是典型的金牛座,一切和钱有关系的事情,都无法逃脱她的慧眼。在夜市吃了不少烤鱿鱼、烤肉、烤蔬菜,我们一人喝了瓶果啤就各自回家了。

最近交接完工作可以不用上班,享受几天带薪休假,也是难得的放松。我约欣珺去爬白塔山,其实这个季节没什么景致可看,山虽不高,爬起来却有些累,抬头仰望蜿蜒山路,白塔直耸云霄。我俩在半山腰茶座喝了杯杏皮水,吃了盘凉粉,感觉有些透心凉,难怪叫"伤心凉粉",就是给伤心人吃的。我和欣珺相处已有几年,生活中也渐渐习惯,面临即将分开的情景,不免有些难受。虽说两地距离不是很远,但也只能到节假日才能见面呢。

"听说下雪看嘉州的城楼很漂亮呢。"欣珺坐藤椅和我聊起城楼来。

"要下雪我感觉到明年元月份了,不如元旦放假你来吧,我们一起去看看雪后的城楼。"

这次没有到山顶,半山腰就回来了。兴致所起就该爬山,没有兴致了,就应该回。我记得《世说新语》中有一个故事,一个人深夜想访友,于是驾船访友,又觉得没有兴致,便回家了。人生就是如此,兴所起之,兴所归之,我们觉得是身体承载灵魂,其实是灵魂承载身体。

几天后,白芷、小庄、欣珺来家里为我送行,欣珺打包好衣物,小庄拎着行李箱,白芷送给我一挂玉佩,象征我们友情像玉石般纯洁、珍贵。后备厢装得满满当当,我发动汽车缓缓向前,后视镜映着三人不断挥手,我摁了三下喇叭,然后加速驶出车库,我脑海里浮现李白的名篇。

送友人

青山横北郭,白水绕东城。

此地一为别,孤蓬万里征。

浮云游子意,落日故人情。

挥手自兹去,萧萧班马鸣。

汽车沿着G30高速一路疾驰,我打开电台听《鬼吹灯》,倒不是因为特别喜欢盗墓小说,起码这能让人不瞌睡。我在凉州和甘州两个服务区休息了会儿,开到嘉州市已经是下午六点。来到集团指定的全季酒店,办理入住手续,赵垚发微信说,第二天坐火车就到嘉州了,我算着时间,想去车站接他。晚上闲来无事,开着车沿着新华路游荡,嘉州城市建设很好,这是一座新兴的工业城市,其道路宽阔、排水系统发达,我第一次见如此宽阔的道路,非机动车车道和人行道都很宽敞,即便是5米多长的豪华轿车也能轻松掉头。第二天我按导航提示开到了悬臂长城,长城沿着山势绵延,远处祁连山映入眼帘,雄伟之感游荡心间。随后又开到讨赖河景区,停下车,漫无目的沿着堤坝漫步,苍天白云、流水远山,景致壮美。我将一个人在这里生活,面对陌生的城市,一切都充满新鲜感,就像刚翻开一本小说,后续的精彩需要慢慢体会。

也就在我报到嘉州市这段时间,集团楼上风云再起,王中君携手蔡俊订立口头盟约,王中君也下决心打垮这个拆台、越位、下绊子的徐副总。

第六十一章　虎啸龙吟

集团大楼一号会议室,水晶吊灯华丽、大气,极具奢华气息。棕色的椭圆会议桌可以容纳三十人参会,牛皮坐垫,靠背搭配乌金木雍容华贵,集团十一名三级序列经理全部到场,五名老总端坐主席位。人力资源部、纪监办负责人列席会议,办公室凌主任担任会议记录员。

后勤服务中心的五名服务员身着修身旗袍——为参会人员沏茶,凌主任打开中央空调,选择自然风模式。王中君端坐正中,西装挂在靠背上,一边转着手里的毕加索签字笔,一边食指敲着桌子。11位三级序列经理各有分工,主要是做好调查、研究和企业规划工作,为老总们的决策提供依据。余东、吕承志负责经济运行和广告运营领域;奚小琳、苗羽负责企业管理、人事、后勤领域;费龙、汤玉和、唐任雪负责文化传媒、对外宣传、外联合作和驻外办;裴冬、陈华、蒋春生负责纪律监察、企业规划、战略管理、安全管理、信访维稳、企业文化、扶贫、外宣合作领域;龚春来负责三产企业。其中龚春来经理权限最大,位列11名经理之首席。3级经理下面又设11名4级副经理,主要工作是协助正职做好有关工作。集团一部分职责和工作是没有对应二级处室的,直接由11名三级经理管辖,他们有权直接向二级单位和三产企业发号施令。本来有26名经理,之前岳峰和楚天云俩经理因为违纪被查处,其副手也涉及相关问题被开除,涉及违法犯罪的移交司法机关处置。

"人到齐了,我们开会,今天召开经理办公会,考虑到所议的事项,参会人员扩大到人力和纪检两个部门负责人。今天会议两个议题,一是关于青年人才库建设的进展问题,二是关于拓展河西五市三产的规划。会前我让你们几个经理综合考虑拿出个方案,苗羽谈一下目前青年人才库工作进展情况。"

苗经理扶了扶眼镜:"王总,目前前期考察工作已经结束,我们通过日常考核、干部成长档案、人才指标库等工作,已经基本完成摸底了,需要的人才掌握得比较清楚。主要采取的是会议推荐和调研推荐两种方式,同时也参考了纪律主管部门的意见,对群众反映强烈的牛智鹏、秦志建两名同志进行了约谈,取消了他们此次的选拔机会。本次主要是对九级序列岗位进行选拔,本来这种级别干部的选拔是不用在经理办公会研究的,一般二级单位向我们报备就可以。但考虑到人才长远建设,加之九级岗位是管理岗的入门级别,对人才成长很关键,所以这次集团上下都很重视。综合所有子公司和二级部门(单位)的岗位空缺情况,共有35个九级岗位需要补充新鲜血液,因为数量太多,传统的选拔方式不太合适,目前我们的计划是竞争上岗,当然备选的年轻人也很多,符合这种选拔方式的前提条件。前期我和人事方面做了沟通、协调,他们拿出了方案,计划通过笔试、策论、面试三个环节选拔干部。在提出动议、研判之前,我也仔细浏览了集团人力资源网的基础数据,做到了心中有数。下一步通过我们三个选拔环节的人才,我们将会严格审核人事档案、审查有关信访线索,做到"凡提四必",选出能力突出、群众认可的管理人才来。"

王中君点点头表示肯定:"重点抓好你说的那三个环节的实施,这次命题和组织工作交给苗羽经理、奚小琳经理具体负责,其他经理和处长们不得借机打听有关情况,蒋春生经理抓好纪律监督。关于牛智鹏的事情,为什么纪检部门没有处理?行贿、受贿按照集团规定一律严肃处理。"

听到这里,徐丘明才想明白,绕了半天,今天的会议不是为了研究议题。自己刚开始还纳闷,这种小事情,怎么还需要经理办公会研究,而且参会范围扩大这么广。徐丘明是知道牛智鹏行贿这件事情的,欧阳达也第一时间给他汇报了,牛智鹏是个小角色,但是他这个人优点就是对上级很忠诚,虽然爱搞小动作、捅刀子,但是"无毒不丈夫嘛"。想想他又是荀玉的爱将,付天辉也比较喜欢,自己得出面了,要不然被王中君再顺藤摸瓜,至少还得处理个处长才能收官。

"王总,这件事情我是这样考虑的。年轻人没经过事情,想法可能容易受周围环境影响。我看批评教育就好了,反正行贿目的没有达成,钱也被刘主任退回去了。"徐丘明急忙圆场子。

姜总平常不说话,开会都是点头和举手为主,今天破天荒地开腔了:"徐副总,这不应该吧。行贿受贿同等处理是我们纪律管理制度的核心要义,这个原则不能破啊。之前传媒公司一个年轻编辑,只是因为外面给人写论文赚稿费,就被欧处长给了诫勉谈话?你们这纪律处理是纸老虎啊,还是稻草人?专挑软柿子捏呗。今天也就蔡俊没来,要不肯定会和你掰扯掰扯。"王中君看了看手表,掏出手机来给蔡俊振铃,并发条短信:老蔡该你上了。

徐丘明:"兼职是违反劳动管理制度规定的嘛,批评教育也罢,诫勉谈话也罢,都是教育职工、帮助干部成长的一种形式。"

杨再宏一般在会上很少发言,本来快退休了,不想参与,可听到如此不公平的事情,心中不平,杨副总对陆言印象还不错,《浪潮文摘》就是他起的名字,于是杨副总率先发力,发表了个人意见:"徐总啊,我们将心比心说说。普通职工就该做贡献,发扬好作风,向雷锋同志学习。这个有点门路、背景的就该坐着火箭往上蹿。行贿可比兼职严重多了,我也过问了,那个小伙子赚的稿费,每个月都做成明细、附带银行转账凭证交给集团财务处,作个税扣除使用。依法纳税、正当赚钱,违反了我们集团干部职工管理规定的哪一条?姜总你知道这个陆言稿费明细表的事情吧。"姜总点点头表示认可,章玉妍看了半天,感觉今天火药味太浓,低头拿出手机悄悄看微博,不敢参与。

徐丘明心里"咯噔"一下,今天算是进了王中君的伏击圈了,欧阳达是列席会议,按照规定是不能发表意见的,徐副总赶忙给吕经理使眼色让他发言救火。

吕承志:"我们今天议的是青年人才库建设和河西五市三产布局事项,这个讨论纪律处分问题是不是偏题了?"吕承志赶忙当起救火队长,给徐副总救火。

徐丘明见招拆招,将计就计:"退一步,就算我们处理得失之偏颇,陆言这个情形,如果按照杨总所说,依法纳税就不存在什么问题,哪怕他获得茅盾文学奖,中个30万奖金那都是应该的。牛智鹏的事情,我也是本着关心爱护员工的角度考虑,毕竟我们也提倡建立容错、纠错机制嘛。"徐丘明不光懂经济,好像还喜欢研究道家学说,很快一套太极拳打过去,就化解了一大半危机。

此时会议室的大门被打开,蔡俊拿着保温杯提着电脑,大踏步走进来:"徐总,你这么处理,真的是关心爱护员工吗?"说罢坐在了空位上,拿出笔记本电脑来:"服务中心的同志连一下投影,我有点资料和大家共享。"

会场此时有些骚乱,底下人议论纷纷,参会的人搞不清楚状况,发起会议研究事项的经理们也纳闷,今天怎么彻底偏题了。

两分钟后投影连接成功,幕布上显示着蔡俊电脑的桌面,蔡俊打开一个幻灯片:"我给大家边放边讲解,大家慢慢看。第一张是陆言的U盘,这个优盘是带读写保护的,但是被计算机高手给破解了。这种非机械式的读写保护通过修改数据库是可以破解的,破解加密文档也是小菜一碟的事情。Word文档有陆言的名字、时间等基本信息,陆言代笔确属无疑,但是这个U盘是怎么丢的,我深表怀疑,我对传媒公司的安全保障工作很担忧。"听到这里,陈华经理低下头挠头发,毕竟门禁系统、电动门、指纹打卡、摄像头等一系列安全设备,都是经他手采购的,而且他有权限管理这些设备。徐丘明看形势不对,吕承志救火不成,反倒让蔡俊火上浇油,陈华这会也牵扯进来了。

蔡俊继续说道:"第二张PPT是个录音材料,大家可以听一下。"

欧阳达,我知道你在赶去单位的路上,苟玉也知道了,牛志鹏被传唤过去,路上就给老苟和付天辉打了电话。有些事情要给你交代,销售和广告运营部门不能再出事了,上次招投标的事情就让干掉一个经理、一个副经理,这次不能再引火烧身,你就灭灭火,给个批评教育就好了。

录音结束,显然是陈华的声音。陈华这会儿恨不得头插地板砖缝里,他做梦都没想到,自己给欧阳达打电话,欧阳达反手就录音了。欧阳达稳如泰山、正襟危坐,毕竟他和蔡俊是在河南读在职硕士的同学,有两年同窗之谊。徐丘明此时虽然表面上很镇定，内心却翻江倒海。没想到欧阳达是打入自己这边的特务，也不知道自己和他的通话录音了没有。

蔡俊："第三张PPT是关于牛智鹏诬告出版社职工杨迅的有关材料。欧处长、传媒公司邱诚经理还有我组成了调查小组，仔细调查了出版社年轻职工杨迅的有关情况。牛智鹏在饭桌上偷偷录音在前，且有意引诱杨迅辱骂杨副总，还抛出一些诸如年底奖金分配方案的谣言，集团目前也没有敲定奖金分配方案。这件事牛智鹏供认不讳，他也认了自己造谣奖金分配方案事情。这长达五页的谈话记录，有欧处长、我以及记录人邱诚经理的签名，我愿以人格担保其真实性。"

会场一阵躁动，没想到这场会议精彩纷呈，先是请君入瓮，把有关人员以开会名义请进来，然后声东击西，拿青年人才库建设事情作幌子，实际是讨论员工违规、违纪惩戒的事情。会上11名经理心里各有打算，徐副总一边的人垂头丧气，就怕蔡俊还有猛料，把自己送礼、行贿的记录曝光。和蔡俊交好的经理们暗自高兴，毕竟蔡俊如果作了副总，他们肯定前途光明。王中君一派倒心态平和，反正跟着老大混，肯定不出错。

还好蔡俊的幻灯片放完了，徐丘明感觉像看了一场电影那样漫长，事到如今，只能杀鸡儆猴、弃车保帅了："我承认，关于这两名员工违纪的处理失之偏颇，纪律监督管理这方面工作是章总管辖的，你谈谈意见？"徐丘明老谋深算，把烫手山芋扔给了章玉妍。

章玉妍虽然在刷微博，但还是大致听了事情经过，平常尽管不参与权势斗争，但今天明显是徐丘明落败了："我只有一点建议，严格按照制度处理，行贿未遂也是行贿，按照集团规定开除牛智鹏！"徐丘明本想给个处分就完了，没想到这女人突然变身铁娘子，态度如此强硬。

章玉妍："关于陆言的处理，撤销诚勉谈话的决定，修改为传媒公司范围内责成检讨，以儆效尤，目前陆言应该去嘉州回不来，写个检讨就行。"

下面的经理们没见过今天这阵势，谨小慎微的姜总打头炮，老迈年高的杨总送助攻，集团的金笔杆子蔡俊成了导演，一介女流章玉妍发起总攻，一向强势如老虎的徐丘明这会儿安稳了下来，他担心的不是牛智鹏被开除，而是还有其他把柄落在王中君手里，赶快表态发言："我赞同章副总的意见。还有，陈华你完了好好把传媒公司那边的安保工作抓一下，年年报那么多安全经费预算，连个U盘都看不住，真不知道你在搞什么。"徐副总真是老狐狸，赶快先把问题的黑锅背上，

但是轻描淡写地说点安全管理不严格的事情,成功化险为夷

王中君看会上发言差不多了,最后总结讲话:"今天两个议题看似没有议论透彻,其实已经很清楚了。第一,青年人才库建设暂时搁浅,对所有进入推荐环节的青年职工,重新征求群众意见,通过集团内网、信箱、邮件、电话、实名来访等形式征求意见,监督被推荐人员的廉洁从业和有关资格真伪情况。第二,河西五市的三产布局交由龚春来经理负责,方案我看过了,我建议是加大旅游方面投入。大家再有没有意见?"参会人员均无意见。

王中君:"散会!"

第六十二章　声东击西

11月天气渐渐转冷,心意凉凉的牛智鹏收拾好个人物品,办好交接手续,离开了集团大楼,当牛智鹏抱着纸箱子离开大楼,心中纵有不舍,也无可奈何。自己挖空心思想着上位,到头来却是黄粱一梦。这下工作丢了,在这个城市没有依靠,未来的生活充满了迷茫。吃吃喝喝虽然也是酒桌文化,却不是文化的核心内涵。这几年自己精于算计、阿谀奉承,也当了几年"哈巴狗",当大老板们角逐政治版图时,他只不过是一枚棋子。牛智鹏回到宿舍用两条旧床单把自己的衣物、生活用品打了包裹,左肩扛着包裹,右手提着行李箱离开了待了五年的陇飞集团。自己的岗位迅速被其他部门年轻人顶上了,这个集团上上下下两千人呢,缺了谁都能运转,不论是被处理的岳峰和楚云天经理,还是自己这样的默默无闻的普通职工,大家不过是草狗,连打牌的资格都没有,那些制定游戏规则的老板们,一旦涉及自身利益,便会无情地修改规则,自己不过是荀玉和付天辉的替罪羊,当了一次炮灰。徐总借章总的刀开除了自己,不过是想保住他圈子里的高级干部,以防王中君深入调查。牛智鹏心灰意冷地来到一家快捷酒店,订了一天的大床房,买了火车票准备回老家找工作。

话说两头,事叙两端。

在一家私人会所,包厢内烟雾缭绕,仿佛人间仙境,徐丘明和其手下马仔紧急召开会议,研究部署如何应对蔡俊和王中君的联手打击。吕承志、余东、汤玉

和、陈华、蒋春生几名经理是其心腹大将，荀玉、付天辉、郑斌是他的忠实马仔，驻外办的庞达是新加入小圈子的晚辈，周海斌副处长是他安插在财务方面的内线，用来制约姜天临。徐副总看人都到齐了，心满意足，自己虽然不是一把手，但是胜过一把手，这些年来自己安插了不少人，彼此订下攻守同盟，结成了牢不可破的利益圈子。

徐丘明："大家到齐了，我们也就私下说点事情。最近我们的形势不太好。早一年被王中君以雷霆万钧之势干掉了岳峰和楚云天，两个兄弟就被送进去了，还好不是太严重，我活动关系处理妥当，起码他俩下场不会太惨。岳峰经理关键时刻给大家顶雷，一个人把黑锅背上了，平常我们的消费都是他想办法去抹平的。如果不是老岳主动把责任扛下来，就会被王中君拔起萝卜带出泥。去年三亚那边酒店装修工程招标问题太大，你们也动动脑子，就算安排个皮包公司过去走个形式，怎么连评标会场都能走错？是通达大厦不是同达大厦，真让人想不通啊！跑去投标的蠢驴走错会场，听了一场修炼气功的文化讲座，还买了500本《八段锦》回来，我是气得肺疼。还好提前疏通了关系，在评标环节我们操作得比较成功。按照我们的意愿让特定公司中标了。可老楚那个大嘴巴坏事，事情搞成了就悄悄装着，喝醉了就扯大话，说自己运筹帷幄、内外发力，胡说什么皮包公司、给评标专家送茅台的，这玩意能说吗？哪有犯罪分子到处宣扬犯罪经验的，饭桌喝酒千万别胡扯，出事的不是一个两个了。老楚随手就被酒桌上的兄弟捅刀子了，真是为了地位插兄弟两刀。风声传到王中君耳朵，正是瞌睡遇上枕头，老王随手来个纪律监察风暴，把老岳和老楚一块处理了，两个副经理也出事了，我们一下子损失四员大将。"

会所老板金叔开了四瓶洋酒、三瓶进口红酒，徐副总对喝酒很讲究，荀玉挨个在水晶高脚杯中添酒，老金端来两个果盘、四碟冷拼、三份干果便关门走了。会所内有一个人工喷泉，池内锦鲤游来游去，绿植环绕屋内，100多平方米的会所只有一张巨大的黄花梨茶案。

"行了，现在没有外人，想想接下来怎么办，没想到欧阳达是双面特工，让人防不胜防。下一步王中君还会有动作，大家最近注意点，有事情就来这里谈，老金在这里安置了信号屏蔽设备，不会被监听。还有，老蒋少去几次洗浴中心，别哪天让扫黄打非的把你逮住了，你一个负责纪律监察的经理就别老违法乱纪。"蒋春生频频点头。

汤玉和："我们不如下绊子?不如我们故意出点纰漏,在家得福超市的购物袋还有恒通公司周转箱的印刷上弄点失误。印刷厂的业务是归杨副总管的,承接着传媒公司那边刊物的印刷,我们不如提议削减经费预算,让他们日子不好过。像平常的书籍,画册,精美的包装盒等等这些是油墨印的。胶印厂用油墨,凹印厂用水墨,我们厂子这两条线都有。现在胶印墨的成本高,《西北作家》就用胶印墨,效果很漂亮但成本高,不如我们就从企业降低成本方面提个建议,别让他们用胶印墨,反正纸质媒体现在走下坡路,我们节约的预算拿去河西开旅行社。"

徐丘明这个老狐狸点点头:"你后头办法可行,至于你说包装印刷上出差错,那是昏招。家得福超市那是我们的家业,恒通公司负责着集团大多数三产企业的物流配送,不能搬起石头砸自己脚。就按你说的办,准备一份调研报告,分析一下企业降本增效的措施,目的就是砍他们经费预算。全体会上整他老杨一下子,老不死的快退休了还逞能。"

陈华:"安放设备是不是也多提些预算,更新一些安放设施,蔡俊不是说传媒公司的安全工作不好?"

徐丘明:"更新你个大头鬼,这设备没到平均使用寿命,也没出故障,怎么更新? 去年换设备,是因为下面工人晚上把摄像头和指纹打卡设备砸了,背后骂我们是剥削阶级,十分钟迟到都要扣钱。这样子,找一家第三方机构,做个安全评估,出个报告让蔡俊看去。之后安排一场安全知识讲座好了,让周工过去讲讲防火防盗的知识就行了,哪有钱给他们换摄像头。"

陈华:"那个U盘是怎么跑集团大楼了。"

荀玉:"陆言那小子平常不操心,U盘偶尔插主机不取, 电脑窗口也不关,放优盘的抽屉也不锁。被牛智鹏的同伙看到了,于是那人后来买了一款一模一样的U盘,将之前的U盘调包了。陆言还傻呵呵地代笔赚稿费呢,却完全没有发现问题,而里面的资料早就到我们手里了。"

徐丘明:"我总以为文人不善搞斗争, 蔡俊倒还挺有头脑,跟欧阳达订立盟约,来一招将计就计,当时看似没处理牛智鹏,反手把陈华你给收拾了,真是一箭双雕。"陈华埋头不说话,知道自己让欧阳达摆了一道,朋党们密谋了两小时,也喝了两小时,随后各自散去。

话说两头,11月上旬,天气有点微凉,地点:康辉体育俱乐部

王中君约蔡俊打乒乓球,王中君并不擅长打乒乓球,俩人约在这里打球,原

因也是为了避开徐丘明眼线，毕竟王中君常去的羽毛球馆被对方摸查得一清二楚。个头矮一些的蔡俊乒乓球打得更好，王总围着场子捡球，接不住的扣杀球只能自己捡。打了一小时，俩人到VIP休息室，服务生送来两瓶依云水和一个烟灰缸。

王中君："老蔡，别总抽红塔山，在我面前还装，把好烟拿出来。"

蔡俊从包里拿出两盒大重九和一小瓶沉香木："领导，这是我自费买的，我可从来不收礼啊。"

王中君："知道你这人爱名不爱财，我就看中你这点。王董真是不拘一格降人才，你来陇飞时间并不长，却是火速提拔，上头有意让你接任杨再宏的职位。"

蔡俊："今年夏天的一个晚上，我在阳台抽了半盒烟都没想通，这风声到底是谁放的，原来是你王总，你是巧借东风让徐丘明来打击我，好让我跟你联手真是有手腕。"

王中君哈哈大笑："我虽然是一把手，但是能控制的势力并不算大，还不如拉拢你，两个拳头同时出击。"

蔡俊："老徐那边主要把控着集团最赚钱的几个企业，眼下我们唯有避其锋芒、另辟蹊径。不如我们主动示弱，在文化传媒领域方面的工作，就先听他们的，让他们得意一阵子，然后在集团做一次干部职工经商大排查，凡是跟集团上下游业务关系过密的一律处理，要么留职工作，要么辞职经商。打蛇打七寸，团结在老徐周围的大多是攫取金钱利益的投机分子。"

王中君："好主意，集团三产家大业大，上下游供应商和企业非常多，小打小闹开个商店、酒菜馆的就放一马。目前集团最赚钱的是家得福连锁超市、陇飞国旅，还有恒通公司。据我所知，付天辉和郑斌两个人合伙搞了个汽车商贸公司，陈华和蒋春生老早就买了几辆客车做金州到嘉州的客运线。郑斌和付天辉主要是买卖一些微卡和轻型货车。旅行社涉及车辆调度使用的，一般他们都会安排陈和蒋的客车。只要把他们这伙人的财源切断，以徐丘明为首的团伙，必然是利尽而散、不成气候。这次就打中他们的七寸，我现在大概能猜出徐丘明的损招了，无非是将传媒公司的预算连砍带削，让日子过得紧巴些。这倒不是问题，我从其他渠道把经费保障充足便是。"

蔡俊："老王再打三局，谁输谁请喝酒。"

花开两朵，各表一枝。嘉州的联络处马上要开张了，可谓百事待兴，我和赵垚忙得一塌糊涂，既要处理日常公务，又得筹备办公设备。赵垚对目前工作很开心，毕竟是回家了，他也常带我品尝地方特色小吃。

一天傍晚，两人来到烤肉店，赵垚让服务员热了一壶黄酒，我给他发了一根香烟："兄弟，你这是要和我'煤炉温酒论英雄'吗？"

"和你分析集团大势。你应该也听说了，整了你的牛智鹏被开除了。其实整件事情来龙去脉我都很清楚，只是没有和你细说。你代笔写论文的U盘压根不是被偷走的，而是故意被调包给牛智鹏的。这啊，就叫连环计，乍一看是你因兼职赚钱被处理了，其实就是找个机会反手收拾他们。这都是我舅舅和蔡俊商量好的，所以在集团办公会议上，领导们会向着你说话。你就安心在这里工作，最多一年你就可以返回金州了。"

我喝了温热的黄酒却感觉透心凉，原来蔡俊让我去湖南只是障眼法，不得不佩服蔡总编的头脑。在嘉州的联络处工作，每月还能多拿800元补助，没事就在赵垚家蹭饭。最主要这么大没有一个人生活过，这次体验独居生活的快乐，想想真是福兮祸之所伏，祸兮福之所倚啊。

第六十三章　他山之石

鹤鸣于九皋，声闻于野。鱼潜在渊，或在于渚。乐彼之园，爰有树檀，其下维萚。他山之石，可以为错。

鹤鸣于九皋，声闻于天。鱼在于渚，或潜在渊。乐彼之园，爰有树檀，其下维谷。他山之石，可以攻玉。

——《诗经·小雅·鹤鸣》

一周后的集团全体会，研究2017年集团各项费用预算，各二级单位、处室、三产公司提交相关预算，由全体会审议。集团大楼一号会议室暖风融融，涉及财务、企业管理、战略规划业务范围的处长和三级、四级经理悉数到位，办公室凌主任负责会议记录。徐丘明成竹在胸，手下起草的预算方案他都看过了，目的是削减陇飞传媒公司的经费。

王中君听完财务处贺飞处长做的2017年度预算方案，并没有直接发言，先是让相关经理们发表意见。

龚春来："王总，我们的住宅建设用地已经拍到手了，目前处于规划和设计阶段。天成置业方面的进度是，2018年二季度一、二期楼盘封顶应该没问题。西北天气冷，工期从3月份开始到11月底结束。明年通过期房的销售可以回笼一部分资金。至于销售方面，我们将联合信息部门设计一款APP，用于展示不同户型房子的成品效果，这样会比印制宣传册更有实效。当然实地看房是必不可少环节，我们也会装修几套样板房，供客户实地了解情况。"

王中君点头表示同意："工期上不要赶快，质量一定要过关，否则验收环节卡你一两回，会很耽误事情，该打点的也打点一下，毕竟大环境就是这样，这方面集团也有专门的经费保障。"

接下来各个二级单位的预算都和往年差不多，按照集团降本提效的工作精神，主要从业务招待、办公经费、车辆燃油等可控成本中节约。汤玉和按照事先准备好的方案，提出削减传媒公司的经费，压低一下编辑、记者们的稿费。

唐任雪经理听着得气："怎么不削减驻外办人员的补助，你老汤是穷人碗里舀饭吃！"

吕承志接住话头："今年全国经济下行压力加大，传媒领域的业务对集团营收贡献不大，已经不是过去独占半壁江山的年代了。"

苗羽经理是蔡俊一边的人，自然得给传媒公司出头："按你意思，是端起碗来吃饭，放下碗来骂娘呗。看着纸媒式微就削减经费，连稿费都要削减。"

陈华经理看着形势胶着，便加入战场："从企业战略管理角度看，我们把资源集中到赚钱的领域也是正确的。毕竟王董提出，在未来三年内上市，我们还得再加把劲。"高级经理们你来我往、唇枪舌剑，其实目的都是希望自己一亩三分地里的收成更好些，人人都有"护犊子情结"，不能让跟着自己弟兄饿肚子。

王中君看意见不一，自己大致判断了三方势力的想法："杨总，传媒领域你主管，谈谈意见。"

杨再宏："开源节流不能只靠节流啊，这省不下多少钱。办公耗材或者其他可控成本上可以压低一些，稿费我认为不但不能降，还得涨。企业拿什么留人，就是拿高薪留人。现在金州房价多少钱了，大家有目共睹，坐这桌子上的人，大部分是年薪制，可是我们还有2000多名职工，他们收入很低啊！恒通公司的分拣工人多少钱？3000多出头而已，一年到头加奖金也就6万多，大车师傅那么累、那么危险，一年多少钱？传媒公司的编辑拿多少？将心比心、以心换心，我问问你，提出这样的方案，良心痛不痛？所谓降本增效，降低成本只是手段，提升效益才是目的。不能只想着怎么压低工资、削减开支，重要的是通过优化的流程和创新的技术手段，实现生产效率的提高，进而实现更好的效益。陇飞传媒是集团的发祥地，的确现在对集团营收的贡献不如过去，但是我们新媒体方面，发展态势很好啊，也是带动企业向前的发动机啊，我个人建议，不能降低稿酬和薪资，这会让基层职工心寒，长此以往企业哪来的凝聚力。我们在物流环节，可控的因素还有很多，比如规划好路线，设计好排班，这都是流程优化的方法。目前我们信息中心同志开发的陇飞配送APP就很好，跟导航软件绑定，还能提醒堵车和事故情况，能保证车辆高效使用。"

杨总也知道自己快退休了，这几年明哲保身，不愿意和徐丘明对着干。可最近，他想临退休要给干部职工干些好事，起码不能让徐的爪牙为非作歹。王中君是强硬派，几年来集团经济运行很不错，同时也慢慢改变了过去徐丘明尾大不掉、一家独大的格局。陈华随后提出降低胶印墨品牌档次的建议，直接被杨再宏怼了回去，责备他想省钱也不能这样。三方势力你来我往，都想为自己碗里多舀几口饭。

最后达成一致的是陇飞集团每年做的画册、精美图册、旅行风光指南，这些印刷品采用轻涂纸，替代过去的铜版纸。杨总是业务出身，尤其对印刷厂业务很熟悉，他建议道："轻涂纸（LWC纸）是一种新型加工印刷纸。效果和品质不错，彩印效果可以与铜版纸媲美；其中掺有廉价的机械木浆，所以成本也比较低；附加值还不错，其售价比一般印刷纸高，但又比铜版纸便宜许多。它主要用于印刷期刊、广告、商品目录等，这样也能节省成本，同时还不影响印刷品质。"

杨总说得口渴，拧开杯盖喝口茶水，然后说道："我还是那句话，再穷不能穷杂志，再富不能富领导！"

徐丘明看计划落空，便打起小算盘，拿出河西开拓三产的事情做幌子，希望能削减传媒公司的预算。王中君巧妙化解了三方矛盾，打了一手好牌："那就我综合各方面意见谈一下：一是降本提效是两年来的思路，业务招待费、车辆油耗、办公耗材上省一点，完了裴冬经理拿个方案出来，面子工程再别弄了，楼体亮化工程我当时就不太愿意搞。二是唐任雪经理下去后也做个方案,研究一下稿费标准,别哪个刊物发了都给钱,级别调高、数量降低,这不就体现了利益的合理分配吗?三是做好过紧日子的准备,明年经济形势说不好,大家养成勤俭节约习惯。别觉得公家的电、水、纸张、文具不是钱,丢的丢、扔的扔,蒋春生经理会后写个倡议书,让大家养成好习惯,每个人节约点也是钱。四是关于年底奖金分配事宜,由姜天临副总负责,召集相关范围人员召开会议研究,拿出一个可行的方案来,我看看会议纪要就行。就这么多,大家有没有意见。"徐丘明的美梦泡汤了,王总都总结发言了,其他人也都纷纷附和。王中君取下椅背的西装穿身上:"散会!"

花开两朵,各表一枝。11月中旬的一个周末,陇飞集团驻嘉州市联络处开业了,集团人力资源部吴副主任担任联络处负责人。我做通讯员,赵垚是会计,三人在文化宫附近的写字楼租了间办公室。开业那天我买了四挂一万响的大地红,噼里啪啦的鞭炮响声震天。赵垚是本地人,门路广、认识人多,托朋友搞来六门礼炮,不知道的路人还以为是哪个酒店开业了。

当晚吴主任请我和赵垚吃烤肉,当地烤肉名气很大,烤串肉质鲜嫩、香辣爽口,南来北往的游客到嘉州必然会选择一尝特色。

吴涛主任:"俩小伙,咱们干一杯,庆祝联络处开业大吉。其实咱们这也轻松,就是对接集团在河西五市的三产布局工作,主要精力放在扶贫任务上,这里人均收入很高,加上农业人口占比很低,扶贫工作也轻松不少。集团把我从河东调回来了,谢天谢地总算离家近多,回金川轻松不少呢。"

我看着满桌子美味流口水,拍了照片发给欣珺看。

第六十四章　釜底抽薪

水沸者,力也,火之力也,阳中之阳也,锐不可当;薪者,火之魄也,即力之势也,阴中之阴也,近而无害;故力不可当而势犹可消。

天成置业属于陇飞传媒集团的全资子公司,地位与鑫达公司相当。之前集团董事会通过猎头公司挖了三名高管任管理层，目前龚春来经理暂时兼任一把手，负责全局工作。徐丘明为了削减传媒公司经费的计谋流产了，一计不成又心生一计，打算以天成置业领导班子职数配备不足为借口，向董事会推荐自己手下人，提拔一个副经理上来去天成置业，这样既能将地产业务牢牢掌控在自己手中，又能借助提拔干部捞取好处，一箭双雕的好买卖，徐丘明自然不会放过。当然这样做，徐丘明还有另外的打算，之前徐丘明向付天辉封官许愿，也向驻外办的张成权许诺，可谓是"一岗允两人，一女嫁二夫"。徐丘明虽然贪财，但还是有原则、底线的，办不成的事情，他是不会收钱的。只要自己建议的人选，董事会能够通过，集团自然会空缺出岗位来，那允诺的岗位也就虚位以待了。

这些年，徐副总靠着推荐和提拔干部，攫取了不少好处，也逐渐以他为中心，形成了利益勾结、"互相帮助"的小圈子。在这个圈子里，徐丘明就如国王一般，享受着下属众星捧月的待遇。手底下人投其所好，有送石头、字画的，有送现金支票的，也有送名贵烟酒的，徐丘明是来者不拒。蒋春生经理独辟蹊径，经常请徐副总深入烟花之地，做起了徐副总的生活秘书，是去洗浴还是桑拿，总能带着徐丘明玩开心，蒋春生这个老手迅速把徐副总带上了道。就在徐丘明洋洋得意，沉浸在自己的宏伟布局当中时，一场自上而下的"陇飞集团干部职工经商办企大排查"行动以迅雷不及掩耳之势开展。

王中君早已把徐丘明的底子摸清楚，知道陈华和蒋春生是他的人，便亲自挂帅，姜天临任常务副组长，抽调苗羽、唐任雪、裴东组成专项行动小组，展开经商办企的摸查行动。行动只是针对八级以上序列干部，一般职工没有经济实力做一些和集团业务关系密切的业务，至于自己小打小闹开个商店、烧烤店的，王中君并不打算去查。毕竟水至清则无鱼，大部分人只是搞点副业养家糊口、贴补家用而已。

排查摸底的公告在集团内网发布，要求各二级部门（单位）负责人切实履行主体责任，发挥表率作用，实事求是地上报，只要不跟集团业务存在过密联系，不搞利益输送，本次排查也不会处理，只是掌握情况。公告一经发布，人心惶惶，即便公告说了不搞利益输送的不处理，但是一部分中层干部还是心有担忧，怕成为王总与徐副总斗争的牺牲品。一部分人老老实实上报了经商情况，与集团业务来往过密、存在廉洁风险的集团中层干部写下承诺书，保证在半年内整改到位，关停或者转让企业。王中君一方面是有意打草惊蛇，让徐丘明的爪牙有所行动。另一方面也是震慑两边倒的墙头草,让他们知道,谁才是陇飞集团的最高指挥官。

果不其然,徐丘明手下的几个人并没有如实上报个人经商情况,只轻描淡写地报了商铺和小超市。王中君看着一摞厚厚的《陇飞集团干部职工经商办企报告表》,心满意足,既然引蛇出洞计谋已成,就要继续发力。王中君知道徐丘明手下肯定不会如实上报个人经商情况,至于到底与集团业务有没有不正当联系,是否存在变相侵吞集团资金问题,还是需要彻查。王中君此举是打草惊蛇、引蛇出洞,让徐丘明手下有所忌惮,能够坦白交代的,王中君还是继续使用,毕竟培养一个干部不容易。但继续选择顽抗到底的,王中君只能采用强硬手段处理了。

王中君安排了手下机要秘书掌握了蒋春生和徐丘明常玩的会所,安排私家侦探跟踪了一年,基本掌握了规律。徐丘明每个月最后一周的周六或者周天,必然要去会所或者洗浴中心,王中君打算上演一场瓮中捉鳖,以群众举报扫黄为契机,拿下徐丘明。

临近12月,天气冷了许多,徐丘明坐上专车前往西郊的洗浴中心。他不知道一辆黑色帕萨特悄悄尾随,危机正悄然而来。帕萨特上坐着王中君与欧阳达。为了避免被发现跟踪,还安排了一辆奥迪做"僚机",交替跟踪徐丘明的专车,奥迪车上坐着蔡俊和苗羽。

王中君掐表算时间,差不多过去1小时了,算着时间便安排手下报警,说西郊的洗浴中心涉黄,这也是王中君提前打好的关系,一切布局谋划,只为最后一击。

王中君:"信息中心的同志提出表扬,尚云处长带领团队研究的这个配送APP就是好,特殊情况还能派上特殊用场。我让计算机工程师把徐副总手机的APP权限破了,按照集团信息监控中心发来的情况,他在六楼西头中间些的房间。"

蔡俊按下车窗:"王总,好戏什么时候开始?"

王中君:"40分钟后。"

时间一分一秒过去,王中君这边等得是度日如年,徐丘明和蒋春生则是激战正酣,根本感觉不到时间的流逝。扫黄小组的周队长振铃了,王中君立马带着手下直入洗浴中心。

一个戴着墨镜,打扮有点匪气的保安拦住了王中君:"先生,请出示你的会员卡。"

王中君随手扔出一个信封袋,圆鼓鼓的信封红色大钞露出头来,保安看着起码有1万元,当场傻眼了,从没见过给保安小费的,盯着钞票发呆。

王中君:"上六楼,我们内部职工涉嫌生活作风问题。"

保安见钱眼开,刚也看到警局的车来了,想着洗浴中心迟早会被关停整顿,不如拿着1万块去买个小吃车,和媳妇做烧烤呢。保安带着王中君一行沿着专用电梯直通六楼,当王中君一行人来到六层时,警方已经完成了扫黄任务,一干嫖客裹着浴巾抱头蹲在楼道,王中君一眼就看到了徐丘明和蒋春生。二人的眼神中充满恨意,也夹杂着无奈。王中君挥手让小孙拍照,完成了取证。

徐和王四目相对,这个曾经不可一世的副总低头了,人称徐老虎的徐丘明被警察带走了,徐丘明还想打电话找朋友疏通、活动关系,但看到王中君带着欧阳达、蔡俊火速赶来,知道是中了王中君的伏击,这次必然落马。徐丘明和蒋春生因为嫖娼在派出所被拘留了,王中君趁此机会,手起刀落拿下了徐丘明。

王中君、姜天临二人联手彻查集团账务,凭证像山一样堆着,集团供应商库内的会计师事务所的会计们忙着检查凭证,第三方机构的审计师全面把关审计。徐丘明及其团伙多年来挪用公款、私设金库的问题查得清清楚楚。徐丘明违规插手招投标、项目建设,大肆敛财,在干部提拔选用中收受贿赂,把干部选拔、任用变成个人的摇钱树。其手下豢养的一批蛀虫们私车公养、公车私用、假公济私,以各种方式向基层职工吃拿卡要,几十名职工来到集团大楼揭发其恶劣行径,纪监办的座机被打成了热线电话。这场廉政风暴持续时间虽短,却一口气根除了徐丘明所有势力,付天辉、郑斌等一干中层干部在集团上下游业务工作中联系过密,权钱勾结、贪污腐败,让人触目惊心。这些人或多或少、或远或近地以亲属名义经办企业,借着自己集团权势大搞利益输送……

12月12日是一个令人难忘的日子,经董事会研究决定:徐丘明及其手下爪牙撤职查办,涉及违法犯罪的,移交司法机关处理。面对徐丘明的将是检察院的公诉和法院正义的审判。正义也许会迟到,但是一定会来临。一周后,经集团董事会研究决定,蔡俊提拔至副总经理,杨再宏负责经济运行领域工作,蔡俊负责文化传媒领域工作,欧阳达升任4级副经理,负责纪律监察工作,刘天来升任四级副经理负责企业战略规划管理。一大批五级序列干部大换血,群众认可、能力突出、坚持原则、兢兢业业的干部被选拔到中层担任重要职务。这场惊心动魄的权力游戏落下帷幕,以徐丘明团伙的全面溃败而告终。王中君也以无与伦比的头脑和强力的政治手腕肃清了集团以徐丘明为主的毒瘤,集团风气焕然一新。王中君信心满满地发表了集团新年贺词，端坐总裁桌前，仪表堂堂的王中君掷地有声、铿锵有力，规划了集团未来五年的宏伟蓝图，自此陇飞传媒集团迈向更上一层台阶。

跨年夜，王中君、蔡俊、姜天临三人在集团会客室品茶共度2016年的最后一天。

姜天临："来，王总、蔡总，咱们干一杯，这两年配合不错。"

王中君："还是老姜你烟幕弹放得好啊，一直示弱装个糊涂先生，对徐丘明一派睁一只眼闭一只眼的，你说过把猪养肥了再杀，点子高明。"

蔡俊："多行不义必自毙，这是必然的事情。"

王中君："我上任以来，明显感觉徐丘明的势力多有掣肘，他对董事会的任职不满，觉得自己贡献大，理应做一把手。我们每个人的力量都是渺小的，集团的辉煌是靠2000多人一起努力，并不是一个人的功劳。徐丘明恰恰没认识到这点，觉得自己提出开拓三产战略很高明，把功劳都往自己身上揽。我布局了很久，一直在等一个机会。那几个年轻人不过是棋子，徐丘明制定游戏规则，自然是牛智鹏得势。老蔡你先是一招蒋干盗书，把陆言派往湖南，让假内鬼送U盘给真小人，付天辉又组织手下写信举报。接着你和欧经理上演双簧好戏，罚站牛智鹏是假，祸水引向陈华是真。其实摄像头和指纹打卡设备是我授意张小山经理故意破坏的，有意让考勤规则过分严苛，目的就是激发群众的仇视情绪。老徐对传媒公司连削带打，想削减预算，又被杨总怼回去。这次能大获全胜还是靠杨总老当益壮啊，扫黄小组的周队长是他朋友。老蔡说得对，多行不义必自毙，我们让徐丘明膨胀了几年、快活了几年，丧钟迟早为他敲响！"

话说两头，事叙两端。我在办公室撰写总结，汇报联络处一个月以来的工作情况，重点对2017年的集团扶贫工作进行了谋划，吴主任看了没什么问题，就签署文件交给我去套红头打印，通过顺丰快递寄到集团。晚上下班回到酒店，我接到了白芷电话，白芷心情很差，只说自己分手了。没想到情场圣手被人甩了，电话里感觉到白芷心情低落、情绪不好，我没敢多问，大概知道家是因为他家里企业经营出了状况。

第六十五章　鹣鲽情深

妻子好合,如鼓瑟琴。兄弟既翕,和乐且湛。

宜尔室家,乐尔妻帑。是究是图,亶其然乎?

——《诗经·小雅·常棣》

2017年的元旦,我在车站等欣珺的到来。清晨风还呼呼吹着,雪的势头小了不少。我在站前广场搓手,细雪落在护栏上,我点燃一根烟,烟头闪过一阵明亮,烟灰混着雪花飘落,灰蒙蒙的天空和熙熙攘攘的人流,西北的冬天是萧瑟、肃杀的,没有生机、火力。当我看见人群中一抹水红色十分耀眼,我向着欣珺挥手,紧接着快步走向出口,便接过了行李箱,又从怀里取出一杯尚温的豆浆,将包裹好的里脊肉饼递给欣珺。

"想听点什么?"我点挂挡松了手刹,然后连接蓝牙。

欣珺随口说道:"想听有声书,随便放一个吧。"

我搜索了村上春树,想距离还远,就搜了一篇名为《托尼瀑谷》的小说,这还是我追求她时讲过的故事。记得那是大一的秋天,欣珺打算请假回老家,说火车无聊闷得慌。我便找了录音设备将村上春树这篇小说录了一遍,并不是完全的原文朗读,而是夹杂了我对村上春树作品的理解。我将小说录制好,50分钟左右的时间,然后转换成了手机可以播放的格式,又拷贝到内存卡交给欣珺,那个智能手机还没有普及的年代,很多事情虽然很慢、很烦琐,但是关心和爱意很浓厚、很深沉。

中午来到新华路附近寻了家面馆,要了两碗羊肉烩面,这家店是河南老板开的,却独具陇上风情,除了河南特色烩面外,便以经营牛羊肉出名。这里的冷羊肉名气很大,羊肉煮熟、放冷、切片、摆盘,然后蘸着独家秘料别有滋味。去年以来,当地一只小羔差不多一千三四,还是蛮贵的呢。一份羊肉我舍不得吃,自己只拣了三片,余下的拨给了欣珺,又给她倒了杯枣茶:"我知道你不爱吃香菜,堂口师傅老糊涂了,给你放了一把香菜呢。"接着又拿公筷一片片把香菜挑到我碗里,其实我也极其厌恶香菜,正是我们都讨厌香菜才有了第一个共同话题。

欣珺一脸诧异:"你怎么吃起香菜来了?"

我:"你不吃总不能扔了吧,香菜也蛮贵的。"

"那么恶心的东西,想不通价格还不便宜。"欣珺此语一出,堂口的师傅撂下烟头恶狠狠踩了一脚,我用手捂住自己嘴示意她别说了。虽然我犹如排雷般避开香菜,但还是不小心连面片吃进去了,总算吃完了午饭,这简直是罹难,强忍着满腹恶心出去赶快喝了一瓶冰镇红茶解毒。下午,我们游荡在大街小巷,漫无目的、不顾东西地走着,有喜欢的店就进去看看。摸着口袋里烟没有了,二人来到一家烟酒店。

老板挺着硕大肚腩一脸微笑招呼我:"先生看个烟还是酒,我这里主打茅台、五粮液、中华、苏烟、剑南春。"外面天气很冷,但是听得我脸颊发烫,毕竟哪个都消费不起。我有点窘迫地掏出钱包:"两盒珍品兰州,取个矿泉水。"

"帅哥,听你口音是甘州人,老乡呢。"

我拆开烟盒子随手点了根:"你甘州哪的?"

老板说:"金塔人,我姓马,叫马源昉。"随手递给我一张名片,我看着名片上"源昉"二字发呆,想想这也是书香人家,名字起得讲究。

我自然知道他是这套近乎:"你扯犊子呢,金塔是肃州的,别欺负我没文化。"

"挨得近呗,都差不多。再说嘉州这地方,当初一部分地皮也是甘州划拨出来的,你开车十来公里就跑祁丰镇了,算是到了甘州地界,那里有座文殊寺,去那的游客蛮多的。"我和马老板坐着抽烟,只见俩年轻人进来推销业务,听其和店员聊天得知,二人是烟厂的业务员,说要出新品烟,叫飞天梦,如何如何的。一个瘦高个长得蛮帅气,一个胖子戴着眼镜。瘦高个儿客气地给我和马老板发烟,我看这烟是红盒子,肯定不是最便宜的"红皮鞋",抽一口,感觉味道不错。

马老板:"昱博经理来了,有啥好活动没。"

烟厂业务经理骆昱博说道:"除了打火机,还能送一箱毛巾呢。"

"你说了等于没说,我不缺那玩意"

两人聊起来业务工作,我就告辞了,临走时马老板深情地和我握手,说买酒找他,绝对是当地最优惠的价格。

烟酒店耽搁了15分钟,回酒店路上欣珺说起白芷分手事情。

欣珺:"白芷家里的白云生制药因为要扩大产能和引进新的生产线需要不少资金,白芷也比较努力,认真学习网课,准备接下来的在职联考。也许是这个情场浪子、花钱不心疼的富二代开悟了,不久前把名下的房产、商铺、名表、奢侈品通通卖了,房子目前还在中介公司挂着,至少可以卖出个四五百万吧,这件事他跟林菲说了，自己家不缺房子，想是赶着二手房市场行情还好，将房产处理一部分变现，资金可以用来企业扩大生产规模。"

我心里想大概是林菲惦记白芷的房产吧，欣珺继续说道："白芷和林菲为此大吵一架，核心矛盾还是林菲惦记着白芷的房产，白芷苦口婆心讲了一天，说企业要发展需要资金，贷款不能解决全部问题，民营企业贷款难，国有银行看不上你、地方银行利息又高。自己家房子又不缺，当初业是为了投资才买的几处房产。"

我点点头："白芷总算开窍了，知道想办法给家里企业赚钱了。最后怎么样？"

"白芷征求了他爸爸的意见，除了自己和小庄住的房子外，其余他名下的房子都卖了。白芷还将名牌手表、箱包、手办，也都放在咸鱼寄卖了。他也过得节约了，那辆开了六年的CC没舍得换，还说再开两年了，买个斯巴鲁开就好了。"

我点点头："撩妹看宝马，撩汉斯巴鲁。"

"别开玩笑，说正事呢。就这样反反复复吵架，白芷忍无可忍发了脾气，林菲就提出分手，白芷想了一天，觉得无所谓。他也终于明白，自己拥有的不是爱情，只是人家羡慕的财富而已。白芷痛快地分手，顺带签了一张5万元的现金支票，说是给林菲的青春损失费。"

我听完后，明白了事情的经过，白芷的生活与经历可谓比爽文小说男主还舒服，但他也有自己的烦恼，白芷渴望别人认可自己，而不是因为他的皮囊。他希望有真挚的爱情，并不是因为财富而接近他的女人。也许每个人都有自己的烦恼，藏在自己心里，表面的得意与风光掩盖了心底的不如意，也许只有夜深人静，扪心自问时，才会明白什么是自己的忧愁啊。

不知不觉地，我和欣珺也回到了酒店，前台小姐客气地说道："陆经理，您是我们店里的大客户。这两天您女朋友的房费就不收取了，我们开成普票，你们也能报销"

我一脸严肃拒绝："必须开专票，我在这里产生的所有费用，需要集团报销的，还有平常在酒店涉及招待产生的餐饮费用。平常工作需要，委托你们陈经理买的名烟、名酒、土特产、夜光杯这些东西，要求开专票的必须开增值税专用发票，我不会占公家一分钱便宜。还有，我私人费用不能走公家账，如果我喝了酒店矿泉水、吃了方便面，你让服务员告诉我，我每个月结一次账。有时太忙，我也懒得下去买水和泡面。"说罢我拿出手机打开支付码，付了欣珺的住宿费。

欣珺上电梯时骂我傻,说公家便宜不占白不占,一些发票是否开专票,是没有影响的。

我无奈地摇摇头:"人犯错误都是从不起眼的小问题开始的。的确,开什么发票都能报销,我还能节约几百块房钱,但我还是认为不能这样做。我们集团落马的徐丘明,他也不是上班第一天就贪污腐败,也是从小问题逐渐累积的,刚开始收下茅台、五粮液会心跳,过年下属送去3万、5万的银行卡还会睡不着觉。慢慢地,欲壑难填,胃口越来越大,收受的贿赂也越来越多。结果呢,他因为贪污腐败、挪用公款、插手采购、违规招标等问题,最终落马了,面对他的将是法律的制裁和高墙深院的禁锢。"

欣珺听完眼中含着泪光:"这是我爸爸出的面试题目,让我测试一下你这个人人品,是不是贪心、贪钱、贪小便宜,事先没告诉你,我偷偷录音了。"我听完愣了几秒,未来老丈人真是玩得溜。欣珺突然抱住我,我感觉到她胸口起伏的呼吸,泪水顺着脸颊落到我肩头。

欣珺:"你第二次约我吃饭,其实我不太愿意,嫌弃你个头有些矮了。你给第一印象跟过去私塾先生一样,弱不禁风、文绉绉的。但是还想给你次机会,那天约会的路上,有一只小柴犬被路过的电瓶车撞伤了,你带着我立马开车去了宠物医院。柴犬的伤势处理好了,你看小狗挂着一块狗牌,上面有主人联系方式,但是电话最后一位数模糊不清。你便开始从0试验电话号码,一个个询问对方是不是狗丢了。你打了六通电话,挨了六回骂。终于第七个电话打通了,失主赶来领走了狗,小气的女主人装傻不支付给狗看病的钱,虚情假意地说了声谢谢就走了。你看着远去的小狗说,那么差劲主人还不如跟着我呢。"我脑子里回想起当年的事情,我长出一口气,所有缘分皆有因、有果,种善因得善果。

我送给欣珺的第一份礼物不是玫瑰,不是口红,更不是苹果手机,而是一副自己提笔写的对联:

发上等愿结中等缘享下等福
择高处立寻平处住向宽处行

这副对联是清代儒将左宗棠题于江苏无锡梅园的,香港富豪李嘉诚办公室里就挂着这副对联。

人世间的缘分总是妙不可言,于千万人中遇见彼此欣赏、喜欢的人,这是多么难得。人们常说,人生恍如一场梦、一场空,不必太执着。但唯有执着的心,才能让我们遇见美好。人经历的事，遇到的人，看到的万事万物，都会定格在生命中的每一刻。沧海会变桑田，也许没有什么事物是永恒的，就像大雨里激起的水泡终会变成涟漪消逝不再，天空中划过的闪电只是一瞬间，晶莹的朝露在阳光下飞升。而人世间的机缘，总是在那不经意间相逢，生命的长度之于宇宙如沧海一粟，但对于我们每个人而言，那一分一秒都是真实存在的，身死而名不磨灭，真挚的感情历久弥新。所以一切的相遇，皆因缘起，一切的分离，皆为缘灭，而欣珺之于我，就是缘分的真谛。

第六十六章　心坚石穿

佛许众生愿，心坚石也穿。

今朝虽送别，会却有明年。

——《离别难·佛许众生愿》唐·封特卿

离别的车站总是依依不舍，2017 年的元旦假期转瞬即逝，我开车送欣珺到了火车南站，临别在即，欣珺问我有什么想说的。我思索半天就说了封特卿的这首诗。

欣珺："你是不是遇到啥心事了，想去寺庙里作和尚？"

"没有啊，经历这次事情，我看淡了许多。钱财名利身外之物，那些并不是人活着的全部意义，人得有坚毅的品质才能撑得起才华和梦想呢。"

"你倒成佛道儒三修了，下一步是不是要渡劫啊。刚认识那会你看《论语》、《孟子》，大学快毕业了你不好好学习天天看《道德经》，这几天发现你买了《金刚经》，你是打算用少林金刚指把我打瘫痪吗？"

"《金刚经》是佛家经典，和你说的并不是一回事。"

"我倒是想瘫痪了就不用上班呢，天天你喂我吃饭。"

"你还是瘫痪吧，我车开到戈壁滩上将你遗弃了。"

"你滚！"

我随口接到："滚吧，保重！"

"说了多少次不能说我重！你是不是在这里待了一个月，又瞄上哪个小狐狸精了。"

"你爹的 10 万块钱早让我支付给装修公司了。我正有此意,让你人财两失。"我最近心情很好,也爱和她开玩笑了。

欣珺一拳锤向我肩膀,随后便扭头进站了,我挥手致意:"包里给你放了两盒泡面!"我故意声音扯老高,旁边的旅客盯着欣珺看,一个年纪轻轻的姑娘,胃口倒不错。

半分钟后我收到欣珺的微信:"你个渣渣,让我丢人,以后不能再当众说我一顿吃两盒方便面的事情。"

萧瑟的西北风卷起地上的纸屑,打着转儿欢快奔跑,我望着远处蜿蜒的山势发呆,那山起起伏伏真是雄伟,而我的人生为什么是不起不伏呢。本以为这次是被"流放"边关了,没想到只是蔡俊的一石二鸟之计。临近春节,按照集团下达的工作计划,赶在年前要慰问困难群众,赵垚申请的扶贫资金预算通过了,我们二人采购了米面油等慰问品。

差不多十天后,吴主任带着我们前往峪文镇的黄石村慰问,黄石村是我们集团的扶贫点,主要任务是对接村上农副产品销售和产业扶贫事宜。办事处的商务车疾驰在省道上,两旁的行道树光秃秃的,西北的冬天显得毫无生机。约莫行驶了 45 五分钟,商务车沿着机场路一路向北,开阔的道路犹如高速公路般顺畅,我开车风格跟自己文弱的形象格格不入,经常是想超就超、猛踩猛刹,吴主任在后排捂着胸口:"小陆,你慢点开,我们这个商务车没有买乘客险。"显然吴主任明显不适应如此快的车速,吴主任见车速降了下来,长出一口气,仿佛刚才经历了一段生死时速。

汽车停到了村委会门口广场,黄石村的李书记热情招呼我们进屋喝茶,不大的办公室里置办着四张办公桌,里头电暖气"嘟嘟嘟"发出声响,拼命散发着自己热量。上午我们与村上干部召开了一个简单的联席会议,双方沟通了今年的扶贫工作计划,李书记向吴主任汇报了上一年度扶贫资金的使用情况。会后,村书记带我们参观了村文化室和惠民餐厅。

李书记一边走一边介绍道:"吴主任,感谢陇飞集团的大力支持。今年,你们在嘉州成立了联络处,更加方便了扶贫工作的对接。2016 年,我们黄石村成为贵集团的定点扶贫村,你们刚接手工作,就给予了很大的帮扶力度。去年 3 月份,贵集团捐赠的 20 万元资金,可是帮了大忙。其中 5 万元装修了这间村文化室",李书记带我们走进了文化室,继续介绍道:"这本身是一间闲置的房子,去年我们先是简单做了装修,安装了电视,置办了不少图书。村里老百姓闲下来,就到这看看电视、打打扑克。"

随后李书记带我们参观了惠民餐厅，李书记说："村上自筹了一部分资金，加上贵集团捐赠的15万元，村委会利用闲置房屋改建了餐厅，并且雇用了厨师，按时采购食材，解决了村上孤寡老人的生活困难。"李书记邀请吴主任在惠民餐厅门口合影留念。

参观完惠民餐厅，也到了饭点，吴主任邀请村上干部到附近一家餐厅吃便饭，吴主任："精准扶贫是国家的战略，也是我们集团的重点工作之一。今年我接手具体负责这方面工作，将会一如既往地支持村上发展。我们也详细了解了村上的基本情况，掌握到黄石村的西瓜是特色农产品，这里砂石土壤适合西瓜生长，光照充足、日夜温差大都是极好的区位优势。今年，集团的思路是产业扶贫，通过完善、成熟的产业链。一方面让老百姓富裕起来，另一方面也能做大黄石村的集体经济。我是这样考虑的，捐赠资金用于你们修建更多的温室大棚，让西瓜能够在任何时节都能上市、售卖，你们尽可能扩大种植规模和产量，集团旗下的连锁超市，将会负责销售渠道。另外，联络处也了解到，黄石村位于机场路与316国道交汇处，交通位置优越。目前，农家休闲娱乐是新兴的模式，我们将会指导你们兴建乡村娱乐产业，陆续兴建农家乐、采摘园、户外烧烤，一方面解决农村富余的劳动力就业问题，另一方面也能壮大村上的集体经济。

说得口渴的吴主任，喝口茶继续讲："帮扶就得产业帮扶，每年发慰问品，这种过年吃饺子的办法肯定不行，要充分调动农民的积极性。当下，农村劳动力就业方式很单一。除了传统的种植与畜牧业，便是外出到周边城市打工。这种传统的就业方式有不少弊端，一是农民致富增收渠道单一，二是壮劳力外出打工，造成了空巢老人和留守儿童等一系列社会问题。如果我们能让老百姓在家门口发家致富，自然就不会有人背井离乡地外出务工了。"

村书记听得喜上眉梢，大企业帮扶就是力度大、干得实在呢，不像其他帮扶单位，没事就是开会、学习，一提到资金帮扶、产业脱贫，他们的热情就像掉进了"冰窟窿"，挤牙膏一般给个仨瓜俩枣。

简单吃过午饭，双方就今年的扶贫计划也沟通差不多了，下午我们在村上干部带领下，一户户徒步走访，有些家庭条件还可以、日子过得尚可。但是不乏有困难的老百姓，一户农家确实困难，让我记忆犹新，男主人也就刚过六十岁，罹患类风湿关节炎卧床不起，胳膊腕子软绵无力，拿个筷子都困难。我心里非常难受，想着小时候看《诛仙》那句"天地不仁，以万物为刍狗"，如今倒是悟透了含义。上天并不会偏爱某个人，也不会特意对谁怎么样，但是灾难和病痛降临至某个人时，没有哪个家庭能够一力应对。我也知道类风湿关节炎很麻烦,病痛难熬、无法根治,不论是对于病人,还是家属,这病症都是无尽的折磨。十家农户慰问差不多用了三个小时,逐户送去了慰问品。也了解老百姓在生产、生活、求医、打工上存在的困难,我在民情日记上逐一记录,打算回去想一个方案出来,做好具体帮扶措施的落实,这也是我第一次参加扶贫慰问。往后的日子,我一部分时间需要来村上衔接有关工作,还要配合市上牵头单位做好人居环境整治工作,其余的时间都是履行通讯员职责,写宣传集团和地方正能量的新闻稿件。我的绩效任务是:每周写两篇宣传企业脱贫攻坚的新闻发表在集团网站。宣传工作很重要,舆论的主阵地需要及时占领,我就将联络处近期的扶贫工作写成专题报道,投稿给嘉州地方媒体。我知道现在投稿数量太多、发表刊物太少,处于僧多粥少的境遇,为了能保证尽快发表,我就时常准备点礼品,用来疏通关系,一来二去,我成了小马烟酒店的大客户。

春节后,参加了集团的公费研究生选拔考试,估摸着通过考试没有问题,便请了年休假,在家里睡大觉,毕竟春节前工作太忙了。一周后成绩公布,我压线通过,争取到了集团公费培养研究生的名额,我剩下是任务就是准备好在职联考。年休假用完,我返回到联络处工作,今年上级提出了人居环境整治工作,而且涉及评比卫生模范村,我肩上的任务更繁重了。这段时间,我来到村上挨家挨户做宣传,起先老百姓并不理解和支持,认为这是搞"形象工程",乡村的小路、自己的院子,干净、整洁与否有什么关系呢。我只好带头干活,用实际行动去引导他们,经常裹着一身灰,累了就靠着墙角玩会手机,才发现一旁不少农靠着墙角晒太阳、抽烟,面无表情地看着我干活。

扶贫、写通讯稿成了我今年的主要工作,日子虽然平淡,却也惬意。休息时,赵垚就带我品尝地方特色美食,这样的日子持续到了国庆节。那是国庆节后返工上班,按照地方政府的要求,我到包挂村组开展日常扶贫任务,节后主要是三项工作任务需要落实:一是继续做好人居环境整治工作,二是农村火灾隐患排查,三是人畜饮水安全摸排。我一户户认真走访,前屋后院挨家挨户摸排有关情况。

当我来到队里老朱家时,老朱刚停下丰田卡罗拉小汽车,我上前,和他握手问好,表明来意。

老朱给我发了根好烟:"陆经理,我这没问题,你们要求的事情,我都办好了呢,绝对没问题。"

"那我去后院子看看。"

我对队里的农户家的情况早已轻车熟路，就像进自己家厨房一样熟悉。我来到后院，发现一片凌乱，圆木任意散落，饲草无序堆放："这就是你说的没问题？"

我二话不说赶着干活，主要是木头归垛、柴火入棚、饲草出户这三件事，约莫干了半小时，我瞅着工作量完成过半，想回堂屋休息一会，没承想不慎踩到一根圆木，"哧溜溜"的声音圆木向后滚动，我身体失去重心向前栽去，急中生智赶忙用胳膊撑住了地面，两条胳膊和右膝盖摔得有点重，脚踝估计也扭了。老朱听见响动才发现我摔倒在地下，急忙喊着老婆出来开车送我去医院。

医院躺了四五天，骨骼轻微受损，重要问题在软组织受伤，医生说每个人恢复情况不一样，我岁数年轻估计一两周差不多呢。父母十万火急从银安赶来，妈妈很焦急，说不如去金州看看，老爹说等着方便挪动了，再去金州治疗，千万不能留下病根子。

周末小庄、白芷、欣珺赶着飞机来看我，小庄和白芷陪我打了会扑克牌，欣珺出去买水果了。周末阳光正好，我和欣珺在住院部的小花园散步。我一边散步、一边想着工作。自己虽然受伤了，但心里还是惦记村里的大棚情况，就到西瓜销售旺季了，销售怎么办、物流协调好没、有没有人去收购，这些问题还在我脑海徘徊。不知怎么就突然想起过年慰问时，遇到的那位罹患类风湿关节炎的老人，再想想自己这点伤痛算得了什么。下午，我坚持让欣珺开车带我去村里，把自己半年来集团和外部媒体投稿赚取的 3800 元稿费交给了那位老人家。久病难医、长贫难济的道理我懂，也知道 3000 多块钱也只能解一时之急。从老人出来后，我告诉欣珺，人一定要有坚毅的心，就要像磐石那样坚毅，有恒心和毅力必然能绳锯木断、水滴石穿，人只要努力，总会看到成功的那天！

2017 年的第四季度，伤好痊愈的我已经在集团人力资源部工作了，11 月底被安排前往郑州参加人力资源管理师考试。考试结束后，本打算和同事喝酒、吃肉，没承想突然接到小庄的电话，说自己不小心开车蹭倒了一位老太太，当时并没有买"不计免赔"，但老司机也会出问题，没想到发生了车祸，那位八旬老人被蹭倒在地后抢救无效、不幸亡故。面对家属的狮子大开口，小庄一时间慌了手脚。

我急匆匆地乘飞机赶回金州，飞机在云海中穿行，我无心看风景……

第六十七章　梦醒时分

2017年底的冬天分外寒冷，我坐出租车离开中川机场时已比较晚了。车窗外的行道树像站岗士兵般"嗖嗖嗖"地从我视野闪过，我靠在车里回想这二十多年的人生，人活七十古来稀，如今中国人的平均寿命也突破了七十岁，而我人生的进度条也差不多走完了三分之一。望着路旁的高压钠灯发出暗金色的光芒，那是金属钠蒸汽发光，雪花深情款款飘落在暗金色的光晕里，那钠灯照出不大一片光亮，仿佛那就是舞台上的聚光灯，灯下有人影在缓缓移动。

我想自己一路走来，虽不能说顺风顺水，倒也步步为营、扎扎实实。我还记得在县里读初二时候，面临被教导主任"赶走"的窘境，只能转学到市里的贵族寄宿制学校英才中学，在那里，认识了小庄、白芷、美伦。再后来我发奋读书考取了市二中，高考那年认识了叶欣珺，她陪我一路走到今天，也成为我生命中不可或缺的一部分。大学里认识了徐阳岫，虽然现在不常联系，但是一直互相写邮件交流写诗心得。工作后和赵垚成为好朋友，一起在嘉州做扶贫工作。人与人相遇、认识乃至成为朋友，这是多么奇妙的缘分，而当人生的轨迹开启航程后，至于会驶向何方，是一帆风顺还是遇到狂风骤雨，这都是无法估量的。

思绪又拉回到车上，我付了100元车费来到酒店，洗罢了热水澡，躺在床上没有睡意，我心里十分难受。小庄是我好兄弟，他一路坎坎坷坷，让我忧心难过。两岁多时，他父亲惨遭杀害，上中学后母亲又和继父离婚，几年后爷爷因病去世，紧接着自己妈妈因职务犯罪，暂时失去了自由。兜兜转转意外救下了二爷爷的小舅子，又在叔叔、姑姑大力扶持下买了房子和汽车。本想可以过上好日子，却又出了这档子事情。

我在酒店的阳台坐了一夜，也看着大雪飘落了一夜，我打定主意要帮助小庄，之前电话里，我大致了解了事故情况，被小庄汽车蹭到的老人，属于闯红灯且不走斑马线，小庄右转弯时车速不过15码且打够了转向灯，小庄在驾驶方面没有任何问题。当然按照法律规定，即使司机没有过错，也需承担一定责任。小庄面对家属80万元的索赔欲哭无泪，小庄三者险是按50万标准购买的，因为没有附加不计免赔险，超出的金额，经交通事故认定明确后，由小庄承担。而此时问题在于，伤亡老人家属蛮横无理，认为这完全是小庄责任，超出的30万赔偿要小庄全部承担。

天差不多亮了，我看穿着橘色工作服的清洁工打扫完卫生收工了，我起身打车回家，跟父母说了提前回来的原因，他们倒没责怪我深夜不回家外面住酒店。吃过早饭，我开车去接小庄，死者家属约在城关区一个茶楼谈事情。

上午十点多，死者家属都到齐了。死去的老太太有三儿一女，女儿是老大，看穿着打扮，应该是在单位上班的干部。三个儿子观察其举止，应该是混得不行的小个体户。我掏出一盒苏烟，一人发了一根，对方三人六只眼睛闪闪发光，仿佛我掏的是一包美元。小庄人太老实又木讷，根本不是这群吸血鬼的对手。路上我了解了大概情况，老人名下有一套127平方米的房子，那是老太太配偶的房产，不过老爷爷去世有段时间了。老爷子生前是位机关干部，单位最早分过福利房，后来儿女长大成人，旧房子卖了，老两口省吃俭用买下这套房子，是给最不成器的小儿子结婚用的，老人也打算让小儿子养老送终。正是因为老两口对于房产处置的偏心，让其他子女心生不满，为了这套房产，日日争吵不断，搞得家里鸡飞狗跳。老爷子本来身体就不好，一日几个子女又来家里兴师问罪，打算把房子卖了分钱，老爷子气得直跺脚，叹自己教子无方，生了一群人渣，结果气血上涌，一命呜呼。

这套房子目前市值至少160万，位于城关区的上好位置，虽然已住了六年多，但是有很大升值空间。老太太本就疾病缠身，身体状况欠佳。几个子女不思尽孝，天天为房产斗得不可开交，就差彼此掐脖子、扯头发了，享有房产的小儿子也经常被哥哥姐姐咒骂。事发当日，老太太一人心情压抑，心事重重便想去公园散步，人也老糊涂了，没看清红绿灯，稀里糊涂过马路，就被小庄的SUV蹭倒了。我心中大致有数，跟小庄说作他的全权代表，收拾这群不肖子孙。

我叫服务员上了壶铁观音，要了盘瓜子和干果。嗓子发痒想吸烟，便掏出烟盒子，我拧开一瓶沉香木，取出一根插进香烟，又把香烟过滤嘴镶进银质烟嘴里，掏出托人从美国带回的Zippo点了烟，对面三个男人一看我是有钱人，便两眼放光，就像饿狼看到待猎的羔羊。

我吐出个烟圈，掷地有声地说道："有什么事情和保险公司谈，保险公司谈不妥了就去公安局谈，再谈不妥随你们上诉，法院判多少钱就多少钱，我兄弟付不起的，我姓陆的就是卖房子也替他付。之前电话里和你们也说了，我全权代理小庄的案子。别跟老子狮子大开口，我不是被吓唬大的。赔偿没有问题，请交警部门做事故调查、分析，责任定清楚一毛钱不会少，别想着私了。这是交通事故，也是你家老人违反交规在前，别觉得我兄弟是单位上班的，就想讹人家。人保的张经理和你们对接，他谈不妥了去交警队。还是那句话，私了没门！"对面见我态度如此强硬便不吭声了。

老二比较彪悍，拍着桌子吼叫："今天钱给不到我满意，别想走出这大门。"

看他一脸横肉，不是很友善的样子，我也丝毫不虚拿出电话打给了嘉州买烟酒认识的朋友马源防，他现在生意做大得，在金州也有买卖，多少认识点道上兄弟，电话接通了："马总，我这边让人堵在茶楼了，你开个面包车，拉些兄弟过来。事后每人500元辛苦钱，动手的一人一条玉溪烟。"其实我料到对面会出言恐吓，就提前和马老板说好在电话里演双簧，我故意把扬声器打开，让他们听得清清楚楚。

马老板："陆经理，你说卸胳膊还是断指头，活腻歪了，敢在金州敢堵我兄弟。"

我："那就拉五六个人过来，文明点，打掉俩门牙就行。"我说完，对面叫嚣得最凶的老二捂住了嘴，仿佛是牙龈疼。

大女儿赶快圆场子："陆经理您别生气，咱们就按法律来，一步步协商，交警队怎么定责就怎么处理，您大人不计小人过，别和我兄弟一般见识。"虚张声势见效了，我便再生一计——指桑骂槐。

"我也理解老人去了，你们难受。就算小庄不占主要责任，我也会帮着多赔点钱。谁家没个老人，谁家儿女不孝顺？我兄弟小庄那爷爷病逝那会儿，我赶去老家看望他，小庄生生在殡仪馆跪了三天三夜，我知道你们心里悲痛，于是你们化悲痛为力量，化力量为利益，想要钱的一片孝心我理解。这样吧，不管交警怎么定责，我姓陆的出1万块给老人立个碑。"我喝口茶水继续说："我理解你们'如丧考妣'的心情……"我巴拉巴拉说着，其实"如丧考妣"是骂人的话，他们没听懂，对面老二还频频点头，说我是好人，出钱立个碑呢。

差不多两小时，我连削带打、软硬兼施基本摆平了事情，坐飞机回来时，我看了一遍《孙子兵法》和《三十六计》，经过这一番实战演练，看来真是上兵伐谋呢。

小庄的事情基本搞定，跨年夜我们几个人还是相聚喝酒，一起庆祝即将到来的2018年。我腿伤虽然好了，但是医生交代我半年内最好别喝酒，我就用果啤和他们干杯。不过我们的小圈子从六人变成了五人，林菲真是患难见人品，看白芷家企业资金吃紧需要卖房产周转资金，临门一脚踹了白芷。白芷沉默不语，一个人喝闷酒，小庄和美伦在规划订婚的事情。

我拍了下白芷的肩膀："想开些兄弟，我们几个人谁没遭遇过挫折，你就是太顺了，这也是磨炼你心性呢。"

白芷点头。和我碰了杯酒。小庄告诉我，翻过年的春节，就打算把爷爷和二爷爷的坟迁一起，让他们老哥俩能够在地下继续做兄弟，叔叔刘力伟已把所有事情打点好了。小庄说到此处,眼睛沁出泪水,我知道他想起来亲生父亲,便拍拍他肩膀:"兄弟,你生父的案子总会真相大白,凶手不会逍遥法外!"

第六十八章　琴瑟和鸣

2018 年的元旦结束后的一个周末,陆塑给我打电话说自己准备结婚了。雪花飘落,每瓣雪花都是不同的,就像每个人的感情和姻缘都不尽相同。比如这雪花,它们从空中飘落覆盖松树、大地,白茫茫一片,看似都是洁白无瑕。而积雪下覆盖的是什么无人知晓。幸福的婚姻都是美满、和谐的,不幸的婚姻就像积雪覆盖下的大地,表面看起来纯白、无暇,是那么圣洁、美好,雪地下面可能是路人随手扔下的果皮、烟头,或许是一封情书、一盘 CD。

我备了些礼品向堂哥贺喜,而陆塑看起来却没有即将成为新郎的喜悦感。他吸着香烟,没说什么,陆塑却只扔给我一封信,让我看完再说。

莹:

你好,亲爱的莹。说"你好"是多么见外,当然我知道你已经举行了订婚仪式,和我的感情早已是昨日烟云。曾经感情你侬我侬,如今却似一杯糖水,喝一口再喝一口,我并没有往里面加砂糖,只是续热水。果不其然,终究成了白开水,寡淡无味,但我也知道那本就是爱情该有的样子。你也知道我们都不年轻了,我认识了 Lisa(陈丽莎),她是一名退休的空姐,年轻时飞中国至日本的航线。我见了她父亲,是一名画家,那位画家对我印象挺好的。

我从一名一无所有的历史老师,变成了身家不菲的老板,这个华丽转身用了十一年。记得那天秋雨绵绵,那段时间雨水集中而又绵延,这是西北很少见的情形,我只身来到金州,希望闯一番天地。开过酒吧,送过外卖,开过咖啡厅,也读了在职研究生。后头生意大了,做制种玉米,也开快递网点,现在我拥有了一座宾馆,虽不敢说是有钱人,但也能实现经济自由。还记得第一次见你妈妈,那会我还是个贫穷的历史老师,拥有的是对你的纯真的爱以及对未来的信心。十一年前的我啊,连县城一套三居室都不敢奢想,那会觉得能和心爱的人相濡以沫,即使日子过得清贫,也没有关系。

日子并没有随着我富有而幸福,感情却因为距离而疏远。那几年我没有汽车,买不起机票。我就坐着硬座一次次去西安看望你,我们游览古都,看了华清池,爬了华山,吃了荔枝,晚上在夜市吃羊肉泡馍。那是多么简单的幸福,到今天依旧记忆深刻。我们从认识到相知，从相知到相守，从相守到相离，一切是那么自然，像落花流水，如春去秋来。我也知道，生命中终将失去你，逝去的青春里，你的温柔美丽，你的多情动人都将为我苍白的青春作注、添彩。年轻人总是火气大、脾气暴躁，怪我没有仔细询问你，副县长李建才的儿子李明拼命追求你。我醋意萌生、怒不可遏，便向李明挥去了拳头，拉倒街头将其暴揍一顿。工作中，那会儿的我年轻气盛、自负才高，加上本身疾恶如仇的性格，就看不惯身边的不平事。我知道县上教育局长不但贪污受贿，更是好色成性，借用职权大搞潜规则，很多知情人只是敢怒不敢言。我与被白局长性骚扰的李洁老师联手，两人设下"仙人跳"，不单暴揍了白局长一番，还让他不敢声张。那会儿的我年轻又冲动，做事不计后果，不单用"仙人跳"让白局长吃了哑巴亏，更是揭发、检举了当时的李县长。我把老家有权有势的人得罪了一遍，自然也不好在学校继续工作，当然这些事情你都知道，我又唠叨了一遍。

后来听闻那个安全着陆、平稳退休的白局长又被检举，感谢我们如今处在一个好时代，贪官污吏被绳之以法，白局长名下房产众多，光金条就有十八根，与其有染的女老师多达十余人，不知消息如何走漏风声，老家刮起了离婚潮，民政局离婚的男女排起长龙。我都不敢想象，拥有权力可以如此肆意妄为，拿公家的职权满足个人贪腐和私欲。还好这几年来，从上到下抓反腐、抓作风，对腐败零容忍，白局长终究是罪有应得，面临他的便是高墙深远的禁锢。恶有恶报、善有善报，我就就业业、踏实本分成了中产阶级，那李建才和白局长先后出事，正义或许会迟到，但终究会惩罚那些恶人！这些故事恐怕你耳朵都听出老茧了。

李商隐写过"相见时难别亦难，东风无力百花残。"的诗句，我们的余生将不会再有交集。人海茫茫，于人群中相遇是多么奇妙的缘分。因缘难料，在相守中分别又是多么的惆怅。我对你的爱是真切的，但缺少几分成熟和稳重。当人生的剧本开启新的篇章，我们需要继续扮演好各自角色，毕竟人生路还很漫长。

还有我定在正月十五结婚。再见，也许再也不会再见。

陆堃

我用十来分钟看完了信，点着一根香烟："哥，信怎么回来了？"

"莹那边收到后，写了回信，也把原件寄回来了，陆堃苦笑，回信只写了：'新婚快乐'四个字。"

"哥，别想了，女人绝情的话，你没有一丝机会，何况你们都有新的家庭了。"说罢我掏出一个红包，里面是我事先装的2000元现金。我又送堂哥一对玉佩，一挂龙、一挂凤。

婚礼举行那天我参加了,和无数婚礼一样,盛大、庄重而又洋溢着幸福。陈丽莎希望办一场西式婚礼,之前包了一架飞机前往南方一座城市的天主教堂举办仪式,又包飞机载着亲友回来金州。那天我明白了,爱与不爱,能否生活在一起都充满了变数,而我很幸运,叶父叶母没有为难我,只收了六万六的彩礼。春节期间,家人准备礼物去甘州提亲,准备了一对浪琴腕表作为聘礼。

我的故事到这里就暂且结束了,但是小庄艰辛的破案之旅才刚刚开始,潜逃将近二十四年的杀人凶手隐姓埋名、改头换面,竟然也在金州……

第六十九章　山重水复

近年来新闻总说经济下行压力加大,似乎是一年比一年悲观。我早起打开手机看今日头条,便是关于经济形势分析的新闻推送。今天,是周末不用上班,我便沉沉睡去。可能也是不年轻了,春困秋乏冬眠夏打盹,一年四季不清醒,下午还得跑去金州大学上在职课程,没时间打游戏做直播了,业余收入只能靠投稿补贴。新房子装修好半年了,打算着国庆节结婚后入住,目前就是欣珺过去打扫卫生和通风。小庄最后办妥了赔偿事宜,全部让保险公司处理去了,我和白芷凑了三四万给小庄应急。大年初四,小庄也把爷爷的坟迁到金州,跟二爷爷合葬在一起,兄弟俩生前不能相认、相聚,去世后做一辈子兄弟吧。

时间静静流淌,太阳向北回归线运动……

位于城市西端的汽修厂,大城市意味着人多、车多,与此伴随的便是车辆车祸事故也会增多,汽修厂就盼望着汽车出事才能有生意。曹宇也叫曹泉,"宇"是本名,"泉"是假名。六十岁的他是这家汽修厂的老板,厂里雇用了几个师傅,有调漆、喷漆的,也有做钣金的,最为核心的就是修理变速箱和发动机的技工。厂子不大,但也井井有条,可以同时维修八台汽车,还兼营着汽车美容业务。毕竟金州堵车太严重,小刮蹭喷面漆不怎么赚钱,喷漆、钣金的利润透明得跟地产白酒品牌一样,你不降价人家就去其他厂子修车了。汽车美容也是近六七年流行起来的,曹老板眼光独到早早引入了设备,聘用了工人,这间汽修厂既是他的产业,也是他的家。

1994年的春天,那会儿他还是身强体壮的青壮年,他和表弟陈鹏杀死了一名刚过而立之年的出租车司机，直到今天曹宇也还记得那个出租车司机叫张录泉，因为出租车上有印着驾驶员信息的标签。张录泉临死前那绝望和愤恨的眼神犹如来自修罗地狱的恶魔，那眼神布满血丝，就像涓涓红流，也像锋利的刀刃摄人魂魄，那景象让曹宇至今无法忘却。2004前在内蒙古，曹宇的表弟陈鹏死于车祸事故，陈鹏是当年的帮凶。表弟被一辆酒驾的出租车司机撞了，一米八的大块头像易拉罐一样在空中翻了几个圈，又被中间道疾驰而过的大卡车撞飞，命丧当场。酒驾的出租车司机竟然也姓张，吓得曹宇夜夜失眠。酒驾的出租车司机没有逃逸，因此判刑倒不重，且死者致命伤来自同向行驶的大卡车，陈鹏被卡车撞飞七八米，脑袋重重磕在隔离带的水泥台子。脑浆溢出的景象让曹宇即使白天午睡也能做噩梦，那脑浆溢出情景就像青春期男孩子遗精一般，这个噩梦每个月都会光顾曹宇一次，曹宇患上严重的心理疾病，靠安眠药苟延残喘，勉强生活。

　　曹宇当年并不是谋财害命，而是杀人泄愤，自己的大哥曹建被村里恶霸骆鹏伟欺辱。骆鹏伟是桥头镇副镇长儿子，飞扬跋扈、目中无人，在繁华的桥头镇大什字经营着一家歌厅。本来两人是邻居，骆鹏伟在修缮院墙时侵占了大哥曹建的宅子，趁着大哥曹建去县城给媳妇看病，就把相邻的围墙连夜推平，向东扩展了五米。曹建和恶霸争吵不休，上手打架，双方你来我往、互有胜负，两家因此结下了仇，村里人都知道两家关系闹得僵硬，互相仇视。一次恶霸骆鹏伟因为头天挨打怀恨在心，偷偷将一小包毒品装入曹建的行李包里，他知道曹建第二天要搭镇上的面包车进县城的水泥厂打工。面包车开出去半小时，骆鹏伟计算时间差不多，便假装群众报警说乡里有人贩毒。这一小包毒品是骆鹏伟精心计算好重量的，不至于判处死刑，但判二十年没问题。

　　曹建在局子里说不清楚，自己是怎么都和毒品扯不上关系，苦于没有证据百口莫辩。后来，曹建在被关押时无意间听警察聊起，举报他的人正是骆鹏伟，才知道自己被人陷害，问题曹建无法自证清白。曹建坐牢后活动关系给弟弟曹宇带了一封信，信里说道是骆鹏伟陷害自己，让弟弟为自己报仇。曹建含冤入狱，曹宇便成了家里顶梁柱，照顾一家老小生活。恶霸骆鹏伟步步紧逼，欺负曹宇大哥进去了，还处处刁难曹家。

　　曹宇老父亲早就去世了，老母亲患有肺病。曹宇尝试过用法律手段解决，他去咨询律师，也多次上访。骆家在当地有一定背景，曹宇多次申冤均是无果而终。曹宇面对大哥的冤屈，面对骆家的咄咄逼人，还有对地方官员的无奈，最终选择血债血偿。那是一个深夜，曹宇趁着夜色，拿一把杀猪刀翻入骆家……月黑风高，骆家鸡犬不留,可说是惨绝人寰。曹宇年轻做过屠户,杀牛、杀猪、杀狗很利索,精湛的刀法却被用来杀人作案,当时只有骆鹏伟在外头上技校的儿子幸免于难。犯下如此重案,曹宇自知命不久矣,便将家里钱物都交给大嫂。随后向老母亲重重地磕下三个响头,只说"为儿不孝,不能为大哥申冤,天下乌鸦一般黑,咱们斗不过人家,儿子唯有替天行道。"曹宇喊着表弟连夜跑路,半路劫持了一辆出租车,本来没想杀人,张录泉说自己还有两岁的儿子。曹宇心一狠便打算永绝后患,否则二十来年后自己是老年人了,人家儿子可能会找上门来报仇……

后来曹宇和表弟陈鹏开车一路跑到新疆阿克苏、和田、吐鲁番一带,隐姓埋名、改头换面。种过棉花、卖过玉石、跑过大车,积攒了一些钱,便跑到内蒙古做虫草生意。不承想表弟出了车祸,天道有轮回,苍天饶过谁!陈鹏死的那天,曹宇椎心泣血,痛哭流涕,他不是为表弟的死哭,是为当年无辜被害的出租车司机张录泉哭。表弟出事那天也刮着沙土,能见度不到一百米,又碰到个醉驾出租车司机,真是因果轮回,报应不爽。

曹宇年轻时娶了媳妇又离婚,膝下无儿女,倒也了无牵挂。后来曹宇又从内蒙古跑到金州开了雅轩汽修厂,曹宇这个名字早就不用了,他现在叫曹泉,以此来纪念那个无辜被杀的司机张录泉。为了隐藏身份、改头换面,曹泉在新疆时活动关系办理了假身份,曹宇这个人已淹没在时间的长河里。二十多年的时间,一个人相貌会发生一些变化,曹泉又做了简单的整形手术,做了双眼皮、隆了鼻子,也刻意减轻了体重,过去的圆脸如今瘦了一圈。改头换面后的曹泉收拾得干净得体,穿着讲究,摇身一变成了一名成功的商人,曹宇如此改头换面,也只是担心警方通过档案照片绘制通缉令抓捕自己,所以尽可能改变了相貌,随着年龄大了,脸部肌肉松弛,眼袋也下垂了,就连自己也感觉和二十来年前相貌相去甚远。曹宇远走他乡、隐姓埋名的这些年,积累了不少财富,但他精神上的折磨一天比一天严重。有家不能回,有亲人不能回去探望,就这样独自一人生活着,尽管他逃脱了警方追捕,逃脱了法律制裁,但灵魂的拷问让他度日如年。曹宇除了做生意赚钱,更多精力用在了做慈善上,希望通过做好事为自己赎罪。而如今,曹宇这个名字早已淹没尘埃,世上只有叫曹泉的成功商人。

每年的大年初四、清明节、中元节曹泉都会偷偷在地下室放置供桌,摆上熟肉和水果,自己跪在蒲团上磕头忏悔。后来曹泉又寻了一处荒山,出资在山上修了一间小庙,用上好樟木按 1:1 比例请师傅雕刻了一个英俊青年男子形象,希望张录泉的儿子能成为受人敬仰的英雄。与此同时曹老板捐香火、做慈善,慢慢名气大了,成为地方上小有名气的企业家。

2018年的端午节，张小庄在所里值班，当年的老杨成了他顶头上司。杨所长今天安排小庄去修车，单位的捷达车开好几年了，杨所长多次申请换车，都因经费吃紧被驳回来。小庄开着这台老爷车去修车，雅轩汽修厂是局里供应商库里招标来的服务单位，这个厂子师傅技术不错，特别是烤漆和调漆师傅水平算金州比较好的。

下午四点小庄开着捷达到了汽修厂："曹老板，这个车还是有问题，刹车不太行了，还有换挡时候汽车有抖动感呢。"

曹泉给小庄发了根烟："张警官放着吧，后天过来取，老规矩按当时协议价格结算，我开好发票让厂里小王给你送过去。给杨所长带个好啊。"

曹泉看着远去的背影陷入沉思，这个年轻警官是第四次来，眉宇间透露一股英气，不怒自威，好像在哪见过呢。

第七十章　日行白夜

张录泉的案子过了刑事诉讼期，曹泉并没有因躲过警方追捕而感到庆幸。二十年啊漫长的二十年，这桩命案死死压在曹泉心头。法律的制裁或许能够躲过，道德的审判和无数次良心的拷问让他几乎精神崩溃，特别是表弟陈鹏死在内蒙古后，曹泉心如死灰，放弃了高额利润的虫草生意，变卖了呼和浩特的房产、店面，打算来金州开修车厂。自己害死了张录泉，那个无辜惨死的出租车司机，本有着幸福的三口之家。

当年作案时，为了能够逃脱警方追捕，曹宇想了一计瞒天过海。行凶前一天，曹宇剃了光头，戴了一顶假发。他打算杀完人后制造假死现场。几具尸体横七竖八堆在堂屋，血一直流到了门槛，就像几条溪流，汇聚在水泥地坪凹陷处。另外还有一具尸体，那是整日游荡在村头的流浪汉，他想让流浪汉做自己的替死鬼，然后放一把大火将现场烧毁，警方就会误认为自己也被烧死了。

当日下午，曹宇给了流浪汉两只卤鸡和一瓶白酒，白酒里掺入了足以让人昏睡五小时的安眠药，算好药效这个流浪汉差不多会在自己作案后醒来。白天曹宇威逼、引诱这个以乞为生的流浪汉，只能先吃鸡腿、鸡翅，鸡胸肉得晚上吃，如果听话，晚上还会拿一只酱肘子过来，若一小时后过来，他发现鸡胸肉被先吃了，就打断流浪汉的胳膊。流浪汉心想，一年到头吃不上肉，一下讨得好肉好酒，便满心欢喜答应下来。曹宇知道这个流浪汉肯定舍不得一口气吃完卤鸡，便把自己的身份证和大哥曹宇宅基地的土地批文分别放入两只卤鸡鸡身内。那会儿的一代身份证还是塑料片，曹宇涂上了金属铝涂层避免被烧毁，当然他扣好了比例和范围，不可能人都烧死了身份证还完好无损，只要那个"曹"字在就行。批文用文件袋装着，也是如法炮制，不过批文是倒着装进去的，涂层抹在了上半部，这样就会烧掉一半，大哥曹建的宅子的坐落位置和其姓名在落款位置的。就算一个证据不小心烧没有了，总还有另一个。自己还拿刷子蘸着猪血在骆家侵占大哥的东墙上写下"栽赃陷害，天理难容。"八个大字，所有线索都会指向"曹宇"和骆鹏伟的私人恩怨，但是"曹宇"已经烧死了。这样他既能为大哥报仇，又能为自己洗去嫌疑。当然曹宇不敢确保自己计谋会不会被警方识破，便打算作案得手后就立马逃跑。

大火熊熊燃烧，流浪汉的安眠药药效过去了，但还是头脑昏沉，看着尸体和火海仿佛进入了地狱，流浪汉狠命扯了自己一耳光，脏兮兮的脸，蓬乱的头发，唯有那黑溜溜的眼睛证明他还是个人。曹宇此时潜伏在身后，用铁锹打晕了流浪汉，又把铁锹攥在骆鹏伟手里。曹宇将两人拉近了些，制造出两人生前搏斗的景象，等着大火一烧，尸体早已无法辨认，那曹宇提前给乞丐烧鸡里的线索就会成为证明身份的证据。

大火没20分钟就被周围邻居发现了，曹宇制造好现场，急匆匆赶着向老母亲和大嫂告别，便马上坐着表弟陈鹏摩托车赶往县城。曹宇放火差不多是晚上九点半，11点左右就算消防车赶不到，桥头镇派出所绝对能赶到。民房被大火烧干净也用不了多久，他就打算劫持一辆出租车沿着回镇子的方向，一路向西北方向逃跑，到玉门就算安全了，计划和表弟在玉门休息一晚，第二天再去新疆。

一切如曹宇所料，警察赶来后，火势渐小，组织村民迅速灭火，除了"曹宇"和骆鹏伟的尸体还基本能辨认，其他的都已是黑炭。警方看着烧毁的几具尸体，也不由心生寒意。几名警察在勘查现场，找到了烧毁得残缺不全的身份证，镇上派出所警察没认出身份证上残留的消防专用涂层，此时火也灭了。乡镇派出所知道这是重案，便迅速汇报县局，县局汇报市局，等市局成立3.25专案组，曹宇已经开车到了玉门。公安局在城区各大交通干道、国道、省道设卡拦截，曹宇巧妙利用时间差和警察擦肩而过。一波未平、一波又起，桥头镇灭门惨案毫无头绪，第二天一名出租车司机又惨死在距离桥头镇6公里的野外。

两起案件分头侦查分散了警力，几天后警方基本断定灭门案是曹宇寻仇复骆鹏伟，出租车司机张录泉惨死是谋财害命，因为遇害司机的车辆不在了，身上也没有财物。

直到 1996 年，两个案子毫无头绪，成了悬案。大哥曹建在狱中听闻狱警聊起这个案子，才得知大仇已报。当夜他趁着狱友睡着了，自己向着西面老家方向叩了四个头，三个是叩给患病的老母亲，一个头是叩给兄弟曹宇，他知道曹宇手刃了仇人，兄弟将会流亡天涯。骆家消失了，曹建的老婆刘丽带着老母亲和儿子到了外地生活，远离了这片伤心地。离开前，刘丽带着儿子看了看狱中的曹建，曹建看起来面容憔悴，望着妻儿与母亲，他流下了泪水。狱中，曹建签下离婚协议，让媳妇带着儿子另找男人吧。

　　曹宇到新疆后没有身份，只能东躲西藏，给私人老板打黑工，陈鹏在工地上干活，表兄弟俩相依为命。曹宇脑子聪明、能吃苦，年轻时候读过大专，就是没有门路，好单位进不去，他被分到了县里的肉联厂做秘书，曹宇喜欢读书，乱七八糟什么都看，法律、历史、小说，平常爱看警匪题材的影视剧和侦探小说，没想到自己学到的知识和屠宰牲口的手艺都用来杀人了。

　　曹宇凭着有文化、念过书、肯卖力，慢慢地积累了财富，找人打通关系搞了假身份，他拥有了新身份"曹泉"。在那一刻，曹泉就打算洗心革面、重新做人。仇报了反而心里空落落的，他想着多做些善事，为自己赎罪。曹泉和表弟陈鹏做小生意，慢慢积累了钱财，后来开了一家饭馆，面对着厨房的油烟，生活也仿佛有了烟火气，看着来来往往的客人，他也感到了满足。曹泉和表弟在新疆待了几年，积累了不少财富，也时常捐钱、捐物做慈善，但他心里的罪恶感却没有因此减少。在表弟建议下，两人到了内蒙古，想是看看寥廓的大草原，或许会好一些。到内蒙古后，表兄弟二人买卖虫草确实赚了不少钱，但几年后陈鹏却出了车祸……

　　2018 年 6 月份的一个半夜，雅轩汽修厂的老板休息室，曹泉又吓醒了，有点尿意的他，来到卫生间小解，毕竟老了前列腺不太好，最近老是这样感觉有尿意却排不出来啥，滴儿下又没有感觉了。那个自动感应冲水的小便池仿佛在嘲笑曹泉可怜的前列腺，断断续续哗啦啦冲水，仿佛在证明曹老板你这个男人不行了，不是当年足智多谋、心狠手辣的曹宇了，你如今就是一个无妻、无儿、无友的老人，几年后或许将住进养老院，死了没人收尸，每年清明节没人给你烧纸。

　　曹泉出了洗手间，回到休息室的他毫无睡意，夜空中还挂着明晃晃的月亮，他看着床头柜的安眠药瓶发呆。往事一波波在脑海闪过，他此时想念自己大哥，大哥含冤入狱，自己虽报了仇，大哥却无法洗清冤屈。他想起自己母亲，或许老母亲过世了吧，自己却没能尽孝。他也愧对大嫂，让她一人扶养老人照顾侄子，善与恶之间是不是隔着无法逾越的鸿沟。

第七十一章　小庄日记

泣血淫虫笑苍天,孤帆谍影索白练。

——《大宋提刑官》

看完宋慈《洗冤集录》后的张小庄觉得不够过瘾,又用半个月时间看完了《大宋提刑官》。亲生父亲的悬案已是极难侦破,但守护一方老百姓生命财产安全是小庄肩上的责任。2018年5月底,省厅遵照公安部有关精神,在全省抽调得力干警组成十三支扫黑除恶专项行动小组分别赶赴河西、河东十三个地市,金州及其周边县区由省厅及金州地方辖区力量负责落实任务部署。十三支队伍在公安厅一号会议室举行誓师大会,省公安厅厅长齐冰同志传达了工作部署和具体安排,省委政法委钰才书记做动员讲话:

"同志们:前路漫漫,也许充满了危险,也一定伴随着无数困难,但是我们是人民警察,我们是党员,天理昭昭,什么是天理,杀人偿命、欠债还钱,违法犯罪分子收入监牢,老百姓安居乐业,这就是天理!我们是共产党员,信念是什么?信念就是我们胸前的党徽,我们肩上的肩章,是我们对信念的坚守,要把两学一做学习教育成果转化和落实到这次专项行动中来。同志们,我们都有父母妻儿,我们都有同事朋友,我们是党员是警察,社会公平这杆秤必须由我们来守护。此次行动有一定指向性,要花大力气侦破一批凶杀案,陈年旧案不会随着时间而湮灭,犯罪分子不能因为躲过刑事诉讼期而逍遥法外,正义从来不会缺席,维系社会安危和人民幸福生活的重担在我们肩上。"

小庄在台下泪流满面,心里一阵暖流袭来,这次他被调入第八组,简称"甘八组"负责甘州市辖区内积压的旧案,生父张录泉的案子和桥头镇灭门案被列入省厅督办的特案,上级明确指出,哪怕当年经办这些案件的同志退休乃至去世了,我们仍然要接过前辈接力棒去侦破案件,抓获凶手!

2018年6月16日,张小庄与市局刑侦大队的徐达、王虎两名同志前往甘州⋯⋯

以下是小庄的日记,小庄通过写日记形式记录了查寻案件过程的点点滴滴。

日记1　6月19日

2018 年 6 月 19 日，徐队、王队和我来到甘州，和当地同志召开了联席会议，当年 3.25 专案组经办此案的武天民同志如今已是市公安局一把手。当年我父亲的惨死，还有桥头镇骆家的灭门案已合并一案，虽间隔二十四年，但是甘州警方一直在努力，目前这个案子成立了"新 3.25"专案组，集中各路专家、警力侦破，有了一些进展。

其一，曹宇死因成谜。根据对比当时死者的"曹宇"DNA 信息，男性、年龄四十至四十二岁左右，年龄与曹宇本人有出入，且根据地方公安户籍管理部门留存资料，曹宇身高在 177 厘米左右，而死者尸骨不足 175 厘米，2 厘米对于一个男人的身高来说并不明显，但对于确认死者身份已经是至关重要了。但是考虑二十多年过去了，即使真曹宇活着，随着男人年龄增长骨骼会缩回去些，比青壮年时期会矮一点，通过体型来判断凶手犹如大海捞针。

其二，骆家灭门后，曹建在入狱十多年来，再未提出上诉，且于 2006 年在狱中因病去世。后续警方和司法部门介入，判定当时曹建定罪时证据不足，且有一定人为因素，报警和抓获太过顺利，但也没办法侦破毒品的源头。当时进县城打工的面包车是私人跑的黑车，并没有运管部门备案、登记，过去了二十四年，足够报废三辆破面包车了，我们打算查一下车辆报废的情况。

日记 2　6 月 23 日

趁着休息，我来到了当年认识美伦、白芷还有陆言的英才中学，门头卖烧烤夹饼的老师傅不干了，现在是个年轻小媳妇。我和美伦的婚事定在了今年国庆节，希望这几个月案件能有所进展吧。白芷那边，家里企业还是不太景气，一下引入了口罩、护目镜生产线，又在着手生产血压仪，白云生医药科技有限公司发展压力很大。白芷和父亲白云飞和职工吃住一起，想是一定要抗住这最艰难的两年，毕竟刚入行，没有什么资源、势力。还有，白芷有了新的女朋友，就是我们当年去康乐草原前认识的苏薇，那个姐姐大白芷两岁半，是省人民医院呼吸科大夫。

日记 3　6 月 24 日

我虽然搬家了，生父的坟还在县里定泉镇天安村，这也不是祭奠时候，但是我还是到了父亲坟头，给他摆了些水果、熟肉、凉菜。两个搪瓷缸子倒满了白酒，我喝一口，又在父亲坟头奠一些，喝了半小时，我竟在坟头睡着了。我梦见了爷爷。梦见爷爷抱着小柴在棋牌室打麻将呢，小柴还是那么有活力。酒醒了后，我对着坟头发呆。

日记4　6月30日

我们和当地警方前期除了抓好这两起悬案外，主要精力还是落实扫黑除恶的工作部署任务，根据群众举报和有关方面反映，我们配合当地警方打掉了一个地下钱庄，"保护伞"被移交司法机关。我的老丈人杨越，当年就是被地下钱庄的人害得走投无路，才无奈"抛妻弃女"。

日记5　7月3日

我们通过各种办法查到了当年那辆面包车，若不是看到车架号，我都以为是哪拉来的破烂。这堆废铁没有给小组任何有价值的信息，当时驾驶这辆面包车的司机已经去世了。我们找到了他的女儿，但是因为时间太久，张女士记不得细节。据张女士回忆，当时车上的人挨个被检查一遍，唯有曹建的行李包被拉开过。听到这里我眉头一紧，心想这应该是栽赃了。那为什么曹建不上诉呢？是当年无处申冤？还是他已经了无牵挂？虽然曹建坐牢了，但是骆家灭门案影响很大，他必然知道自己兄弟曹宇和骆鹏伟同归于尽的事情，现在我充满好奇。

日记6　7月8日

我请了几天年休假，赶回金州和美伦拍婚纱照，陆言和叶欣珺也打算国庆节结婚，我们打算一起办婚礼，我除了妈妈、姑姑、叔叔，再没什么亲人。白芷、陆言和我犹如亲生兄弟，虽然没有血缘关系，但是我们三人这辈子都不会分开。叔叔刘力伟在电话里祝贺我，表示因工作繁忙，国庆节不能赶来参加，姑姑刘丽英给了我一块上好的和田玉。

日记7　7月9日

目前可以确定的线索是，我父亲是被用电缆线勒死，当时警方留存档案资料表明，父亲是先和人搏斗，然后被身后的歹徒勒死。但是这点线索没有用，我不是写小说的，不可能预知后事、知晓前因。但是电缆线有不同的规格，所有生产企业必须取得中国电工产品认证委员会认证的"CCC"认证，在合格证或产品上有"CCC"认证标志，但是这根电缆线被烧毁了，我们又陷入了泥潭。倒是骆家灭门案有了些进展，根据当地村民回忆，骆家灭门后村头那个乞丐不见了，当然没人在意流浪汉去哪了，或许是这个村里没饭讨挪窝了。我心里有了大胆想法，这是瞒天过海、借尸还魂之计。我又查阅了当年卷宗，身份证烧得七七八八，倒有个"艹"字头可见，土地批文倒能看清楚曹建的名字。当时警方取证照片也看了，骆家东墙的八个大字用意太明显，就怕人不知道曹宇是来报复杀人的。但这是推理，我们没有证据。

日记 8 8月11日

　　根据当地专案组的判断，杀人凶手不会向东逃窜，沿着案发地往东开就只能到金川、凉州、金州，或者想办法去青海，这里距离案发地较近，不好躲藏，所以不是逃跑路线。专案组分析，凶手很有可能是向西跑，那里是大片的戈壁滩，再往西就是新疆，那里地广人稀，是不错的隐匿位置。

　　20世纪90年代的技术和条件不像今天那么发达，如今入住酒店都会实名登记和采集人脸信息。当年你没有身份证，甩上几十块钱就能住个条件不错的招待所。这也是当年追查无果的原因，没有先进的技术手段，抓捕逃犯显得困难。目前专案组按假设推理，将两案并作一案，这是武天民局长的思路，两个案子间隔很短，两位死者间隔时间不超过三小时，经办这俩案子时候，武天民还只是普通刑警，多年后他走向领导岗位，心里却永远记着这两起案子。他当时人微言轻，自己并案处理的建议被上级驳回，但今天他的思路成为我们小组的办案方向。但是大西北地域辽阔，究竟凶手会跑去哪个方向，让大家很困惑。凶手到底跑哪了，继续向西走新疆？还是再杀个回马枪从金塔航天镇跑内蒙古，再跑就能越过国境了。我看着中国地图发愁，河西走廊是交通要道，逃犯跑出玉门，就有更多的选择。

　　我不断梳理线索，加上自己推理，我认为当年大火烧死的不是曹宇。我把自己关于"借尸还魂"的思路跟武局长交流了，武局长也基本认为曹宇未死，但是找一个当年三四十岁，逃往新疆或者内蒙古的中年人的线索太难了！177厘米、86公斤的男人一抓一大把。户籍管理部门倒存着照片，二十四年过去了相貌应该会发生变化，而且如果人家整容了怎么办？通缉令早就发过了，但如泥牛入海。浓眉大眼、宽额头这是标准西北男人长相，脸部又没有痣或者瘊子，这压根不管用呢。唯一能知道的是曹宇及其父亲的情况。我们从地方人社局的档案室查到了资料。曹宇1952年8月生人，籍贯北京。当年其父亲曹衿云在北京是一名中学老师，政治面貌中共党员，后在50年代被人诬告贪污，背负了罪名举家前往西北，曹宇那会是在北京出生。曹衿云来甘州后做过乡镇中学语文老师，退休后没几年因胃癌去世。曹宇是大专文化水平，先是在西台县肉联厂工作，接着因为企业效益差，便辞职回乡里当起了屠户，根据地方武装部提供资料，曹宇做过民兵，有两年参加过市上的训练。可以判断的是，他应该是个练家子，要不然无法一人完成灭门重案。

我与欣珺，小庄和美伦的婚礼都在国庆节期间举办，意味着我们开启了人生新的旅程。

第七十二章　天涯明月

天空中一轮明月昭昭，曹宇看着那明晃晃的月亮发呆，犹如1956年那次举家迁往大西北的夏天，那会幼小的他躺在牛车里看月亮，大哥曹建给他讲《红楼梦》。父亲曹衿云带着母亲余秀香一路从北京西迁，火车、汽车、拖拉机，甚至马车、牛车，一步步地从祖国首都挪到了大西北。当一行人到达目的地，曹衿云在乡镇中学做起了语文老师。

曹衿云1926年生人，1949年毕业于北京大学中文系，1950年就职于北京市第四中学，也就是现在名动全国的北京四中。50年代初期，全国上下开展了一场"三反五反"运动。曹衿云学识渊博，但脾气耿直，按今天话说叫智商高、情商低，不是怼领导就是拍桌子，本想堂堂北大毕业生领导会赏识自己，却发现压根不是这回事情呢。抑郁不得志的他经常喝点闷酒，谁曾想言多有失，自己酒后失态骂了领导，被同桌的"好朋友"随手写信发给领导。校领导本就不喜欢这个刺头老师，这下就更不满曹衿云了。说你行你就行，不行也行。说不行就不行，你行也不行，就这样曹老师，一步步被排挤、打压，性格孤傲的曹衿云和周围同事关系处得并不好，他为人耿直、自负才高，平常有话直说，也不分场合，因此周围同事也并不愿意同他交往。在一次办公用品和教具采购上，曹衿云被上级、下级联合陷害，成了一名"贪污犯"。

北京是混不下去了，1955年的冬天，曹衿云想起自己表哥当年在西北野战军打过仗，做过团长，1949年在解放金州时荣获过个人二等功，便修书一封想去西北谋生。表哥刘向东想了想自己那个可怜的表弟啊，都是当爹的人了，性格还是那么孤傲、固执。刘向东想了想，还是帮衬他一把。刘向东便给老首长打了电话，委婉表达了给自己表弟谋工作事情，也说了表弟曹衿云是被人诬陷的，老首长知道现在背个不清不楚的"贪污"罪名，实在是太难办，问题刘团长冒着枪林弹雨和他出生入死。有一次和西北地方武装作战时，刘团长负责殿后拖住敌人火力，为大部队转移争取时间。第二天马上要撤走时，老首长不幸小腿中弹，马匹在崎岖山路上发挥不了什么作用。刘团长硬生生背着老首长跑了八公里山路。老首长想了一夜，刘团长对自己有救命之恩，这么多年过去了，他就提了一个要求，这于情于理都得帮忙。老首长心想，就算出了问题，自己也不会被上头老总责备，顶多以后去哪个经济困难点的县区工作而已。老首长打了几通电话，最终将工作给落实到甘州地区公署西台县桥头乡中学。这件事情办妥过了差不多半年，曹衿云的小儿子出生了，也就是曹宇。曹衿云是个读书人给孩子起名字倒很随意，老大取名曹建，老二取名曹宇，确实是普通得不能再普通的名字了。

1956 年的夏天，曹衿云拖家带口，携带妻儿老小五口人来到甘州地区公署，曹衿云的老母亲早些年过世了，曹老师那年老多病的老父亲再这样牛车、拖拉机上颠簸几天，怕是也禁不住呢。来到桥头乡后曹衿云反而开心不少，村里的农民虽然没啥文化、大字不认几个，但听闻来了个北京大学的高才生，都很敬重他。这消息传得很快，乡里领导过来慰问生活，表示曹老师你刚来可能经济紧张，组织考虑会给你家配头好点的耕牛，村民的关怀也让曹老师很快适应了生活。乡里学校教学任务不重，基本以扫盲为目标。大部分时间曹老师都是农民，要种地、养羊，妻子余秀香来自苏州，会点刺绣手艺，倒也能贴补家用。乡里乡亲余秀香也不收钱，能换点粮食、布料就很开心了，老百姓很淳朴，扣着自己口粮够了，都愿意给曹老师两口子多分点。

乡里，小孩生了取名字，老人没了写悼词，新人结婚主持仪式，曹老师都义不容辞，总之曹老师生活很幸福、很满足，虽然吃穿用度上远不如北京那样富足，但是这里淳朴的老百姓尊敬他，也没有那些糟糕的同事和卑鄙小人去诬告他。60年代初期遭遇了大饥荒，好在曹老师一家人没有饿死，曹衿云的老父亲挺过了饥荒年，但没有挺过一身病倒也去了，曹老师悲痛之余倒也坦然，总算让老父亲在大西北农村过了几年安详日子。

曹宇是家中老二，天性聪慧，打小念书就比同龄人好，记忆力超群也就罢了，还有一双巧手，跟了母亲学刺绣，还能纳鞋底，不知道怎么的，跟着村头的王木匠学会了木工活，放学没事干，就给老爹曹衿云制作教具，教鞭、直尺、量角器，都是信手拈来，做得有模有样。曹老师想自己也就懂点文学，这老二今后学得好了，说不定还是个科学家呢。天不遂人愿，曹宇长大了，那几年高考没有恢复，都是推荐上大学，这推荐就比较巧妙了，一帮"关系户"就挎着包坐火车上大学了，曹老师想了想这个大学就别上了吧，上个大专算了，曹宇就读了甘州师专。等到曹宇师专毕业要分配工作了，那是 70 年代初期，曹老师当年的污点不单单害了自己，也害了小儿子曹宇。本来师专毕业最不济也能去个县里一中当老师，倒也是受人敬仰的工作。姥姥不疼舅舅不爱的，曹宇找工作的事情四处碰壁。地方上不愿意给曹宇分个好单位，曹宇想了半天，县里肉联厂没学生去，便多方联系把自己分配了过去。曹宇倒是个笔杆子，给厂长写了一两年材料觉得大材小用。曹老师的才华遗传给儿子了，同时曹老师的脾性也完完全全遗传给小儿子曹宇。曹宇整天写材料觉得没意思，主动请缨下一线杀猪，厂长坐办公室里抽烟想不通，这个师专毕业的高才生要去杀猪？厂长倒也痛快答应，就这样曹宇从秘书变成屠户。后头厂子效益不太好，曹宇学会了手艺便回镇子里做起屠夫，这差点没把曹衿云气住院，曹衿云躺在炕上流眼泪。自己不顺就算了，好歹也是个老师呢，怎么儿子就成杀猪的了。过了几日曹衿云想通了，三百六十行，干啥都是干，反正杀猪是手艺活，以后饿不死，遭了饥荒的曹老师知道知识分子在这个年代狗屁不是，还是杀猪实在，杀了猪老乡还会感谢你送点肉、给包香烟呢。

20 世纪 80 年代乡里养殖肉牛，慢慢地，西北农村有了一定的农业机械，耕牛逐渐退出历史舞台，肉牛价钱卖得好，曹宇想，杀牲口杀什么都一样，杀牛赚得多呢。做了屠户后，他也没忘记看书，整天迷恋起侦探小说，曹衿云退休后没几年就去世了，曹建和曹宇分别娶亲结婚，兄弟俩分家了，大哥赡养老母亲，老二曹宇每年备点米面、猪肉孝敬老人。曹宇的倒霉日子没有结束，老婆红杏出墙与隔壁村长王老二不清不楚，给他戴了绿帽子，曹宇本想手提杀猪刀过去理论，回头心想王老二大小也是个干部，回头再整自己，给他穿小鞋怎么办，县官不如现管，便和老婆离婚了。就这样一直到了 1993 年，骆鹏伟为了五米院墙的扩建和曹建大打出手，而骆鹏伟做梦都不会想到，因为自己的蛮横无理、欺人太甚，竟然导致自己一家人成为曹宇的刀下鬼。骆鹏伟临死那刻想到儿子还在外头读技校，儿子长大了必然会给自己报仇。

二十多年过去了，曹宇早已经化身曹泉，成为一名热心公益、捐资助学的慈善家，受当地人敬仰。人海茫茫，没人会关注你，大家过着各自的生活，周围熟悉曹泉的人仅仅知道他经营着汽修厂，是从内蒙古过来的，也许能这样一直隐瞒、躲藏下去，曹泉觉得自己能安然终老。

第七十三章　思君黯然

"新3.25"专案组陷入泥淖,骆家灭门案、张录泉被杀案并案处理进展缓慢,11月份天气渐渐转冷,小庄打算深入走访。小庄还是先来到生父张录泉坟头,这个坚强的西北汉子泪流满面,再一次在坟头喝醉了酒,心想为儿不孝,即使做了警察、成为专案组成员,这桩悬案或许终将石沉大海,但是不甘心啊!杨柳绿意褪去了,收割后的田野安静了,大地、山川也准备冬眠休整,西北的土壤和光热条件不比南方,一年下来收成还是很有限。小庄来到桥头镇走访,这次他换上了便衣,没人知道这是一名专案组刑警。

日记9　11月25日

算着天气凉了,翻过年专案组会收队,我们的下一站是去沙洲,这边的案子会移交给肃州那边的同事,互相交叉办理也是交换思路的意思,"甘八组"的组长还是武局长,下次我们的代号叫"飞天组"。根据目前掌握信息,我打算自己走访看看。桥头镇也就是当年的桥头乡,曹宇所在的村子如今叫洪山子(当年叫源衫子),镇政府距这不远。这里建着一座水库,位于黑河中游。我坐车来到镇子上吃饭,这是条繁华的街道,当地人习惯称之为"大什字"。乡里菜馆的土鸡炒得不错,记得我中学时养的柴犬最爱啃鸡骨头了。村里老人们还是能回忆起那个案子,我通过西台县的同学联系到了这边的陈镇长。陈镇长人很热情,我介绍了自己来意。陈镇长知道的情况我已经全部掌握,但是他告诉我一个不为人知的细节,曹宇会木匠、刺绣、电气焊这些手艺,这些还是陈镇长的舅舅告诉他的。曹宇在肉联厂工作的经历以及作为民兵的训练档案资料,我都看过了,但是年代久远,当时经办人员记录得比较模糊,部分档案资料泛黄、破损,也就能掌握些出生日期、身份证号之类的线索,曹宇如果改头换面,那么这些信息将毫无意义。经过走访村里老人,得知如下关键线索:

1.曹宇父亲曹祐云北京大学中文系毕业,因受诬告背负贪污罪名来乡镇教学,是一名德高望重的语文老师。

2.曹宇老婆出轨背叛过曹宇,具体情况不得而知,农村人比较忌讳这些事情。

3.曹宇母亲余秀香是苏州人,曹宇跟随母亲学习过刺绣和剪纸。

二十四个年头过去了,案发现场可谓是沧海桑田,当年掩埋生父的荒滩如今种上了草木,地方上兴修水利。二斗渠、三斗渠的甘泉自西向东灌溉着这片沃土,乡里农户大部分用上了手扶拖拉机,耕牛不见了。条件好的农民,门口停放着10万块钱左右的国产小汽车。我感到这里的农民经济条件相对富足,日子过得不错。

后来我又来村里了解情况,但是老人们看我第二次来都躲远了,老百姓还是希望安居乐业,骆家的灭门案无人再愿意回忆了。我根据档案资料掌握,骆鹏伟有个儿子,按照案发当时的上学年龄推算,应该早就结婚成家了,但是这个人的消息犹如石沉大海,看样子很难找到。按照时间推算,他今年应该年入不惑,有了妻儿,有了家庭,我不忍心去打扰他,但是委托公安部门还是有办法找到这个人。我不想通过官方力量,就自己来到骆鹏伟儿子当年就读的学校。当年的技术学校如今成了职业高中,我联系到了这边的吴校长,聊了几句才发现,他是陆言上初中时的教导处主任,十多年后他仕途发达,被提拔做了校长,想想也是唏嘘不已。

吴春秋校长比较难预约,架子很大,我托地方政法委同事打了电话,吴春秋吓得屁滚尿流,开着奥迪来酒店接我,说好好请我吃顿野味。我自然是拒绝的,两人简单找个茶座,我表明了自己来意:"吴校长,有件事情想咨询您,1994年至1997年期间,西台县技术学校有没有骆昱这个学生。"

吴春秋低头思量后说道:"张警官,我刚履职校长不久,具体情况不是很清楚。这样,我回去后让校办工作人员去查询学籍档案,应该可以找到、"三天后他急匆匆跑来,给我一份复印的学籍档案,我看到了相关情况:

骆昱:1979年生人,O型血,175厘米,74公斤,学习专业是汽修……

我花20分时间反复浏览,又询问后面情况,吴春秋只说骆家灭门案后,地方民政部门的孤儿院收养了这个孩子,有幸得到县里一名姓张的富商的资助得以继续生活、学习,三年后学校安排他到上海某车企实习,后续情况吴春秋都不了解了,我想他也不敢说假话。当然这些线索或许有用,或许只是听个故事而已,吴春秋说骆昱自灭门案后患上严重精神障碍,听到这里我流下眼泪,比我不幸的人世界上千千万万啊!

后头专案组基本要结束工作了,除了打掉几个地下钱庄,还抓获了一批搞金融诈骗的犯罪分子,这些人花样很多、形式不同,当然核心就是骗钱。还捣毁了一个传销窝点,这是广西南宁过来的几个人,我看着很像越南人。当然还有一些事情就不方便说了,一些"干部"因为充当"保护伞"落马了,双开的双开,调查的调查,涉及犯罪的等待他们的就是高墙深院,他们也只能借着铁窗看看月亮。我真心感谢这个美好的时代,贪官污吏纷纷落马,犯罪分子收关监狱,老百姓才能幸福生活啊。

话说两头，金州雅轩汽修厂内，曹泉一身冷汗吓醒，看着床头柜上大大小小的药瓶子叹气。梦中他又见到了张录泉，张录泉只说了八个字："法网恢恢、疏而不漏。"说完后张录泉消失了，紧接着他梦到了自己在荒山建的那个庙宇，以及庙宇里他托人用樟木雕刻的青年像。给活人修祠立庙，一般人是承受不起这份香火的。当然那鬼地方连鸟都没有，除了自己这几年偷偷过去叩拜、烧香，再不可能有人去。曹泉当年本想自己去雕刻，但心想世上很可能还有人知道他会木匠，当年是个手艺出众的木工师傅，就花了1万块钱找了个四川师傅过来雕刻。天气一天天冷了，曹泉身体也不是太好，一个周末曹泉，坐飞机来到甘州，又坐大巴车来到焉支山，想趁着旅游散散心。他一把老骨头了，还是爬上山来，到上面的金钟寺。曹泉三叩九拜，心中只有一个愿望，希望张录泉儿子能顺顺利利，能有个幸福家庭，有个美好人生。想到这，曹泉流下眼泪，正是自己一念成魔，毁了一个家庭，让一个小孩子成了孤儿，让一个女人成了寡妇。苍天呢，这是作孽啊。

曹泉想自己一生不顺归不顺，四十岁后也赚了不少钱，比起短命的大哥和父亲曹衿云，自己也过得富足，媳妇虽然年轻时跟当年的王老二不清不楚，如今倒也看开了，哪个漂亮女人愿意跟个杀猪屠户过一辈子呢。膝下没有儿女，后来曹泉资助了一名乡下的孤儿，收她做了干女儿，取名曹雪，如今也从南开大学毕业了，曹雪待曹泉如生父，曹泉这一生财富不少，但也罪恶不少，哪怕身家散尽，也还不起今生造的罪孽。有钱后曹泉不缺女人，倒也过得潇洒自在，但自知今生罪孽深重，若生儿育女，自己的罪孽恐怕会报在孩子身上，不如收养个孤儿算了，就当悔过。曹泉也在多方打听，当年西台县那个惨死的出租车司机的儿子，打听到的信息残缺不全，有说姓庄的，有说姓张的，还有说其父亲是黑社会老大的。曹泉想了半天，真查到张录泉的儿子又该怎么办，去自首？自首话曹泉不甘心，毕竟他东躲西藏、改头换面不容易，他也想安稳过几年日子。不自首，又怎么办，自己是杀人凶手，居然跑去关心被害人的儿子？曹泉想来想去，怎么造了这样的孽债，电视剧都不带这样演的。

2019年5月份，张小庄回到金州，经过长期走访和调查，他基本确定曹宇在世，半年间张小庄深入新疆，走遍天山南北，去到过石河子。祖国大西北实在太广阔了，那个年代用假身份打黑工的人太多了，除了能够确认当年被大火烧死的不是曹宇外，再没有找到有价值线索。但只有找到"假死"的曹宇，才能确认骆家灭门案和张录泉被杀案是否一人所为。

第七十四章　围城内外

E-Mail

陆言：

说得响高明话,透不过铁篱笆。一点尘劳将我这身心全牵挂。

从头来把那情字儿怕,有心装似无心傻。

碧桃簪花,芙蓉裙衩。溜光地有甚风雅?

你也对我叱咤,他也对我嬉骂。

究真地里原来只是个云寒月寡的穷酸措大。

　　老朋友好,我马上来金州工作了,北大硕士毕业后发现就业很难啊,我学了个最坑爹专业——西方哲学,文科专业都是这样,读个博士出来也就那样,混得还不如本科同学呢。现在想读书真是无用,文科至少是如此。当初自己对未来没有打算,就跟着一帮书呆子考研,可谓一条道走到黑,我考入北京大学也是震惊金州师大,可也就那一个月比较爽而已,后续我也过得很惨。听闻兄台在金州飞黄腾达,二十八岁不到就做了陇飞集团人力资源部主任科员,又挂着《西北作家》的编审委员会成员头衔。我自己倒也识曲,这首倒没曲牌,我自己填的,老兄看看能否介绍发表。

徐阳岫　2019 年 4 月 5 日

　　我收到邮件,看看徐阳岫的落款日期,吓出一身冷汗。这老徐,就算要让我帮忙联系发表作品,也不能清明节发邮件。有句俗话说,坟头上烧报纸糊弄鬼。老徐这波操作很骚,清明节寄无名曲吓死编辑。三天后徐歪歪打电话说自己马上要来金州工作,硕士毕业当然比本科学生牛逼,人家还是北京大学的硕士。但惨就惨在硕士二字,高不成低不就的。好些大学看不上你,一般单位硕士们又觉得自己屈才。一般的企业也不敢要硕士,生怕这些高才生们把自家单位做二次腾飞的平台,哪个 HR 都不想做高才生的备胎。歪歪学的是西方哲学,哲学本就是冷门专业,他又在冷门专业学习了冷门方向,选了西方哲学。我内心苦笑,他还不如本科毕业来陇飞集团上班,现在至少有份工作。

三天后的上午我驾车来到中川机场，这次飞机倒没有晚点，徐阳岫拉着行李箱，手提黑色挎包迎面走来。我上去帮他提行李，停车场倒不远，几分钟就到了。

　　点火、挂 D 挡，轻踩油门，电子手刹自动松开，汽车缓缓前进，我一脚油推背感明显，吓得旁边的小朗逸直按喇叭，我打开蓝牙播放着徐歪歪最喜欢的《月亮代表我的心》。

　　老徐抚摸着车上桃木内饰，看着头顶的全景天窗，全景天窗被我装饰了一番，联系汽车美容中心定制了一副"蔚蓝星空"的高级贴纸，自然不是几百块的淘宝货，这贴纸花了我不少钱。我扔给老徐两包软中华，又赠送给他一只进口 Zippo，老徐流下感动的泪水，连连道谢："陆总果然发达啊，你生活太奢侈了。北京控烟虽然严格，但是吸烟厅蛮多，烟我还是一直抽的。上学那会日子紧张，每个月学校只发些补助，我导师又穷又刻薄，舍不得给学生发工资，我天天抽着红塔山思考人生，早知道跟你混了，上个啥北大，真是让人头大。"

　　我笑而不语："怎么样，去哪工作？"

　　"导师写了推荐信给金州大学的一名教授，我先去试试吧，实在不行金州师大肯定要我呢。"

　　我点点头，车开回市区，我叫了欣珺来吃饭，结婚后我还是习惯叫她欣珺。三人来海底捞吃火锅，老徐吃得满嘴红油，我点了顶级肥牛、空运毛肚，欣珺很配合我，把火锅店最贵的东西点了一遍。一桌饭菜倒也花不了多少钱，我开了一瓶十年份茅台，老徐越喝越感动，喝得泪流满面，泣不成声。

　　欣珺给了歪歪纸巾："老同学你怎么了，就喝了一瓶年份茅台而已，放心我今天不发朋友圈。""而已"一出老徐哭得更凶了，我拍了拍欣珺肩膀，她知道意思，便起身拿手机结账。老徐哭诉了这三四年在北京的凄惨生活，学生苦，研究生更苦，高额的补助都发给了留学生，不管是哪个国家的留学生，一年补助、奖学金是他的五倍，留学生们出去旅游、玩耍，拿着中国大学的钱肆意挥霍。就这样校方还有人觉得留学生日子苦，提议给留学生一年 10 万块补助。

　　徐歪歪没有地方住，暂时借住在我家书房，老徐闲了就看看书、写写诗词，半个月后过意不去，悄悄塞给我 2000 块钱说是食宿费，我责骂他朋友之间别搞这些事情。老徐找工作有些辛苦，我就给认识的老板打招呼，给老徐备下一件飞天茅台、两条软中华，又从新疆托人搞了块和田玉，问赵垚寻了一套夜光杯，让堂哥陆堃联系了一件子橡木桶珍藏红酒，这些礼物价值不菲，没办法，托关系办事就得花钱。我拉着徐阳岫到处办事，这几年我在金州也算混得风生水起，有关部门就算不给我陆言面子，也会给陇集团面子。5 万块的礼品送走，徐歪歪的聘书也到了，他如愿成为一名大学老师。老徐任教后，我心中也放下一块石头，不能让这位浙江才子在金州吃苦，西北人心地善良，对朋友很真诚。

年龄大了后，我也不做游戏直播了，今年水平直线下降，经常被年轻玩家骂得狗血喷头，影魔的"ZXC"三炮压得悲催无比，被斗鱼粉丝戏称为空气炮，慢慢没有人气了。后来我就将重心放在写订阅号上，坚持每日一更，也能赚不错的流量收入。

上大学时我们的愿望出奇一致，不论是天才还是草包，就连上学忙着恋爱的黄胖子，你问他以后想干啥，都说想当大学老师。我不由苦笑，想起钱钟书的《围城》来。今年有一些传媒公司找我写剧本，还有一些书商联系我写小说。我写了些小说、散文，都被盗版书商们拿去印刷，没有书号费和编辑成本的盗版书卖得很贵，我收下润笔费就将自己的小说贱卖了。有文学圈子就有枪手圈子，枪手们更高产，也更懂市场行情，地下书籍虽然没过去卖得那么火爆，但还是有不错的销量。夜市地摊上哪有什么莫言、贾平凹、刘震云的作品，虽然标的是这些知名作家名字，但是里面内容都是类似我这种枪手写的，枪手的作品都属于"借壳上市"，寄希望名家的头衔能够带来不错销路。

有一次我去逛书摊，发现一本《李敖杂文选》，我纳闷李敖什么时候收录过自己杂文，我翻开一看，里面还有我的几篇文学评论，我看着自己作品标着李敖名字匪夷所思。不过心里还是开心，毕竟按照我的文学天赋，这辈子就是个业余作家，自己作品能托李敖的大名倒也是好事。一周后我再次逛了书摊，想自己写的那部小说是不是挂了琼瑶名字。

我们这些枪手有私下圈子，我还是"金州文学圈枪手协会理事长"，当然这都是私下搞的。圈子里多是些文学爱好者，他们热爱写作，大都发表无门，大家就将写好的作品卖给个体书商，他们负责印刷和售卖。就在这样的环境下，我写了一部言情小说，一部武侠小说。枪手协会的"作家"就更凶了，有说什么写《千年孤独》的，还有说写《文化旅游》的，几天前一个枪手打电，话说要重写《红楼梦》，吓得我晚上睡不着觉，想来想去，我不再做枪手了，毕竟不是什么好事呢。

话说两头。白芷家的企业慢慢缓过了劲头，白云生医药科技生产的血压仪卖得不错，我建议白芷先不要引进 KN95 口罩线，尝试做些普通医用外科口罩就行，白芷也努力奋进，踏实创业，成了一名优秀的企业管理人才。

第七十五章　擦肩而过

手机上的行车记录仪软件提示报警,我以为车被刮蹭了,便穿着拖鞋跑下去发现是清扫卫生的垃圾车和车库的电瓶车撞了,一场虚惊而已。我从郑州回来再就没有东奔西跑,凌主任安排我最近值晚班。欣珺还是在学校教英语,两个人一起努力偿还欠款。小庄父亲的案子陷入了泥淖,我心急如焚想帮助他,但也只能是干着急,警察这么多年都破不了案子,我努力也是白费心思。人的命运总是不可捉摸,三人当中我虽不像白芷,人生过得顺利和富裕,但又比小庄幸运很多,不像他经历那么多苦难。

时间到了 2020 年初,我新闻上看到国内有地区发现了不明的病毒性肺炎病例,到了 2 月中旬,确认名称为新型冠状病毒肺炎。正好赶着春节还没有过完,疫情渐渐蔓延开来。各地出台了防控措施,尽可能避免人员聚集和流动,每天新闻都在跟进播报关于疫情的消息,这也牵挂着全国人民的心,城市仿佛摁下了暂停键,过去的热闹被冷清所取代,路上大家都戴着口罩,对意外来袭的疫情全国人民都感到恐慌,每天都有新增的病例,我起初认为这会和 2003 年的"非典"差不多。

春节后到了返工上班日子,集团通知弹性工作制,每个部门只留有一人值守,印刷、物流那边的工作已经暂停了,我隐约感觉到一丝不安,这种不安就像 2003 年"非典"时的感觉,让我惶恐但又说不出什么,很多小区开始封锁,大家尽量待在家里,没有人知道疫情会持续多久,也不知道什么时候可以正常工作和生活。我通过微信视频和白芷、小庄聊天。白芷家的企业此时接到许多口罩生产订单,没承想白芷一时头脑发热建议父亲引进口罩生产线成了正确的选择,厂子尽管不大,产能也有限,日夜不停生产尽可能完成订单任务。而白芷也打算今年忙完企业的事情,于年底和苏薇结婚。

小庄日记　2019 年 12 月 12 日

今年工作忙了很多,专项行动结束后,再没有接什么任务,一个人安安静静地做通讯员。还好我目前总算不用找陆言代笔了,写几篇政务信息还是没有问题的,每天被淹没在文字材料当中,不知道怎么回事,可能今年的工作任务有所变化吧。我从天山南北又回到玉门,从玉门又回到甘州,除了已经掌握的信息,还是一无所获。目前我推断曹宇应该还在人世,但具体在哪、如何抓获,就是大海捞针了，找一个年过六旬的老人太难了。通过肢体特征和外在相貌来抓获曹宇是不可能的，如果有用，发出去的通缉令就会起到作用。考虑到时间久远曹宇相貌会发生变化，或者人家做了整容手术，所以需要其他特征、线索来进行侦破。之前我掌握到的线索是，曹宇会做刺绣和剪纸一类的手工活，这是当时走访陈镇长告诉我的消息，还有更重要的一点，陈镇长交给我一副刺绣，他告诉我这是曹宇当年送给自己舅舅的。那是一副枕套，枕套上用彩线绣着一只喜鹊，我当时疑惑，为什么保存得这么完好，陈镇长说自己舅舅见绣得好看、活灵活现的，便没舍得用，就这样一直保存下来。我收下了枕套，虽然也知道用处不大。

下一步，我还是得想想曹宇到底在哪，如果他已经年老多病去世了，所有线索都会终结，不管他是不是杀人凶手，这两件案子都将成为悬案。但我心里又放不下仇恨，我二十多年人生的全部希望，都是能够抓住凶手，将他绳之以法。

两案并案处理的思路，只是因为骆鹏伟的灭门案和我父亲被杀案的案发时间接近，到底是不是同一个凶手，也只有侦破其中一件案子抓住凶手才能得知。我父亲的案子几乎没有留下有用的线索，警方的精力还是集中在骆家灭门案，根据目前的调查进度，警方基本推断当年大火烧死的不是曹宇，但他到底在哪或者是否尚在人间，这些问题困扰着专案组成员，也困扰着我。按照之前专案组的推理，曹宇有可能是做下骆家灭门案之后，劫持了出租车逃跑，或许他们在躲过了当地警方追捕后又遗弃了出租车，改用其他交通工具继续逃窜，但这些都是推理。也有另外一种可能性，曹宇的确没有死，且躲过了警方追捕，而我父亲被害确实如当年警方判断，是一起谋财害命的案件。很多时候人是渺小而孤立的，面对困难、难题束手无策，我当时想能够尽自己努力抓获凶手，但当自己真正深入走访、了解情况后，才发现侦破一起陈年旧案是多么困难。这不像连环杀人案，凶手会在连续作案中留下蛛丝马迹。

我个人猜想，曹宇能想出假死逃跑的计谋，后续就应该能洗白自己，更换一个新的身份继续生活。我当时查阅了两起命案的卷宗资料，那会认定骆家灭门是曹宇报仇所致，我仔细回忆案情和有关资料，觉得骆家灭门案有一些疑点。如果曹宇只是为了杀人泄愤以报私仇，那为什么又多花时间放火烧了骆家呢，放起大火岂不是引起周围人注意？如果放火是为了毁尸灭迹，那么曹宇在放火时应该是身体无碍，没有受伤的，放火后就该立即逃跑，怎么又会和骆鹏伟打斗，双双烧死在骆家。我的这些猜想当初和专案组的成员们交流过，他们也肯定我的推理，唯有这样才能解释通来龙去脉，那烧毁残缺不全的身份证和宅基地批文只是障眼法，是为了误导警方认为死者就是曹宇。然而这么长时间的探访和努力，我们也只是确定了凶手曹宇当年没有死,至于我父亲张录泉的出租车是不是曹宇劫持的,目前找不到有力证据。我结束专项行动回来后,甘州那边警方也没有什么进展。

白芷家的企业今年经营情况好转了,应该是去金塔或者新疆摘棉花的人多了,防花粉口罩卖得可以,一次性医用口罩销售情况也不错。白芷家卖掉的店面和房产足以让白云生医药科技再坚持一段时间。金州房价一直上涨,就像祁连山雪线一直上移。我还得一人一条路走到头去,父亲的案子破不了,我心里一直放不下。陆言送了一副苏绣作为我结婚的礼物,上面绣着一对鸳鸯。

2020年春节后,张小庄也早已回到金州工作,安安心心生活,案子没有进展只能放在一边,就连小庄自己也觉得侦破案件希望渺茫。徐阳岫任教有些时日,生活步入正轨,他也慢慢融入了金州这座城市,习惯了大西北的风土人情。白芷和小庄是我从小到大的朋友,徐阳岫和我志趣相投,没承想他研究生毕业又来到金州和我继续待在一个城市。人的命运看似如天上浮云不可捉摸,但冥冥中似乎又有一条线牵着与你有缘的人,这也许就是缘分吧。

派出所的车又出了故障,小庄送去雅轩汽修厂,这家厂子是局里的供应商,汽车出的大小毛病都在这里维修,一来二去小庄也和曹泉熟悉了。曹泉邀请小庄来自己办公室喝茶,小庄见其办公室有一些装裱好的剪纸,办公室的茶几上铺着一块台布,台布上绣着繁盛的花草,看着生机勃勃。

曹泉发现小庄目光停留在这些剪纸上:"张警官,喜欢就送你一副剪纸,这是我闲了做的,自己爱好制作手工,那台布上的花草是我早几年绣的,现在眼睛花了做不了针线活,手指也不太灵活了。"小庄没多想收下了礼物,这个曹老板还有不错的手艺,剪纸栩栩如生,刺绣做工也很细腻。

第七十六章　不解之仇

曹泉从山丹焉支山旅游回来后,身体倒好了一些,睡眠状况有所好转,医生也说他精神状况恢复不错。曹泉将汽修厂的生意交给养女搭理,自己每天倒像个退休老干部一样,养花、遛鸟、打太极拳,闲了跟公园老头下象棋。也许是真老了,曹泉总会回想起过去事情,想起父亲、母亲还有大哥,让曹泉聊以自慰的是,身边还有个养女,女儿长大成人,自己今后有人养老送终。曹泉还想起了教自己木匠活的老师傅,想起了和自己在新疆相依为命的表弟陈鹏。过去的人和事,如幻灯片似的在自己脑海里闪过。

曹泉心想自己做了恶事,竟然还能安享晚年,那无辜的张录泉,却死在自己手上。哎,一生孽障必然难以还清。自己当年犯下的案件公安部门也许无法侦破,现有的技术条件尽管十分发达,但是寻找一个"改头换面"的老人难上加难。曹泉老泪纵横,看着自己守下的家业,资产几百万,却从没感觉到幸福,不免唏嘘。曹泉当年用"借尸还魂"的计谋躲过了警察的追捕,法律的制裁逃脱了,道德的谴责让他夜夜难安,杀了骆鹏伟一家虽已报仇雪恨,自己却又犯下另一桩凶杀案,让一个正值壮年的出租车司机死于非命。难道真的要手刃仇人,血债血偿,才能抵消仇恨呢?当年他也想了其他办法,可是没办法救出含冤入狱的大哥,却还要面对咄咄逼人的骆鹏伟。杀了仇人,是自己当年唯一的选择吧。

4月的西北,气温渐渐回升,绿意萌发,天地万物恢复了生机。一夜曹泉无心睡眠,他铺开几张稿纸写下了这些年的经历,回忆了自己的父亲和大哥,写了当年的案件经过,字字椎心泣血,泪水滴滴落下打湿了笔迹,这是他的悔过书。悔过又能如何?他曾经一念入魔,让一个年轻女人成为寡妇,让一个小孩成为孤儿。他为了报仇雪恨,手提屠刀让骆家几近灭门,剩下一个孤零零的孩子。如果他们都来报仇,自己死一百次都不够抹平这份孽债。心结永远不会放下,它需要解开,而仇恨无法放下,我们放下的办法就是以牙还牙、以血还血,所谓一报还一报。年轻那会自己足智多谋又心狠手辣,躲过了警方追捕、逃过了刑事诉讼期,但精神的折磨就像慢性毒药,让自己寝食难安,曹泉似乎觉得生命不是自己的,只不过是仇人的恩赐。生命啊,仇恨啊,曹泉心想也许到自己的生命即将凋零时,对方或许才能放下仇恨。

不!不会这样,我杀的人是死于非命,而我寿终正寝,对他们不公平,如果有来生啊,我多么愿意放下当年的仇恨,我会尝试用法律的渠道去解决,而不是自己寻私仇。仇恨啊,就是自己记恨自己,如今放下过去,也就是放下了自己。如今啊,靠着药物苟延残喘,与其这样,不如了此残生吧。曹泉此时想到了自杀,或许二十多年前他就应该伏法受诛,这将是迟到的宣判,只不过从法律的制裁变为了自杀。曹泉将写好的稿纸折叠整齐后用信封装好,信封上写着"曹泉绝笔"。他起身又看了看自己的厂子,想起自己的养女,抬头看了挂在天边的月亮,便乘出租车来到黄河岸边,晚上凉风阵阵,曹泉望着天空中的那轮明月,想起1956年跟随家人举家迁往西北的那个夏天,想起自己大哥的冤屈,他觉得这一生真的累了,牵挂也有,便是养女曹雪,还有自己苦心经营的汽修厂,但又能如何。也许自已能永远隐瞒下去，但总归有垂垂老矣那天，死在病床上与淹死在黄河里，又有什么分别？曹泉将那份"悔过书"压在了石头下，自己纵身一跃，跳入黄河……黄河岸边，凉风袭来，天上的明月曾照过我们每一个人，此时的月亮还是那么明亮，黄河水一浪打过一浪，见河上漂浮着一根圆木……圆木随浪浮动，像一叶小舟。

第二天的清晨，似乎和平常的日子没有区别，太阳照常升起，路上车辆依旧来来往往，小庄在所里正常上班，一大早所里接到报警，一名群众在黄河岸边发现了一封写着"曹泉绝笔"的信件，怀疑有人投河自尽。这封信经经办民警的手送到了杨所长手里，杨所长打开信封，当他浏览到案件经过时，手中沁出了汗水，眼睛涨得有些发痛。读完信，杨所长靠在沙发上，双手不住地颤抖，他心中闪过了千百个念头，他不知道怎么跟张小庄提此事。杨所长坐了10分钟，长出一口气，打电话叫小庄来自己办公室。

小庄敲门进来，杨所长背对着小庄："我办公桌上有个信封，你看一下吧。"

小庄不知所然，还是拿起信来。当小庄读到案件经过时，那几页稿纸从右手"簌"地滑落地下。杨所长没有转身，此时也眼眶湿润，不知道怎么面对小庄。空气仿佛凝固了一分钟，小庄双腿瞬感无力，一下子瘫坐在地上，双手颤抖着又拿起信封，逐字逐句地去读，他不敢相信，汽修厂的曹泉竟然是自己苦苦追查的凶手。自己随着专案组花费诸多精力、多处查访，只是基本确认了凶手尚在人间的线索，没承想自己这么多年一心要抓获的凶手，竟然曾经近在咫尺，自己还找凶手多次修理汽车，还收了凶手的礼物，当时他只觉得曹泉是个会手工活的老年人，并没有和案件联系一起，但世间总有如此的巧合，真凶近在眼前，却未能亲手抓获。小庄此时脑子发蒙，脑海一片空白，杨所长知道小庄为父亲的案件背负了沉重的心理负担，却不承想抓获凶手不是靠警方的努力破获案件，而是以凶手自杀谢罪的形式落幕，不觉唏嘘不已。

小庄拿着信件六神无主，继续瘫坐在地上，他的脸痛苦地扭曲着，像揉皱的稿纸，双手抱住头，随后传出"呜呜呜呜"的哽咽声，然后放声大哭。外边同事听闻动静进来到杨所长办公室，有人捡起信来，读罢也呆若木鸡。同事们都知道张小庄父亲的案子，也知道他为此付出了无数心血。边上同事想递出纸巾，但又不敢上前，这悲怆的哭声夹杂了混乱和绝望，让听者无不动容，警员跑过来想拉起他，被杨所长用手挡住了："让他哭吧，这个孩子太苦了，没承想会是这样，至少让他哭个够吧。"哭声变成了声嘶力竭的嘶吼，小庄站起来用双手狠命捶着胸口，为什么会成这样，自己还想过亲手抓获凶手，亲眼看到犯罪分子受到法律的制裁，自己曾与杀父凶手近在咫尺，此时却再也没有机会抓住他了，嘶吼继续着，也渐渐无力了,旁观的同事感觉他心在滴血,仿佛呕出了灵魂。杨所长也将此事汇报上级,市公安局迅速联系水运部门组织船只沿岸打捞尸体……

当天下午,小庄还是没有缓过神,但他心里还是不肯放弃,活要见人,死要见尸。他来到黄河岸边,望着广阔的黄河,河水在那静静地流淌。就这样,他对着黄河发呆,往事一起涌上心头,亲生父亲的记忆早已模糊,爷爷去世也有些年了。这么多年,从读书到考大学,从成为警察到进入专案组前往甘州破案,他在一步步地向前努力,抓住凶手,将他送上法庭接受审判,这是小庄的精神支柱。可命运和他开了天大的玩笑,这个精神支柱轰然倒塌了,杀人凶手曾近在咫尺,如今却随着滚滚黄河水不知所终。

小庄向单位请了年休假,独自回了一趟老家,一个人来到了父亲坟前。小庄跪在坟前磕了头,对着坟头自言自语道:“爸,杀害你的凶手找到了,可是他投河自杀了。我看了曹泉的忏悔书。当年,曹泉被乡里恶霸欺辱,为了给自己大哥报仇犯下灭门惨案。后来在逃跑途中劫持了出租车,杀害了你。忏悔书中谈到,当时伙同杀害你的帮凶陈鹏,2004年发生车祸,死在了内蒙古。曹泉在随后的十多年里,良心的拷问让其饱受精神折磨。到头来身体每况愈下,最后选择了自杀谢罪。”小庄一边说,一边点着了三炷香火,然后从随身背包里取出一瓶白酒,绕着坟头奠了酒。

离开了坟头,小庄一个人漫无目的游荡在田间地头,农民在地里忙着农活,远处的农家里飘出炊烟,杨柳树有了绿意,鸟雀叽叽喳喳,这天地万物遵守着其运行规律。这世界是公平的,一方水土养育你,也养育了他。可世界也是不公平的,这太阳光温暖善人,也温暖恶人;这雨水下给富人,也下给穷人;运气会光顾好人,也会光顾坏人。所以啊,到底什么是是非对错,什么是善恶有报呢?都说有老天爷,有上帝,有天堂还有地狱。但那死后之事,全是虚无,活着的人哪会知道。活着的人,只能活好当下。小庄想到,自己还有妈妈和美伦,还有亲如兄弟的朋友,还有叔叔和姑姑,自己也是幸福的。仇啊,恨啊,怎么才能消除呢,是像曹泉那样手刃仇人、灭人全家吗?也不然,否则曹泉怎么又饱受精神折磨,最终选择自杀谢罪呢?

人的命运啊,就像那大海里的航船,船上的人看似自己在掌握风向、调整船帆,可是当大自然无情的风暴袭来,人力就显得那么渺小,只能任那雨打风吹、随波逐流。

尾　声

陈均太　绘

某天的清晨,姑苏城外有座寒山寺,一名灰色袍子的僧人在扫地,笤帚用得秃了,老僧怕溅起尘土,也怕伤了花花草草,客人留下的果皮、烟头都小心翼翼丢弃在簸箕,灰袍僧人慢吞吞地清理垃圾。红花绿叶、繁花落尽,老僧拿扫帚蘸水写下了俩字,一个"庄"一个"泉",便扔下扫帚转身回去了,太阳正在升起……

后　记

　　这部小说是我在 2020 年 3 月前后动笔写的，起初没想写这么长。灵感也是灵光乍现，我在网上听到一首叫作《浮槎》的纯音乐，加之联想到骆宾王的《浮槎》一诗，便打算以此为小说题目来写作。

　　我大约用了三个月时间写完了小说。刚开始我仅仅是想写一篇中篇小说，还是打算选择熟悉的校园生活去写。我没有列写作提纲，基本是每天写三四千字，写完便在自己的订阅号更新出来。本来计划写到主人公大学毕业就可以了，但我想有所突破，让其成为描写青年人成长题材的故事，就继续提笔写了下去。小说前四十章的故事背景是我个人熟悉的生活，写作时我在个人经历基础上进行了虚构和再创作。后面十余万字的故事就全是我的虚构了，一向喜欢侦探、悬疑小说的我，在其中写了一桩凶杀案，贯穿故事始终，这既是一处伏笔、一条故事线索，也是我收尾部分精心布局的推理故事。

　　为了保障充沛的灵感，我同时看好几本小说，读到可以借鉴的思路便"现学现卖"。比如小说中使用了书信、邮件等形式作为载体，又比如在长篇小说中以套娃的形式又写了个独立短篇小说，采用了"戏中戏"的手法，毕竟第一人称小说的弊端很明显，当篇幅过长时，一直使用"我"来推进故事、转移视角就显得有点单调，容易搞成流水账。

　　写作小说的过程中得到了不少人的帮助，有我老师、同事，也有同学、亲友，有的给予我经济支持资助我出版小说，有的为我小说撰写后封面的评语。还有为我小说作插画的陈均太先生和题写了"浮槎"二字的王爱民先生，我都要在这里表示感谢，感谢他们支持年轻人对于文学创作的热爱。这里我还得提到一个人，我大学时的好友许正，书中以他为原型我塑造了一个名为"徐阳岫"的人物形象。许正擅长写格律诗和填词，小说中"徐阳岫"写的几首诗词为许正所作，我征求他本人同意后放入了小说。

　　在我看来，写小说比写散文和诗歌更具有创作的愉悦感，作者需要构筑起一个完整的世界，需要塑造生动的人物，要有完整、顺畅的故事线。同时，写作也是学习的过程，写作并不是信马由缰，而是基于真实生活的艺术再造，为了保障写的故事真实可信、符合逻辑，我学习了很多知识，包括一些犯罪现场侦查的知识。

　　大约在五六年前读大学时，我写过一篇叫《二〇二〇》的中篇小说，大约十万字左右，那是我第一次写小说。由于那篇小说结局是开放性的，我打算对过去的故事进行续写，便把《浮槎》的主人公陆言设定为《二〇二〇》中陆堃的堂弟，让旧的故事装在新的小说里走完结局。

　　写小说的过程是美妙的，我总觉得小说绝佳之处可以再造一个世界，虽然它脱离不开社会运行法则和历史规律，但作者总归可以在自己制造的世界里添砖加瓦。作为初探文学门径的新人，我的作品也有一些模仿的痕迹，当卡壳在开头第一段时，我便想起村上春树的《挪威的森林》，于是我写下"飞机在云海中穿行，我无心看风景"作为了开头。我读日本作家的小说较多，或多或少受他们的影响，希望这次写作的经历能积累经验、历练自己，也希望这部游走在真实和虚构之间的小说能获得读者的喜爱。

2021 年 2 月 19 日于嘉峪关